SCIENCE FICTION

Herausgegeben
von Wolfgang Jeschke

Vom **BATTLETECH™-Zyklus** erschienen in der Reihe
HEYNE SCIENCE FICTION & FANTASY:

Die Gray Death-Trilogie:
William H. Keith jr.: Entscheidung am Thunder Rift · 06/4628
William H. Keith jr.: Der Söldnerstern · 06/4629
William H. Keith jr.: Der Preis des Ruhms · 06/4630

Ardath Mayhar: Das Schwert und der Dolch · 06/4686

Die Warrior-Trilogie:
Michael A. Stackpole: En Garde · 06/4687
Michael A. Stackpole: Riposte · 06/4688
Michael A. Stackpole: Coupé · 06/4689

Robert N. Charrette: Wölfe an der Grenze · 06/4794
Robert N. Charrette: Ein Erbe für den Drachen · 06/4829

Das Blut der Kerensky – Trilogie:
Michael A. Stackpole: Tödliches Erbe · 06/4870
Michael A. Stackpole: Blutiges Vermächtnis · 06/4871
Michael A. Stackpole: Dunkles Schicksal · 06/4872

Die Legende vom Jadephönix – Trilogie:
Robert Thurston: Clankrieger · 06/4931
Robert Thurston: Blutrecht · 06/4932
Robert Thurston: Falkenwacht · 06/4933

Robert N. Charrette: Wolfsrudel · 06/5058
Michael A. Stackpole: Natürliche Auslese · 06/5078
Chris Kubasik: Das Antlitz des Krieges · 06/5097
James D. Long: Stahlgladiatoren · 06/5116
J. Andrew Keith: Die Stunde der Helden · 06/5128
Michael A. Stackpole: Kalkuliertes Risiko · 06/5148
Peter Rice: Fernes Land · 06/5168
Michael A. Stackpole: Die Kriegerkaste · 06/5195
Victor Milán: Auge um Auge · 06/5272
James D. Long: Black Thorn Blues · 06/5290
Robert Thurston: Ich bin Jadefalke · 06/5314
Blaine Pardoe: Highlander Gambit · 06/5335
Don Philips: Ritter ohne Furcht und Tadel · 06/5358
William H. Keith jr.: Pflichtübung · 06/5374
Michael A. Stackpole: Abgefeimte Pläne · 06/5391
Victor Milán: Im Herzen des Chaos · 06/5392
William H. Keith jr.: Operation Excalibur · 06/5492
Victor Milán: Der schwarze Drache · 06/5493
Blaine Pardoe: Der Vater der Dinge · 06/5636
Nigel Findley: Höhenflug · 06/5655
Loren Coleman: Blindpartie · 06/5886 (in Vorb.)
Loren Coleman: Loyal zu Liao · 06/5893 (in Vorb.)

Blaine Pardoe

Der Vater der Dinge

Vierunddreißigster Roman
im BATTLETECH™-Zyklus

Deutsche Erstausgabe

WILHELM HEYNE VERLAG
MÜNCHEN

HEYNE SCIENCE FICTION & FANTASY
Band 06/5636

Titel der Originalausgabe
IMPETUS OF WAR
Übersetzung aus dem Amerikanischen von
REINHOLD H. MAI

Umschlagbild: FASA

Umwelthinweis:
Dieses Buch wurde auf chlor- und säurefreiem Papier gedruckt

2. Auflage

Redaktion: Joern Rauser

Printed in Germany 1999
Umschlaggestaltung: Atelier Ingrid Schütz, München
Technische Betreuung: M. Spinola
Satz: Schaber Datentechnik, Wels
Druck und Bindung: Elsnerdruck, Berlin

ISBN 3-453-11887-1

Für Victoria Rose, meine liebevolle Tochter, für ihren forschenden Geist und ihre Loyalität einem Vater gegenüber, der viel zu viel Zeit vor dem PC verbringt. Für Alexander William, meinen wunderbaren Sohn, für die Freude, die er in mein Leben gebracht hat. Für meine wunderschöne, liebende Frau Cyndi, für ihre Liebe, Hingabe, Geduld, Unterstützung, ihr Verständnis und alles andere. Sie ist eine wunderbare Frau, nach den Maßstäben dieses und jedes anderen Jahrhunderts, und ich danke dem großen Kerensky jeden Tag, daß ich sie gefunden habe.

Dieses Buch ist außerdem meinen Eltern Dave und Rose gewidmet, meinen Großeltern Corwin und Letha, nicht zu vergessen Chris, Donnie, Jim und Deb. Den Rest der Familie bedenke ich in meinem nächsten Buch.

Außerdem Dank an Daniel Plunkett für seine häufigen Fahrten zum Taco Bell. Bill Nemanick danke ich für den Titel, den es schon vor der Idee für dieses Buch gegeben hat.

Schließlich für die Central Michigan University, die Jungs und Mädels von Alpha Kappa Psi, Phi Chi Theta, Delta Gamma, dem Leben am CM und einer Million großartiger Erinnerungen daran …

Besonderer Dank an Donna Ippolito für ihre Geduld und an Sam Lewis, der mitgeholfen hat, eine gute Handlung herauszuarbeiten – und für die Möglichkeit, die Nebelparder *wirklich* übel zu machen.

Des weiteren danke ich den Virtual-World-Centern in Chicago und Dallas für die Gelegenheit, Zeit im Cockpit zu verbringen. Und dem Virginia Rail Express, in dessen

Abteilen ich auf der täglichen Fahrt in den District den größten Teil dieses Buches geschrieben habe.

Schließlich noch allen BattleTech-Autoren, die mit jedem neuen Buch mitgeholfen haben, dieses Universum zu erschaffen. Besonders Bill Keith, der mich auf dem GenCon daran erinnert hat, wieviel Spaß das macht.

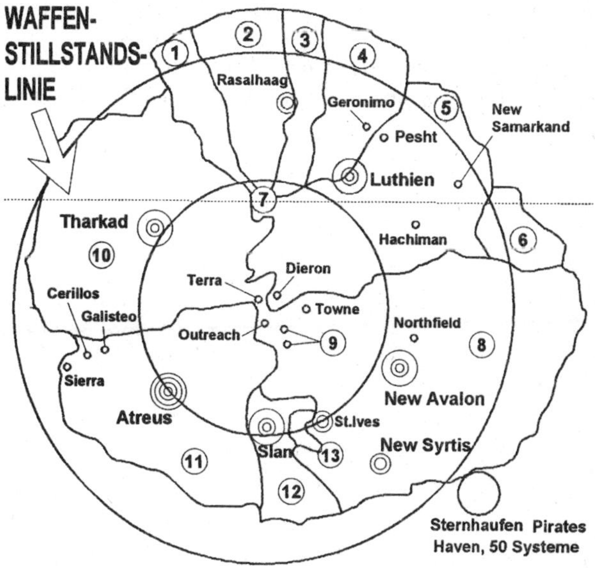

KARTE DER NACHFOLGERSTAATEN

1• Jadefalken/Stahlvipern, 2• Wölfe, 3• Geisterbären,

4• Nebelparder/Novakatzen, 5• Draconis-Kombinat,

6• Außenweltallianz, 7• Freie Republik Rasalhaag,

8• Vereinigtes Commonwealth, 9• Chaos-Marken,

10• Lyranische Allianz, 11• Liga Freier Welten,

12• Konföderation Capella, 13• St. Ives-Pakt

Karte erstellt durch COMSTAR,
nach Informationen des COMSTAR-EXPLORERDIENSTES
und des STERNENBUNDARCHIVS, Terra

Wenn ein Krieg beginnt,
macht der Teufel Platz in der Hölle.

Altes deutsches Sprichwort

PROLOG

Das Fort, Tara, Northwind
Chaos-Marken

30. April 3058

Major Loren Jaffray stand vor der Bürotür seines vorgesetzten Offiziers und überprüfte ein letztes Mal seine Uniform, bevor er anklopfte. Die olivgrüne Highlander-Montur war makellos sauber und so sorgfältig gebügelt wie eine Ausgehuniform, darauf legte Loren wert. Er nahm das rote Barett des Kilsyth-Guards-Bataillons ab und steckte es unter die linke Schulterklappe. Erst dann klopfte er an die Tür von Oberst Andrea ›Cat‹ Stirlings Büro im Fort, des gewaltigen Gebäudekomplexes, der den Northwind Highlanders auf ihrer Heimatwelt als Hauptquartier diente.

Das harte Holz schmerzte an Lorens Knöcheln, wie es schon vielen Männern und Frauen in den vierhundert Jahren ergangen sein mußte, seit das altehrwürdige Eichenholzblatt hier eingehängt worden war. Er sah nach links und rechts den Korridor hinunter und erinnerte sich an seinen ersten Auftritt hier, gut acht Monate zuvor bei seiner ersten Ankunft auf Northwind. Damals war ihm dieser Ort viel größer erschienen, viel beeindruckender. Einen Augenblick später hörte er eine Stimme, die ihn zum Eintreten aufforderte.

Andrea Stirlings Büro schien ebenso individuell eingerichtet wie die Räume der drei anderen Obersten mit dem Befehl über die vier Regimenter der Northwind Highlanders. Die Bilder an den Wänden, erbeutete Feldkarten von vor Jahrzehnten – zum Teil vor Jahrhunderten – gewonnenen und verlorenen Schlachten und Kriegen, schienen ihm eine passende Kulisse für die lebhafte Kommandeurin der Fusiliers ihres Namens. Loren trat ein und salutierte zackig, während Oberst Stirling die beiden Monitore an ihrem Platz studierte. Ohne aufzublicken, winkte sie ihn auf einen Stuhl.

Trotz ihres jugendlichen Aussehens war Andrea Stirling zwanzig Jahre älter als der dreiunddreißigjährige Loren. Das tiefe Schwarz seines stacheligen Bürstenhaarschnitts zeigte bereits erste Spuren von Weiß, während ihr Haar noch ebenso dunkel war, wie es in seinem Alter gewesen sein mußte. Loren versuchte, dergleichen zu übersehen. Er zog es vor, zu verdrängen, wie feminin sie auf ihre hagere, gespannte Art wirkte. Er bewunderte sie als Offizierin und Soldatin. Das erschien ihm mehr als genug.

Schließlich riß sie sich von den Schirmen los und sah zu ihm hoch. Ihre Augen waren grün, so wie seine, und ihr Blick war scharf. »Ich gehe gerade die Tagesberichte durch«, stellte sie fest. »Und ich sehe hier, daß Sie Craigs Bataillon für die nächsten achtundvierzig Stunden zu Unterwasseroperationen eingeteilt haben. Ist das richtig?«

»Ja, Ma'am.« Loren hielt seine Stimme nüchtern, war sich aber sehr wohl im klaren, daß sie einen guten Grund für diese Maßnahme erwartete. »Solange es nur die Militärs der Inneren Sphäre waren, die einander bekämpften, wußten wir in der Regel, was wir in der Schlacht zu erwarten hatten, und wir haben sogar gewisse Regeln der Kriegsführung beachtet. Aber jetzt haben wir die Clans im Nacken, und was die betrifft, dürfen wir nichts voraussetzen. Waffenstillstand oder nicht, früher oder später werden wir wieder gegen sie in den Kampf ziehen müssen, und wenn wir sie dann besiegen wollen, müssen wir auf alles vorbereitet sein.«

Diese Diskussion hatten sie natürlich auch schon früher geführt, einige Male. Loren hatte jeden Militärbericht über die vor acht Jahren begonnene Clan-Invasion der Inneren Sphäre studiert, den er in die Finger bekommen konnte. In seinen Augen sahen zu viele Kommandeure sie als eine monolithische Dampfwalze, statt die Stärken, Schwächen und Eigenheiten der sieben einzelnen Invasoren-Clans in Erfahrung zu bringen.

»Die Bedrohung durch die Clans brauchen Sie mir nicht zu verkaufen, Major. Ich habe gegen sie gekämpft.« Ihr Tonfall war schneidend.

»Dann versteht die Oberste sicher auch, daß wir auf jede mögliche Taktik angewiesen sein könnten, einschließlich Unterwasseroperationen.«

»Ja«, antwortete sie langsam, als müsse sie ihre Erwiderung genau abwägen.

Loren fragte sich, ob es ihr möglicherweise um mehr ging als nur das Trainingsprogramm des Bataillons. »Gibt es ein Problem, Ma'am?«

Sie starrte ihn mit ihren harten grünen Augen eine ganze Weile an, bevor sie antwortete. »Major – Loren ...« Der plötzliche Wechsel zu einem informellen Ton überraschte ihn. »Sie sind jetzt rund acht Monate mein Stellvertreter, richtig?«

»Ja, Ma'am.« *Erst acht Monate?* dachte Loren plötzlich. War das alles? Ihm schien es eher, als hätte er sein ganzes Leben bei den Highlanders verbracht.

»Jeder weiß, daß Sie bei Haus Liaos Todeskommandos waren, bevor Sie zu uns gestoßen sind. Und inzwischen weiß auch jeder, daß mich das nicht gehindert hat, Ihre Fähigkeiten zu würdigen, aber einigen meiner Offiziere fällt es immer noch schwer, Sie als ihren Vorgesetzten zu akzeptieren.«

Wie Loren Jaffray den Rang und die Uniform eines Offiziers der Northwind Highlanders errungen hatte, war kein Geheimnis. Er war bei seinem Großvater aufgewachsen, einem der Highlanders, die nicht nach Northwind zurückgekehrt waren, als Prinz Hanse Davion von den Vereinigten Sonnen den Planeten der Einheit drei Jahrzehnte zuvor zurückgegeben hatte. Im Gegenzug hatten die Highlanders sich bereit erklärt, als Söldner für ihn zu arbeiten und dem capellanischen Kanzler Maximilian

Liao den Rücken zu kehren. Sie hatten mitten im Vierten Nachfolgekrieg die Seiten gewechselt und die Konföderation Capella, in deren Diensten sie jahrhundertelang gestanden hatten, Davions Heerzügen überlassen.

Auch sein Vater war ein Militär geworden, ein Mitglied der Elitetruppe der sogenannten Todeskommandos, einer nur dem capellanischen Kanzler persönlich unterstellten Eliteeinheit, deren Mitglieder geschworen hatten, seine Befehle unter Einsatz ihres Lebens auszuführen. Es war eine geheime Todeskommandomission gewesen, die Loren überhaupt erst nach Northwind geführt hatte, auch wenn niemand hätte vorhersehen können, wie sie geendet hatte. Statt die Highlanders zu zerstören, wie es seine Mission gewesen war, hatte er sich ihnen angeschlossen und die Jaffray-Farben zurück in die Clans der Highlander getragen. Loren hatte im vergangenen Herbst an ihrer Seite für die Unabhängigkeit von Davion gekämpft, aber er wußte, daß viele Highlander ihm immer noch nicht trauten. Er hatte die Bemerkungen, das Flüstern, die Gerüchte sehr wohl bemerkt. *Manche verstehen es nicht und werden es auch nie verstehen, daß der Unterschied zwischen Terroristen und Patrioten eine Sache des Standpunkts ist.*

»Ich weiß, daß manche immer noch Schwierigkeiten haben, mich anzuerkennen«, gab er entnervt zu. »Es wird Jahre dauern, meine Ehre und Loyalität zu beweisen. Aber haben Sie mich wirklich deswegen heute hierher bestellt?«

Cat Stirling zuckte leicht die Achseln. »Sprechen wir mal über dieses Trainingsschema, das Sie hier aufgestellt haben. Nach allem, was ich hier sehe, haben Sie den größten Teil der Fusiliers in Klassenzimmer, in Simulatoren und sogar in ein Überlebenstraining gesteckt. Diesem Plan zufolge haben Sie allein heute über dreißig meiner besten MechKrieger für zehn Stunden waffenlosen Zweikampf, Sprengstofftraining und Pistolenschießen eingeteilt.«

Loren nickte zögernd. »Als Ihr Stellvertreter ist es meine Aufgabe, die Kampfbereitschaft des Regiments zu sichern, und das schließt das gesamte Training mit ein. Wenn Ihnen das Programm nicht gefällt, Oberst, können Sie mir befehlen, es zu ändern.«

Cat Stirling schüttelte energisch den Kopf. »Sie verstehen mich falsch, Major. Ich will es nicht notwendigerweise ändern. Ich will nur wissen, was Sie bezwecken.«

»Sie haben die Berichte gelesen, die ich geschrieben habe, Ma'am, haben die taktischen Projektionen gesehen. Es ist nur eine Frage der Zeit, bis ein Teil der Clans oder sogar alle uns wieder angreifen. Wenn sie sich entschließen, den Waffenstillstand zu brechen und geradewegs nach Terra vorzustoßen, was dann? Das Regiment muß auf so etwas vorbereitet sein.« Loren hatte sich einige Gedanken über dieses Thema gemacht. Northwind war nur zwei Sprünge von Terra entfernt, und jetzt, da die gesamte Region mehr oder weniger herrenlos war, konnte niemand vorhersagen, was geschehen würde. Aus dem ehemaligen Teil des Vereinigten Commonwealth war ein dermaßen zersplittertes Mosaik von Klein- und Kleinststaaten geworden, daß alle Welt sich angewöhnt hatte, das Gebiet die Chaos-Marken zu nennen.

»Wir sprechen hier von einem Trainingsplan für MechKrieger, Major. Wozu all das Überlebenstraining und die FeldTechlehrgänge? Diese Art von Training haben sie alle vor Jahren an einer Akademie oder in der Grundausbildung zur Genüge kennengelernt.«

Auf diese Frage hatte Loren gewartet, seit er diesen speziellen Ausbildungsweg für die Fusiliers eingeschlagen hatte. »Die meisten unserer Leute haben diese Fähigkeiten seit Jahren nicht mehr eingesetzt, Oberst, und viele haben sie völlig vergessen. Aber aus meinem Studium der Clans weiß ich, daß die Kräfte der Inneren Sphäre bei den Auseinandersetzungen mit ihnen häufig gerade auf diese Überlebensfähigkeiten angewiesen waren. Ein und dasselbe Szenario hat sich immer wiederholt. Es kommt zur Schlacht, die Einheit der Freien Inneren Sphäre ist angeschlagen, möglicherweise zerschlagen, aber sie überlebt. Die Soldaten sind gezwungen, sich als Guerilleros durchzuschlagen, bis Entsatztruppen eintreffen oder sie evakuiert werden können.« Loren hatte jeden verfügbaren Bericht gelesen, und das Bild, das sich daraus ergab, war erschreckend. »Vor Beginn meiner Reorganisation waren wir auf den Kampf gegen gewöhnliche Einheiten der Inneren Sphäre ausgerichtet – Krieger mit derselben Ausbildung und denselben Grundsätzen wie wir. Ich habe unsere Leute dazu ausgebildet, in jeder Art von Umgebung zu überleben, die ich mir nur vorstellen kann. Außerdem habe ich unsere Ersatzteilvorräte aufgestockt und das gesamte Personal in Reparaturarbeiten unter Feldbedingungen unterweisen lassen, damit wir unsere BattleMechs in Betrieb halten können, sollten wir jemals gezwungen werden, als Guerillatruppe zu kämpfen. Und ich habe unsere Bestückung umgestellt, mit Vorrang für Energiewaffen, um die Abhängigkeit von Munitionsnachschub zu reduzieren. Wenn wir unsere Mechs verlieren, können unsere Leute immer noch als Infanteristen weiterkämpfen – wenn es sein muß.«

»Ah, ja, Ihre Generalüberholung des Techkontingents der Fusiliers«, antwortete Stirling und zog einen mehrere Bögen umfassenden Ausdruck aus einer Aktenmappe auf dem Schreibtisch. »Ich wäre die Letzte, die bestreitet, daß ein Regiment von seinen Techs lebt. Aber Sie müssen sich auch darüber im Klaren sein, daß es gegen jede Veränderung Widerstand gibt, selbst wenn die Veränderung zum Besten ist. Zum Beispiel Ihre Beförderung von Mitchell Fraser zum Regiments-Chef-Tech.«

»Sie haben diese Beförderung selbst genehmigt, Ma'am.«

»Ich weiß. Ich kenne Mitch und seine Familie seit Jahren. Zum Teufel, weit genug zurückgerechnet stammen wir beide von denselben schottischen Vorfahren ab. Er ist ein guter Mann. Aber in Verbindung mit Ihren anderen Neuerungen fragen sich einige unserer Offiziere, was das soll. Dasselbe ließe sich über Lovats Ernennung zum neuen Nachrichtendienstoffizier des Regiments sagen. Beide Männer sind absolute Könner auf ihrem Gebiet, aber dieses Regiment ist Jahrhunderte alt. Die etablierten Offiziere verstehen nicht, warum sich so schnell soviel verändern muß.«

Loren biß sich auf die Lippen, um eine heftige Erwiderung zu unterdrücken. *Sie hat alles genehmigt, was ich getan habe, und trotzdem zweifelt sie meine Änderungen jetzt an. Mitch Fraser war die ideale Wahl für den Posten – der Mann ist ein nachgerade genialer Bastler. Und Lovat weiß mehr über das Nachrichtendienstgeschäft als einige der besten Spionageagenten der Todeskommandos.*

Cat Stirling warf ihm ein dünnes Lächeln zu. »Ich begreife Ihre Position sehr gut. Ein SR braucht Leute, die seine Art zu denken und zu handeln unterstützen, und ich weiß, Fraser und Lovat sind solche Leute für Sie. Bei mir war es nicht viel anders, als ich vor sechs Jahren den Befehl über die Fusiliers von McCormack übernommen habe. Es gab Widerstand gegen die Veränderungen, die ich machen wollte, obwohl ich sie über mehrere Jahre gestreckt habe. Ich stimme mit Ihrer Analyse der Clan-Bedrohung überein, deswegen habe ich Ihre Neuerungen genehmigt. Es sieht nicht danach aus, als ob der Waffenstillstand von Tukayyid die vollen fünfzehn Jahre hält. Die wirkliche Frage ist, ob wir nicht zu schnell zu viel erreichen wollen.«

»Hat es Beschwerden gegeben, Ma'am?« Es war eine riskante Frage, aber Loren sah sich dazu gezwungen.

Stirling verzog keine Miene. »Allerdings.«

Loren brauchte nicht einmal zu raten, von wem. Es mußten die Majore Cullen Craig und Kurt Blakadar gewesen sein, und wahrscheinlich noch ein paar andere aus ihren Einheiten. Von den Techs wußte er schon, aber wenigstens brachten die ihre Einwände auf dem korrekten Dienstweg ein.

»Ich entschuldige mich dafür, daß meine Offiziere in dieser Sache den Dienstweg ignoriert haben, Ma'am.« In Lorens früherer Einheit wäre ein derartiger Verstoß niemals toleriert worden. Und selbst bei den weit lebhafteren Highlanders war es ihm peinlich.

»Ich sehe Ihnen an, daß Sie das trifft, Major, aber bedenken Sie eines: Hier bei den Highlanders sind wir in erster Linie eine Familie. Das war kein Protokollbruch. Wir ermutigen unabhängiges Denken in unseren Reihen. Diese Tür ...« Sie deutete auf den Eingang, durch den Loren kurz zuvor getreten war. »... steht jedem im Regiment offen.«

»Verstanden, Ma'am.« Loren riß sich zusammen und atmete noch einmal tief durch. Hier ging es um mehr als seine Vergangenheit bei den Todeskommandos oder eine Überforderung der Soldaten unter seinem Befehl. *Es wird Zeit, daß wir reinen Tisch machen, Zeit, daß es ausgesprochen wird.* »Erlaubnis, frei zu sprechen, Ma'am.«

»Erteilt, Major.«

»Bevor ich die Position antrat, war Major MacFranklin sechs Jahre lang Ihr Stellvertreter. Ich führe das Regiment anders, als er es tat, und das ist der wahre Grund für diese Beschwerden – das wissen Sie so gut wie ich. Er war ein fähiger Taktiker und Mechpilot, aber er stützte sich zu sehr auf seine Favoriten, auf Familienbeziehungen und andere Winkelzüge. Ich will ihn nicht in Mißkredit bringen, Oberst, aber ich verhalte mich anders. Ich finde, die Fusiliers haben etwas Besseres verdient.«

Cat Stirling betrachtete Loren eine Weile mit einer undurchdringlichen Miene. »Ich weiß, Major. Das ist einer der Gründe, warum ich Sie als Stellvertreter befürwortete, statt Craig oder Blakadar zu befördern. Beim Kampf um Tara letzten Herbst haben Sie alle beeindruckt, und MacFranklin, Friede seiner Seele, wurde allmählich ein echtes Problem. Er war ein feiner Feldkommandeur, aber der Mann hatte so viele linke Geschäfte hinter den Kulissen in Gang, es war ein Wunder, daß er sein Leben nicht im Bunker verbrachte.«

»Sie wußten davon?«

Sie grinste wie eine Katze. »Selbstverständlich. Was auch geschieht, vergessen Sie nie, daß ich diese Einheit leite. Wäre MacFranklin nicht gefallen, wäre er gefeuert worden. Sie waren der richtige Mann zum richtigen Zeitpunkt. Ein paar Offiziere der alten Garde hätten es lieber wieder wie gewohnt, mehr Freiraum, weniger zielgerichtet. Favoritentum statt Leistungsprinzip. Eines wissen wir beide: Die Clans sind *die* Bedrohung. Ich kann auch eine Karte lesen. Wenn sie es jemals schaffen, bis nach Terra durchzustoßen, sind wir gleich nebenan.« Ihr Grinsen wurde noch breiter. »Setzen Sie nichts voraus, was mich betrifft, Major. Man nennt mich nicht umsonst ›Cat‹. Ich bin keine Närrin. Aber ich will unsere Leute auch nicht mit Training und Vorbereitung erschöpfen. Ich muß mich vergewissern, daß Ihr Plan mit der richtigen Geschwindigkeit abläuft, um dieses Regiment zur härtesten Kampftruppe der Highlanders zu machen, und nicht zu einem Haufen abgeschlaffter Säcke.«

»Ich kenne nur einen Weg, das Zeug eines MechKriegers zu testen, Oberst.«

Andrea Stirling nickte. »Ja, auf dem Schlachtfeld. Und deswegen schlage ich vor, Ihr Ausbildungsprogramm auf die Probe zu stellen. Bill MacLeod hat sich bereit erklärt, ein Manöver zwischen seinem und unserem Befehlsbataillon anzuberaumen. Die Highlanders erwarten jeden Tag den Besuch eines möglichen Auftraggebers. Ich möchte unserem Besucher zeigen, was wir drauf haben.«

»Hat dieser potentielle Auftraggeber Interesse an unseren Anti-Clan-Taktiken?«

Cat Stirling nickte einmal langsam und bedächtig. »Könnte man sagen. Das Draconis-Kombinat hat die Hauptwucht der Clan-Invasion zu spüren bekommen, und die Bastarde hängen immer noch wie ein Henkersbeil über seinem Kopf. Major, die Northwind Highlanders tragen sich zum ersten Mal in ihrer Geschichte mit dem Gedanken, für das Kombinat zu kämpfen. Theodore Kurita will den Krieg zu den Clans tragen, und dafür braucht er jede Menge Unterstützung.«

ERSTES BUCH

VISIONEN

*Ein im Krieg entstandenes Imperium
muß sich im Krieg behaupten.*

MONTESQIEU

Nur durch unsere Phantasie können wir siegen.

DWIGHT D. EISENHOWER

1

Horne Plains, Avon
Nebelparder/Novakatzen-Besatzungszone

1. Mai 3058

Sterncolonel Devon Osis bahnte sich einen Weg durch das windgepeitschte Gras der Horne Plains. Mit jedem Schritt zertrat er meterhohe, schilfähnliche Stengel. Vor ihm erhob sich das Zelt des Khans der Nebelparder – vor dem roten Himmel, an dem Avons Sonne langsam hinter dem Horizont versank. Und dort am Horizont waren in bedrohlicher Silhouette zwei Sterne der furchtbarsten Waffen der Parder zu erkennen, ihrer OmniMechs. Jede dieser zehn Meter hohen Kampfmaschinen starrte vor Waffenmodulen, auch wenn sie von hier aus mehr wie Standbilder vor dem ersterbenden Licht wirkten, stumme Posten, die das weite Land der Plains gegen einen Feind beschützten, von dem nirgends etwas zu sehen war.

Bei Devon Osis' Ankunft auf Avon hatte ihm dieser Anblick den Atem geraubt. Jetzt erinnerte er ihn nur noch daran, daß er ein Krieger ohne Krieg war. Er ging um das Zelt herum und öffnete die als Tür dienende Tuchklappe und trat ein. Den Innenraum dominierte ein tragbarer Hologrammtisch, über dem eine grünleuchtende Projektion der Ebene hing, die Devon Osis in der letzten halben Stunde durchquert hatte. Neben dem Tisch erhob sich die unverwechselbare Statur des Lincoln Osis, Khan der Nebelparder. Er hatte sich mit weit gespreizten Armen auf den Rand des Tisches gestützt und studierte nach vorne gebeugt die Karte.

Das lange, dunkelhäutige Gesicht des Khans wirkte im Halbdunkel des Zelts sehr ernst, als er zu seinem Besucher aufblickte. In den harten, dunklen Augen loderte ein tiefes, inneres Feuer. Trotz der Verluste und Erniedrigungen, die den Nebelpardern in den gewaltigen

Schlachten um Luthien und Tukayyid widerfahren waren, hatte Lincoln Osis sich durchgesetzt, und mit ihm der Geist des Nebelparders. Er hatte seine Krieger gelehrt, daß Überleben den Schlüssel zum Sieg bedeutete. Deshalb sah Devon seinen Khan als den Anführer, der ihren Clan in eine große Zukunft leiten würde – eine Zukunft, in der die Nebelparder nicht nur die übrigen Clans dominierten, sondern auch die gesamte Innere Sphäre.

Sterncolonel Devon Osis nahm Haltung an, während der Khan sich wieder dem Projektionstisch zuwandte. Das Hologrammbild zeigte nicht nur die Aufstellung der in der Ferne erkennbaren OmniMechs, sondern auch deren Gegner am anderen Ende des Tischs.

»Mein Khan«, ergriff Devon mit zackig militärischem Tonfall das Wort und neigte ehrfürchtig den Kopf.

»Diese Geschkos bereiten schon wieder einen Drill vor.« Khan Lincoln Osis war kurz angebunden, beinahe verärgert. »Ihrem Bieten fehlt der Mut.«

Devon sah hinüber auf den Hologrammtisch und nickte, ohne genau zu verstehen, worum es ging. Lincoln Osis warf ihm einen kurzen Blick zu. »Dieser Tage ist die Zeit unser ärgster Feind«, stellte er in halbem Flüsterton fest. »Ein schlimmerer Feind, als irgendeiner unserer Mit-Clans zugeben will. Er hängt um unseren Hals wie die Schlinge des Henkers und zieht sich mit jedem Tag fester zu.« Devon Osis hätte nicht sagen können, ob der Khan mit ihm oder mit sich selbst sprach. »Merke dir meine Worte, Devon, es ist keine Waffenstillstandslinie, die uns zurückhält, es ist die Zeit. Letztlich ist die Zeit der Gegner, den wir überwinden müssen.«

Devon nickte. »Wie lauten Eure Befehle für mich?«

»Du erinnerst dich an die Diskussion, die wir vor einer Weile über Galaxis Tau geführt haben, frapos?«

»Pos. Soweit ich mich erinnere, war sie noch Monate von der Einsatzbereitschaft entfernt.« Er erinnerte sich noch sehr gut an diese Diskussion, weil der Khan ihm in deren Verlauf ein paar Geheimnisse enthüllt hatte. Galaxis Tau war eine neu ausgehobene Einheit von der Parder-Heimatwelt Diana. Ihre Krieger waren dringend benötigter Wahrgeborenen-Nachschub, gezüchtet aus dem besten genetischen Erbe der Nebelparder. Und die Aufstellung dieser neuen Galaxis war zum größten Teil im Geheimen erfolgt.

»Wie der Parder auf der Jagd, werden wir uns diesmal an diesen Feind anschleichen und ihn besiegen. Galaxis Tau ist mehr als ein Traum, sie ist Wirklichkeit und in diesem Augenblick auf dem Weg in die Innere Sphäre. Sie wird unserem Clan den wilden Biß verleihen, den wir benötigen, um zu siegen.« In den Augen des Khans funkelte die Kampflust. »Ihre Ankunft wird ein neues Zeitalter für den Nebelparder einläuten. Die Zeit ist gekommen, die Demütigungen der Vergangenheit zu rächen. Erst wurden wir gezwungen, unseren Invasionskorridor mit den Novakatzen zu teilen, die prompt einige unserer Welten stahlen. Dann verloren wir eine große Zahl tapferer Krieger auf Luthien, und danach ebenso auf Tukayyid. Auf Luthien haben uns die Novakatzen gebremst, und jetzt versuchen die Wölfe ihre Stärke zu beweisen und greifen unsere Systeme an. Wir dürfen uns unseren Weg nicht länger von den Ereignissen vorschreiben lassen, sondern müssen mutig und gewagt die Initiative ergreifen. Und die Zeit dafür ist jetzt gekommen!«

Devon Osis nickte leise. Er sog jedes Wort in sich auf. Galaxis Tau war frisch und stark, das Beste aus dem Generbe der Nebelparder. Mit ihrer Ankunft waren das Draconis-Kombinat und der Rest der Inneren Sphäre reif, erobert zu werden. Nur die imaginäre Waffenstillstandslinie bei Tukayyid trennte die Clans von der Herrschaft über die Innere Sphäre, und diese Linie verwischte sich mit jedem Tag mehr. »Das Kombinat verehrt den Drachen, aber wir werden diese Barbaren wie die Papiertiger zermalmen, die sie in Wahrheit sind, und der Weg nach Terra wird frei sein.«

Bei diesen Worten fuhr der Khan der Nebelparder wütend auf. »Negativ, Sterncolonel. Du mußt weiterdenken als nur bis zum Kombinat. Clan Novakatze ist unser Ziel. Wie einen Albatros hat Ulric Kerensky ihn uns um den Hals gelegt. Die Novakatzen haben uns ganze Systeme geraubt, und ihr Kampfstil hat uns den Sieg auf Luthien gestohlen. Wir haben diese Last zu lange getragen. Sie wurden hierher gebracht, um uns auszusaugen wie Blutegel, um dafür zu sorgen, daß wir zu schwach sein würden, Terra einzunehmen, wenn die Zeit dazu gekommen wäre, zu schwach, unseren rechtmäßigen Platz als der ilClan einzunehmen.«

Lincoln Osis hatte recht. Die Novakatzen waren in der zweiten Hälfte der Invasion der Inneren Sphäre dem Angriffskorridor der Nebelparder mit zugeteilt worden. Dort angekommen, hatten sie den Pardern einige ihrer Eroberungen abgenommen und sich eingegraben. Jetzt waren sie bereit zu einem Wettlauf gegen die Nebelparder nach Terra, sobald der Waffenstillstand von Tukayyid auslief. Wieder stieg Bewunderung für seinen Khan in Devon auf. »Wir werden die Novakatzen pulverisieren«, stieß er aus, und in seinen Ohren hämmerte der Puls.

Lincoln Osis nickte. »Galaxis Tau ist unverbraucht, und aus den feinsten Exponaten unseres Genfundus entwickelt worden. Ich habe keine Kosten gescheut, um sie zur Perfektion auszubilden und mit dem Besten auszurüsten, das unser Clan besitzt. Ihre Krieger wurden zerfleischt und zerkratzt, und nur von den Besten gefordert.« Die Worte drangen Devon bis ins Mark. Es war beinahe ein Gefühl wie in den Augenblicken, als Lincoln Osis die zeremonielle Maske aufsetzte und die Personifikation des Nebelparders wurde.

Der Khan legte beide Hände auf Devons Schultern. »Du hast dich in den Tests bis zum Rang des Galaxiscommanders hochgearbeitet, Devon Osis, aber du hast keine Galaxis, über die du befiehlst. Bis eine neue Einheit zur Verfügung stand, hast du deinen alten Rang weitergeführt. Nun existiert eine. Ich gebe dir Galaxis Tau.«

»Ich werde Euch nicht enttäuschen, mein Khan.«

»Für die Fehler der Vergangenheit ist kein Platz. Die Wölfe kratzen geifernd an unserer Tür und greifen uns an, um sich die Ehre zurückzuholen, die ihnen die Jadefalken genommen haben. Die Falken spielen mit ihren Geschkos, um ihre Kraft zu beweisen. Die Stahlvipern haben sich eingerollt, bereit, jeden Augenblick zuzustoßen. Die Geisterbären warten und beobachten das Geschehen in ihren Höhlen. Und dann sind da die Novakatzen. Sie sind ein Geschwür in unseren Eingeweiden, rauben unsere Kraft.« Der Khan machte eine kurze Pause, und seine Züge verzerrten sich vor Abscheu. »Wie Freigeburtsmystiker starren sie empor in die Nacht und suchen Rat von den Geistern, die ihre Einbildung dort angesiedelt hat. Sie befragen Seher und Sterne, um ihren Weg zu finden. Heute nacht, wenn der Khan der Katzen in den Nachthimmel blickt und um eine Vision bittet, ihn zu leiten, wird er einen Nebelparder sehen. Du wirst dieser Nebelparder sein. Galaxis Tau wird in Kürze auf unserem Stützpunkt auf Wildcat eintreffen. Du wirst dich dorthin begeben und Sterncolonel Roberta ablösen, die Tau von den Heimatwelten hierher geführt hat. Schließe ihre Ausbildung ab und entwickle eine Strategie für ihren Einsatz. Ich werde dich wissen lassen, wann die Zeit gekommen ist, und dann – wird der Parder wieder auf die Jagd gehen.«

Der kühle Nachtwind Tarnbys strich über Sterncolonel Santin West, aber die Hitze des lodernden Scheiterhaufens vertrieb die Kälte auf den Höhen des Mont Neyzari. Er verlagerte das Gewicht und rückte seine steifen, gekreuzten Beine ein wenig zurecht, ohne den Blick von den tanzenden Flammen des Feuers zu nehmen. Er war nicht allzu groß für einen Elementar, nur knapp 2,5 Meter, wenn er sich gerade aufrichtete. Sein gebleichtes weißes Haar war zu einem Bürstenschnitt gestutzt, der an den stachligen Rücken eines Igels erinnerte, und trotz der Kälte war er nur in Shorts gekleidet, mit dem Fell eines Novakatzenweibchens um die Schultern geworfen. Die tiefen Ringe um seine Augen wirkten im Flackern des Feuers noch dunkler.

Er starrte in die Flammen und fühlte, wie sein Körper sich leicht zur Seite neigte, bevor er sich wieder abfing. Es war sechs Tage her, daß er zuletzt gegessen hatte, und mindestens achtundvierzig Stunden seit dem letzten Schlaf. Seine Stärke ließ rapide nach, aber die Eidmeisterin hatte ihm versichert, daß dies die beste Möglichkeit sei, eine Vision aufzurufen. Der Visionsritus war das ehrenvollste und mysteriöseste aller Novakatzen-Clanrituale, und er wollte nicht versagen – nicht schon wieder.

Santin Wests vorherige Versuche schienen ihm ein Leben weit zurückzuliegen. Einer war kurz nach Luthien gewesen, und er hatte zu erfahren gehofft, was die Zukunft bringen würde. Aber es hatte sich keine Vision eingestellt. Dann kam das Blutbad von Tukayyid. Der Tod seiner Kogeschwister, die mit ihm zusammen großgeworden waren und die mörderische Kriegerausbildung ihrer Geschko durchgestanden hatten, hatte ihn auf eine Weise getroffen, die er bis jetzt nicht recht verstand.

Diesmal war es anders. Er dürstete danach, die Zukunft zu erfahren – nicht nur für sich selbst, sondern für den ganzen Clan. Die Vergangenheit war nicht zu ändern. Aber ein Blick in die Nebel dessen, was noch bevorstand, konnte seinem Volk die Möglichkeit liefern, die Gegenwart zu beeinflussen.

Sein Blick wanderte zu der kleinen Ansammlung von Relikten, die vor ihm auf dem Boden lagen. Das waren seine Venirs, Erinnerungen an vergangene Schlachten. Jeder Novakatzen-Krieger sammelte solche Überreste aus wichtigen Kämpfen, an denen er teilgenommen hatte. In der Regel wurden sie in einem Lederbeutel aufbewahrt und nur während einer Zeremonie getragen. Beim Visionsritus jedoch wurden die Venirs ein Opfer der Flammen. Ein Venir war etwas Bedeutendes, es diente dem Krieger, der es besaß, als spiritueller Fokus, es konservierte die Erinnerung und vor allem die Bedeutung dieser Erinnerung. Für eine Novakatze war nur das Kodax-Armband, das ihre offizielle Dienstlaufbahn und alle wichtigen Einzelheiten ihres Daseins bis hinab zu ihrem DNS-Code enthielt, wichtiger als ein Venir. Der Unterschied zwischen beiden war einfach. Der Kodax war ein offizielles Dokument. Die Venirs dokumentierten den persönlichen Werdegang eines Kriegers, der jenseits des offiziellen lag.

Santin West betrachtete ein kleines Bruchstück eines Elementarpanzers, das er an dem Tag, an dem er seinen Blutnamen gewonnen hatte, seinem letzten Gegner abgenommen hatte. Es war verbogen und zerkratzt, und es erinnerte ihn an die Freude, die er über seinen Sieg gefühlt hatte. Daneben lag ein zerrissenes Halstuch, eine Erinnerung an den Krieger, den er beim Positionstest für den Rang eines Sterncaptains bezwungen hatte. Der kleine Finger, der in dem Positionstest von seinem ersten Elementarpanzer abgebrochen war, in dem er sich zum Sterncolonel hochgekämpft hatte.

Dann war da noch ein dünnes Stück Myomerkabel, das ›Muskel‹-Material eines BattleMechs. Er sah es an und erinnerte sich an die Schlacht um Caripace, und an die Schwierigkeiten, die ihm der draconische MechKrieger bereitet hatte. Auch Stücke von Mechkanzeldächern lagen zwischen seinen Venirs, jedes von einem anderen Gegner, den er während der Invasion besiegt hatte.

Ein Ohrring, schwarzverkohlt und halb geschmolzen. Santin West hatte ihn einem Kell Hound abgenommen, als seine Einheit im Kadoguchi-Tal auf Luthien zerschlagen worden war. Aber trotz der Kameraden, die er verloren hatte, fühlte er kein Bedauern, was diese Schlacht betraf. Sie hatten gut gekämpft und waren in den Tod gegangen, so wie er es ihnen eines Tages nachzumachen hoffte, bis zum Ende und darüber hinaus kämpfend. Wie es das Wesen des Kriegers war.

Ein Teil in der Sammlung von Venirs hob sich von den anderen ab. Der Aufnäher zeigte das ComStar-Logo und die weißgoldenen Insignien der 244. Division. *Tukayyid.* Er war dabei gewesen, und das war seine Verbindung mit jener Schlacht. Er sah den faltigen Aufnäher an, an einer Seite rußgeschwärzt, und er erinnerte sich – hörte wieder das Dröhnen der Autokanonen und die Schreie des Schlachtgetümmels.

Santin sah von den Venirs auf. Seine Gedanken waren noch immer auf Wanderschaft in den Korridoren der Erinnerung. Die Eidmeisterin stand neben ihm. Sie streute ein weißes Pulver in die Flammen und legte mehrere Hartholzscheite nach. Die Pulverkörner zuckten im Feuer leuchtend grün, blau und blutrot auf. Eidmeisterin Biccon Winters warf auch einige Kapseln in das hoch auflodernde Feuer. Sie enthielten Weihrauch, und ihr starker Duft packte Santin Wests Sinne und ließ sie nicht mehr los. Die teilweise noch feuchten Holzscheite krachten und schleuderten Funken in die Nacht.

Seine Augen senkten sich zum Ursprung des wild tanzenden Feuers, und er fixierte die orangerot glühenden Kohlen im Zentrum des Infernos. Die mit schwarzen Flecken bedeckten Kohlen schienen in der Hitze zu flimmern. Er starrte sie an und erlebte ein Schwindelgefühl, konnte nicht sagen, ob er ins Herz der Flammen fiel oder gezogen wurde.

In der Glut sah er eine dunkle Silhouette. Er hielt sie in seinem Blick, und sie schien Gestalt anzunehmen, wurde zu einer zuschlagenden Katze. Santin Wests Augen weiteten sich vor Erregung, als er sie anstarrte. Sie folgten den Umrissen der Katze, und eine zweite, gelborangefarbene Gestalt erschien zwischen den Kohlen. Wieder sah er eine jagende Katze, diesmal wie im Sprung eingefroren. Und aus der untersten Schicht der Kohlen stieg eine weitere Silhouette auf – jetzt nur der Kopf einer Katze – und wurde immer deutlicher. Die drei Bilder schimmerten in der vom Feuer aufsteigenden Hitze, aber alle drei wirkten so real, als wären sie lebendig.

Plötzlich rutschten die Scheite, und stürzten hinab auf die Kohlen. Die Bewegung und das Krachen zerstörten seine Konzentration für einen Augenblick, und als seine Augen sich nach dem Blinzeln wieder öffneten, stellte er fest, daß eine der Gestalten von den fallenden Scheiten ausgelöscht worden war. Die erste dunkle Gestalt war noch zu sehen, aber sie schien nicht mehr zu kämpfen, sondern stand nur reglos in den Flammen. Die andere, der Katzenkopf, war unbeschädigt, aber nun schien sie sich vor seinen Augen zu verändern. Santins Atem ging stoßweise, sein Puls hämmerte wie der eines Pferdes in einem Rennen, aber er war unfähig, sich zu bewegen, hing in Raum und Zeit gefangen über dem Feuer.

Der Kopf der Katze schien dunkler zu werden und sich in einen grinsenden Totenschädel zu verwandeln. Er neigte sich vor ihm, wie in einem Zugeständnis. Santin West griff nach ihm, aber die Scheite verlagerten sich erneut und löschten den Katzenschädel aus, der ihn so teuflisch angegrinst hatte. Er ließ die Hand wieder aufs Knie fallen und schüttelte leise den Kopf.

»Du hattest eine Vision, Santin West, pos?« fragte eine Stimme von außerhalb seines Sichtfelds. Er wußte, daß sie Biccon Winters gehören mußte, der Eidmeisterin der Novakatzen und Bewahrerin des Ritus. In ihrem Tonfall lag eine Spur von Neid.

»Pos«, bestätigte er kaum hörbar, die Augen immer noch glasig und auf die Flammen gerichtet – in der Hoffnung, die Vision werde zurückkehren.

»Ausgezeichnet. Dies war dein vierter Versuch, Sterncolonel. Ich gratuliere dir. Viele, die den Ritus durchführen, erreichen ihr Ziel niemals ganz. Wir Novakatzen verstehen den Wert solcher Visionen. Seit unser Gründer

Nicholas Kerensky die Vision hatte, die zur Gründung unserer Kultur führte, sind die Novakatzen-Krieger die einzigen, die solche Questen noch unternehmen. Es ist eine Verbindung zu unserer Vergangenheit und eine Brücke in unsere Zukunft.«

Santin West schwindelte. Sein Magen schmerzte und seine Muskeln protestierten. »Meine Vision – es war …« Seine Stimme erstarb, als sein Verstand zu erklären versuchte, was er gesehen hatte.

Die Hand der Eidmeisterin sank auf seine Schulter. »Ich bin die Hüterin des Eids für unser Volk und die Bewahrerin dieses Ritus. Eine Vision ist heilig, und oft offenbart sie ihre Bedeutung erst mit dem Zug der Zeit.«

Santin verlagerte das Gewicht und streckte die Beine aus. Zum ersten Mal in dieser Nacht stach die Kälte der Luft in seine Haut, als er sich bewegte. »Ihr versteht nicht. Ich muß begreifen, was ich gesehen habe.« Seine Gedanken wirbelten um das Bild, das vor seinem inneren Auge bereits verblaßte. *Die beiden ineinander verbissenen Katzen, das verstehe ich. Nebelparder und Novakatzen bekämpfen sich seit Jahrhunderten. Aber ich sah noch eine Katze, eine, die zu einer Totenmaske wurde, diejenige, die sich vor mir verbeugte. Die beiden kämpfenden Katzen wurden zermalmt, und alles, was zurückblieb, war das Totengrinsen der dritten. Ich muß verstehen, was ich sah. Ist das meine Zukunft oder die meines Clans?*

Eidmeisterin Winters schüttelte den Kopf. »Neg, Sterncolonel. Nicholas Kerensky ebenso wie die Gründerin unseres Clans, Khan Sandra Rosse, haben uns gelehrt, geduldig zu warten, während sich die Bedeutung einer Vision allmählich offenbart. Laß dein Verständnis reifen, dann werden wir weiter darüber reden. Wenn das, was du gesehen hast, eine Voraussage über unsere Zukunft ist, werde ich die Khane darauf aufmerksam machen. Das ist meine Pflicht und Ehre.«

Santin West richtete sich langsam und schwankend auf. In diesem Augenblick schlugen die Tage und

Nächte des Fastens und der Konzentration über ihm zusammen. Er tat einen schwachen Schritt, dann brach er plötzlich vor Eidmeisterin Winters zusammen. West lag lang hingestreckt auf seinen kostbaren Venirs, vor Erschöpfung bewußtlos.

2

Kriegerhalle, das Fort, Tara, Northwind
Chaos-Marken

2. Mai 3058

Die Versammlungshalle der Clan-Ältesten war das wichtigste Regierungsgebäude in Tara, Herz und Seele der planetaren Regierung Northwinds. Obwohl die Highlanders nur einen Bruchteil der planetaren Bevölkerung darstellen, bedeuteten sie die einzige wirkliche Macht und Autorität auf dieser Welt. Um so mehr, seit sie den Planeten Prinz Victor Davion und dem Vereinigten Commonwealth abgerungen hatten.

Im Herzen Taras gelegen, war die Versammlungshalle Teil eines ganzen Gebäudekomplexes, der seit der Rückkehr der Highlanders nach Northwind 3028 als das Fort bekannt war. Die zurückgekehrten Ältesten hatten verkündet, ihre geliebte Heimatwelt von dieser Festung aus gegen alle und jeden zu verteidigen, der sie bedrohte.

Einmal im Jahr kamen die Ältesten von Tara und die Lairds aller äußeren Provinzen zur Hohen Versammlung zusammen, um Angelegenheiten von planetarer Bedeutung zu behandeln, die alltäglichen Entscheidungen aber trafen verschiedene Unterparlamente. Das größte und angesehenste in dieser Reihe war die Versammlung der Krieger, die das Highlander-Militär verwaltete. Die aus genau einhundert bewährten Highlander-Kriegern zusammengesetzte Versammlung war der Eckstein Northwinds.

Im Gegensatz zum Rest des Forts war die hufeisenförmige Kriegerhalle aus Holz gefertigt. An einem Ende befand sich eine Empore mit einem Tisch für die vier Obersten der vier Regimenter der Einheit. Der Empore gegenüber saßen die einhundert Krieger an soliden Eichenholztischen mit Computerterminals und anderer moderner Ausrüstung. Die meisten trugen die traditionellen Kilts und schweren Stiefel der MechKrieger und Luft/Raumpiloten. Ausgehuniformen galten als unangemessen für die Versammlung der Krieger.

Die in die Wände eingebaute Beleuchtung war nicht sonderlich stark, aber sie reichte aus. Loren ging die wenigen Stufen hinunter zu dem aus festgestampfter Erde bestehenden Boden der Kammer. Ringsum strömten andere Mitglieder der Versammlung herein und suchten ihre Plätze auf den Holzbänken hinter den Tischen. Neben einem Monitor hatte jeder Platz Verbindung zu einer Hochgeschwindigkeitskommphalanx für den Zugriff auf Vortragsdaten und die Abstimmung über die der Versammlung vorgelegten Anträge. Im Augenblick waren die Schirme noch leer.

Loren setzte sich und legte den wollenen Kilt zurecht. Dieses Kleidungsstück hatte ihm nach seinem Eintritt in die Highlanders die größten Probleme bereitet. Die dicke Wolle des Kilts verschaffte ihm bei formellen Gelegenheiten wie längeren Versammlungen regelmäßig einen heftigen Juckreiz an den Beinen, was noch dadurch verschlimmert wurde, daß zur traditionellen Uniform keine Unterwäsche gehörte. Das schwarze Hemd war lang genug, um es für einen gewissen ›Halt‹ zwischen den Beinen zusammenzubinden, aber trotzdem empfand er es als zugig und unangenehm.

Er sah Chastity Mulvaney, die sich nach einem Platz umsah. »Major Mulvaney«, rief er lächelnd, und deutete auf den freien Platz neben sich.

Sie kam herüber. Dann blieb sie einen Augenblick lang stehen, die Arme über der Brust verschränkt, und kniff die Augen leicht zusammen. »Bilde dir ja nichts ein, Loren. Ich habe die Regimentsgefechtsbeurteilung gesehen. Du hast gewonnen, ich habe verloren. Laß es gut sein, wenn du weißt, was gut für dich ist.«

Ihre Beziehung war von Beginn an eine Haßliebe gewesen, und daran hatte sich im Laufe der Zeit nichts geändert. Sie war Lorens perfektes Gegenstück, auf dem

Schlachtfeld ebenso wie außerhalb. Bei den jüngsten Manövern zwischen den Kilsyth Guards und MacLeod's Regiment hatte sein BefehlsBataillon das ihre geschlagen, aber das hieß keineswegs, daß sie den Spieß bei der nächsten Begegnung nicht umdrehen konnte. *Manches läßt sich in Worten einfach nicht ausdrücken. Ich brauche ihr nicht zu sagen, was ich fühle, sie weiß es. So wie ich ihre Gefühle kenne.*

Loren zuckte die Achseln, aber bevor er etwas antworten konnte, nahm die Ankunft der befehlshabenden Offiziere der Northwind Highlanders alle Aufmerksamkeit in Beschlag. Als die vier Obersten den Saal betraten, stellte Loren fest, wie unähnlich sie einander waren. Während MacLeods Highlanders für ihre Wildheit und ihr Draufgängertum bekannt waren, hatten Oberst Edward Senns 1. Kearny Highlanders den Ruf konservativer Hartnäckigkeit. Loren mußte grinsen, als er sich an seine Zeit als einer von MacLeods ›Draufgängern‹ im Kampf um Tara erinnerte. Das 2. Kearny unter Oberst James O. Cochraine, in dessen Miene sich kaum jemals ein Muskel verzog, galt als das leidenschaftlichste aller vier Regimenter, das sich häufig mehr vom Gefühl als vom Verstand gelenkt in die Schlacht warf. Oberst Andrea Stirling war unter Cochraine groß geworden, bevor sie die Führung der Fusiliers von Henrietta McCormack übernommen hatte. Es waren Stirlings Gewitzheit und Erfindungsreichtum auf dem Schlachtfeld gewesen, die ihrem Regiment einen entsprechenden Ruf eingetragen hatten.

Die vier traten im Gänsemarsch an den Kommandeurstisch. Dann drehten sie sich zu den versammelten Kriegern um, die sofort aufsprangen und Haltung annahmen. Loren verspürte eine Art Rausch, ein leichtes Hämmern in den Ohren, die Art wärmenden Stolzes, die er früher in der Gegenwart des Kanzlers gefühlt hatte.

»Weitermachen«, sagte Oberst Senn. Als Kommandeur des ältesten Regiments der Northwind Highlanders hatte Senn den Vorsitz über die Versammlung der Krieger, sofern er anwesend war.

Die Krieger nahmen wieder Platz, und Senn wartete, bis sich die dadurch entstehende Unruhe gelegt hatte, bevor er weitersprach. »Ich erinnere Sie alle daran, daß die Protokolle dieser Versammlung vertraulich zu behandeln sind, und wenn wir heute in formelle Vertragsverhandlungen eintreten, sind Sie zudem durch die Sicherheitsvorschriften der Söldnerprüfungs- und Vertragskommission gebunden.«

Derzeit befanden sich alle vier Highlander-Regimenter auf Northwind, weil die Einheit keine Aufträge angenommen hatte, während sie versuchte, die Verluste in Höhe beinahe eines kompletten Regiments bei den Kämpfen gegen Davion auszugleichen. Oberst James D. Cochraine hatte am äußersten linken Ende des Tisches Platz genommen. Neben ihm saß Oberst William MacLeod. Dann kam Oberst Senn, und auf dem Platz am rechten Ende saß schließlich Lorens Oberst Stirling.

»Lance Sergeant at Arms«, forderte Senn den Unteroffizier an der Tür des Saales auf. Der Mann öffnete die Tür, und drei Frauen in höchst formellem Gewand traten ein.

»Willkommen, verehrte Gäste«, begrüßte Senn die Neuankömmlinge, und winkte sie vorwärts.

Die offenkundige Anführerin der drei Gesandten war von mittlerer Größe und trug einen blaugrünen Seidenkimono. Sie bewegte sich mit einer Aura königlicher Eleganz, und ihr glänzend schwarzes Haar war über der bleichen Haut in einem strengen und doch eleganten Stil in den Nacken gezogen.

Loren erkannte sie sofort. *Omi Kurita.* Die Tochter des draconischen Koordinators Theodore Kurita. Ihre Anwesenheit auf Northwind bedeutete eine inoffizielle Anerkennung der neugewonnenen Unabhängigkeit dieser Welt. Als sie graziös die Stufen zur Empore der Obersten hinaufstieg, sah sich Loren die beiden anderen Würdenträgerinnen genauer an. Eine trug die weiße Uniform einer MechKriegerin des Kombinats, und kam Omi in Größe und würdevollem Auftreten fast gleich. Die Rangabzeichen am Kragen ihrer Uniform kennzeichneten sie als Sho-sa, das VSDK-Gegenstück zu Lorens Rang eines Majors. Die leuchtendblau-schwarzen Insignien auf ihrer Schulter waren aussagekräftiger – es war die tosende Flutwelle des Genyosha-Regiments.

Loren benötigte die Ankündigung des Unteroffiziers nicht, um auch die zweite Frau zu erkennen, wenn auch aus anderen Gründen. Jeder, der die Schlacht um Luthien studiert hatte, in der das Kombinatsmilitär und einige der besten Söldner der Freien Inneren Sphäre einen Clanangriff auf die Zentralwelt des Kombinats zurückgeschlagen hatten, kannte Ruth Horner.

Loren hatte ihre Schriften über Clan-Taktiken als höchst aufschlußreich empfunden, und seiner Ansicht nach hatten ihr Buch und ihre Aufsätze das Zeug zu einer Bibel für Feldoffiziere. Vor sechs Jahren auf Luthien war sie eine Tai-i der Genyosha gewesen und hatte einen äußerst erfolgreichen Angriff auf die Nebelparder in den Wasedabergen außerhalb Imperial Citys angeführt. Loren konnte nur hoffen, sich ebensogut zu schlagen, wenn seine Zeit kam.

Die dritte Frau trug einen grauen Overall mit dem Sternsymbol ComStars auf der linken Brust, über dem Herzen. Die Abzeichen auf dem runden Kragen waren die einer ComGuard im Präzentorenrang. Der Unteroffizier stellte sie als Präzentorin Mercedes Laurent vom Explorercorps vor, während sie auf die Empore trat.

Loren lehnte sich zu Chastity hinüber und flüsterte: »Omi Kurita hier auf Northwind. Es muß um etwas Wichtiges gehen, etwas wirklich Großes.« Noch vor wenigen Jahren, vor der Ankunft der Clans, wäre es undenkbar gewesen, daß ein Mitglied des draconischen Herrscherhauses sich auf Northwind zeigte, einer Welt, die das Kombinat im 4. Nachfolgekrieg angegriffen und zu erobern versucht hatte. Die Zeiten hatten sich wahrlich geändert, und die Highlanders ebenfalls.

Chastity nickte. »Sie haben ausdrücklich um ein Treffen hier statt auf Outreach gebeten.« Outreach war eine Welt, auf der Söldner von nah und fern unter der Aufsicht der Söldnerprüfungs- und Vertragskommission neue Auftraggeber suchten. Gleichzeitig war der Planet die Heimatbasis von Wolfs Dragonern, jener berühmten Söldnereinheit, die ursprünglich aus dem Clan-Raum stammte, und den Militärs der Inneren Sphäre zu vermitteln versucht hatte, wie sie gegen die scheinbar unbesiegbaren Invasoren bestehen konnten. Daß Theodore Kurita die üblichen Anwerbekanäle und -verfahren umgangen hatte, war in der Tat bemerkenswert.

Omis Haltung war aufrecht, aber entspannt. Sie ließ ihren Blick durch den Saal schweifen, dann richtete sie ihn wieder auf den Tisch der Obersten. »Mitglieder der Northwind Highlanders und geehrte Kommandeure der Einheit, ich überbringe Ihnen herzliche Grüße aus dem Draconis-Kombinat, von Koordinator Theodore Kurita.«

»Domo arigato, Kurita Omi-sama«, bedankte sich Oberst Cochraine. »Dies ist das erste Mal in der Geschichte, daß die Versammlung der Krieger eine Repräsentantin des Kombinats empfängt, und Ihre Anwesenheit hier markiert ohne Zweifel den Beginn einer neuen Ära in den Beziehungen unserer Völker. Wir sind geehrt, hier auf Northwind eine Besucherin von solcher Bedeutung als Gast willkommen zu heißen.«

Loren war sich bewußt, wie korrekt die Worte des Obersten waren. Northwind hatte erst vor kurzem seine endgültige Unabhängigkeit vom Vereinigten Commonwealth erreicht, wenn auch noch unklar war, ob Victor Davion diesen neuen Status anerkannte. Omi Kuritas Besuch bekräftigte die Selbständigkeit, auch wenn es sich nicht um einen offiziellen Staatsbesuch handelte.

Das Vereinigte Commonwealth – was noch davon übrig war – und das Kombinat hatten das Kriegsbeil begraben, seit sie sich von einem gemeinsamen Feind bedroht sahen. Nur ein Narr konnte glauben, Theodore Kurita hätte seine Tochter hierher nach Northwind geschickt, ohne Prinz Victor Davion vorher rechtzeitig von seiner Absicht zu unterrichten. Möglicherweise war Victor bereit, diesen Bruch diplomatischer Gepflogenheiten vor seiner Nase zu übersehen, weil er wußte, daß es um eine Mission gegen die Clans ging.

»Oberst Senn, ich selbst ebenso wie der Koordinator begrüßen Ihre Worte. Ich versichere Ihnen, daß wir Ihre neugewonnene Unabhängigkeit nicht als Bedrohung empfinden, sondern als Gelegenheit, einander besser kennenzulernen.« Omi sprach beherrscht und bedächtig. »Der Koordinator übersendet den Northwind Highlanders ein Gastgeschenk, als eine Geste guten Willens.«

Sie schnürte ein Tuchbündel auf, das Sho-sa Horner ihr reichte. Das Tuch war rot und gelb, mit einem grünen Außenrand. Im oberen Teil des Banners war ein auf der Spitze stehendes Dreieck zu sehen, über dem die grüngefärbte Silhouette eines Dudelsackspielers lag – das Einheitssymbol des 1. Kearny-Regiments. Als Omi Kurita die Fahne in die Höhe hielt, so daß alle Anwesenden sie sehen konnten, wurde deutlich, daß es sich um ein Heerzeichen handelte, eines der Banner, die im Feld über einem Befehlsstand wehten. Dieses war alt, verblichen und in einer Ecke eingerissen.

»Dieses Heerzeichen gehörte einst Ihren 1. Kearny Highlanders. Unsere Streitkräfte konnten es in der Schlacht um Lincoln 2802 erbeuten. Der Sieg in einem Kampf gegen die Northwind Highlanders hat unsere Truppen mit großem Stolz erfüllt. Der Koordinator hat mich gebeten, es als Geste des guten Willens von ihm persönlich und der Bevölkerung des Draconis-Kombinats seinen rechtmäßigen Besitzern zurückzugeben. Und er hat mich gebeten, Ihnen darüber hinaus diese Botschaft zu übermitteln: Mögen wir uns nie wieder auf verfeindeten Seiten gegenübertreten, sondern zusammen gegen unseren gemeinsam Feind marschieren. Wir beide sind Völker, die Ehre unter Kriegern zu schätzen wissen. Bitte nehmen Sie dies im Namen dieser Ehre an.«

›Unser gemeinsamer Feind ...‹ Die Clans.

Oberst Senn verließ seinen Platz und trat langsamen, gemessenen Schritts hinüber zur Tochter des Koordinators. Es war sein Regiment, das die Standarte Jahrhunderte vor seiner Geburt bei den Kämpfen auf Lincoln verloren hatte. Er nahm das antike Banner und legte es ehrfürchtig über einen Arm. Dann stand er eine lange Zeit reglos vor Omi Kurita und sagte kein Wort. Als er sich schließlich verbeugte und die Hand der jungen Frau küßte, erhob sich von den Reihen der versammelten Krieger spontaner Beifall. Auch Loren stimmte darin ein, ebenso wie Mulvaney.

Der Applaus verklang, als Oberst Senn auf seinen Platz zurückkehrte und das Banner wie eine heilige Reliquie vorsichtig vor sich ausbreitete. »Bitte übermitteln Sie dem Koordinator im Namen der Northwind Highlanders unsere tiefste Dankbarkeit für dieses Geschenk. Wir nehmen es im Namen derer an, die uns vorausgingen, als Ehrung nicht nur der Krieger vom Highlanderblut, sondern auch der ehrenvollen Samurai des Draconis-Kombinats.«

Es war Oberst Stirling, die den formellen Ton durchbrach. Sie war bekannt für ihre Rolle der wilden, unberechenbaren Rebellin. »Alle Ehrre dem Geschenk, da' Sie uns gebracht haben«, stellte sie mit einem stärkeren schottischen Schnarren in der Stimme fest, als bei ihr sonst üblich war. »Aber Sie haben noch etwas anderes mitgebracht, was fürr die Versammlung von Interesse ist. Sie sind gekommen, um einen Kontrakt auszuhandeln, hab ich nae recht?«

Loren grinste. *Sie ist wirklich eine Katze. Sie setzt ihren Akzent bewußt dort ein, wo es ihr in den Kram paßt, um ihre Opfer im Ungewissen zu lassen, mit wem sie es zu tun haben.*

Auch auf Omis Gesicht war ein schwaches Lächeln zu erkennen, wie eine Bestätigung dessen, was sie von Stirling erwartet hatte. »So ist es, Oberst Stirling. Ich bin gekommen, um den Northwind Highlanders einen Kontrakt anzubieten. Sho-sa Horner von der Genyosha wird Ihnen die Einzelheiten der Mission erläutern.« Sie reichte Oberst Stirling eine kleine Laserdisk, die diese in die Lehne ihres Sessels steckte. Dann trat Omi Kurita beiseite, und Horner kam nach vorne. Auf den Tischbildschirmen vor den Offizieren erschienen Karten und Anzeigen zur Durchsicht.

»Wie Sie wahrscheinlich wissen, arbeitet der Koordinator seit einiger Zeit bei dem Versuch mit ComStars Explorercorps zusammen, die Heimatwelten der Clans zu finden.« Ruth Horner sah hinüber zu der ComStar-Präzentorin, die bestätigend nickte. Es war nicht gerade ein Geheimnis, daß es Theodore Kurita einzig und allein darum ging, die Clans zu besiegen.

»Dadurch ist es uns gelungen, die Welt zu identifizieren, über die ich heute mit Ihnen reden möchte. Ihr Name ist Wayside V. Die topographischen Daten des Planeten finden Sie jetzt auf Ihren Monitoren.«

Zahlreichen Gesichtern im Rund des Saals war Verwirrung abzulesen, als Horner den Weltnamen nannte. *Wayside?* Loren hatte bisher immer gedacht, praktisch alle bewohnten Planeten der Inneren Sphäre zu kennen, aber von diesem hatte er noch nie auch nur gehört. Und nach den Mienen der Krieger ringsum zu schließen, stand er damit auch nicht allein.

Sho-sa Horner sah den Ausdruck auf den Gesichtern und reagierte prompt. »Mir ist klar, daß niemand von Ihnen jemals von Wayside V gehört hat. Das liegt daran, daß diese Welt nicht in der Inneren Sphäre liegt. Die Mission, die ich Ihnen heute anbiete, ist eine Gelegenheit, den Kampf ins Gebiet der Clans zu tragen.«

Dieser Ankündigung folgte langes Schweigen, bis Oberst MacLeod es mit einer Frage an Mercedes Laurent brach. »Wo steht ComStar bei alledem, Präzentorin? Es war ComStar, der den Waffenstillstand ausgehandelt hat, der uns und die Clans fünfzehn Jahre daran hindern soll, uns gegenseitig anzugreifen. Die Highlanders wollen nicht Teil einer Operation werden, die einen neuen Krieg mit den Clans auslösen könnte.«

»Eine gute Frage, Oberst«, bestätigte die Präzentorin. »Aber Wayside V ist nicht Teil der Clan-Besatzungszone hier in der Inneren Sphäre. Es handelt sich um einen Clan-Stützpunkt in der Äußeren Peripherie. Ich bin autorisiert, Ihnen alle vom Explorercorps über diese Welt gesammelten Daten sowie die Koordinaten der Sprungrouten in das Waysidesystem zu übergeben.«

In ihrer Antwort erklärte Loren weitgehend, warum all dies nicht auf Outreach stattfand. Weder Theodore Kurita noch seine ComStar-Verbündeten konnten ein Interesse daran haben, daß Außenstehende von einer Mission dieser Bedeutung erfuhren. Mit Hilfe der Monitorkontrollen seines Tischs lokalisierte er in kürzester Zeit eine Sternenkarte, auf der die Lage des Zielplaneten eingezeichnet war. Er war Wochen vom äußersten Peripherievorposten des Kombinats entfernt.

Während er die Karte genauer analysierte, sprach Ruth Horner weiter. »Soweit wir wissen, handelt es sich bei Wayside V um ein Nachschubdepot der Nebelparder, und wir vermuten, daß er auf der Route zurück zu den Clan-Heimatwelten liegt. Ich biete Ihnen hiermit einen Kontrakt für eine Invasion von Wayside V durch ein Regiment der Highlanders an, sowie ein Entsatzbataillon als Garnison nach Erreichen des Missionsziels. Dieses Ziel besteht in der Vernichtung der auf dem Planeten befindlichen Clan-Einheiten und seiner Eroberung für das Draconis-Kombinat.«

Augenblicklich erhob sich ein lautes Murmeln in den Reihen der versammelten Krieger, aber Oberst Senns scharfe Stimme schnitt durch die Geräuschkulisse. »Sie verlangen von uns, eine unkolonialisierte Welt zu erobern, die noch kein bekannter Einwohner der Inneren Sphäre jemals auch nur besucht hat, korrekt?«

Jeder im Saal verstand nur zu gut, was er damit sagen wollte. In den letzten dreihundert Jahren hatten die Highlanders alle Schlachten auf Welten geschlagen, die schon Tausende Male kartographiert worden waren, deren Probleme und Gefahren bis hin zu den Wetterschemata genau bekannt waren.

Sho-sa Horner lächelte. »So ist es. Durch eigene und Explorercorps-Beobachtungssatelliten wissen wir, daß die Parder auf der Oberfläche Gebäude errichtet haben, ohne Zweifel Lagerhallen für ihren Nachschub. Für das Kombinat ist es wichtig, diese Welt anzugreifen und den Clannern abzunehmen. Zum einen würde es die Parder zwingen, Mittel zum Aufbau einer anderen Nachschubbasis umzuleiten. Zum anderen bedeutet jede Clan-Einheit, die mit solchen Aktivitäten beschäftigt ist, eine Einheit weniger, die unsere Grenzen bedroht.« Horner trat einen Schritt nach vorne, wohl, um ihren Zuhörern die Dringlichkeit ihrer Worte klarzumachen. »Das Kombinat hat durch die Clan-Invasion zahlreiche Systeme verloren. Bisher haben wir ständig auf unseren eigenen Welten darum kämpfen müssen, sie zurückzugewinnen. Diesmal wäre es anders. Wir würden den Krieg ins Territorium der Clans tragen, eine ihrer Welten einnehmen. Wayside V mag für die Pläne der Nebelparder wichtig sein oder nicht, für unser Volk wäre es ein bedeutender Erfolg, ein System zu erobern, auf das die Clans Anspruch erheben.«

Sie hatte recht. Wayside V hatte das Potential, als Hoffnungsschimmer zu dienen, als Sammelpunkt. Symbolische Siege dieser Art waren häufig ebenso wichtig wie bedeutende militärische Erfolge.

»Aus den vom Explorercorps gesammelten Daten läßt sich vermuten, daß der Planet von einem einzelnen Einstweiligen Garnisonssternhaufen verteidigt wird. Wie Sie sehen können, haben unsere Computer die dort anwesenden Mechs als Clan-Modelle der Garnisonsklasse identifiziert. Es wurden weder OmniMechs noch Luft/Raumelemente gesichtet.«

»Sie schlagen also vor, eine kleine Armee gegen einen einzelnen Clan-Sternhaufen der Garnisonsklasse zu entsenden?« fragte Oberst Stirling.

Horner nickte entschieden. »Der Angriff mit einem kompletten Kampfregiment und die spätere Verstärkung mit einem ganzen Bataillon ist angesichts des Alters unserer Daten die einzige Hoffnung, die wir haben, die Welt einzunehmen. Wenn der erste Versuch mißlingt, werden die Parder einfach die Garnison verstärken, und wir bekommen nie wieder eine derartige Gelegenheit.«

Loren betrachtete die Daten. Die Mechs waren ältere Clan-Modelle. Das machte sie nicht weniger tödlich, aber es waren zumindest nicht die hochmodernen OmniMechs, mit denen die Fronteinheiten der Invasoren ausgerüstet waren. Als er sich die Geländekarten von Wayside V ansah, weiteten sich seine Augen ungläubig. *Diese Daten müssen falsch sein. So sieht keine Welt aus.*

Ruth Horner sprach weiter. »Wie Sie inzwischen sicher bemerkt haben, stellt die Oberfläche von Wayside V eine Herausforderung ganz eigener Art dar. Irgendwann in der planetaren Geschichte muß es zu einem Meteor- oder Kometeneinschlag gekommen sein, der die oberen Atmosphäreschichten praktisch völlig vernichtet hat. Die Kontinente wurden sterilisiert und sind bis heute äußerst kalte, luftleere Felsebenen. Die ehemaligen Meere wurden zu den einzigen Gebieten, in denen es noch Leben gab. Als der Wasserspiegel sank, wurde ein Leben auf den Kontinenten unmöglich. Nur die tiefsten Senken der ehemaligen Meeresböden enthalten noch Wasser; der Rest der ehemaligen Ozeane stellt die einzigen bewohnbaren Regionen des Planeten. Die Parder haben ihre Installationen in einem dieser ausgetrockneten Meeresgebiete aufgebaut, am Ufer einer der wenigen noch existierenden Wasserflächen.«

Mulvaney beugte sich vor und flüsterte in Lorens Ohr, während dieser auf den Monitor starrte. »Die ganze verdammte Welt ist auf den Kopf gestellt. Mechs könnten zwar auf den luftleeren Kontinenten operieren, aber es bräuchte nur einen Cockpittreffer, und du wärst innerhalb von Minuten Geschichte.«

»Ein einzigartiges Gefechtserlebnis«, flüsterte Loren zurück.

»Und das ist ein Meisterstück der Untertreibung«, erwiderte Chastity Mulvaney.

3

Das Fort, Tara, Northwind
Chaos-Marken

13. Mai 3058

Loren Jaffray schaufelte die Berichtsausdrucke, die er auf dem Tisch in einer hinteren Ecke des *The Pub* ausgebreitet hatte, der sein inoffizielles Büro geworden war. Die kleine Gaststätte, die auch als Offiziersclub der Highlanders fungierte, war einer der wenigen Orte innerhalb des Forts, an denen er sich besonders wohl fühlte. Die dunkle Holztäfelung und die vom Zahn der Zeit gezeichnete Einrichtung gaben ihm ein Gefühl von Wärme und Geborgenheit. Möglicherweise lag es daran, daß er sich hier zum ersten Mal darüber klar geworden war, daß sein Platz bei den Northwind Highlanders war. Und ebenso verwurzelt im *The Pub*, wie dieser in Herz und Hirn der Highlanders war sein Bartender.

Mr. Pluncket brachte ein Pint Northwind Red herüber, und humpelte heftig mit seinem künstlichen Bein. Loren war so in seine Arbeit vertieft, daß er erst aufblickte, als er fühlte, daß der alterslose Bartender und frühere Truppführer ihm über die Schulter sah.

»Wir kennen uns schon eine ganze Weile, nicht wahr, Laddie?«

»Ja, Mr. Pluncket, das kann man sagen. Sie waren einer der ersten, die ich kennengelernt habe, als ich nach Northwind kam.« Loren wußte, daß Pluncket auf irgend etwas hinauswollte.

»Und wir sind Freunde, stimmt doch?«

Loren nickte. Die beiden hatten Seite an Seite gegen die VerCommies gekämpft und dabei vielen in MacLeods und Stirlings Regimentern das Leben gerettet. »Ja, Sie sind einer von einer Handvoll Menschen, die ich als meine Freunde bezeichnen würde.«

»Dann können Sie mir vielleicht unter Freunden erklären, was, beim Heiligen Geist Richards, hier vorgeht!« Pluncket hob frustriert die Arme.

Loren grinste und schüttelte den Kopf. Truppführer Pluncket war der selbsternannte interne Nachrichtendienstoffizier der Northwind Highlanders – eine Plaudertasche. Er wußte alles über jeden. Die Verletzungen, die ihn aus dem aktiven Dienst geworfen hatten, steigerten seinen Wissensdurst nur noch mehr. »Ich bin mir nicht sicher, was Sie meinen, Mr. Pluncket«, erwiderte Loren unschuldig.

»Sie wissen verdammt genau, wovon ich rede. Der Raumhafen ist dichter versiegelt als eine Tonne Giftabfall. Am Versammlungsgebäude sind doppelte Wachen aufgezogen, und nicht einmal die Medienreporter kommen durchs Tor. Selbst im Innern des Forts sind Sicherheitsleute gesehen worden – fremde, nicht unsere eigenen. Aber niemand sagt auch nur ein Wort, obwohl ich weiß, daß die Versammlung drinnen berät. Ich denke, da läuft irgendeine Kontraktverhandlung ab, und ich möchte wissen, mit wem.«

Loren verstand Mr. Plunckets Problem, aber nicht einmal für einen Freund konnte er die Vertraulichkeit der Versammlung der Krieger brechen. »Mr. Pluncket, Sie wissen genau, daß Geheimhaltung ab und zu nötig ist. Und möglicherweise legen Sie auch zuviel Gewicht auf ein paar Zufälle.« In Wahrheit hatte die Versammlung ihre Beratung über den Kontrakt mit dem Kombinat bereits abgeschlossen und die Frage zur endgültigen Beschlußfindung an die Regimentsoffiziere der Highlanders übergeben.

Nachdem die Entscheidung, in formelle Verhandlungen einzutreten, einmal gefallen war, hatten die vier Regimentskommandeure jeweils die Vor- und Nachteile einer Annahme des Auftrags erwogen. Die 1. und 2. Kearnys waren die frischesten der vier Highlander-Regimenter, da sie seit über einem Jahr keinen Kampfeinsatz mehr mitgemacht hatten. MacLeods Regiment war während Northwinds kurzem Unabhängigkeitskampf gegen das Vereinigte Commonwealth schwer mitgenommen worden. Stirlings Fusiliers hatten in denselben Kämpfen ebenfalls herbe Verluste erlitten. Beide waren über Monate wiederaufgebaut worden, hatten verstärkt Neuzugänge rekrutiert und die BeuteMechs der besiegten VerCom-Truppen als Nachschubquelle genutzt. Theoretisch konnte jedes der vier Regimenter die Mission annehmen, aber Loren war sich sicher, daß MacLeod nicht in Frage kam. Für seine Leute war es noch zu früh, einen über Entsatz- oder Garnisonsaufgaben hinausgehenden Auftrag zu übernehmen. Dazu waren die neuen Rekruten noch nicht gut genug integriert. Blieben die beiden Kearny-Regimenter und die Fusiliers.

»Ich will hoffen, es ist keiner dieser kleinen Miststaaten aus den Chaos-Marken«, fischte Pluncket weiter nach Hinweisen. Die Spaltung des Vereinigten Commonwealth und der kurze Krieg gegen die Häuser Marik und Liao hatten aus der ehemaligen Mark Sarna einen Schmelzkessel unabhängiger Systeme gemacht, die allesamt versuchten, eine eigene Identität zu bewahren und Versuche der verschiedenen Fraktionen abzuwehren, sie zu schlucken – sei es offen oder insgeheim. Pluncket sprach aus, was die meisten Highlander fühlten. Sie zogen es vor, sich aus diesen schmutzigen Kleinkriegen herauszuhalten. Die Highlander-Regimenter hatten eine lange, ruhmreiche Laufbahn hinter sich – und sie wollten lieber in den Diensten eines der Großen Häuser zu Ehren zu kommen.

»Truppführer, ich kann Ihnen – ohne gegen meine Schweigepflicht zu verstoßen – versichern, daß sich niemand hier in die Chaos-Marken einschiffen wird.«

Truppführer Pluncket beugte sich über den Tisch, und Loren deckte die Logistiktabellen ab, an denen er gearbeitet hatte. »Mir kannst du es doch sagen, Laddie. Wen bewirtet ihr Offiziere da oben in der Versammlung?«

Sein Tonfall war verschwörerisch, und er war so konzentriert, daß er die Gestalt nicht bemerkte, die sich ihm aus den Tiefen des schummrigen Schankraums näherte.

»Vielleicht sollten Sie mich das fragen, Bartender.« Pluncket wirbelte beim Klang der Stimme herum, die er sofort als die Oberst Andrea Stirlings erkannt haben mußte. Loren unterdrückte ein Grinsen beim Anblick des tiefrot anlaufenden dicklichen Bartenders, der sein Bestes tat, sich von dem Schock zu erholen. »Oberst Stirling, Ma'am, ich hab dich nae reinkommen seh'n, Lass.«

»Ich habe die Hintertür benutzt«, stellte Cat Stirling fest und schob sich auf den Platz zwischen Pluncket und ihrem Stellvertreter. »Vorrecht des Rangs«, fügte sie leicht schneidend hinzu. »Und jetzt hätte ich gerne ein paar Minuten allein mit meinem SR. Regimentsangelegenheiten.« Pluncket neigte verstehend den Kopf und entfernte sich rückwärts von ihrem Tisch. Stirling ließ ihn nicht aus den Augen, bis der Mann außer Hörweite war, dann drehte sie sich zu Loren um. »Erinnern Sie mich, daß ich Ihnen erzähle, wie er sein Bein verloren hat. Aber jetzt möchte ich erst einmal wissen, was Sie über den Kontrakt denken, der uns da angeboten wird.«

»Oberst, mehr als alles andere will ich gegen die Clans antreten und sie besiegen.«

Stirling lächelte. »So sehr?«

Zur Antwort nickte Loren nur einmal, langsam.

»Ich auch. Sie wollen diesen Auftrag, um das Trainingsprogramm zu testen, das Sie ausgearbeitet haben. Und ich will ihn als Feuerprobe für meine Einheit nach dem Wiederaufbau.«

Loren nickte. »Um ehrlich zu sein, Oberst, will ich ihn auch aus persönlichen Gründen, die über die Trainings- und Simulatorübungen hinausgehen.«

»Es fällt Ihnen schwer, sich an das Leben als Highlander zu gewöhnen, Major?«

»Gelegentlich, ja. Es gibt einige, die mich immer noch vorrangig als capellanischen Offizier sehen, trotz allem, was geschehen ist, seit ich auf Northwind eingetroffen bin. Und dann sind da die politischen Anforderungen der Regimentsführung. Politik war noch nie meine Stärke. Aber stecken Sie mich in ein BattleMechcockpit, setzen Sie mich aufs Schlachtfeld, und ich bin in meiner natürlichen Umgebung. Eine Mission wie diese wird unser Regiment zusammenschweißen, die Fusiliers zwingen, als Einheit zu denken und zu handeln.« *Laß mich das durchziehen, genau das kann ich am besten.*

»Sie stecken sich hohe Ziele, Major. Das ist bewunderungswürdig.«

»Danke, Ma'am.« Ihre Worte tanzten durch seine Gedanken. *So bin ich, so arbeite ich.* Es gab nur zwei Hindernisse auf seinem Weg, die beiden anderen Majore der Fusiliers.

Stirling mußte seine Miene gelesen haben. »Stimmt etwas nicht?« fragte sie, und legte den Kopf zur Seite.

»Nein, Ma'am, nichts, womit ich nicht fertig würde.«

»Dann müssen Sie an Craig und Blakadar gedacht haben«, stellte sie mit wissendem Lächeln fest.

Er seufzte schwer. »Bis jetzt widersetzen sie sich, wo sie nur können. Und jetzt weiß ich, daß sie sich hinter meinem Rücken an Sie gewandt haben. Ich erwarte nicht von ihnen, daß sie mich mögen, aber sie versuchen, meine Autorität zu untergraben.«

»Wie ich bereits sagte, Major, meine Tür ist offen für jedermann.«

»Ich verstehe, Ma'am.«

»Es sind gute Offiziere. Sie betrachten Sie immer noch als Außenseiter. Sie werden bald sehen, was für gute Arbeit sie leisten.«

Loren setzte sich auf, konnte seine Erregung nicht verbergen. »Heißt das, wir bekommen den Auftrag, Oberst?«

»Die drei anderen Obersten und ich haben uns stundenlang zugesetzt, aber ich bin mir ziemlich sicher, daß ich mich durchsetzen konnte. Sie werden eine Menge

Arbeit bekommen. Sie haben die Karte, die uns das Explorercorps geliefert hat. Ich will Namen darauf sehen. Highlander sterben nicht für numerierte Geländemerkmale. Und wenn wir das erfolgreich durchziehen wollen, brauchen wir einen Plan, einen verteufelt guten Plan sogar.«

Lorens Puls raste ebenso wie seine Gedanken. »Ma'am, ich habe schon einen Plan vorbereitet. Ich nenne ihn Fall Granit...« Er sammelte die über den Tisch verstreuten Papiere ein und erläuterte ihr, wie er die Nebelparder schlagen wollte.

Sho-sa Ruth Horner und Präzentorin Mercedes Laurent hatten den vier Regimentskommandeuren der Northwind Highlanders gegenüber Platz genommen. Der Besprechungsraum des Exekutivrats war nur klein, und die beiden einander an dem einzelnen rechteckigen Tisch gegenübersitzenden Parteien wirkten ungleich verteilt. Nur wenige Meter entfernt führte eine Tür in die Kriegerhalle, wo sie sich zum erstenmal begegnet waren. Es schien Tage zurückzuliegen.

»Sho-sa Horner, ich möchte mich bedanken, daß Sie zu diesem Treffen mit dem Exekutivrat bereit waren«, begann Oberst Senn das Gespräch. »Der Sinn dieser Diskussion ist die Ausarbeitung der Kontraktbedingungen, sollten die Northwind Highlanders die Mission annehmen.«

»Danke, Oberst. Ich gehe davon aus, daß Sie und Ihre Mitkommandeure alle Daten gesichtet haben, die wir Ihnen zur Verfügung gestellt haben?«

»Das haben wir in der Tat«, bestätigte Oberst MacLeod. »Ich war – gelinde gesagt – überrascht, wie viele Informationen Sie bereits über diese Nebelparderwelt in der Äußeren Peripherie sammeln konnten. Die mitgelieferten Navigationskarten waren höchst nützlich.« Er warf der ComStar-Präzentorin einen kurzen Blick zu, den diese mit einem Nicken bestätigte. »Insbesondere, da wir feststellen konnten, daß Clan Novakatze nur wenige Sprünge entfernt eine Serie eigener Nachschubposten unterhält.«

Die Karten, die ihnen das Explorercorps geliefert hatte, hatten ihnen ein Bild des Weltraums jenseits der Inneren Sphäre vermittelt, wie es kaum ein Mensch kannte.

»Mein Besuch hier verfolgt keinerlei geheime Absichten, Oberst MacLeod. Alles, was wir haben, steht Ihnen offen.« Ein Nicken der Explorercorps-Präzentorin bestätigte, daß Draconier und ComStar an einem Strang zogen, was diese Mission betraf.

»Meine Sorge, Lass, gilt der Möglichkeit, daß die Novakatzen eingreifen und ihrem Mit-Clan zu Hilfe kommen. Trotz ihrer Differenzen haben die beiden Clans schon vorher zusammengearbeitet. Können wir sicher sein, daß die Katzen nicht angesprungen kommen, um den Nebelpardern zu helfen?«

Horner schüttelte den Kopf. »Die beiden Clans haben eine besondere Abneigung gegeneinander. Sie arbeiten nur unter Zwang zusammen. Unsere Analytiker sind der Ansicht, daß die Novakatzen den Nebelpardern nicht zu Hilfe kommen würden, selbst wenn diese Gefahr liefen, alle Welten zu verlieren, die sie bis jetzt erobert haben. Vergessen Sie nicht, daß alle Clans ein Hauptziel haben – als erste Terra zu erreichen und einen neuen Sternenbund zu etablieren. Das macht sie notwendigerweise zu Konkurrenten.«

»Gutes Argument« sagte Cat Stirling und strich sich dabei mit einer Hand nach hinten durchs Haar. An den Seiten ihres Kopfes war der Haaransatz dort, wo die Sensoren des Neurohelms ansetzten, rasiert, das Zeichen der MechKriegerin. »Mein Problem hat ganz speziell mit den Bergerechten zu tun. Ihr ursprünglicher Kontraktentwurf enthält den Wunsch des Kombinats, sämtliches Bergungsgut dieser Mission zu behalten.«

»Unsere Kontrakte mit Söldnereinheiten stellen grundsätzlich sicher, daß alles Beutegut in unseren Besitz übergeht«, hielt Horner gelassen fest. Für diese Regelung gab es Gründe. Das draconische Militär war von den Clans schwer mitgenommen worden. Fast wäre Haus Kuritas Zentralwelt unter ihrem Ansturm gefallen. Die erbeutete hochmoderne Clantechnologie war eine wichtige Hilfe beim Wiederaufbau der VSDK.

Stirlings schottischer Akzent wurde stärker, ein Zeichen bevorstehender Auseinandersetzung. »Sie erwarten vo' uns, daß wir eine Mission in unbekanntes Gebiet unterrnehmen, mit jetzt scho' veralteten Daten über den Gegner. Wir verrstehen den Bedarf Ihrer Regierung a' geborgener BattleTech, aber wir werden auf dieser ungewöhnlichen Mission mit Sicherheit Verluste erleiden. Ich schlage vor, wir teilen das Berrgegut.«

»Das ist nicht immer so einfach, Oberst Stirling. Wie teilt man eine PPK oder einen Laser gerecht?«

So leicht gab sich Stirling nicht geschlagen. Sie spannte die Kiefermuskulatur an wie ein Kampfhund im Blutrausch. »Ich rede nicht von einem Prozentanteil, Sho-sa. Alles Bergegut aus Gefechtsfeldoperationen geht in unser Eigentum über. Der gesamte Inhalt der Lagerhallen, die das wirkliche Ziel dieser Operation sind, gehört dem Kombinat.«

Ruth Horner dachte lange und angestrengt nach. »Es müßte möglich sein, die Zustimmung meiner Regierung zu diesen Bedingungen zu erreichen, vorausgesetzt, die Highlanders übernehmen die anfallenden Transportkosten.«

Oberst Senn und die anderen Regimentsführer steckten die Köpfe zusammen. Nach ein, zwei Minuten des Tuschelns teilte Oberst Cochraine Horner ihre Entscheidung mit. »Einverstanden. Solange das Kombinat alle Kosten deckt, die unseren Landungsschiffen auf dieser Mission und der Bergeoperation entstehen, und sich bereiterklärt, uns Schiffskapazität auszuleihen, sollten unsere Schiffe nicht in der Lage sein, das Bergegut ins All zu schaffen.«

Ruth Horner hörte sich die Bedingungen an, überlegte und machte sich ein paar Notizen. »Ich denke, darauf können wir uns einigen.«

»Und was den Transport betrifft«, stellte Oberst Cochraine mit einem Blick auf den vor ihm liegenden Kontraktentwurf fest, »möchte ich sichergehen, daß ich alles richtig verstanden habe. Das Kombinat arrangiert eine Kommandostrecke in die Äußere Peripherie und stellt Sprungschiffe für die Hin- und Rückreise zur Verfügung. Die Highlanders tragen die Kosten für die Reise von der Peripherie aus und zurück. Alles andere übernimmt Ihre Regierung.«

Horner nickte langsam. »In Erwartung eines erfolgreichen Verhandlungsabschlusses befindet sich die Kommandostrecke bereits im Aufbau. Wayside V liegt fünfundsechzig Lichtjahre jenseits der draconischen Grenzen, aber wir müssen uns dem System über einen Umweg nähern und wollen keine wertvolle Zeit verlieren. Wir bezahlen alle Reisekosten innerhalb der Inneren Sphäre. Außerhalb stellen wir Ihnen gegen einen bescheidenen Tagessatz die benötigte Technologie zur Verfügung.«

Stirling wedelte mit dem Zeigefinger. »Noch ist der Vertrag nicht unterschrieben, Sho-sa. Die Verhandlungen sind erst vorbei, wenn wir das sagen.«

Horner senkte leicht den Kopf. »Ich wollte Sie weder beleidigen noch den Dingen vorauseilen, Oberst Stirling. Ich habe nur angedeutet, daß wir bisher bei den Verhandlungen noch auf keine ernsthaften Problempunkte gestoßen sind.«

»Der Tag ist noch jung, Lassie«, erwiderte Stirling mit ihrem katzenhaften Grinsen.

»Was uns zu einem anderen Punkt bringt, der, was uns betrifft, von erheblicher Bedeutung ist«, stellte Oberst Senn fest. »Und das ist die Rolle des VFB bei dieser Mission. Die Northwind Highlanders müssen die volle Kontrolle über die Operation behalten und dürfen an keine Anweisungen eines Vertreters des Verbindungsbüros für Berufssoldaten gebunden sein. Wir werden zu weit entfernt vom Hauptquartier und einer realen Befehlsstruktur operieren, um eine derartige Konstruktion zuzulassen.«

»Außerdem«, setzte Stirling hinzu, die es wie üblich zu genießen schien, für Spannungen zu sorgen, »wollen wir keine Ihrer ISA-Typen im VFB-Team. Das letzte, was wir gebrauchen können, sind Kommandosoldaten, die mitten in der Schlacht versuchen, das Kommando zu übernehmen.«

»Das ist ein schwieriges Thema«, erwiderte die draconische Verhandlungsführerin vorsichtig. »Die Funktion des VFB besteht darin sicherzustellen, daß Sie die Ziele des Kombinats nach besten Möglichkeiten verfolgen.«

Diese Unterstellung ließ sich William MacLeod nicht gefallen. »Wir sind keine grünen Kadetten, Sho-sa Horner. Sie rekrutieren die Northwind Highlanders. Wir gehören zu den besten Einheiten in der Inneren Sphäre.« Sein Tonfall ließ selbst die Präzentorin unsicher auf ihrem Platz herumrutschen. »Einen Wachhund dabeizuhaben ist eine Sache, einen Boß eine ganz andere.«

»Ich verstehe, ehrwürdige Oberste.« Ruth Horner setzte ein unergründliches Lächeln auf. »Der VFB-Repräsentant wird Sie als Berater und Beobachter begleiten. Er oder sie wird keine Autorität über Ihre Truppen auf Wayside V haben, solange Sie sich an die Bedingungen des Kontrakts halten. Er wird jedoch in Begleitung einer Kompanie draconischer Soldaten reisen, um Ihnen auf jede mögliche Art zur Seite zu stehen.«

Stirling zog die linke Augenbraue hoch und lehnte sich vor. »Für mich hat sich das nach einem Zugeständnis angehört.«

»So ist es«, bestätigte Horner. »Solange Sie mit dem Angebot des ursprünglichen Kontraktvorschlags einverstanden sind.« An ihrem Tonfall war zu erkennen, daß sie keine weiteren Verhandlungen wünschte.

»Der Preis war zu keiner Zeit ein Thema, Sho-sa«, erwiderte Oberst Cochraine. »Sie werden feststellen, daß den Highlanders Selbständigkeit wichtiger ist als Geld. Wir haben unsere eigenen Beweggründe für den Kampf. In diesem Fall erkennen auch wir, daß die Clans eine klare Bedrohung für unsere Heimatwelt darstellen. Nicht akut, aber in Zukunft.«

»Darf ich dann fragen, wie der nächste Schritt zu Ihrer Annahme des Kontrakts aussieht?«

»Eine schnelle Abstimmung, in Wahrheit nur eine Formalität. Da wir vier alle eine Annahme befürworten, könnte nur eine einstimmige Ablehnung durch die Versammlung den Kontrakt noch kippen. Und die wird es nicht geben.«

»Ausgezeichnet. Welche Regimenter haben Sie für den Einsatz ausgesucht, damit ich weiß, was ich in die endgültige Version des Kontraktdokuments einsetzen muß?«

»Stirling's Fusiliers werden den Angriff anführen«, teilte Oberst Senn ihr mit. »Das BefehlsBataillon von MacLeods Highlanders wird ihnen sechsunddreißig Tage später als Entsatz- und Garnisonseinheit folgen. Stirling wird sich um diesen Garnisonssternhaufen kümmern, der dort Wache schieben soll, und MacLeods Leute werden bei Bedarf bei den Aufräumarbeiten helfen – ansonsten können sie die Fusiliers ablösen und auf den Heimweg schicken. Diese Nebelparder dürften dem, was wir ihnen entgegenwerfen, kaum gewachsen sein.«

4

Das Fort, Tara, Northwind
Chaos-Marken

14. Mai 3058

Major Kurt Blakadar, kommandierender Offizier des 2. Bataillons der Fusiliers, der Black Adders, betrat Lorens Büro als erster. Er war hoch aufgeschossen und trug das hellbraune Haar in einem Bürstenschnitt, der half, sein wahres Alter zu verbergen. Außerhalb des Mechcockpits trug er eine Lesebrille, so auch jetzt zu der von Loren einberufenen Offiziersbesprechung.

Blakadar ignorierte Kapitän Colin Lovat, der am hinteren Ende des kleinen Konferenztisches saß. Colins kurz zuvor erfolgte Beförderung zum Nachrichtenoffizier war in den Augen der älteren Stabsoffiziere eine ebenso unerwünschte Veränderung wie die des ChefTechs.

Loren versuchte, es zu übergehen und sich auf die anstehende Aufgabe zu konzentrieren. Mitch und Colin waren beide gute Offiziere. Sie ließen sich nicht auf Intrigen und Ränkespiele ein. Sie beherrschten ihr Metier. Wenn Blakadar und Craig wirklich etwas an den Fusiliers lag, warum blieben sie dann auf eingefahrenen Gleisen und handhabten alles so wie gehabt?

Er setzte sich an seinen üblichen Platz, als Major Cullen Craig ins Zimmer trat. Cullen war viel kleiner und breitschultriger als die beiden anderen Majore. Der Kommandeur des 3. Bataillons strahlte eine fast greifbare Arroganz aus. Er sah Blakadar offen in die Augen und lächelte dünn, wie über einen Witz, den nur sie beide kannten. Loren wußte, daß diese kleine Szene für ihn arrangiert war, aber was ihn betraf, mochten die beiden ruhig noch ein paar Sekunden glauben, die Oberhand zu haben. Sie würden sehr schnell herausfinden, daß unter seinem Befehl kein Platz für machtpolitische Spielchen war. Es wurde Zeit, sie an Rang und Position, Ehre und Pflicht zu erinnern.

»Ich gehe davon aus, daß Sie beide meine Reorganisations- und Gefechtspläne durchgesehen haben.«

Kurt Blakadar sah zuerst zu Mitch Fraser, dann zu Loren, dann zuckte sein Kopf zu Major Craig herum, auf dessen Gesicht derselbe entgeisterte Ausdruck stand. »Major, ich gehe davon aus, daß Sie unseren ChefTech entlassen, bevor wir mit der Besprechung beginnen?«

Loren schüttelte den Kopf. »Nein, Major. Kapitän Fraser wird dieser Besprechung beiwohnen.«

»Sir«, unterbrach Craig. »Mitglieder des technischen Stabs haben noch nie an unseren Stabsbesprechungen teilgenommen. Ich weiß, Sie arbeiten sich noch ein, das konnten Sie nicht wissen.«

»Tatsächlich bin ich mir dessen absolut bewußt«, stellte Loren gleichmütig fest. »Ich habe mich entschlossen, Kapitän Fraser zu dieser Besprechung hinzuzuziehen, weil sie in enger Beziehung zu den Leistungen seiner Leute steht.« Die beiden Majore warfen sich einen schnellen Blick zu, sagten aber nichts.

»Also dann, wie sieht es mit dem BattleMech-Umverteilungsplan aus? Gibt es irgendwelche Punkte, die wir diskutieren sollten, bevor wir die Startvorbereitungsphase einleiten?« Loren und sein ChefTech hatten bis in die frühen Morgenstunden an der Umverteilung gearbeitet. Der Plan stammte von Loren, aber Mitch war derjenige, der ihn auf dem Papier und in der Wirklichkeit umsetzen mußte.

Wieder ergriff Craig das Wort und rückte dabei seine Brille zurecht. »Bei allem Respekt, Major Jaffray, aber Blacky und ich finden es nicht ratsam, gerade jetzt neue Mechs zuzuteilen. Manche unserer Leute werden keine Zeit haben, sich mit ihren neuen Maschinen vertraut zu machen. Wir würden vorschlagen, statt dessen ein paar der zusätzlichen Feldwartungseinheiten aus den Landungsschiffen zu nehmen und den gewonnenen Laderaum mit zusätzlicher Munition zu füllen. Damit würden wir Oberst Stirlings Vorgaben gemäß Ihres Berichts ebenfalls erfüllen, und würden uns das ganze Hin und Her mit der Ausrüstung sparen.«

Eine lange Pause folgte. Loren stand auf und wanderte durch das Zimmer, umkreiste den Tisch wie ein Raubvogel auf der Suche nach Beute. »Kapitän Fraser, Sie haben die vorgeschlagenen Zuteilungen durchgesehen. Stellen die notwendigen Arbeiten den technischen Stab vor irgendwelche Schwierigkeiten?«

Mitch Fraser stützte sich auf die Ellbogen, die Hände über den zurückweichenden Haaransatz gelegt, und studierte den vor ihm liegenden Bericht. Der Ausdruck war mit zahlreichen handschriftlichen Anmerkungen versehen. »Ich empfehle eine Reihe von Veränderungen. Insbesondere den Einsatz von sprungfähigen Mechs. Den taktischen Infodata zufolge, die Sie mir über die Clans geliefert haben, scheinen sie sprungfähige Mechs nicht sonderlich zu mögen. Wenn wir ein paar zusätzliche Maschinen dieser Art aufstellen, könnte uns das helfen.«

Er reichte Loren den Bericht, der ihn durchsah und die Daten in aller Ruhe überdachte. »Ausgezeichnete Analyse, Mitch. Sie werden feststellen, daß Oberst Stirling und ich das bereits berücksichtigt haben. In den meisten dieser Fälle werden wir sprungfähige Mechs einsetzen, deren Waffen nicht munitions-, sondern energiegestützt arbeiten, oder die eine geringere Tonnage haben.«

Loren wußte, welches Risiko sie eingingen, wenn sie ihre Mechs nicht austauschten. Wayside V war eine Welt ohne Zugang zu Munitionsnachschub. Hinzu kam, daß die Parder traditionell kaum sprungfähige Mechs besaßen. *Wir brauchen die Springer für die taktischen Gefechte, und die Mechs mit Energiewaffen, um gegen die Parder durchzuhalten.*

»Lassen wir unseren Nachrichtendienstoffizer Ihre Empfehlungen auch durchsehen.« Loren reichte den Bogen an Kapitän Lovat, der die Liste mit seinem Material verglich.

Cullen Craig schnaubte wütend. »Major Jaffray, ich habe den Eindruck, Sie sind sich über die Bedeutung meines Einwandes nicht im klaren. Schon die Durchführung dieser Mechumverteilung wird unsere Möglichkeiten über Gebühr belasten.«

Loren schnitt ihm mit strenger und härterer Stimme als zuvor das Wort ab. »Im Gegenteil, Cullen, ich verstehe diese Implikationen sehr genau. Es mag ein Schock für dich sein, aber ich habe in meiner Laufbahn schon früher Operationen dieser Größenordnung koordiniert. Du wirst einfach das Training der betroffenen Leute bis zu unserem Abflug intensivieren müssen.« Lorens vertrauliche Anrede Craigs war überlegt. *Soll Blakadar ruhig denken, daß Craig und ich uns näher stehen als er ahnt. Vielleicht beschäftigt ihn das.*

»Fast ein Viertel meiner Truppen ist nach Abschluß unserer letzten Übung auf Urlaub. Ich habe viel zu wenig Leute für diese Umverteilung«, warf Blakadar in dem Versuch ein, sein Ziel auf andere Manier zu erreichen.

Loren war unbeeindruckt. »Dann würde ich vorschlagen, Sie lassen die Urlaubsscheine stornieren und die Leute sofort zurückrufen.«

»Major, die Unterschriften unter diesem Kontrakt sind noch nicht einmal trocken«, sagte Craig. »Vielleicht sollten wir etwas warten, ein paar Alternativen ausarbeiten und dann die Einzelheiten festlegen. Wir haben noch Zeit, bis wir abfliegen.«

Lorens Miene blieb unbewegt. »Ich habe meine Befehle, und Sie haben die Ihren. Sie *werden* die Mechs wie angeordnet auswechseln. Wenn das ein Zurückrufen Ihrer Leute erforderlich macht, schlage ich vor, Sie fangen damit an, sobald diese Besprechung endet.«

»Vielleicht sollten wir diese Angelegenheit mit dem Oberst besprechen, Major Jaffray«, schlug Cullen Craig vor. Die Implikation war klar. Craig deutete an, daß Loren Oberst Stirling entweder Informationen vorenthalten hatte oder ohne deren Autorisation agierte. Auf jeden Fall war es eine Herausforderung, die Loren sich nicht gefallen lassen konnte.

»Nein, Major Craig. Ich befolge hier die Anweisungen der Obersten. Und unter uns, ich finde, in dieser Einheit hat es schon genug Verstöße gegen die Rangordnung gegeben. Die BattleMechzuteilung fällt voll und ganz in die Zuständigkeit des Stellvertretenden Regimentsführers. Oberst Stirling hat mir befohlen, das Regiment auf den Einsatz vorzubereiten, und genau das tue ich hier.« Loren konnte die Überraschung Craigs und Blakadars über sein Wissen darum, daß sie hinter seinem Rücken bei Stirling vorgesprochen hatten, an ihren Gesichtern ablesen.

Aber Craig ließ nicht locker. »Wenn der Oberst einige der …«

»Es reicht!« bellte Loren und schlug mit solcher Wucht die Faust auf den schweren Eichentisch, daß dieser trotz seines Gewichts erzitterte. »Ich sage das jetzt einmal, und nur dieses eine Mal, deshalb werde ich versuchen, mich so klar wie möglich auszudrücken. Ich bin der stellvertretende Kommandeur dieses Regiments. Wir drei haben denselben Dienstgrad, aber in Operations- und Verwaltungsangelegenheiten erhalten Sie Ihre Befehle von mir. Meine Befehle kommen direkt von Oberst Stirling, und es ist unsere Pflicht, sie nach bestem Können auszuführen. Wenn ich Ihnen einen Befehl erteile, und Sie weigern sich, ihn auszuführen, habe ich keine andere Wahl, als Sie festnehmen zu lassen und vor ein Kriegsgericht zu stellen. Ist das deutlich genug, meine Herren?«

Kurt Blakadar rutschte unruhig auf seinem Platz hin und her. »Major Jaffray …«

Loren unterbrach ihn. »Ist das deutlich, Major Blakadar? Major Craig?« Er war nicht gewillt, eine weitere Diskussion zuzulassen.

»Sir, ich bitte um die Erlaubnis, frei sprechen zu dürfen«, forderte Blakadar trotzig.

Loren sah ihm direkt in die Augen und verschränkte die Arme. »Abgelehnt.«

»Major Jaffray, Ihre Veränderungen kommen zu schnell«, warf Craig hastig ein. »Unter MacFranklin lief alles reibungslos.«

Loren beugte sich halb über den Tisch und blickte auf Craig hinab. »Gestatten Sie mir ein offenes Wort, Major. MacFranklin ist tot. Ich bin der neue stellvertretende Regimentschef. *Sie* folgen meinem Vorbild. Ich werde mich nicht Ihnen anpassen, keinem von Ihnen beiden. Ich wurde aus gutem Grund in diese Position berufen. Sie sind es, die sich anzupassen haben.«

Craig murmelte, kaum hörbar für die anderen im Zimmer: »Wir sind hier nicht in der Konföderation Capella ...«

»Sie haben völlig recht«, erwiderte Loren. »Und Sie sind auch nicht mehr bei den alten Fusiliers. Jetzt habe ich den Befehl übernommen. Und das ist das letzte Mal, daß ich irgendwelche Anspielungen auf meine Vergangenheit hinnehme. Denken Sie daran ...« Loren öffnete die Schutzklappe seines Holsters und legte die Sunbeam-Laserpistole vor sich auf den Tisch. Die beiden hatten lange genug hinter seinem Rücken Gift versprüht und alles getan, um seine Integration in das Regiment zu behindern. Ihre wichtigste Waffe bei den Anstrengungen, ihn zum Außenseiter zu stempeln, war Lorens Vergangenheit bei den Todeskommandos.

Er wußte, welche Vorstellung Außenstehende von den Todeskommandos hatten. Sie galten als skrupellose Fanatiker, ausgebildet, auf Kommando zu töten. Es wurde Zeit, diesen Ruf einmal zu seinem Vorteil auszunutzen. *Sie sollen sehen, daß ich zu allem bereit bin. Sie sollen verstehen, daß ich weder nachgeben noch aufgeben werde. Ich will ihren Respekt, aber für diese Mission reicht mir ihre Angst.*

Er sah sich im Besprechungsraum um und stellte fest, daß Fraser die Augen doppelt so groß aufgerissen hatte wie sonst, und Kapitän Lovat unruhig auf seinem Stuhl herumrutschte. Blakadars Mund stand vor Entsetzen auf, und Craigs Augen zuckten nervös zu seiner eigenen

Waffe. »Wenn das hier eine Todeskommando-Einheit wäre, käme Ihr Verhalten versuchter Meuterei gleich. Ich hätte die Autorität, Sie entweder unter Arrest zu stellen oder als Gefahr für die Sicherheit der Einheit und den Kanzler auf der Stelle zu eliminieren.« Loren steckte die Waffe wieder ein. »Ich schäme mich nicht für das, was ich getan habe, bevor ich ein Highlander wurde. Ich erwarte nicht, daß Sie das verstehen. Aber ich erwarte sehr wohl Respekt.«

Jetzt, da er ihre Aufmerksamkeit besaß, wollte er endlich zum Hauptpunkt der Besprechung kommen. »Also, Gentlemen, ich gehe davon aus, daß Sie sich mit Fall Granit vertraut gemacht haben.« Fall Granit war der Name, den er seinem Plan für den Angriff auf Wayside V gegeben hatte.

Ein schnelles Nicken aller Anwesenden antwortete ihm. Es war Kapitän Lovat, der die Spannung brach. »Angesichts der Parder-Kampftaktiken, Sir, frage ich mich, ob wir nicht direkt über ihrem Stützpunkt abspringen und so schnell wie möglich zuschlagen sollten. Die Eroberung der Basis ist entscheidend für unsere längerfristigen Erfolgschancen. Die Parder haben bewiesen, daß sie in der Lage sind, effektive Strategien zu entwickeln, wenn sie die Zeit dazu bekommen. Wenn wir auf der anderen Seite von Wayside V landen, wie es Ihr Plan vorsieht, gibt ihnen das die Chance, Jagd auf uns zu machen und uns in die Defensive zu drängen.«

»Was meinen Sie dazu, Mister Craig?«

»Der NO hat nicht unrecht. Die Parder sind für ihre Offensivfähigkeiten bekannt, nicht für ihre Verteidigungsfähigkeiten. Ihr Plan gibt ihnen die Zeit und genug Vorwarnung, um einen Angriff vorzubereiten. Und wenn ich Ihre Absichten richtig einschätze, werden wir eine Latrinenladung Nachschub mitschleppen müssen. So, wie Sie das geplant haben, müssen wir die Clanner ins Freie locken, länger durchhalten als sie, und *dann* ihren Stützpunkt einnehmen.«

Loren nickte. »Genau das ist der Plan, und exakt deshalb bestehe ich auf der Mechumverteilung, die wir vorhin diskutiert haben. Die neuen Mechs werden ohne den ganzen Granaten- und Raketennachschub auskommen. Ich zähle darauf, daß die Clanner unsere Ausgangsposition nicht kennen werden, weil wir auf der ihrem Stützpunkt gegenüberliegenden Seite des Planeten landen. Und wenn sie gegen uns marschieren, werden wir bestimmen können, wann und wo es zum Kampf kommt. Das ist der Schlüssel zum Fall Granit. Wir müssen zu jeder Zeit die vollständige Kontrolle über jeden Aspekt der Mission behalten. Die Parder sollen Energie darauf verschwenden, uns zu verfolgen. Sie sollen mit dem Versuch Zeit verbringen, uns in die Enge zu treiben. Ich will sie von ihrem Nachschublager weglocken. Sie können uns nicht einfach ignorieren, sondern müssen auf uns Jagd machen. Und wenn sie das erst tun, werden wir ihnen bei jeder Gelegenheit zusetzen.«

»Gegenschläge?« fragte Major Blakadar.

»Ja. Wir lassen sie in dem Glauben, sie wären im Vorteil, und dann machen wir ihnen einen Strich durch die Rechnung, wohin sie sich auch drehen. Und je frustrierter sie werden, desto wahrscheinlicher machen sie Fehler. Sehen Sie sich die Berichte über die Operation auf Luthien an, die uns Ruth Horner mitgebracht hat. Wenn die Nebelparder unter aufgezwungenen Bedingungen kämpfen, stürzen sie sich blindlings nach vorne. Das ist unser Vorteil.« Loren schloß seinen Aktenkoffer und sah ihnen direkt ins Gesicht. »Hören Sie. Es ist mir gleichgültig, was Sie persönlich von mir halten. Denken Sie daran, was die Parder mit Edo auf Turtle Bay getan haben. Sie haben die Stadt vernichtet, haben sie wegen einiger harmloser Unruhen unter der Bevölkerung von der Oberfläche des Planeten gewischt. Die Wölfe mögen verschlagen sein und die Jadefalken skrupellos, aber die Nebelparder sind schlimmer. Sie sind bösartig. Sie sind hartnäckig. Und sie schrecken vor nichts zurück.«

5

Das Fort, Tara, Northwind
Chaos-Marken

15. Mai 3058

»Oberst Stirling?«

Cat Stirling erkannte Cullen Craigs Stimme, sah aber nicht sofort von dem Bericht auf, den sie studierte. Ihr Büro war bis auf eine Leselampe und das schwache Leuchten von zwei Computermonitoren abgedunkelt. »Es ist schon spät, Major«, sagte sie schließlich, lehnte sich zurück und rieb sich die Schläfe, als hoffte sie, damit etwas von der Vitalität zurückzugewinnen, mit der sie den Tag begonnen hatte. »Was treibt Sie um diese Zeit hierher?«

Craig trat in das Zimmer und schloß die Tür hinter sich. »Es ist Major Jaffray, Ma'am ... wieder mal.«

Cats Augen verengten sich. »So so.«

»Es ist diese Mechumverteilung, Ma'am.«

»Was ist damit, Major?«

»Nun, sie macht es nötig, daß manche unserer Leute nur Tage vor dem Abflug von Northwind neue BattleMechs bekommen. Ich weiß, wir können einen Teil der Reisezeit für ein Simulatortraining verwenden, aber ich frage mich, ob es klug ist, gerade jetzt diesen Wechsel vorzunehmen. Außerdem macht es eine Menge zusätzlicher Arbeit. Wir müssen die Simulatoren programmieren und Leute aus dem Urlaub holen, um sie auf ihren neuen Maschinen zu trainieren. Ich finde, er verlangt zu viel.«

»Glauben Sie, daß er damit die Sicherheit des Regiments gefährdet?« Sie legte die Fingerspitzen aneinander und lehnte sich zurück.

»Nein, das ist es nicht. Aber die Beschwerden von einigen der Männer und Frauen ...«

»Lassen Sie mich eines klarstellen, Major«, unterbrach

sie. »Dieser Befehl wurde mir von Major Jaffray empfohlen, und ich stehe voll dahinter. Wenn die Sicherheit des Regiments in Gefahr wäre, sähe die Lage anders aus. Aber wenn ich jemals soweit komme, einen Befehl zu widerrufen, nur weil ein Teil der Truppen sich beschwert, nehme ich am selben Tag meinen Hut.« Sie stand auf und stützte sich mit flachen Händen auf den Schreibtisch. Ihre Stimme gewann mit jedem Wort an Lautstärke. »Ich hätte nie gedacht, daß ich den Tag erlebe, an dem einer meiner Leute mit einer derartigen Bitte zu mir kommt. Erinnern Sie Ihre Leute daran, daß sie Northwind Highlander sind, und daß sie es hier mit Befehlen zu tun haben, nicht mit Gesuchen. Jaffray spricht in meinem Namen; soweit es die Führung dieser Einheit betrifft, entsprechen seine Anordnungen meinen Absichten. Wenn irgendwer, Sie eingeschlossen, das nicht zu akzeptieren bereit ist, will ich gerne hier und jetzt seinen Abschied annehmen. Ansonsten sollte er sich zusammenreißen und seinen Pflichten nachkommen. Und ich würde meinen, daß die Dinge verdammt glatter laufen würden, wenn Sie anfingen, Ihrem Bataillon ein Vorbild zu liefern, statt mich mit Geschichten über Truppen zu belästigen, die sich darüber beschweren, ihre Arbeit tun zu müssen.«

Craig bot noch einen fahrigen Gruß und wandte sich, von diesem Donnerwetter sichtbar eingeschüchtert, zum Gehen.

Cat Stirling setzte sich wieder hin und sah ihm nach, bevor sie wieder an die Arbeit ging. Craig würde mit Sicherheit geradewegs zu Blackie laufen, und ihm von dieser Begegnung berichten. Und so wie sie ihre Leute kannte, würde es nicht lange dauern, bis alle davon wußten. Es würde Jaffray das Leben sehr viel leichter machen, wenn alle Regimentsmitglieder ein für allemal begriffen, daß sie hundertprozentig hinter ihm stand. Die Parder waren der Feind und sonst niemand.

Loren schlenderte den verschlungenen Pfad durch den Friedenspark in der Nähe des Stadtzentrums der planetaren Hauptstadt Tara hoch. Jahrhundertelang hatte dieser Park trotz der Vernichtung und Gewalt der Nachfolgekriege unbeschadet überstanden. Ironischerweise war es dann ausgerechnet in diesem Friedenspark zum Kampf um die Herrschaft auf Northwind gekommen – zwischen Loren und seiner neuen Familie auf der einen Seite und dem Vereinigten Commonwealth auf der anderen. Jetzt war der Park nicht länger nur ein Monument des Friedens, er repräsentierte für die Highlanders-Regimenter auch den Preis der Freiheit.

Die Spuren der Schlacht waren noch immer sichtbar, wo Kühlmittel den Boden vergiftet und das Gras abgetötet oder weitgezielte Laser- und PPK-Schüsse die Bäume verbrannt hatten. Auch ein paar der Standbilder waren beschädigt. Loren kam häufig nachts hierher, die Hände in den Jackentaschen, um spazierenzugehen und nachzudenken.

Unter einer der Laternen an der Seite des Weges stand jemand. Die Schatten verbargen das Gesicht der Gestalt, aber Loren hätte sie überall wiedererkannt.

Chastity Mulvaney trat aus den Schatten an seine Seite und legte den Arm um seine Taille. Dann paßte sie ihre Schritte den seinen an, und sie gingen langsam weiter.

»Du denkst schon wieder an diese verfluchten Clans, nicht wahr?« Ihre Stimme klang beinahe vorwurfsvoll.

Er nickte. »Was sich durch Training und Lehrgänge erreichen läßt, ist sehr begrenzt. Der wahre Test kommt erst, wenn wir ihnen leibhaftig gegenüberstehen.«

»Ich habe mich in dir geirrt, als ich dich kennenlernte, Loren. Himmel, ich habe dich gehaßt. Und im Gegensatz zu dir habe ich schon gegen die Clans gekämpft. Um Haaresbreite hätte ich es nicht überlebt. Du darfst eines nie vergessen: Sie sind Mordmaschinen.«

»Ich werde die Parder überleben, Chastity.« Loren zog

sie an sich. »Sowenig ich die Clans kenne, sowenig kennen die Clans mich.«

Sie blieb stehen und sah ihn an. »Loren, du wirst auf einen Gegner treffen, der ausschließlich für den Krieg genetisch herangezüchtet wurde. Vom Augenblick ihrer Geburt an werden diese Clanner in Geschwisterkompanien aufgezogen, um ihre Kampffähigkeiten zu schärfen. Sie ähneln den alten Spartanern ... die Schwachen werden ausgestoßen, und nur die Stärksten werden zu Kriegern. Ich weiß, du bist ausgezeichnet ... Teufel, du bist möglicherweise einer der Besten. Ich bin noch nie jemandem mit einer derart schnellen taktischen Auffassungsgabe begegnet. Aber das hier ist etwas anderes. Du wirst auf Fähigkeiten und Möglichkeiten zurückgreifen müssen, die du definitiv besitzt, die du aber nicht einsetzen magst. Ich sage dir hier und jetzt, du wirst jeden Trick brauchen, den du drauf hast, um zu überleben und diese Parder zu besiegen.«

»Ich habe keine Angst vor den Pardern.«

»Das weiß ich. Aber du setzt dein politisches Können nicht ein, obwohl du das solltest. Wenn du erst auf Wayside V angekommen bist, solltest du bereit sein, Politik, Betrug und was auch immer sonst einzusetzen, um zu gewinnen.«

»Politik?« Loren lachte leise und drückte sie liebevoll. »Wir greifen die Nebelparder auf einer isolierten Welt in der Äußeren Peripherie an. Da draußen gibt es keine Politik.«

Sie hielt wieder an und nahm seine beiden Hände. »Hör mir zu, Loren. Mir ist es ernst. Du hast mir selbst von Craigs und Blakadars Manövern hinter deinem Rücken erzählt. Ich bin seit Jahren MacLeods Stellvertreterin. Glaub mir, auf einer Mission wird das noch weit schlimmer. Und wir wollen auch nicht vergessen, daß keiner von uns sonderliche Erfahrung im Umgang mit einem VFB hat. Du wirst politisches Geschick brauchen, um ihn dir vom Hals und aus dem Weg zu halten.«

Loren sah ein, daß sie zumindest im Hinblick auf den Verbindungsoffizier für Berufstruppen recht hatte. Die Draconier teilten allen Söldnern, die sie anheuerten, einen Beamten zu, um über die Einhaltung ihrer Interessen zu wachen. Das Mißtrauen Söldnereinheiten gegenüber war im Kombinatsmilitär noch immer beträchtlich, auch wenn Theodore Kurita keine andere Wahl hatte, als sie einzusetzen.

Sie nickte mehr sich selber zu, als seinetwegen. »Vertrau mir, Loren. Und wenn du da draußen bist, weit weg von mir und Northwind und dem Rest der Highlanders, versuche dich daran zu erinnern, was ich dir hier gesagt habe.«

Loren schüttelte in gespielter Verzweiflung den Kopf, dann preßte er sie an sich. »Keine Angst, Chastity Mulvaney. Nebelparder hin, Nebelparder her, so leicht wirst du mich nicht los.«

Dann lachten sie beide und wanderten Hand in Hand den schattigen, baumgesäumten Fußweg durch den Friedenspark entlang.

6

Landungsschiff *Claymore,* am Nadirsprungpunkt,
s'Gravenhage
Draconis-Kombinat

2. Juni 3058

Das Innere der *Claymore* erschien seinen Insassen bereits eng und beklemmend, als das Sprungschiff mit der Fusiliers-Einsatzgruppe den Sprungpunkt von s'Gravenhage an der äußersten Grenze des Draconis-Kombinats erreichte. Ihre drei Landungsschiffe der *Overlord*-Klasse, jedes beladen mit einem kompletten Bataillon BattleMechs und Wartungscrew, waren in den letzten Wochen stetig vorangekommen. Dank einer Kommandostrecke aus quer durch das Draconis-Kombinat postierten Sprungschiffen hatten die Fusiliers in dieser Zeit die Hunderte von Lichtjahren vom Northwind bis an den äußersten Rand der Inneren Sphäre zurückgelegt. Während Landungsschiffe nur für den Flug innerhalb eines Sonnensystems ausgerüstet waren, gestatteten die Sprungschiffe der Menschheit, die gewaltigen Entfernungen zwischen den Sternen zu überbrücken. In den letzten Tagen hatte die *Claymore* am Spindelrumpf einiger dieser überlichtschnellen Raumschiffe angedockt.

Eine solche Kommandostrecke war alles andere als alltäglich. Außer den Fürsten der Großen Häuser der Inneren Sphäre besaß fast niemand genug interstellare Raumschiffe, um sie für eine derartige Aufgabe abzustellen. Aber der Einsatz einer Kommandostrecke ermöglichte es, die sieben bis zehn Tage Wartezeit einzusparen, die ein Sprungschiff nach jeder Transition durch den Hyperraum benötigte, um seine Triebwerke wiederaufzuladen. An jedem Sprungpunkt konnten die Landungsschiffe der Fusiliers sich von ihrem Träger lösen und an ein anderes Schiff andocken, das für die nächste Etappe ihrer langen Reise bereitstand.

Der Flug vom Northwind zum Nadirsprungpunkt seiner Sonne hatte zwölf kostbare Tage in Anspruch genommen. Aber Loren hatte diese Zeit genutzt, um die verschiedenen Einsatzpläne durchzugehen, in den mitgeführten mobilen Simulatoren zu trainieren und die Karte von Wayside V zu studieren, bis sie ihm so vertraut war wie die Heimatwelt der Northwind Highlanders.

s'Gravenhage lag fast 500 Lichtjahre von Northwind, aber selbst auf der anderen Seite der Milchstraße hätte Loren sich nicht seiner neuen Heimat ferner fühlen können. Wer konnte sagen, wie lange es dauern würde, bis irgendeiner von ihnen wieder die steilen, schweigenden Gipfel der Rockspire Mountains sah oder durch die alten Gassen Taras schlenderte?

In der engen Mannschaftsmesse erinnerte sich Loren an den Prunk und die Feierlichkeiten ihrer Abreise – die prächtige Parade mit Tänzerinnen und dem Heulen der Dudelsäcke. Und die zahllosen Partys, die den Soldaten halfen, die unvermeidliche Anspannung beim Aufbruch zu einer neuen Mission abzubauen. Wie gut diese Operation auch verlief, tief im Innern wußten sie alle, daß manche Fusiliers nicht wieder zurückkehren würden.

Loren hatte sich etwas aus dem Trubel zurückgezogen und seine Gedanken bei der Mission gehalten. Er konnte die eine Tatsache nicht vergessen, die jeden Kommandeur umtrieb: Kein Plan überlebt den Feindkontakt. Er blickte auf dem Sichtschirm der *Claymore* ins Weltall und fragte sich, was ihnen bevorstand.

Das System von s'Gravenhage am äußersten Ausläufer des Draconis-Kombinats war nicht nur ein Aufladestop für die Fusiliers. Hier trafen sie sich auch mit ihrem VFB, Major Elden Parkensen, und einer Kompanie draconischer Soldaten. Sho-sa Parkensen, korrigierte Loren sich.

Das Verbindungsbüro für Berufssoldaten war die Abteilung des draconischen Militärapparats mit Zuständigkeit für die Koordination zwischen Söldnereinheiten und den regulären VSDK. Außerdem stellte es sicher, daß Söldnereinheiten ihren Kontrakt erfüllten. Der VFB-Mann konnte Empfehlungen aussprechen und am Entscheidungsprozeß teilnehmen, aber Loren wußte, daß Cat Stirling niemals einem anderen die endgültige Autorität über ihr Regiment abtreten würde. Sie waren auf einer schwierigen Mission, und den Fusiliers war weitgehende Unabhängigkeit zugestanden worden. Noch nie hatte eine Einheit der Inneren Sphäre versucht, was von ihnen verlangt wurde – eine Clan-Welt jenseits der Grenzen des von Menschen besiedelten Weltraums anzugreifen und zu erobern.

Ihre Kenntnisse über den VFB waren begrenzt. Zu Beginn seiner Laufbahn hatte Parkensen bei verschiedenen Einheiten gedient, die in die Verteidigung gegen die Clan-Invasion verwickelt waren. Er war zu Beginn der Invasion, als die wahre Natur der Invasoren noch unbekannt gewesen war, mit dem 4. Pesht-Regiment auf Tarnby gewesen. Seine Einheit war in der Schlacht in der Tauchergrotte fast komplett aufgerieben worden. Er hatte zu der Handvoll Überlebender gehört, die noch evakuiert werden konnten.

Er war zu medizinischer Behandlung nach Luthien gebracht worden, und ein Jahr später, beim gescheiterten Angriff der Nebelparder und Novakatzen auf die draconische Zentralwelt noch immer dort gewesen. Obwohl noch nicht vollständig genesen, hatte Parkensen sich freiwillig zum Kampf gemeldet, aber sein zusammengeflickter *Großdracon* war bereits nach wenigen Minuten von den Novakatzen überwältigt und auseinandergenommen worden. Von Theodore Kurita persönlich ausgezeichnet und befördert, hatte Elden Parkensen einen neuen Posten beim 4. Alshain-Regiment auf Rubigen angetreten, nur Wochen vor einem Angriff der Geisterbären. Irgendwie hatte die Vorsehung Parkensen noch einmal verschont, und er war mit einigen der letzten Verwundeten, denen es gelang, das System zu verlassen, ins All geflüchtet.

Seitdem hatte er in verschiedenen kleineren Garnisonen entlang der Clangrenze Dienst geschoben, ohne in weitere Gefechte verwickelt zu werden. Angesichts dieser Laufbahn fiel es Loren schwer zu sagen, ob er es mit einem unfähigen MechKrieger zu tun hatte, der sich durch pures Glück über Wasser hielt, oder mit einem ausgezeichneten MechKrieger, der ein bemerkenswertes Talent hatte, zur falschen Zeit am falschen Ort zu sein. Möglicherweise lag die Wahrheit irgendwo dazwischen. Zumindest hoffte Loren das.

Die Ankunft Oberst Stirlings riß Loren aus seinen Gedanken. Ihr Overall trug die schwarzen Abzeichen ihres Rangs und ihrer Position als Regimentsführerin von Stirling's Fusiliers. Die Majore Craig und Blakadar folgten ihr. Die kleine Messe des Schiffs enthielt wenig mehr als einen Tisch und zwei Sitzbänke mit jeweils zehn Plätzen. Sie war eng und unbequem. Zudem lag sie knapp über dem Fusionstriebwerk der *Claymore*, dessen sanftes Pulsieren einen konstanten Hintergrund lieferte. Heute abend aber trug die Fiberkarbontischplatte eine Decke, spezielles Porzellangeschirr für die beinahe schwerelosen Bedingungen an Bord des Schiffes – und Silberbesteck. Wenig genug, aber mehr war nicht drin. »Skipper Spillman hat mir mitgeteilt, daß die Fähre unseres Gastes gerade jetzt andocken müßte.«

»Und der Ladestatus seines Sprungschiffs?«

»Mit Lithium-Fusionsbatterien ausgerüstet, so wie unseres. Sie scheinen aufgeladen genug zu sein, um in ein paar Minuten mit uns zusammenzuspringen.« Von nun an würden die beiden Schiffe gemeinsam reisen.

»Theodore Kurita spart bei dieser Mission keine Ausgaben.«

Stirling nickte. »Ohne Zweifel nimmt der Koordinator diese Sache ernst. Unser VFB hat eine Menge mitgemacht. Er muß ziemlich gut sein, um dieser Mission zugeteilt zu werden.«

Loren nickte und überprüfte seinen Overall. Seine Gedanken betreffs Sho-sa Parkensen behielt er für sich. Die Zeit würde zeigen, inwieweit seine Besorgnis begründet war. »Ich habe eine Ehrenwache abgestellt, um ihn hierher zu bringen, Ma'am.«

»Gut. Was steht auf dem Menü?«

»Hacksteak, Kartoffeln und Mais«, erwiderte Loren.

Stirling verzog das Gesicht. »Nächstesmal müssen wir daran denken, mehr Lebensmittel mitzunehmen. Und auf jeden Fall etwas Besseres als das Zeug.«

Loren lachte. »Ich wollte eine größere Auswahl einlagern, aber Mitch Fraser hat jede freie Ecke an Bord mit Werkzeug und Ersatzteilen vollgepackt. Erst heute hat sich der Smutje über hundert Liter Kühlflüssigkeit in seiner Gefrierkammer beschwert.«

»Der Schraubendreherjockey tobt durch die Gänge wie ein Säufer in einer Brauerei«, meinte Major Blakadar und fuhr sich durch das dunkle Haar. »Fraser hat einen der alten J-27-Munitransporter in eine Art Bastard-Wartungsfahrzeug umgebaut. Er hat dieses Monstrum völlig auseinandergenommen, und die Einzelteile sind über den ganzen Frachtraum verstreut.« Er gluckste. »Ich habe ihm gesagt, wenn er sein Spielzeug nicht wieder zusammengebaut hat, bevor wir ankommen, fahr ich auf meinem Mech damit Skateboard zum Abwurfschott.«

Stirling stimmte in das Gelächter ein. »Ja, kreativ ist er, das muß man Mitch lassen.« Ein Klopfen am Schott veranlaßte sie und Loren, aufzustehen und sich umzudrehen. »Na dann, es wird Zeit, unseren Partner bei diesem Unternehmen kennenzulernen.« Sie deutete zum Schott, und Loren öffnete es.

Auf dem Gang schwebte ein Mann mittlerer Größe im braunen Overall der Vereinigten Soldaten des Draconis-Kombinats. Sho-sa Parkensens Haar war schwarzglänzend, seine Züge klassisch orientalisch, sein Gesichtsausdruck eine höfliche Maske. Er betrat die enge Kabine und neigte leicht das Haupt. »Ich begrüße Sie, Offiziere von Stirling's Fusiliers der Northwind Highlanders. Ich bin Sho-sa Elden Parkensen, Ihr VFB. Ich heiße Sie im Draconis-Kombinat willkommen und überbringe Ihnen die herzlichen Erfolgswünsche des Koordinators persönlich.« Er verbeugte sich vor Oberst Stirling.

Oberst Stirling erwiderte seine Verbeugung. »Hajimemashite, Sho-sa Parkensen-san«, antwortete sie in geübtem, aber mühsamem Japanisch. »Ich bin Oberst Andrea Stirling, und das sind meine Offiziere.« Sie stellte die Anwesenden nacheinander vor, und sie tauschten Verbeugungen aus, auch wenn Loren den Eindruck hatte, daß sich außer Parkensen niemand ganz wohl dabei fühlte.

Parkensen ließ sich auf einem der Sitzplätze nieder, während die beiden Offiziere, die ihn hergebracht hatten, das Schott der Messe hinter sich schlossen. Der Shosa sagte zwei lange Minuten kein Wort, in denen er seinen abgegriffenen Lederkoffer öffnete und mehrere Ausdrucke hervorholte. Dann sah er zu den Highlander-Offizieren auf und legte die Hände auf den Tisch. »Ich gehe recht in der Annahme, daß wir in einer Stunde springen?«

»So ist es«, erwiderte Oberst Stirling gleichmütig. Parkensens Rang entsprach dem Lorens, und er erkannte, daß sie den Ton für ihre Beziehung zu dem Verbindungsoffizier etablierte, als handele es sich um einen seltsam rituellen Paarungstanz. »Unser nächster Hüpfer trägt uns hinaus in die Peripherie.«

»In der Tat. Dessen bin ich mir äußerst bewußt, Oberst. Ich habe die letzten Geheimdienstberichte und Sprungpunktdaten über Clan-Operationen im Einsatzgebiet mitgebracht. Wir haben die Piratenpunktberechnungen für unsere Ankunft bestätigt, verfügen aber über keine neuen Erkenntnisse über das Waysidesystem selbst. Der empfohlene Piratensprungpunkt ist sehr nah am fünften Planeten, so daß die Anflugzeit auf zwei Tage schrumpft.«

Sprungpunkte waren jene Koordinaten innerhalb

eines Sonnensystems, an denen ein interstellares Raumschiff nach einem Nullzeit-Sprung durch den Hyperraum von einem bis zu dreißig Lichtjahre entfernten Ausgangspunkt aus ungefährdet materialisieren konnte. Die beiden – in den meisten Fällen angesprungenen – Punkte eines Systems waren der Zenith- und Nadirsprungpunkt über und unter der Ekliptik des Systems und den Polen der Sonne. Sie waren in aller Regel Tage, wenn nicht Wochen von dessen bewohnten Welten entfernt. Bei Piratensprungpunkten war das anders. Sie erlaubten Sprungschiffen, einem Planeten sehr viel näher und mit weit geringerem Risiko einer Entdeckung durch dessen Verteidiger aus dem Hyperraum zu kommen. Allerdings konnte schon der kleinste Fehler bei ihrer Berechnung zu einem potentiell katastrophalen Fehlsprung führen.

»Major Jaffray, vielleicht möchten Sie unserem Verbündeten zeigen, was wir vorbereitet haben?« forderte der Oberst Loren auf.

Er plazierte ein kleines, kreisrundes Gerät von sechs Zentimeter Dicke auf dem Tisch. Es war schwarz und etwa tellergroß, mit mehreren sichtbaren Kontrollen. Als nächstes zog er eine Fernbedienung aus der Tasche, richtete sie auf den Hologrammprojektor und schaltete ihn ein. Über dem Projektionsgerät leuchtete ein Lichtpunkt auf und wuchs zu einer Darstellung von Wayside V, der sich langsam zwischen den versammelten Offizieren drehte. Es handelte sich nicht um eine Vektorgrafik, sondern wirkte wie ein fast einen Meter durchmessender Globus.

Parkensen betrachtete die Weltkugel und blickte dann auf seine Notizen. »Ich stelle fest, daß Sie den planetographischen Merkmalen Namen gegeben haben.« Sein trockener Tonfall machte es schwer, sicher einzuschätzen, was er davon hielt, aber Loren konnte es sich denken.

Wayside besaß drei Wasserflächen, die er als Seen bezeichnet hatte. Loren hatte ihnen Namen gegeben, die seine Leute sich leicht merken konnten, indem er die Nachnamen ehemaliger Highlander-Obersten dafür ausgeliehen hatte. Genauso war er mit den drei ehemaligen Kontinenten verfahren. Die große, C-förmige Landmasse auf der Südhalbkugel hatte er Kurita Prime getauft. In der Mitte des ›C‹, auf dem ehemaligen Meeresboden, lag die vorgesehene Landezone der Fusiliers.

Der größte Kontinent, New Scotland, befand sich zum größten Teil auf der Nordhalbkugel und war von Gebirgen und versteinerten Wäldern bedeckt. Seine Form erinnerte an eine Hand mit vier verwachsenen Fingern, die nach der knapp westlich davon liegenden McCormacksee griffen. Östlich von New Scotland lag die Kearnysee. An deren Südküste, auf dem Land, das einstmals kilometertief unter den lange verdampften Ozeanen von Wayside V gelegen hatte, befand sich der Nebelparderstützpunkt. Ein kurzes Stück südwestlich davon war die Luft/Raumlandebahn, die sich zum Zeitpunkt der letzten Erkundung noch im Bau befunden hatte.

Unterhalb der Kearnysee in der südlichen Hemisphäre lag der Kontinent, den Loren New Northwind getauft hatte. Er sah aus wie ein mißgebildeter Seestern mit sieben ungleichen, nach allen Seiten ausgestreckten Armen. Einer dieser Arme erstreckte sich in Richtung New Scotland, und zwischen den beiden Kontinenten verlief ein schmaler Korridor, der in Erinnerung an die berüchtigte Schlacht aus der Geschichte des terranischen Schottland Bannockburn-Isthmus hieß. Der Isthmus war ein steiles, zerklüftetes Tal mit jäh aus der Luftleere der Kontinente hinab auf das felsige Gelände abfallenden Klippen. Südlich davon, zwischen New Northwind und Kurita Prime lagen die Überreste eines einstmals gewaltigen Ozeans, von dem nur noch eine seichte See übriggeblieben war. Auf der Highlander-Karte trug sie den Namen Marionsee, in Erinnerung an den Highlander-Oberst, der MacLeods Regiment Jahrzehnte zuvor kommandiert hatte.

»Oberst Stirling war der Ansicht, daß es unseren Leuten leichter fallen würde, Geländemerkmale zu erkennen, wenn wir ihnen Namen geben.«

»Sie nehmen ja wohl nicht an, daß diese Namen gültig bleiben, nachdem wir den Pardern diese Welt abgenommen haben?«

»Nicht, wenn Sie das nicht wollen«, erwiderte Stirling kühl.

Parkensen ignorierte ihren Kommentar. »Ich habe den vorläufigen Bericht durchgesehen, den Sie mir übermittelt haben, und durchschaue Ihren vorgeschlagenen Plan, aber die Entfernung, die wir von unserer LZ zum Angriffspunkt zurücklegen müssen, ist beträchtlich.«

»Das stimmt«, gab Stirling zu. »Aber wenn sich herausstellen sollte, daß wir es mit einem stärkeren Gegner als einem einzelnen Garnisonsklasse-Sternhaufen zu tun haben, verschafft uns diese Entfernung die Zeit, die wir brauchen, um seinen Angriff abzufangen. Während des Abwurfs werden unsere Schiffe mehrere Satelliten mit aktiven und passiven Ortungsgeräten aussetzen. Die aktive Ortung wird uns ein besseres Bild dessen liefern, womit wir es zu tun haben, aber falls die Clan-Garnison inzwischen durch Luft/Raumelemente verstärkt wurde, müssen wir davon ausgehen, daß diese Satelliten als erstes zerstört werden. Trotzdem sollten die Jungs und Mädels unseres Nachrichtendienstes schon Minuten nach der Landung fähig sein, uns ein akkurates Bild der Lage zu zeichnen. Außerdem werden wir einen Batchall durchführen, in der Hoffnung, daß sie uns ihre Verteidigung offenlegen.«

Parkensen schüttelte den Kopf. »Sie scheinen unsere Daten falsch interpretiert zu haben. Die Parder reagieren nicht mehr auf unsere Batchalls. Sie glauben, uns geht die notwendige Ehre ab und wir korrumpieren ihre Traditionen zu unserem Vorteil.« Das Batchall war das Clan-Ritual der Kampfansage.

Loren konnte verstehen, warum die Clanner so dachten. Auf der Kombinatswelt Wolcott hatten die Nebelparder den Kampf um den Planeten durch einen Hinterhalt verloren, der auf falschen Informationen basierte, die ihnen die draconischen Verteidiger beim Batchall gegeben hatten. »Die Clans werden vielleicht nicht antworten, aber Ihre eigenen Daten zeigen, daß sie Krieger, die eine Herausforderung aussprechen, weit mehr respektieren als Angreifer, die dies nicht tun. Letztere sind für sie nicht mehr als wertlose Banditen.«

Er hielt den rotierenden Hologlobus an und drückte eine andere Taste. Die Landezone im Zentrum der riesigen Lagune Kurita Prime leuchtete grellrot auf.

»Unser primärer Angriffsplan sieht vor, daß wir uns am Nordufer der Marionsee entlangbewegen«, stellte Oberst Stirling fest. Ein roter Pfeil bewegte sich entlang der vorgesehenen Marschroute. »Das ist der schwierige Teil, weil das alte Meeresbett, über das wir uns bewegen müssen, von Felsen und Sandlöchern übersät ist. Und lassen Sie sich von der Landenge hier drüben nicht täuschen. Sie sieht auf der Karte ziemlich breit aus – etwa vierzig, fünfzig Kilometer –, aber der einzige Durchgang, den wir tatsächlich benutzen können, ist ein Korridor von kaum drei Kilometern Breite – zwischen steilen Felsformationen. Der Rest des Isthmus ist praktisch undurchquerbar. Wir könnten da drinnen schnell in die Enge geraten, aber genau hier hoffe ich, die Parder zum erstenmal zu stellen. Wir schlagen hart auf sie ein, dann umgehen wir sie, ziehen nach New Northwind hinauf, überqueren die Halbinsel, die den Isthmus formt, und steigen wieder hinab auf den alten Meeresboden, um sie von hinten und von der Seite anzugreifen. Danach stoßen wir weiter in Richtung ihres Stützpunkts vor und belagern ihn.«

Parkensen betrachtete die Karte und schüttelte den

Kopf. »Sie wollen Ihr Regiment auf die Kontinentaloberfläche bewegen? Den Daten zufolge, die ich gesehen habe, ist die Luft dort oben so dünn, daß sie nicht mehr atembar ist. Und es ist bitter kalt. Ihre Fahrzeuge und Infanterie würden da oben keine fünf Minuten durchhalten.«

»Ihre Einschätzung ist durchaus korrekt, Sho-sa«, gab Stirling zu. »Ich zähle darauf, daß unsere Fahrzeuge den Isthmus halten, während wir die Halbinsel mit unseren BattleMechs überqueren. Anschließend teilen wir unsere Kräfte, um gleichzeitig den Flughafen und die Parderbasis anzugreifen.«

Loren löschte den Globus und ersetzte ihn mit einem Bild des Nebelparderstützpunkts. Die Basis lag auf dem Boden eines massiven Beckens, das sich zur Kearnysee hin öffnete, die der Installation auf einer Seite Schutz bot. Auf den drei anderen Seiten erhoben sich steile, schwer zu überwindende Berghänge. Die Position war so hervorragend zu verteidigen, daß Loren die Karte nicht betrachten konnte, ohne wütend zu werden. Jeder Angreifer, der hoffte, diese Anlage überrennen zu können, war gezwungen, sich nahezu schutzlos den Gegenangriffen der in sicherer Deckung wartenden Verteidiger auszusetzen. Glücklicherweise sah sein Plan anders aus.

»Unser Angriffsplan gegen die Basis ist zweiteilig. Die Parder haben sich mehr oder weniger ein Loch gegraben, indem sie ihren Stützpunkt unmittelbar ans Seeufer gelegt haben. Trotz der offensichtlichen Vorteile hat diese Lage einen schwachen Punkt. Die natürlichen Mauern beschützen sie zwar, aber für jedwede Aktivität außerhalb des Beckens macht es sie praktisch blind.«

»Ihr Plan steckt voller Risiken«, erwiderte Parkensen.

»Stimmt, Sho-sa. Das ist das Wesen unseres verdammten Gewerbes«, stellte Stirling fest.

7

Wildkatzbasis, Wayside V (Wildkatz)
Äußere Peripherie

2. Juni 3058

Galaxiscommander Devon Osis stand am Kopf der Entladerampe des Landungsschiffs und wollte einen ersten Eindruck von Wildkatz, der momentanen Stationierungswelt Galaxis Taus gewinnen. Das einzig Bemerkenswerte an der trostlosen Szenerie war das kränkliche Grün des Himmels und die im Vergleich zur recycelten Atmosphäre auf dem Flug zu diesem abgelegenen Außenposten sehr viel dünnere Luft. Am Fuß der Rampe standen, flankiert von den umliegenden Lagerhallen und Gebäuden von Wildkatzbasis, die Offiziere der neuen Galaxis, *seiner* Galaxis. Stolz stieg in ihm auf.

Während er langsam hinunterging, betrachtete er die Gesichter und gestärkten grauen Ausgehuniformen seines Befehlsstabes. Ein eisiger Windstoß traf ihn, als er sich der ersten Kriegerin näherte, die in Hab-Acht-Stellung wartete. Wie es sich für einen Parder-Krieger gehörte, trug auch Devon Osis seine graue Ausgehuniform mit Stolz, aufrecht und erhobenen Hauptes. Das Licht der orangeroten Sonne glitzerte dunstig auf der Oberfläche des nahen Meeres und erinnerte ihn, daß er kaum Erfreuliches über diesen Planeten erfahren hatte. Nach allem, was er wußte und jetzt auch sah, bot Wildkatz nur einen einzigen Vorteil – völlige Isolation. Von hier aus konnte er in Ruhe die endgültige Vernichtung der Novakatzen vorbereiten.

Und Galaxis Tau war das perfekte Instrument für diesen Vernichtungsfeldzug. Sie bestand aus drei Omni-Mechsternhaufen. Zwei davon, der 101. Angriffssternhaufen und der 250. Sturmsternhaufen, hatten volle Sollstärke. Hinzu kam der viel kleinere 25. Einsatzsternhaufen. Er bevorzugte ihre wahren Namen: die Blutigen Krallen, die Nebelkiller und der Todesstoß.

In den Lagerhallen von Wildkatz war genug Nachschub selbst für ausgedehnte Operationen der Einheit. Die der Galaxis zugeteilten OmniMechs waren brandneu, zum Teil handelte es sich um Prototypen, die außerhalb seines Clans noch nie aufgetaucht waren. Und wie zur Verstärkung dieser riesigen Kampfkraft wurde Galaxis Tau vom Kampfraumschiff *Dark Claw* begleitet. Der in der Hochzeit des Sternenbunds gebaute Zerstörer der *Essex*-Klasse verfügte über genügend Feuerkraft, um aus der Umlaufbahn eine ganze Stadt zu vernichten.

Von Khan Lincoln Osis wußte er, daß die Mitglieder von Galaxis Tau bis heute noch nichts von dem Grund für die Aufstellung der Einheit oder ihrer aktuellen Mission ahnten. Sie waren aus dem Erbmaterial der besten Krieger gezüchtet, die an der Invasion der Inneren Sphäre teilgenommen hatten, aber kaum jemand wußte auch nur von der Existenz ihrer Galaxis. Seine Aufgabe war es, sie auf den bevorstehenden Einsatz vorzubereiten – auf die Vernichtung der Novakatzen. Und wenn das geschehen war, würde er sie in die Schlacht führen. *Sie sind die Besten meines Clans. Zusammen mit meiner Kampferfahrung werden wir eine unschlagbare Kombination sein. Ein paar Monate, um ihre Fertigkeiten zu vervollkommnen und sie mit ihren Zielen vertraut zu machen, dann greifen wir die Novakatzen an und werden sie ein für allemal vernichten.*

Am Fuß der Rampe hielt er an und betrachtete die Kriegerin, die vor ihm stand. Sie war kahl, aber eine nähere Begutachtung zeigte ihm, daß ihr nicht nur das Haupthaar, sondern auch jede Gesichtsbehaarung fehlte – Augenbrauen, Wimpern, alles. Ein dunkelgraues Dornenkronenmuster spannte sich in zarten Linien um ihren Kopf wie eine Tätowierung und lag wie eine Zielsuchhilfe um ihr rechtes Auge. Natürlich handelte es sich dabei nicht wirklich um eine Tätowierung, sondern um ein Neuralimplantat, mit dessen Hilfe seine Trägerin auf einen Neurohelm verzichten konnte. Die chirurgisch implantierten Schaltkreise verbanden sie drahtlos mit dem Bordcomputer ihres Mechs und speisten ein computergeneriertes Bild des Gefechtsfelds in ihr Gehirn, das ihr bei Zielerfassung, Waffeneinsatz und Steuerung der Maschine half. Eine so junge Kriegerin mit einer dieser bioelektrischen ›Tätowierungen‹ zu sehen, bezeugte ihre ungewöhnliche Aggressivität.

Auf ihrem Kragen waren die Abzeichen eines Sterncolonels der Blutigen Krallen zu sehen, und unter einem Arm trug sie den Kodaxstab der Galaxis, dessen Speicherchips die Einheitsgeschichte enthielten. Der Stab bedeutete für die gesamte Einheit, was das Kodaxarmband dem einzelnen Krieger galt. Hinzu kam ein mit den Rangabzeichen am Kragen eines Offiziers verbundener Kommunikator. Mit dem Stab konnte der Galaxiskommandeur sich direkt und unmittelbar mit seinen Untergebenen in Verbindung setzen.

Aus der Vorbesprechung mit Khan Lincoln Osis wußte Devon, wer diese Frau war: Sterncolonel Roberta, vorläufige Kommandeurin der Galaxis auf ihrer Reise von den Heimatwelten hierher nach Wildkatz. Jetzt war es seine Galaxis, seine Einheit. In der Vergangenheit hatte er mit den Fehlern anderer leben müssen. Von nun an führte er den Befehl.

Sterncolonel Roberta war eine wahre Kriegerin in der besten Nebelparder-Tradition. Er hatte ihren Kodax mit großem Interesse studiert. Während ihres Positionstests um das Recht, einen Sternhaufen zu führen, war es zu einem Bruch im Fusionsreaktor ihres Mechs gekommen. Statt auszusteigen, hatte sie die Sicherheitsautomatik des OmniMechs abgeschaltet und den Kampf aus dem von tödlicher Strahlung durchfluteten Cockpit fortgesetzt. Es war ihr schließlich gelungen, ihren Gegner zu besiegen, aber es war eine wochenlange Behandlung durch die Wissenschaftlerkaste nötig gewesen, um anschließend ihr Leben zu retten. Roberta hatte überlebt, aber sie trug die Nachwirkungen des Strahlungslecks noch immer in sich. Devon war von ihrer Geschichte beeindruckt, denn sie zeigte, daß das Herz des Nebelparders in ihrer Brust schlug. Andere, schwächere Krieger hätten den Schleudersitz in Anspruch genommen.

»Galaxiscommander Devon Osis«, begrüßte sie ihn und neigte leicht den Kopf in Hochachtung.

»Du bist Sterncolonel Roberta, frapos?«

»Pos.«

Devon reckte sich und sprach die Worte, die er auf der Reise zu diesem abgelegenen Ort hundertmal in Gedanken geprobt hatte. »Auf Befehl Khan Lincoln Osis', Khan der Nebelparder, des einen wahren Clans und der Erben der Großen Kerenskys, übernehme ich hiermit den Befehl über Galaxis Tau.«

Roberta packte den Kodaxstab der Galaxis an beiden Enden und streckte die Arme aus. »Im Geist unseres Volkes kann ein Befehl nicht übernommen werden. Ein Befehl muß ergriffen und verteidigt werden. In Ehren gewonnen, mit Blut besiegelt.« Ihre Stimme war laut genug, so daß die umstehenden Krieger sie hören konnten. Devon konnte die Atmosphäre der Erwartung schmecken.

Die Zeremonie – die Zeremonie der Befehlsübergabe. Er lächelte. »Der Befehl ist mein. Ich werde ihn ergreifen.«

Roberta kam langsam einen Schritt näher, die Arme mit dem Stab weiter ausgestreckt. »Ich verteidige den Befehl, den du beanspruchst.«

Auch Devon sprach laut genug, um von den versammelten Kriegern verstanden zu werden. »Krieger des Nebelparders, bildet einen Kreis um uns, auf daß die Augen Gleicher diesen Schwur bezeugen.« Er machte eine Pause und sammelte sich, während die Offiziere der Galaxis Tau in Position gingen. »Nicholas Kerensky, der Gründer unseres Volkes, hat uns gelehrt, daß die Führung nur den Stärksten und Besten unserer Kriegerkaste zusteht. Seht her, wie ich, Devon Osis, Blutnamensträger und Testbestätigter, nehme, was mir zusteht.«

Die Krieger von Galaxis Tau taten wie geheißen und formten einen Kreis der Gleichen um sie. Roberta leckte sich erwartungsvoll die Lippen und ging in die Hocke, bereit für den ersten Schlag.

Das Ritual war einfach. Devon mußte Roberta den Kodaxstab der Galaxis in einem Besitztest abnehmen. Sobald er ihn in Händen hielt, würden die Parder ihn als ihren neuen Kommandeur anerkennen. Der Kampf war eine Mischung aus echtem Zweikampf und Ritual. Es war üblich, aber nicht notwendig, daß Devon seiner Gegnerin eine blutende Wunde zufügte. In manchen Fällen wurde der Stab einfach nach einer Reihe ritueller Schläge überreicht, aber es gab auch Fälle, in denen einer der beiden Kombattanten den Tod gefunden hatte. Devon schätzte Roberta vorsichtig ab und fragte sich, in welche Richtung dieser Kampf gehen würde.

Er neigte langsam den Kopf und gab damit zu verstehen, daß er sie als wahre Kriegerin anerkannte. Sie erwiderte die Geste. Dann griff er an. Mit einer Hand faßte er nach dem ausgestreckten Stab, mit der anderen schlug er in einer Innendrehung gegen ihr linkes Handgelenk. Roberta erkannte seine Absicht, warf sich zurück und riß den Stab aus seiner Hand.

Devon sprang mit zum Würgegriff ausgestreckten Armen auf sie zu. Roberta drehte sich etwas nach links, als er neben ihr aufkam und mit voller Wucht und seinem ganzen Gewicht ein Knie in ihre Hüfte rammte. An ihrem Gesicht erkannte er, daß er sie hart getroffen hatte.

Sie rollte weg und schleuderte ihn beiseite. Er ließ sich von seinem Schwung in die Hocke tragen, stützte sich mit einer Hand am Boden auf, bereit zuzuschlagen. Aber Roberta war auf ihn vorbereitet und schwang ihr Bein in einem Rundumtritt, der entweder seine Hand wegstoßen und ihn zu Boden werfen oder seinen Kopf treffen sollte. Im letzten Augenblick sprang er auf und packte mit beiden Händen ihren Fuß.

Es gelang. Bevor sie noch erkannt hatte, was geschah, drehte Devon ihren Fuß ruckartig um. Roberta stöhnte laut auf, ließ den Stab fallen und benutzte ihre Hände, um den Körper mitzudrehen und das Knöchelgelenk zu retten. Kaum lag sie auf dem Bauch, als Devon in die Höhe sprang und mit beiden Knien auf ihrem Rücken landete. Roberta rang nach Luft und war nicht in der Lage, etwas zu unternehmen, als Devon den Kodaxstab vom Landefeld aufhob. Den Stab in beiden Händen, erhob er sich. Sein Atem ging stoßweise, aber es gelang ihm, sich an die im Kreis wartenden Krieger zu richten.

»Der Befehl ist mein, ergriffen und verteidigt.« Er keuchte. »In der Tradition unserer Blutnamensträger halte ich den Befehl über Galaxis Tau, im Namen Khan Lincoln Osis' von den Nebelpardern!« Ein Chor von Kriegerstimmen antwortete ihm mit der Eidformel. »Seyla.« Ein Wort, das Einheit und Ehre ausdrückte, dessen Bedeutung aber längst im Nebel der Zeit vergessen war, wenn auch nicht seine Heiligkeit. Für Devon Osis bedeutete es, daß seine Krieger ihm folgen würden.

Zu seinen Füßen richtete Roberta sich auf, zunächst auf die Hände, dann in sitzende Haltung, schließlich langsam und unbeholfen auf die Beine. Sie stand neben Devon und weigerte sich trotzig, den Schmutz aus dem Gesicht zu wischen. Die weiße Haut ihres kahlen Kopfes war verfärbt, aber heil. Auf ihrer Schulter hing das Abzeichen ihrer Einheit, die schwarze, zum Angriff erhobene Tatze des 101. Angriffssternhaufens, halb abgerissen herab. Devon drehte sich um und sah ihr in die Augen. Sie wechselten kein Wort, aber Roberta schien zu verstehen.

In einem flüssigen Seitschritt wirbelte Devon Osis herum und schlug ihr den Stab ins Gesicht. Ein Ende des Geräts bohrte sich in ihre Wange, und das durch den Stab vibrierende Knirschen zeigte Devon, daß er entweder ein paar Knochen gebrochen oder Zähne zerschmettert hatte. Robertas Kopf wurde von dem Hieb hart zur Seite geschleudert, aber als echte ClanKriegerin ließ sie sich durch den diabolischen Schmerz, der in ihrem Kiefer lodern mußte, nicht in die Knie zwingen. Blut strömte aus ihrem Mundwinkel. Sie atmete tief ein, und ein Schmerzanfall traf sie – wie eine Brandungswelle eine Uferklippe. *Blut muß fließen, so verlangt es das Wesen des Parders.*

So wie sie sich zuvor geweigert hatte, ihr Gesicht zu säubern, unternahm sie auch jetzt keinerlei Versuch, das Blut abzuwischen. Es war ein Ehrenzeichen in der Tradition der besten Nebelparder-Krieger. Devon verstand sie nur zu gut. Es war ihr wichtig, daß Blut floß, wie es die Tradition vorsah. Den Befehl ohne eine derartige Verletzung aufzugeben, wäre erniedrigend für sie gewesen. Devon Osis las ihre Miene, als sie ihn ansah. Sie fühlte weder Zorn noch Antipathie, nur Bewunderung und Respekt. *Sie und die anderen wissen nun, daß auch in meiner Brust das Herz des Nebelparders schlägt. Sie wissen, daß ich bereit bin, zu tun, was immer nötig ist, um unsere Ehre aufrechtzuerhalten.*

Devon drehte sich zu dem Kreis der Krieger um und empfing die Blicke und nickenden Kopfbewegungen ihrer Anerkennung. Mit der Übernahme des Befehls über die Galaxis fiel ihm auch die Ehre zu, der Einheit einen Namen zu geben. »An diesem Tag erzittern Herzen und Hirne auf allen Welten im gesamten erforschten Raum. Eine neue Nebelpardergalaxis ist geboren. Als Nicholas Kerensky die Clans gründete, lehrte er uns die Bedeutung der Namen als Ansporn für unsere Krieger. Von diesem Tage an sind wir nicht mehr nur Galaxis Tau. Unsere Feinde sollen uns unter unserem wahren Namen fürchten lernen, als die Diana-Galaxis.«

Er pausierte lange genug, um ein weiteres Mal tief durchzuatmen, und seine Gedanken zu sammeln. »Diana ist nicht nur der Name einer unserer Heimatwelten, sondern auch der Geist unserer Galaxis. Das Nebelparderweibchen ist eine wilde Jägerin, die ihre Jungen mit ebensolcher Wildheit beschützt und verteidigt. Wie die Jägerin wird die Diana-Galaxis unseren Clan beschützen und verteidigen und seine Feinde gnadenlos zur Strecke bringen. Wir verteidigen unseren Clan – indem wir die vernichten, die uns zu vernichten versuchen. Krieger nah und fern hört meine Worte. Der Nebelparder ist auf Jagd.«

8

Landungsschiff *Claymore*, am Zenithsprungpunkt, K-001-WD-505
Äußere Peripherie

29. Juni 3058

Das Sprungschiff der *Invasor*-Klasse *Kitsune-Doku* materialisierte in einem lautlosen, blauen Lichtblitz und einem Impulsstoß elektromagnetischer Energie am Zenithsprungpunkt des Systems, und mit ihm die drei Landungsschiffe der Highlanders. Ein zweiter Lichtblitz kündete von der Ankunft ihres Begleitschiffs, des *Magellan*-Klasse-Sprungschiffs *Kobayashi*, an dessen Rumpf das draconische Landungsschiff angedockt hatte.

Hyperraumsprünge selbst erfolgten in Nullzeit, aber sie verbrauchten derartig große Energiemengen, daß ein Sprungschiff je nach der Spektralklasse der Sonne eines Systems bis zu zehn Tage benötigte, um den Sprungantrieb über ein für diesen Zweck ausgebreitetes Solarsegel wiederaufzuladen. Die *Kitsune-Doku* war eine Ausnahme von dieser Regel. Das mit Lithium-Fusionsbatterien ausgerüstete Schiff konnte genug Energie für zwei Sprünge speichern und den Antrieb in kürzester Zeit neu aufladen. Oberst Stirling hatte jedoch darauf bestanden, daß ihr Schiff auf dem Flug nach Wayside Energie für einen Sprung in Reserve hielt. Immerhin befanden sie sich nicht mehr in der Inneren Sphäre mit ihren dichtbefahrenen Raumstraßen und vertrauten Sonnensystemen. Sie wagten sich in die Äußere Peripherie, in die gewaltigen Weiten jenseits des erforschten Weltraums.

Loren rieb sich die Augen und schnallte sich los. Wie die fünf zuvor war auch dieser Sprung einwandfrei verlaufen, aber er hatte ihn vor Ende der Schlafperiode geweckt. Die Glockenschläge der Entwarnung aus dem Deckenlautsprecher teilten ihm die erfolgreiche Ankunft im Zielsystem mit. Hier würde das Wiederaufladen schneller ablaufen, denn das Zentralgestirn dieses Systems war ein weißer Zwerg.

Es war Morgen, ersichtlich anhand der Beleuchtung. Im All war es schwierig, einen Tagesrhythmus aufzubauen, da das Sonnenlicht als Referenzpunkt fehlte. Skipper Spillman der *Claymore* versuchte dies durch eine entsprechende Regelung der Bordbeleuchtung auszugleichen, die während der Nacht laut Terra-Normzeit nur mit zwanzig Prozent Leistung arbeitete, und in den Dämmerungsperioden mit halber Kraft. Trotz seines Vertrauens in den Skipper des Highlander-Landungsschiffs, vergewisserte Loren sich allerdings immer durch einen Blick auf die Uhr.

Nachdem er sich gewaschen und rasiert hatte, zog Loren einen frischen Uniformoverall an und blickte auf seinen Computer. *Besprechungen.* Das war der Fluch einer Ernennung zum Stellvertretenden Regimentsführer: ein doppeltes Arbeitspensum. Er befehligte nicht nur das Kilsyth-Guards-Bataillon, sondern mußte darüber hinaus die Bemühungen der beiden anderen Bataillone koordinieren. Und jetzt kam auch noch der draconische VFB Parkensen hinzu, der sich bei ihm und Oberst Stirling über deren risikoreichen Einsatzplan beschwerte. Der VFB wollte ihn für einen Abwurf direkt über der Parderbasis verwerfen.

Auch heute gab es wieder eine Besprechung für Loren, diesmal bei seinem eigenen 1. Bataillon – seinen Guards. Sie warteten in der künstlichen Gravitation des Hauptkonferenzraums der *Doku* auf ihn, den die Fusiliers für den Flug in einen Aufenthaltsraum verwandelt hatten. Bei seinem Erscheinen nahmen die rund ein Dutzend Offiziere in den roten Baretten des Bataillons Haltung an. Loren winkte ab, und sie entspannten sich. Er ließ sich auf seinen Platz sinken, und die anderen um den Konferenz-Schrägstrich-Pokertisch taten es ihm nach.

»Gentlemen«, begann er, und sah sich im Kreis der

Männer und Frauen seiner Einheit um. Er stellte fest, daß ihre Mienen sichtbar erregt waren. Er verstand das Gefühl, die Spannung vor der Schlacht. Obwohl die Parder noch Tage entfernt waren, schien diese Besprechung sie der unvermeidbaren Begegnung ein gutes Stück näherzubringen. »Sie hatten alle Gelegenheit, die Gefechtspläne für diese Operation durchzusehen. Diese Besprechung dient dazu, offene Fragen innerhalb des Bataillons zu behandeln und eventuell notwendige letzte Veränderungen vorzunehmen.«

»Mich interessiert nur eines, Sir«, meldete sich Commander Greg Hector mit einer Spur von Humor in der Stimme. »Sind wir jetzt bald durch mit den Impfungen? Noch ein Stich mit der Nadel, und ich muß mir ein aufblasbares Sitzkissen mit ins Cockpit nehmen.« Ein allgemeines Kichern machte die Runde unter den Offizieren, die seine Beschwerde alle nachvollziehen konnten. Jeder einzelne von ihnen hatte dieselben Schutzimpfungen über sich ergehen lassen müssen, die unter den Fusiliers inzwischen zum Thema konstanter Witzeleien geworden waren.

»Nadeln Sie mich nicht damit«, erwiderte Loren.

»Major«, ergriff ein Mann im hinteren Teil des Raums das Wort. Kapitän Jake Fuller hatte sich nur einen Monat, nachdem Loren den Befehl übernommen hatte, von MacLeods Regiment zu den Kilsyth Guards versetzen lassen. »Ich wüßte gerne, wie wir das mit dem Isthmus machen wollen. Das Gelände ist schwierig, und eng, und unsere Truppen werden Gefahr laufen, hängenzubleiben. Aber unsere Mechs rauf auf den Kontinent zu schicken, ist ein ziemlich riskantes Manöver. Trotzdem hängt die ganze Operation davon ab, daß es uns gelingt.«

»Nun, Jake«, antwortete Loren ihm. »Wir alle haben die Parder intensiv studiert. Wäre ich der Parder-Kommandeur, dann wäre der Isthmus genau der Punkt, an dem ich versuchen würde, uns zu stoppen. Die Landenge und das felsige Gelände sind ideal, um uns aufzureiben.«

»Dann stimmen Sie mir zu?«

Loren schüttelte den Kopf. »Unsere Bodentruppen und eine Abteilung BattleMechs zu ihrer Hilfe können die Parder da unten hinhalten. Wir lassen sie in dem Glauben, sie hätten uns in der Falle, während der Rest unserer Kräfte hinüber auf die andere Seite der Halbinsel marschiert und ihnen in die Flanke fällt. Wir werden sie zerquetschen wie einen Pickel auf dem Gesicht des Planeten.«

»Ich glaube, genau das ist der Teil, der Jake Sorgen macht«, sagte Commander Klavin Amari von der 2. Kompanie. »Das gibt Kampf und Bewegung im Vakuum da oben. Wenn sie uns auf dem Kontinent angreifen, können wir uns nicht lange halten. Unter den Bedingungen kann jeder Treffer die Aktivatoren ausfallen lassen, und ein Kanzeltreffer *ist* tödlich.« Sie betonte die Sicherheit eines tödlichen Treffers, und die übrigen Offiziere nickten.

Jake nahm das Argument auf. »Woher wissen wir, daß die Parder nicht da oben auf uns warten?«

»Sicher ausschließen können wir das nicht, Kapitän Fuller, aber nach allem, was wir über Clan-Taktiken wissen, neigen sie nicht dazu, Stellungen und Defensivhaltungen einzunehmen, die zu ihrem Nachteil gereichen. Die Nebelparder sind einer der aggressivsten Clans. Sie werden uns auf dem kürzesten Weg angreifen, und das ist der Isthmus.« Wenn Loren in den vergangenen Monaten des Clan-Studiums etwas gelernt hatte, dann dies, daß die Parder gnadenlose Gegner waren.

»Wir haben studiert, wie die Nebelparder kämpfen«, fuhr er fort. »Und wir wissen, daß ihre Verluste auf Wolcott, Luthien und Tukayyid sie verbittert haben. Von allen Clans sind sie derjenige, der am schnellsten in die Schlacht stürmt. Und wenn sie sich einmal im Kampf befinden, wollen sie siegen, und das schnell. Sie haben alle von der Sitte der Leibeigenschaft gehört, bei der die Clans Gefangene als Sklaven nehmen – um sie irgendwann zu eigenen Kriegern zu machen. Die Nebelparder haben diese Gewohnheit, soweit es Truppen der Freien Inneren Sphäre betrifft, fast gänzlich eingestellt. Die Parder wollen ihre Gegner nicht einfach nur besiegen, sondern zermalmen. *Es werden keine Gefangenen gemacht.* Selbst bei einer dreifachen Übermacht unsererseits erwarte ich Verluste – möglicherweise sogar schwere Verluste. Unser Vorteil ist die Tatsache, daß sie nicht erwarten, irgend jemand könnte so tollkühn sein, sie auf Wayside V anzugreifen. Wir haben trainiert, haben alles gelernt, was man über die Art der Clans zu kämpfen lernen kann, und haben Gegenstrategien entwickelt. Die Nebelparder werden glauben, wir wären nicht auf sie vorbereitet, aber ich sage, darin irren sie sich. Die Wahrheit ist, sie sind nicht auf die Northwind Highlanders vorbereitet. Wir können unsere Einheitsgeschichte bis zum Sternenbund und noch weiter zurückverfolgen. Wenn sie sich mit uns anlegen, werden sie eine Probe davon bekommen, was sie erwartet, wenn sie jemals die Waffenstillstandslinie überschreiten.« Lorens Worte schienen die Atmosphäre des Raums mit Leben zu erfüllen. Er sah mehrere Gesichter unter seinen Offizieren vor Stolz glänzen.

»Sie brauchen uns den Einsatz nicht zu verkaufen, Sir«, stellte Jake Fuller mit verschränkten Armen fest. »Ich habe schon früher an Ihrer Seite gekämpft, und ich freue mich darauf, es wieder zu tun.«

»Gut.« Loren wünschte sich, alle im Regiment hätten dieses Zutrauen in seine Führung geteilt. »Gibt es noch andere offene Fragen?«

»Plant der Oberst, sie mit einem Batchall herauszufordern?« fragte Fuller.

Loren nickte. »Das ist der Plan. Wir erwarten nicht, daß sie darauf reagieren, aber es könnte uns helfen, die Kräfteverhältnisse anzugleichen, wenn sie vor Beginn des Kampfes um ihre Truppen bieten.«

»Major, ich habe mir die GAU-Optionen angesehen«, warf Kapitän Torri Chandler ein. Ein ›GAU‹ war der größte anzunehmende Unfall. Es war übliche Praxis für Kommandeure, Notfallstrategien für die Fälle auszuarbeiten, von denen sie hofften, daß sie niemals eintraten. Wenn um sie herum alles zusammenbrach, die Befehlsstruktur des Regiments zerbrach, sich eine absolute Katastrophe abzeichnete, wurde es Zeit, auf die GAU-Optionen zurückzukommen. »Angesichts der Tatsache, daß dreißig Tage nach unserer Landung Major Mulvaney mit ihrer Einsatzgruppe eintrifft, ist es da wirklich nötig, daß wir uns auf eine derart extreme Situation vorbereiten, wie sie in Fall Alpha postuliert wird?«

Loren und Oberst Stirling hatten lange Stunden über diesem Plan gebrütet, und ihnen war nichts Besseres eingefallen. Fall Alpha sah vor, daß sich die Einheit aus den bewohnbaren Gebieten der alten Meere zurückzog und sich in Stellungen im versteinerten Wald von New Sherwood auf New Scotland eingrub. »Ihre Sorgen ähneln denen von Kapitän Fuller?«

»Ja, Sir«, erwiderte sie. »Wir könnten da oben wochenlang in unseren Mechs leben müssen. Unsere Bodentruppen wären gezwungen, sich ohne Hoffnung auf ein Überleben zu den Landungsschiffen zurückzuziehen.«

Loren verstand das Problem. »So ist es, Kapitän. In diesem Fall hätten wir kaum eine Wahl. Dort oben haben wir die beste Chance durchzuhalten, bis die Verstärkung eintrifft.«

Kapitän Jebediah Lewis von der Kombinierten Hilfskompanie war über diesen Wortwechsel offensichtlich verärgert. »Machen Sie sich keine Sorgen um uns, Chandler. Wir können uns sehr gut um uns selbst kümmern. Vergessen Sie nicht, daß ich auf dieser Mission nur einen Zug Standardinfanterie dabei habe. Die beiden anderen Züge sind *Grenzgänger*-Züge, deren Krötenpanzer auch den Einsatz auf den Kontinenten ermöglicht. Und meine Panzer sind ebenfalls mit neuer Technologie aufgerüstet. Wir werden in diesem Kampf die Fahne nicht sinken lassen.«

Chandler neigte leicht den Kopf, um zu zeigen, daß sie sich geschlagen gab. Loren ergriff wieder das Wort. »Ich möchte nicht, daß irgend jemand hier diese Besprechung in dem Glauben verläßt, wir wüßten genau, was uns erwartet. Wir arbeiten mit überalterten Informationen. Die Lage auf Wayside V kann sich bis zu unserer Ankunft dramatisch verändert haben. Sie alle müssen bereit sein, jederzeit neue Pläne und Befehle anzunehmen. Worauf es hinausläuft, ist: Wir müssen auf alles vorbereitet sein.«

9

Piratensprungpunkt CEXC-0021-A.2122.97, Wayside V (Wildkatz) Äußere Peripherie

3. Juli 3058

Die *Kitsune-Doku* und die Landungsschiffe an ihren Dockkrägen traten an dem Piratenpunkt über Wayside V aus dem Hyperraum und verkündeten ihre Ankunft mit einer elektromagnetischen Stoßwelle. Loren befand sich auf der Brücke der *Claymore*, als sie rematerialisierte. Als sein Schwindelgefühl nachgelassen hatte, drehte er sich zu Skipper Spillman im Kapitänssessel des *Overlord*-Landungsschiffes um. Der schlaksige Kapitän schien von dem Sprung völlig unbeeindruckt, aber er mußte in seiner Laufbahn ja auch schon Tausende solcher Transitionen mitgemacht haben.

Loren blickte auf den Sichtschirm und sah Wayside V unter ihrem Schiff liegen, eine graugrüne Kugel, umgeben von dünnen, grünlichen Wolkenfäden. Als die Entwarnung ertönte, sah er auf die Uhr, und anschließend auf die Statusanzeige vor ihm. Cat Stirling löste sich einen Herzschlag vor ihm aus ihrem Sessel und überprüfte die Anzeigelämpchen. »Durchgängig grünes Licht, Skipper«, erklärte sie und sah hinüber zu Spillman.

»Ich weiß, Oberst. Immer mit der Ruhe.« Er sah auf das Kontrollpaneel in der Armstütze seines Sessels. Trotz der Anspannung des Augenblicks war Spillmans Trotzhaltung zu erkennen. Loren hatte auf dem Flug Gelegenheit gehabt, den Mann zu beobachten, und seine Abneigung Autoritätsfiguren gegenüber war unübersehbar. Im Weltraum hatte er das Kommando, selbst bei einer Militäroperation. Nur Oberst Stirling besaß das Recht, ihm Anweisungen zu geben, und obwohl er ihr unterstellt war, merkte man ihm nichts davon an. »Sieht aus, als wäre die *Kobayashi* auch erfolgreich materialisiert.«

»Abdocksequenz einleiten«, befahl sie.

Spillman nickte. »Hier *Claymore* an *Bull Run, Stonewall Jackson* und *Vergeltung*. Frei zum Start. Ich wiederhole, Frei zum Start.« Ein fernes Knirschen wurde laut, gefolgt von einem kreischenden Schlag, der das ganze Schiff zum Vibrieren brachte, als sich der Dockkragen öffnete, der die *Claymore* an der Rumpfspindel des Sprungschiffs festgehalten hatte, und das Landungsschiff sich in Richtung auf den Planeten in Bewegung setzte. Loren fühlte, wie die simulierte Schwerkraft zurückkehrte und ihn zu Boden zog, als die riesigen Fusionstriebwerke zum Leben erwachten und das Schiff auf Wayside V zu beschleunigte.

Von seiner kleinen, engen Arbeitsstation aus aktivierte er eine Kommleitung. »SR an Späher« rief er den Nachrichtenoffizier des Regiments. Kapitän Colin Lovat hatte sich in einer der Beobachterkabinen im Bugteil des Schiffs verkrochen, um die Sensordaten auszuwerten. Bevor Lovat den Empfang bestätigen konnte, gab Loren ihm schon seinen Befehl. »Ich will Bilder und Geschichten.«

›Bilder‹ bezog sich auf die Langstreckenkameras im Rumpf des Landungsschiffes. Lovat hatte sie darauf programmiert, die Punkte auf der Planetenoberfläche zu erfassen, die für die Fusiliers von Interesse waren, also die LZs und die bekannten Stellungen der Nebelparder. ›Geschichten‹ war der Schlüsselbegriff für Sensordaten von der Oberfläche. Zusammen konnten diese Daten Loren die Frage beantworten, inwieweit die draconischen Angaben noch zutrafen. Auf Lorens und Stirlings Bildschirmen erschien ein Bild der Zielwelt, bevor die Kamera auf die Schlüsselpunkte zoomte.

»Keine Anzeichen von Parder-Aktivität«, meldete Lovat. »Keine aktiven Sensoren am und um den Sprungpunkt, keine Anzeichen von Luft/Raumjägeraktivität.«

Loren öffnete einen Kanal zu den Jägerhangars. »Geschwaderkommandeure von SR. GP-Lanzen starten. Andere Lanzen halten sich bereit.« Die GP oder Gefechtspatrouille lieferte der kleinen Landungsschiffsflotte den erforderlichen Geleitschutz. Die übrigen Lanzen aus je zwei Maschinen hielten sich für den Fall in Bereitschaft, daß die Nebelparder ihren Anflug irgendwie bemerkt hatten. Auf den anderen Schiffen würden dieselben Vorsichtsmaßnahmen anlaufen. Er öffnete den Stabskanal zu Cat Stirlings Station und speiste Lovats Daten direkt in die Zentralen der anderen Landungsschiffe.

Auf seinem Schirm wurde Wayside V immer größer. Die Kameras holten die Zielobjekte näher heran. Aufgrund der Rotation des Planeten und der Anflugposition der Schiffe sah der Plan vor, die Nebelparderbasis zweimal zu überfliegen, bevor sie landeten. Momentan waren die Landezonen sichtbar.

Kapitän Lovats Stimme aus dem Lautsprecher schien die Anspannung zumindest teilweise zu zerschlagen. »Wetter über der LZ zur Zeit ruhig, und es gibt keine Anzeichen irgendwelcher Nebelparder-Aktivitäten im betreffenden Gebiet. Es ist jedoch eine Gewitterfront im Anzug, die mit fünfzigprozentiger Wahrscheinlichkeit zum Zeitpunkt der Landung eintrifft.«

»Melden die Sensoren irgendeine Aktivität?« fragte Oberst Stirling.

»Negativ, Oberst«, erwiderte Colin. »Aus dieser Entfernung sind die Informationen, die wir auffangen können, nur rudimentär. Aber ich sollte innerhalb der nächsten acht Stunden eine komplette Abtastung schaffen. In dreißig Minuten kommt die Parder-Basis in Sicht.«

Die nächsten Minuten vergingen im Flug. Über Skipper Spillman ließ sich Loren die Kommverbindung zwischen den vier Landungsschiffen bestätigen. Hinter ihnen am Sprungpunkt entfalteten die beiden Sprungschiffe ihre Solarsegel und hielten mit Hilfe ihrer Stationstriebwerke die Position innerhalb der Schwerkraftsenke, in der sie in den Normalraum eingetaucht waren.

Langsam drehte sich Wayside V unter ihnen, bis die hohen Bergmassive New Northwinds in Sicht kamen. Kahl und grau stießen ihre Gipfel durch die dichte Wolkendecke über den tiefliegenden Meeresgebieten. Kapitän Lovat hielt die Kameras auf den Zielbereich, und als die Wolken eine direkte Beobachtung unmöglich machten, schaltete er auf Infrarot um. Das Bild des Planeten verwandelte sich in eine Kugel aus Rot- und Schwarztönen. Schließlich erstattete er seinen Bericht. »Die optischen Daten über den Nebelparder-Stützpunkt sind derzeit noch wenig aufschlußreich. Die Wetterbedingungen verhindern eine direkte Beobachtung. Unsere Thermosensoren melden Aktiviät, wahrscheinlich von BattleMechreaktoren. Genau werden wir erst nach dem nächsten Überflug sagen können, was dort unten vorgeht.«

Lovats Worte konnten Lorens Anspannung nur noch steigern. Er lehnte sich in seinem Sessel zurück und schloß die Augen. Das war der Teil einer Mission, den er besonders haßte – das Warten.

Zwei Stunden vergingen in beiläufiger Plauderei, während der Planet unter ihnen größer und beherrschender wurde. Bei diesem Vorbeiflug versprach die Sensorabtastung ein genaueres Bild der Lage, aber bis jetzt war noch nichts zu vermelden. Als die Landezonen in Sicht kamen, entspannte sich Loren ein wenig. *Die Parder sind nicht einmal in der Nähe unserer LZs präsent, wie wir es erhofft hatten. Sie sind an ihrer Basis versammelt.* Lovats Stimme krachte in seine Gedanken und warf sie völlig aus der Bahn. »Sensoren melden Fusionsreaktorsignaturen, insgesamt zehn Stück, dreiundfünfzig Kilometer von Landezone Rot, in exakt südlicher Richtung.«

Loren sprang in Aktion. »SR hier. Bestätigen Sie die Meldung, zehn Reaktoren nahe LZ Rot.«

»Bestätigt, SR. Ich speise die Daten in die taktische Datenbank. Warten Sie.« Jeder BattleMechreaktor gab eine unverwechselbare Neutrinosignatur ab, deren Details von Form und Plazierung des Reaktors im Mechrumpf abhingen. Es existierte zwar eine große Variationsbreite durch erlittene Schäden oder Umbauten des betreffenden Mechs, aber es war möglich, die Signaturen mit einer Datenbank bekannter Sensorabtastungen zu vergleichen und relativ genau zu bestimmen, welche Mechs geortet worden waren.

Als Kapitän Lovats Stimme wieder ertönte, klang sie merklich heller. »Zwei Mechsterne in langsamer Bewegung. Reaktorsignaturen entsprechen denen der Typen *Uller, Kampfdämon, Katamaran, Puma* und *Masakari*. Zahlenangaben wie folgt: In vorderer Position Alpha-Stern aus zwei *Kampfdämonen* und drei *Masakaris*. Bravo-Stern: zwei *Kampfdämonen*, zwei *Katamarane* und ein *Puma*.« Auf dem Bildschirm entstand eine taktische Anzeige des Gebiets, in dem sich die Mechs aufhielten. Loren blickte auf den Schirm, dann sah er hinüber zu Stirling, die über ihren Monitor gebeugt stand.

»Das sind OmniMechs, Major Jaffray«, stellte sie das nur zu Offensichtliche fest.

»So ist es, Ma'am. Späher, Sichtung bestätigen.«

»Ich habe sie schon zweimal überprüft, Sir. Wahrscheinlichkeit fünfundachtzig Prozent.«

Cat Stirlings Gesicht lief vor Wut rot an. »Daß sie in der Nähe der LZs sind, stört mich weniger. Mir macht Probleme, daß das da unten OmniMechs sind, und Omnis sind in der Regel Frontklasse-Einheiten vorbehalten.«

»Sie müssen sich auf Manöver befinden.«

»Das ist gar nicht gut«, stellte sie fest. In diesem Augenblick ertönte Lovats Stimme wieder, und auf Skipper Spillmans Station leuchtete ein rotes Warnlicht. »Ortung!« So plötzlich, wie das rote Lämpchen aufgeflammt war, schaltete es sich auch wieder aus. Loren wußte genau, was das bedeutete – irgend jemand hatte die *Claymore* und wahrscheinlich auch den Rest ihrer jetzt verschwindend klein erscheinenden Einsatzgruppe abgetastet. Der schlaksige Highlander-Skipper beugte sich über seine Anzeige. »Eins ist sicher, Lassie«, sagte er zu Stirling, die neben ihm stand. »Die Schmusekätzchen wissen, daß wir da sind.«

Loren ignorierte ihn, und Stirling tat es ihm gleich. »Woher kam die Abtastung?« fragte er bei Lovat nach.

»In Arbeit, Sir ... hat ihn! Südpolarregion. Unsere Kameras scheinen ein Bild aufzufangen.« Lorens Schirm zeigte einen kleinen verwaschenen Fleck über dem Horizont, dicht am Rand der grünlichen Lufthülle. Er wollte gerade eine Vergrößerung befehlen, als Lovat schon die computerbearbeiteten Daten auf den Schirm brachte.

Der ›Fleck‹ am Horizont hatte sich in das scharfe, deutliche Bild eines Raumschiffs verwandelt. Loren hielt es zunächst für ein Sprungschiff, wenn auch gefährlich nahe an der Atmosphäre.

Lovat gab ihm die Antwort, die er nicht hören wollte. »Der Computer identifiziert die Quelle der Ortungssignale als Zerstörer der *Essex*-Klasse. Er kam lange genug hoch, um uns ein Bild zu liefern und uns abzutasten, dann ist er wieder abgetaucht.«

»Ein Zerstörer der *Essex*-Klasse?« fragte Spillman von seinem Kommandosessel aus. »Späher, sagen Sie mir, daß Ihr vermaledeiter Rechner sich irrt.«

Lovat klang niedergeschlagen. »Tut mir leid, Skipper – Oberst. Der Sternenbund hat diese Babys vor dreihundert Jahren eingesetzt, und wir haben die Daten noch in den ID-Bänken.«

Loren trat hinüber zu Cat Stirling und wußte nicht, was er sagen sollte. Spillman drehte sich zum Oberst um und senkte seine Stimme, so daß niemand sonst ihn verstehen konnte. »Selbst mit vier Landungsschiffen und Jäger-Unterstützung kann das Kriegsschiff uns vernichten, bevor wir auch nur auf Trefferreichweite heran sind.

So ein Baby besitzt Langstrecken-Schiffslaser und -PPKs, und ihre Raketen sind groß genug, um diese Blechbüchse hier zerplatzen zu lassen. Ihre Jäger könnten durchstoßen und für Ärger sorgen, aber am Endergebnis würde das nichts ändern.«

»Hölle und Teufel«, spie Stirling.

»Oberst, die Parder sind zwar brutal, aber angesichts der Größe unserer Streitmacht ist nicht damit zu rechnen, daß sie einen Einsatz ihres Kampfschiffs aufbieten werden«, flüsterte Loren fast. »Mit dem Schiff ist es wie mit den Omnis – wichtig ist vor allem die Tatsache, *daß* es sich hier befindet. Ein Kampfraumschiff dieser Größe würde niemals zum Schutz eines Garnisonssternhaufens abgestellt. Nach allem, was wir bereits gesehen haben, können wir mit einiger Sicherheit feststellen, daß wir gegen eine Frontklasse-Clan-Einheit antreten.«

Stirlings Miene machte deutlich, daß sie seine Einschätzung teilte. »Unsere Möglichkeiten sind sehr begrenzt, Major. Wir können weiterfliegen, aber mit dem Kampfschiff haben die Clanner einen Riesenvorteil.«

»Es sei denn, wir können sie davon überzeugen, es wegzubieten.«

Sie nickte. »Die andere Möglichkeit wäre, den Angriff abzublasen und zu den Sprungschiffen zurückzukehren.«

»Oberst«, warf Spillman ein. »Angesichts unseres Schubwerts, des Anflugwinkels und der Position unserer Sprungschiffe würde es gewaltige Anstrengungen kosten, anzuhalten, umzudrehen und zurück zum Sprungpunkt zu fliegen. In der Zwischenzeit könnten sie unseren Kurs berechnen, die Sprungschiffe lokalisieren und sie angreifen. Wenn mich mein Gedächtnis nicht trügt, ist der Zerstörer schnell genug, um sie wenigstens zum selben Zeitpunkt wie wir zu erreichen, wenn nicht eher.«

»Sie schlagen also vor, daß wir weiterfliegen?« fragte Stirling.

Der Skipper nickte, wenn auch mit sichtbarem Unbehagen.

»Welche Art, einen Kampf zu beginnen.« Sie erhob die Stimme, so daß alle sie hören konnten. »Wir fliegen weiter. Teilen Sie den anderen Schiffen mit, daß die Parder uns entdeckt haben. Vorbereiten auf eine Gefechtslandung.«

Die nächsten vier Stunden zogen sich zäh dahin, während Loren die spärlichen Daten durcharbeitete, die sie bisher gesammelt hatten. Der nächste Vorbeiflug war der wichtigste. Inzwischen war ihr Ziel nahe genug, um den Sensoren eine detaillierte Abtastung zu ermöglichen, und sie würden endlich Gelegenheit erhalten, das Gebiet der Clan-Garnisonsbasis näher in Augenschein zu nehmen. Dann würden sie endlich alle Fusionsreaktoren dort orten können, selbst die abgeschalteten, und eine genauere Vorstellung davon erhalten, mit wem sie es zu tun hatten. Das Kampfschiff hatten sie nicht wieder geortet, aber er wußte, daß es noch immer dort draußen war – und wartete.

Na schön. Wir wissen jetzt, daß wir nicht gegen einen einfachen Einstweiligen Garnisons-Sternhaufen kämpfen. Das hier sind wahrgeborene Krieger mit erstklassiger Ausrüstung. Jetzt müssen wir nur noch herausbekommen, wie viele. »Späher, es ist fast soweit«, stellte Loren schließlich fest. Seine Worte schienen die Brückenbesatzung zum Leben zu erwecken. Alle hier waren in ihre Arbeit, in ihre Gedanken vertieft gewesen. Jetzt würden sie neue Informationen bekommen, herausfinden, wem sie gegenüberstanden.

Es gab eine lange Pause, als Kapitän Lovat die Sensoren über die Oberfläche von Wayside V schwenkte. »Empfange Daten, Major. Einen Augenblick.« Eine weitere lange Pause.

Irgend etwas stimmt da nicht. Das dauert viel zu lange. »Kapitän Lovat, Bericht.«

»Ich bin noch dabei, die Daten zu verarbeiten, Major«,

erwiderte Lovat über den kleinen Lautsprecher der Kontrollkonsole.

»Kapitän, wir sind schon mit einer groben Schätzung zufrieden«, stocherte er.

Zunächst antwortete ihm wieder nur Schweigen. »Eine Abtastung des Zielgebiets, verbunden mit der Ortung der beiden Sterne an der LZ, ergibt eine Gesamtzahl von einhundertsiebzig OmniMechreaktoren in verschiedenen Betriebsarten. Dazu kommen bestätigte Signaturen von fünfundzwanzig OmniJägern auf der Luft/Raumbasis und schätzungsweise einhundert Elementaranzügen.«

Loren verschlug es für einen Augenblick die Sprache. »Wiederholen Sie, Späher. Eins-Sieben-Null Mechs?«

»Bestätigt, SR.«

Langsam drehte Loren sich zu Oberst Stirling um. Das gesamte Fusiliers-Regiment, einschließlich Sho-sa Parkensens zusätzlicher Kompanie, verfügte über weniger als hundert BattleMechs. Sie besaßen auch konventionelle Fahrzeuge und Hilfstruppen, aber angesichts der technologischen Überlegenheit der Nebelparder standen ihre Chancen katastrophal. »Oberst Stirling, wir stehen einer kompletten Galaxis Frontklasse-Nebelparder gegenüber.« Lorens Gedanken rasten, als er sich vorzustellen versuchte, wie ihre Pläne an diese völlig unerwartete Situation angepaßt werden konnten.

Cat Stirling stand reglos wie eine Statue in der Zentrale. Die Worte schienen von ihr abzuprallen wie Regentropfen von einem Standbild. Offensichtlich wog sie ab, was diese neuen Daten für ihr kostbares Regiment bedeuteten. Schließlich beugte sie sich zu Loren herab. »Wir können nicht mehr zurück, Major.«

Er nickte und wußte, was sie als nächstes tun mußte. Die Parder mochten auf die formelle Herausforderung eines Batchalls von einer Einheit der Freien Inneren Sphäre nicht reagieren, aber es konnte trotzdem helfen, indem es beeinflußte, was die Clan-Kommandeure tatsächlich gegen sie ins Feld warfen.

Oberst Stirling beugte sich über ihre Konsole und warf mehrere Schalter um. »KommOffizier, öffnen Sie einen Breitbandkanal zur Clan-Basis und den anderen Schiffen unserer Einsatzgruppe.« Das dauerte keine dreißig Sekunden. »Clan Nebelparder, hier spricht Oberst Andrea Stirling von Stirling's Fusiliers der Northwind Highlanders. Wir sind mit einem Regiment Truppen kombinierter Waffengattungen hier, um Ihnen diese Welt abzunehmen. Unsere Einheit verfolgt ihre Geschichte bis zum Dienst in den Sternenbund-Verteidigungsstreitkräften und darüber hinaus zurück. Wir bieten Ihnen einen ehrenhaften Kampf. Ich erwarte nicht, daß Sie auf dieses Batchall antworten, aber ich erwarte, daß Sie Ihre Verteidigung entsprechend durchführen.«

10

Wildkatzbasis, Wayside V (Wildkatz)
Äußere Peripherie

3. Juli 3058

Galaxiscommander Devon Osis starrte zum fünften Mal in das schwache blaurote Leuchten der Hologrammanzeige und studierte die vor ihm in der Luft hängenden Worte. Während er auf seine Sterncolonels wartete, hatte er den Text von Oberst Stirlings Funkspruch auf sich einwirken lassen. Die Worte hingen vor ihm wie der Dolch vor den Augen Macbeths, blutig und bedrohlich.

Ein Wort ging ihm durch den Kopf: Tollkühnheit. *Wie kann diese widerliche Freigeburt es wagen, meine Pläne oder die des Khans zu stören?*

Sterncolonel Roberta traf zuerst ein. Auf ihrem Gesicht kündeten dunkelviolette Prellungen von ihrem Kampf mit ihm. Sie neigte leicht den Kopf, als sie eintrat, dann nahm sie Haltung an. Auf ihrem Schulterabzeichen war eine ausgestreckte Pardertatze zu sehen, von deren Krallen rotes Blut tropfte, die Insignien des Blutige-Krallen-Sternhaufens.

Sterncolonel Patricia vom 250. Sturmsternhaufen folgte ihr. Als Kommandeurin der Nebelkiller befehligte sie die größte der Clan-Einheiten auf Wildkatz. Ihre Erscheinung war unverwechselbar. Das tiefschwarze Haar wurde knapp über den Ohren von weißen Strähnen durchzogen, die an Blitzschläge erinnerten. Ihre dunkle Haut verlieh ihr ein exotisches Aussehen, das an den Nebelparder erinnerte, der ihrem Clan seinen Namen gab.

Der hochaufgeschossene, blonde und blauäugige Thibideau Osis war beinahe das ganze Gegenteil Patricias. Thibideaus Todesstoß-Sternhaufen war klein, aber schlagkräftig. Er stammte aus demselben Bluthaus wie Devon. Beide Männer teilten das genetische Erbe und einen Blutnamen des Hauses Osis. Thibideau Osis war der einzige Blutnamensträger unter den Sternhaufenführern der Diana-Galaxis.

»Steht bequem«, sagte Devon Osis, und deutete auf die Sessel vor seinem Schreibtisch. Stolz wie immer blieb Roberta stehen, während die beiden anderen Offiziere Platz nahmen. »Also, ein Söldnerregiment befindet sich in diesem Augenblick im Anflug und wird die Oberfläche des Planeten in sieben Stunden erreicht haben.« Auch die Sterncolonels hatten die Nachricht erhalten, die Oberst Stirling ihm geschickt hatte.

»Es sind Söldner«, sagte Thibideau Osis. »Ihr ganzes Wesen macht sie minderwertig.«

Robertas Stimme klang schneidend. »Sie sind keine würdigen Gegner. Ihnen nachzusetzen käme der Jagd auf Banditen gleich, und das ist eine Aufgabe für eine stinkende Solahma-Einheit, nicht für die Diana-Galaxis. Sie haben keinen Respekt verdient, wie er echten Kriegern gebührt. Ich schlage vor, wir lassen sie von der *Dark Claw* vernichten, statt gegen sie anzutreten wie gegen ehrbare Feinde, frapos?« Das Leben in den Clans war hart und streng. Die meisten Krieger, die über dreißig Jahre zählten, galten als altes Eisen. Ihr Hinweis auf die Banditenkaste, die niederste Form des Clannerlebens, machte deutlich, was sie von diesen Fusiliers hielt. Die neue Galaxis besaß keine alten oder dem Ruhestand nahen Krieger, kein Material für eine Solahma-Einheit.

Sie versteht nicht. Sie weiß nur, was man auf den Heimatwelten redet. »Neg, Sternoberst. Tue diese oder irgendeine Söldnereinheit nicht ab. Ich habe bereits gegen solche Einheiten gekämpft, und man darf sie nicht unterschätzen.«

Roberta verzog verächtlich das Gesicht. »Söldner sind wahren Kriegern nicht gewachsen.«

»Singt man auf den Heimatwelten ›Die Erinnerung‹ nicht mehr, Sterncolonel? Bringt der Name ›Luthien‹ dein Blut nicht in Wallung wie das meine?« Im Gegensatz zu ihnen war Devon Osis auf Luthien gewesen, wo die Kell Hounds und die verfluchten Wolfs Dragoner den Nebelparder-Angriff auf die Zentralwelt des Draconis-Kombinats zurückgeschlagen hatten.

Thibideau brach die Spannung. »Du willst gegen sie kämpfen, frapos?«

»Pos. Aber wir werden zu unseren Bedingungen gegen sie kämpfen. Der Versuch dieser Obersten Stirling eines Batchall ist ohne Bedeutung. Ich mag diesen Soldsoldaten die Ehre erweisen, sie auf dem Schlachtfeld zu töten, statt noch im Orbit zu verdampfen, aber ich werde ihr nicht gestatten, die Ehre des Batchall zu besudeln.«

Sterncolonel Patricia beugte sich über den Tisch und aktivierte die Hologrammanzeige. Sie gab über die Tasten am Rand des Sockels verschiedene Codes ein. »Es scheinen kaum Informationen über diese Northwind Highlanders vorzuliegen, zu denen die Fusiliers gehören. Was wissen wir über sie?«

Devon Osis lehnte sich etwas zurück. »Sie beanspruchen das Erbe der Sternenbundarmee. Als General Kerensky unsere Vorfahren in den Exodus führte, blieben sie zurück. Ihr Verrat zwang sie, das Leben von Freigeburtssöldnern zu führen. Sie kämpfen nicht um Ehre, sondern für Geld. Clan Stahlviper hat gegen sie gekämpft. Ich habe es den Khan auf einem der Großen Konklaven erwähnen hören.«

Eine der größten Herausforderungen, denen die Clans bei ihrer Rückkehr in die Innere Sphäre gegenübergestellt waren, ergab die Tatsache, daß ihrem Gegner ein Gegenstück zum Clan-Konzept der Ehre fehlte. Unter den Clans war ein Batchall keine Gelegenheit zur Hinterlist, sondern ein ehrlicher Austausch von Informationen über die Kräfte, die einander gegenüberstanden. Es bestand keine Notwendigkeit, Informationen über den Gegner zu sammeln. Durch Täuschungen zu siegen, war die Vorgehensweise eines Feiglings, nicht die eines Kriegers.

Aus Devon Osis' Stimme sprach purer Zorn. »Sie haben dieses Erbe beschämt und entehrt, indem sie ihr Können als Krieger verkauften.«

Roberta grinste, und ihr frisch verarzteter Zahn glänzte. »Dann bleibt nur noch das Bieten.«

»Pos«, bestätigte Devon Osis. »Das Kampfschiff untersteht meiner Kontrolle, alle anderen Einheiten stehen euch als Sternhaufenführer zur Verfügung. Nach der Tradition unseres Volkes seit den Zeiten des großen Nicholas Kerensky eröffne ich das Bieten um die Verteidigung dieses Planeten gegen die Kräfte namens Stirling's Fusiliers von den Northwind Highlanders – allesamt Freigeburtskrieger. Schlachten werden mit Blut und Tod gewonnen, aber der Wurf der Sterne beim Bieten kann ihren Verlauf bestimmen. Mögen eure Gebote euren Mut und Geist offenbaren, und möge euren Krallen und Fängen das Blut des Feindes schmecken, der euch erwartet.« Seine Worte waren beinahe ein Sprechgesang, eine rituelle Ansprache, wie er sie bereits Hunderte Male gehört hatte. Nun, als Kommandeur der Galaxis Tau, war es an *ihm*, sie zu halten.

Alle drei Sterncolonels zogen einen kleinen Beutel hervor und öffneten ihn. In seinem Innern befanden sich tödliche Wurfsterne, gefertigt aus Karbonstahl, mit rasiermesserscharfen Kanten. Jeder der eingefärbten und gravierten Sterne repräsentierte eine Untereinheit der in ihren Sternhaufen verfügbaren Truppen. Devon zog eine große runde Scheibe mit dem Clansymbol des Nebelparders hervor. Sie trug zahlreiche Kerben, beinahe wie eine Dartscheibe. Dunkelbraune Flecken aus getrocknetem Blut bedeckten das Nebelpardersymbol.

Jeder Clan hatte seine eigene Methode, um das Recht zu bieten, in den Kampf zu ziehen. Die Nebelparder-Tradition verlangte, daß die bietenden Krieger die tödlichen Wurfsterne auf ein spezielles Bietbrett schleuderten. Für Außenstehende hätte es nach einem simplen Wurfspiel aussehen können, aber es war weit mehr als dies. Nicholas Kerensky hatte einmal gesagt, die Kunst des Bietens sei zum Teil eine Geistesübung und zum Teil eine Darstellung des kriegerischen Könnens – und die Parder ehrten diese Feststellung. Die Teilnehmer des Bietens legten die Hände auf das Bietbrett.

Jeder Wurfstern stand für einen Stern Truppen – fünf BattleMechs, zehn Luft/Raumjägern oder fünfundzwanzig Elementaren. Um ein Gebot zu reduzieren, war es möglich, einzelne Zacken abzubrechen, die jeweils für einen Strahl aus einem Mech, zwei Jägern oder fünf Elementaren standen. Wenn nötig, konnten die Strahlen einzeln in das Brett gestoßen werden. Die Farbe stand für die Waffengattung der Einheit. Rot repräsentierte Mecheinheiten, blau Luft/Raumjäger, grau Elementare. Jeder Stern eines der Sterncolonels war in der Mitte mit den Einheitsinsignien des betreffenden Sternhaufens gekennzeichnet.

Ein Teil des Parderrituals bestand im simplen Bieten, wobei der Teilnehmer mit dem niedrigsten Gebot das Recht erwarb, gegen die Fusiliers anzutreten. Aber ein zweites, unausgesprochenes Ziel des Bietens war der Versuch, beim Werfen der Sterne auf das Bietbrett ein vorhergehendes Gebot zu beschädigen oder zu zerstören. Jeder Stern eines anderen Kommandeurs, der auf diese Weise zerschmettert wurde, fiel nach dem Bieten als Beute an den Gewinner.

Das Risiko dieses Rituals war beträchtlich. Der bietende Krieger blickte nicht aufs Brett. Er drehte ihm den Rücken zu und bereitete sich in einer Kampfsport-Gefechtshaltung auf sein Gebot vor. Um es auszuführen, wirbelte er herum und schleuderte die Sterne wie auf einen sich nähernden Gegner. Verletzte ein Stern die Finger eines der anderen Teilnehmer, wurde er automatisch aus dem Gebot genommen. Das förderte ein gutes Zielen. Trotzdem kündeten die Narben auf Thibideau Osis' Hand davon, daß selbst die besten Parder-Krieger sich gelegentlich verschätzten. Beim Verdacht eines absichtlichen Fehlwurfs war ein Widerspruchstest möglich und keineswegs selten. Einer der schlimmsten Ehrverluste, die es für einen Krieger gab, bestand darin, die Hand vom Bietbrett zu nehmen. Damit schloß er sich beinahe automatisch aus dem gesamten Bietritual aus.

Thibideau Osis war der erste, der das Wort ergriff, nachdem er seine Wurfsterne gezogen hatte. »Als erster und einziger Blutnamensträger unter meinen Mit-Sterncolonels nehme ich mein Recht in Anspruch, das Eröffnungsgebot weiterzugeben. Ich gebe es an Roberta weiter, damit sie uns ihre Krallen zeigen kann.« Als Kommandeur des 25. Einsatzsternhaufens befehligte er den kleinsten Sternhaufen der Galaxis. Indem er sein Eröffnungsgebot weitergab, reservierte er sich die Möglichkeit, zu einem späteren Zeitpunkt zu bieten. Er und Patricia traten an das Brett und legten mit eindrucksvoller Selbstsicherheit ihre Hände auf die Scheibe.

Roberta antwortete nicht mit Worten. Sie trat zurück, dann wirbelte sie blitzartig herum und schleuderte die Sterne ihrer Eröffnung auf das Brett. Sie hatte nur etwas mehr als einen Stern zurückgehalten, indem sie eine Sekunde vor dem Wurf mehrere Zacken eines zweiten abgebrochen hatte, vor allem Elementare und Mechtruppen. Die Spitze eines der mit tödlicher Sicherheit abgefeuerten Sterne traf keinen Zentimeter neben Patricias Hand auf.

Devon Osis beugte sich vor und studierte ihr Gebot. Es war nicht sonderlich beeindruckend, und nicht annähernd so wagemutig, wie er erwartet hatte. *Sie hat einen Plan, irgend etwas, wovon sie allein weiß, und das noch nicht offensichtlich ist. Sie hat noch Raum, ihr Gebot zu verringern, aber wie Thibideau zwingt sie Patricia, jetzt ihr bestes Gebot zu wagen.*

Patricia bearbeitete wortlos ihre Bietsterne, als sie zur Wurfposition ging, während Roberta ihren Platz am Brett einnahm. Dann zuckte sie wie eine erfahrene Kampfsportlerin herum und warf ihre Sterne auf das

Brett. Wären sie auf ein menschliches Ziel abgefeuert worden, hätte die tödliche Salve messerscharfer Wurfsterne ihren Gegner niedergestreckt. Einer der Bietsterne traf einen der zuvor von Roberta geworfenen Sterne, beschädigte ihn aber nicht. Sie hatte gleichmäßig Jäger, Mechs und Elementare weggeboten und blieb einen Stern unter Robertas Gebot.

»Dein Gebot zeugt von Phantasielosigkeit, Roberta«, erklärte sie. »Ich habe die Chancen bereinigt, gleichgültig, wo der Kampf stattfindet.«

Nachdem er die Gebote festgehalten hatte, gab Devon Osis den beiden Sterncolonels ihre Bietsterne zurück. Dann wandte er sich an Thibideau Osis.

»Es wird Zeit, daß der Todesstoß-Sternhaufen bietet«, erklärte er. Thibideau sprang in die Luft, als er seine Sterne auf das Brett schleuderte. Er hatte alle Luft/Raumjäger und den größten Teil seiner Elementarkräfte zurückgehalten und blieb mehrere Strahlen unter Patricias Gebot. Devon studierte das Brett eingehend. Offensichtlich plante Thibideau, ausschließlich am Boden zu kämpfen.

Roberta schien von seinem Gebot amüsiert. Sie bearbeitete ihre Sterne, ohne daß die anderen zusehen konnten, wie es die Tradition gebot: mit dem Rücken zum Brett. Dann schleuderte sie wie ein Samurai der alten Terra ihre Wurfsterne mit Sturmgewalt auf das Brett. Ihre Treffsicherheit war bemerkenswert. Sie spaltete einen von Thibideaus Sternen und verfehlte seine Hand nur knapp mit einem ihrer Mechsterne. Devon betrachtete ihr Gebot und stellte zu seiner Überraschung fest, daß sie auf mehrere BattleMechstrahlen und einen kompletten Stern Mechs und Elementare verzichtet hatte. Dann erkannte er ihren Plan. Er war riskant, aber wenn es ihr gelang, versprach er beträchtlichen Ruhm. *Sie ist so gefährlich, wie ich es vermutet habe. Sie spielt diesen Teil ihrer Rolle ausgezeichnet.*

Patricia sah sich das Bietbrett an, und Devon bemerkte

eine Besorgnis über ihre Miene zucken. Das konnte Roberta nicht kommentarlos durchgehen lassen. »Komm schon, Patricia, sicher kannst du mein Gebot unterbieten? Du hast so oft damit geprahlt, wie überlegen deine Truppen den meinen sind. Hier hast du die Gelegenheit, es zu beweisen. Wenn du unter diesem Gebot bleiben kannst, gebe ich mich geschlagen.«

Patricia starrte einen Augenblick länger auf das Brett, dann steckte sie ihre Bietsterne zurück in den Beutel. »Deine Prahlerei ist unnötig und einer wahren Nebelparderin unwürdig. Ich glaube nicht, daß du diesen Gegner mit den Kräften, die du für den Kampf geboten hast, bezwingen kannst.«

»Schlecht gehandelt und akzeptiert«, stellte Thibideau fest. »Wenn das wirklich dein Gebot ist, Roberta, wirst du untergehen. Deine Mechkräfte sind zu schwach, um selbst gegen diesen Freigeburts-Banditenabschaum einen Sieg zu erringen. Dein Gebot ist tollkühn, und ebenso wie Patricia werde ich dir Gelegenheit geben, den Preis dafür zu bezahlen. Wenn diese Fusiliers landen und sich deinem Sternhaufen stellen, wirst du unterliegen und deine Ehre verlieren.«

Roberta lachte laut. Es war ein bösartiges Geräusch. Sie hob den zerschmetterten Bietstern auf und hielt ihn an seinen Strahlen in die Höhe. Dann nahm sie die beiden Hälften in die Hand und ballte die Faust, bis ihr Blut auf den Tisch tropfte. Es war ein Beweis ihrer Willensstärke.

Sie lächelte noch immer. »Ihr seid schwach und erkennt nicht, warum mein Gebot mir den Sieg schenken wird. Ihr glaubt, dieser Kampf würde am Boden stattfinden, aber ich werde diese Fusiliers zerschlagen, noch bevor sie landen können. Was von ihnen übrig ist, wenn meine Jäger mit ihnen fertig sind, werde ich mit Leichtigkeit zermalmen.«

Devon Osis schlug mit der Faust auf den Tisch. »Das ist kein Spiel zwischen rivalisierenden Geschkos«, brüllte er.

»Unterschätzt diese Bedrohung nicht. Galaxis Tau wurde zu dem einzigen Zweck ausgehoben, die Pest der Novakatzen auszuradieren. Jetzt behindert uns dieser Überfall. Wir müssen den Söldnerdreck besiegen, aber dabei dürfen wir nicht zulassen, daß wir zu sehr geschwächt werden, um unsere wichtige Mission gegen die Novakatzen zum Abschluß zu bringen.« Der Galaxiscommander drehte sich zu Roberta um, deren Miene während seines Wutausbruchs wieder ernst geworden war. »Diese Fusiliers sind eine Bedrohung unserer Pläne und des Willens unseres Khans. Die Zeit des Prahlens ist vorbei, Sterncolonel. Du hast das Bieten gewonnen, nun mußt du den Kampf gewinnen. Ich will, daß diese Freigeburten vernichtet werden, restlos vernichtet, hast du gehört? Ohne Überlebende.«

11

Landungsschiff *Claymore*, im Landeanflug auf Wayside V (Wildkatz)
Äußere Peripherie

3. Juli 3058

Loren saß im Cockpit seines *Lichtbringer* und überprüfte zum fünften Mal die Diagnostik des Kampfkolosses. Das sanfte Pulsieren des Fusionsreaktors und die wohlige Wärme der Pilotenkanzel konnten die eisige Furcht in seinen Gedanken nicht vertreiben. Die Kommleitungen zur Brücke der *Claymore* waren offen, aber ungewöhnlich ruhig. Die tödliche Stille ließ die Spannung noch ansteigen. So irritierend er Skipper Spillmans Benehmen und Bemerkungen auch fand, im Augenblick wären sie ihm sehr viel lieber gewesen als das statische Rauschen in den Helmlautsprechern. Vom ersten Augenblick an, in dem sie die Panther geortet hatten, war alles gehörig schiefgegangen.

Eine Frontklasse-Galaxis Clantruppen! Einerseits war er wütend, daß ihre Planung durch die unerwartete Anwesenheit einer so großen Clan-Streitmacht gestört wurde. Aber gleichzeitig fühlte Loren Jaffray auch Erregung aufgrund dieser Herausforderung. Unter Druck, gezwungen zu improvisieren, seine Züge in der Bewegung auszuarbeiten, funktionierte er am besten.

Ihm war klar, daß die Fusiliers in ernsten Schwierigkeiten steckten. Sie traten gegen eine Übermacht an, und es gab nicht viele Einheiten der Freien Inneren Sphäre, die gegen zahlenmäßig überlegene Clantruppen bestehen konnten. Aber wenn sie jetzt zu fliehen versuchten, würden sie möglicherweise nie wieder eine Chance erhalten, diese Mission zu wiederholen. Die Parder würden wissen, daß ihr Stützpunkt entdeckt war. Schlimmer noch, die unerwartete Anwesenheit dieser neuen Frontklasse-Galaxis stellte eine direkte, akute Bedrohung des

Draconis-Kombinats dar – ihres momentanen Auftraggebers.

Eine Stimme riß ihn aus den Gedanken, während das Schiff auf die unteren Luftschichten von Wayside V zustürzte. »Satelliten ausgesetzt. Dreiminütiger Wiedereintrittsblackout hat begonnen.« Spillmans Stimme klang verändert, beinahe gespenstisch ruhig. Jetzt befanden sie sich auf seinem Territorium. Alle Entscheidungen fielen auf der Brücke seines Schiffs. Er hatte die gesamte Befehlsgewalt, gleichgültig, was Oberst Stirling oder die Vorschriften dazu sagten.

Loren blickte auf den Cockpitsichtschirm und betrachtete das riesige Hangarschott. Wie üblich bei einer Gefechtslandung, war die Hangarbeleuchtung gedämpft. Links und rechts von ihm warteten die übrigen Piloten der Kilsyth Guards nicht weniger angespannt in ihren Cockpits darauf, daß das Schiff aufsetzte und die Hangartore sich öffneten.

Plötzlich wurde die *Claymore* wie von einer Riesenhand durchgeschüttelt. Loren fühlte die Haltegurte trotz der Schaumgummipolster in seine Schultern schneiden. *Es geht los!* Ein Donnern ertönte, als sich die Geschütztürme des Landungsschiffs drehten und das Feuer eröffneten. Oberst Stirlings Stimme kam über den Kanal. »Lagebericht.«

Ein weiterer Treffer schüttelte das Schiff. Loren hielt sich krampfhaft am Steuerknüppel des Mechs fest. »Jägerangriff«, antwortete Spillman. Eine Pause, dann ein weiterer, schwächerer Schlag in einiger Entfernung. »Wir werden von zehn dieser Schweinehunde angegriffen.«

Loren schaltete auf die Taktikanzeige der *Claymore* um und konnte die Zielerfassung des Bordfeuerleitcomputers auf seinem Sekundärmonitor verfolgen. Bei den Angreifern handelte es sich hauptsächlich um *Sabutai*-OmniJäger, mit *Bashkirs* als Eskorte. Diese beiden Typen stellten das Herzstück der Nebelparder-Luft/Raumjägerkräfte. Die *Sabutais* hatten die verschiedensten Konfigurationen, aber die meisten waren mit riesigen Gaussgeschützen bestückt. Die Geschosse dieser furchtbaren Waffen konnten riesige Breschen in die Panzerung der Landungsschiffe schlagen. Als er versuchte, genauere Daten über einen der Jäger aufzurufen, verschwand plötzlich das Bild vom Zweitmonitor, der sich daraufhin automatisch abschaltete. Er wußte, was das bedeutete. Die Feuerleitcomputer des Schiffs, die Sensoren oder die Datenleitungen zum Hangar waren ausgefallen. Gleichgültig, welcher dieser Fälle eingetreten war, es verhieß nichts Gutes.

Nach einer langen, zehn Sekunden dauernden Pause erzitterte die *Claymore* plötzlich unter einem verheerenden Bombardement. Trotz seiner unvorstellbaren Größe schien das Schiff unter dem Angriff der Parder-Jäger zu vibrieren. Loren fühlte, wie das Adrenalin durch seine Adern pumpte, dann packte ihn etwas, ergriff Besitz von seinem Körper und Geist. Er nannte es die sinnliche Erfahrung, ein Name, den sein Großvater für diese besondere Mischung von Gefühlen und Eindrücken der Schlacht geprägt hatte. Sie kam in einer Serie von Hitze- und Kältewellen über ihn und erweckte all seine Sinne zum Leben. Seine Augen weiteten sich vor Erregung, und sein Puls raste. Ein leises Summen füllte seine Ohren, Körper und Geist schienen mit doppelter Leistung zu arbeiten. Es war beinahe wie ein Astralerlebnis, bei dem sein ganzes Wesen in Lichtgeschwindigkeit agierte.

Der Angriff war weniger ein gewaltiger Vernichtungsschlag, als vielmehr eine nicht enden wollende Serie von Schlägen. Er hörte das gewaltige *Overlord*-Landungsschiff ächzen, als irgendwo außerhalb seines Sichtfelds die interne Rumpfstruktur unter den Schäden nachgab. Das Geräusch war ausgesprochen beunruhigend, und Loren machte sich besorgt klar, daß sie noch Kilometer über der Planetenoberfläche hingen. Außerhalb des

Cockpits wurde der Hangar dunkel, als die Stromversorgung des Schiffes in Mitleidenschaft gezogen wurde. Seine Hände hingen über den Bewegungskontrollen. Ein Knopfdruck genügte, um seinen *Lichtbringer* aus den Halterungen brechen und zum Schott marschieren zu lassen. Er konnte seine Sprungdüsen einsetzen, um den Mech zu landen, solange das Schiff nicht wild rotierte. Aber sein Überleben sagte nichts darüber aus, was aus dem Rest des Regiments wurde.

Das stete Hämmern der Treffer warf die *Claymore* hart auf die Seite. Ohne Vorwarnung beulte die obere Hälfte des Hangarschotts vor ihm nach innen ein, dann schien sie zu explodieren – weniger als Resultat einer Sprengstoffdetonation als durch explosive Dekompression. Plötzlich war der dunkle Hangar hellerleuchtet, und der *Lichtbringer* ruckte nach vorn, als die Luftmassen in der Halle durch das zwei Meter große Loch nach draußen strömten und alles mitrissen, was nicht festverzurrt oder verschraubt war.

Das Geschnatter auf den Bordkanälen ließ über eine Minute nicht nach. Notrufe. Probleme mit Schotts. Feuer. Loren hörte sie alle, und sie erzählten ihm von einem Schiff, das schwere Schäden erlitten hatte, auch wenn er nicht allzuviel davon sah. Skipper Spillman koordinierte das Chaos von seiner Brücke aus, und Loren wartete damit, sich nach dem Rest des Regiments zu erkundigen.

Schließlich verließ ihn die Geduld, und er öffnete einen eigenen Kanal. »SR an Spillman. Schadensbericht.«

»Immer schön langsam, SR. Ich bin immer noch damit beschäftigt, rauszubekommen, was hier oben noch ganz ist.« In Spillmans Stimme lagen Frust und pure Wut. »Wir haben sechs Hüllenbrüche. Einen der Hangars hat's schwer erwischt. Nur geringe Mechschäden, aber sie kommen nicht mehr aus eigener Kraft raus. Wir werden das Tor aufschneiden müssen. Die taktischen Sensorleitungen sind beschädigt, und ich kann Ihnen keine

Bilder zuspielen. Wir haben zwei Geschütztürme verloren, und unsere Reaktorabschirmung hat ein großes Loch. Wir setzen etwa dreißig Kilometer von unserer vorgesehenen LZ auf.«

Eine so große Abweichung bedeutete, daß der Schaden beträchtlich sein mußte.

»Berichte von den anderen Schiffen?« fragte die Stimme Oberst Stirlings.

»Die *Bull Run* befindet sich im Gefecht. Bei diesen Turbulenzen und der aufziehenden Gewitterfront können wir ihr keine Deckung liefern, und unsere Piloten sehen die Parder erst, wenn sie sich in unmittelbarer Nähe befinden.« Spillman machte eine Pause, und Loren sah vor sich, wie er die Lagemeldungen der anderen Schiffe überflog.

»Verdammt. Die *Stonewall Jackson* ist schwer angeschlagen. Reaktor und Schubsysteme arbeiten auf Handsteuerung. Tod und Teufel...« Er klang Meter vom Mikro entfernt, und in seiner Stimme lag der Schock. »Sie sind gerammt worden! Die Verbindung steht kurz vor dem Zusammenbruch – schwere Störungen.«

»Schaffen sie's?« fragte Stirling.

»Schick dem lieben Gott ein Gebet für sie und hoff, daß Er zuhört, Lass. Wir bekommen keine Verbindung zur *Vergeltung*, aber die Ortung zeigt sie im Tiefflug, möglicherweise bei einer Notlandung. Vielleicht hält sie sich aber auch so dicht am Boden, um die Clanner von der Verfolgung abzuhalten.«

»Und der Zerstörer?« Diese Sorge einte Stirling, Spillman und Loren. Wenn das Nebelparder-Kriegsschiff in den Kampf eingriff, hatten sie wenig Hoffnung auf ein Überleben. Es konnte die Schiffe aus der Umlaufbahn bombardieren, sobald sie aufgesetzt hatten. Auf den Bildern, die Loren von der Vernichtung Edos durch die Nebelparder Jahre zuvor gesehen hatte, waren die gesamte Großstadt und der Boden, auf dem sie gestanden hatte, durch das Orbitalbombardement zu einer riesigen schwarzgrauen Glasfläche zerschmolzen worden. Diese Parder waren gefährliche Gegner, die für einen Sieg vor nichts zurückschreckten.

Eine weitere Pause antwortete ihm. Diesmal schien sie endlos. »Er ist in eine hohe Umlaufbahn gestiegen. Außer Reichweite, aber in Position, um uns den Weg abzuschneiden, sollten wir versuchen, zum Sprungschiff zu fliehen.«

Die Fusiliers waren nicht nur in der Unterzahl, sie saßen auch auf Wayside V fest. Aber anscheinend planten die Parder nicht, das Kampfschiff gegen sie einzusetzen. Wahrscheinlich war das ein Ergebnis des Bietens. Möglicherweise konnten die Fusiliers das irgendwann noch zu ihrem Vorteil ausnutzen.

Es kamen mehrere Befehle über die Verbindung, alle von Spillman an die übrigen Brückenoffiziere. Loren schnappte nur Bruchstücke auf. »Botschaft von der *Bull Run*. Sie sind noch an einem Stück. Schäden leicht bis mittelschwer. Die Parder haben den Angriff abgebrochen; diejenigen, die noch übrig waren.« Eine Reihe grüner Signallämpchen leuchtete auf der Konsole des *Lichtbringer* auf, und auf dem Zweitmonitor blinkten die Worte: ›Landesequenz eingeleitet‹. Spillman erteilte weitere Befehle. »Bodenkontakt in fünfzig Sekunden. Alle Mann in Position.«

Oberst Stirlings Stimme kam über die Leitung: »SR, ich erwarte einen engen Verteidigungskordon.«

»Verstanden, Oberst«, bestätigte Loren.

»Skipper, irgendwelche Neuigkeiten von der *Stonewall Jackson?*«

»Nein, Ma'am. Keine Verbindung, Moment … Ortung zeichnet Mechabwurf.« Ein Mechabwurf war eine riskante, aber unter Kampfbedingungen häufig eingesetzte Methode des Ausschleusens. Das Landungsschiff öffnete seine Hangarschotte, und die BattleMechs sprangen ins Freie und landeten aus eigener Kraft. Ein solcher Gefechtsabwurf fand oft statt, um eine Angriffsstreitmacht in feindlichem Gebiet abzusetzen, ohne das Landungsschiff in Gefahr zu bringen. In diesem Fall war die *Stonewall Jackson* wahrscheinlich so schwer beschädigt, daß es sich um den verzweifelten Versuch handelte, bei der Bruchlandung so viele Leben wie möglich zu retten. Loren biß sich auf die Unterlippe.

Er öffnete einen Kanal zum gesamten Bataillon an Bord der *Claymore*. Es blieben nur noch fünfzehn Sekunden bis zur Landung. Sein Puls und seine Gedanken rasten vor Erregung. »Major Jaffray an Kilsyth Guards und Regimentsstab. Gefechtsformation Bravo, ich wiederhole, Gefechtsformation Bravo. Piloten, die ihre Aufgabe nicht erfüllen können oder deren Maschinen beschädigt sind, melden sich bei ihrem Lanzenführer.«

Er überprüfte noch einmal alle Systeme und erhöhte die Leistung des Mechreaktors weit genug, um den *Lichtbringer* bewegen und seine Feuerkraft zum Tragen bringen zu können. Dann aktivierte er die Sensoren, nur um festzustellen, daß sie durch die Hangarumgebung gestört wurden. *Das war zu erwarten, aber ich will sehen, wo wir sind, was da draußen vorgeht, sobald die Tore sich öffnen.*

Die *Claymore* setzte hart auf, aber der Aufprall war trotz allem sanfter, als Loren erwartet hatte. Er drückte den Freigabeknopf, und die Myomergurte, die den *Lichtbringer* festgehalten hatten, fielen zur Seite. Er wollte gerade das Feuer auf das Hangarschott eröffnen, als dessen Überreste nach außen kippten.

Der Hangar wurde von blendender Helligkeit überflutet, aber das polarisierte Kanzeldach blockte einen Großteil der Wirkung ab. Außerhalb des Schiffs sah Loren rote Tonerde, bedeckt mit niedrigen Gräsern oder Moos. Der Himmel über ihnen war mit schwarzen und tiefdunkelblauen Wolkenmassen zugezogen, und es goß in Strömen. In der Ferne zuckte ein Blitz, und einen Augenblick lang hielt Loren ihn für einen PPK-Schuß. Der grüne Himmel war durch mehrere Löcher in der Wolkendecke zu erkennen und tauchte den Boden und die Mechs der Fusiliers in gespenstisches Licht.

Entsprechend der Ausstiegssequenz verließ die Lanze neben Loren den Hangar zuerst. Er folgte ihnen ins Freie, die Waffen bereit zum Einsatz. Dann öffnete er die Verbindung zu den übrigen Bataillonsführern. »Fusiliers, Aufstellung!«

12

Fusiliers-LZ, Kurita-Prime-Bucht,
Wayside V (Wildkatz)
Äußere Peripherie

3. Juli 3058

Trotz all der Aufregung, die ihre Ankunft und Landung begleitet hatte, war Lorens erster Eindruck von Wayside V enttäuschend. Das Gelände der LZ und ihrer Umgebung entsprach einer relativ flachen, weiten roten Ebene. Die lokale Flora bestand aus Gras, Moos und dürren Ranken, die bedeckten, was sich an Steinen und gelegentlichen Felsbrocken fand. Das Gewitter behinderte die Sicht, aber im Lichtschein der Blitze konnte er südlich der LZ ein Bergmassiv erkennen. Dabei handelte es sich natürlich um eine Illusion. In Wirklichkeit befanden er und seine Leute sich auf einem ausgetrockneten Meeresboden, und diese ›Berge‹ bedeuteten die Oberkante des Kontinentalsockels, die ehemalige Küste, als alles hier noch kilometertief unter Wasser gelegen hatte.

»SR an KommZug. Erste Priorität für Etablierung der Regimentsverbindungen.«

Kapitän Jebediah Lewis antwortete keine Sekunde später. »Wir arbeiten dran, SR. Die Kommsysteme der *Claymore* bekommen keine Verbindung zu den anderen Schiffen. Wir wissen nicht, ob es am Gewitter, an den Systemen oder an irgendeinem anderen Faktor liegt, aber wir bauen die Leitungen auf, so schnell es geht.«

Loren entfernte seinen *Lichtbringer* vom Landungsschiff und stieg auf eine Bodenwelle, um sich einen etwas besseren Überblick zu verschaffen. Ringsum herrschte rege Aktivität. Die Fusiliers des Regimentsstabs und 1. Bataillons bauten Verteidigungsstellungen auf und luden die Ausrüstung aus, die nötig war, um ein Mechbataillon in den Kampf zu führen. Er sah auf die Taktikanzeige und stellte fest, daß sie mindestens eine

Stunde Marschzeit von ihrer vorgesehenen LZ entfernt waren.

Er schaltete auf den Regimentskanal um, der ihn über Laserrichtstrahl mit dem Landungsschiff und von dort mit der Regimentskommandeurin verband. »Oberst, ich schlage vor, hier unsere Operationsbasis einzurichten, bis wir Kontakt zum Rest des Regiments haben.«

»Einverstanden«, antwortete ihre körperlose Stimme. Loren sah auf seiner Taktikanzeige, daß sie fast einen Kilometer entfernt war, am äußeren Ende des von den Fusiliers aufgesetzten Verteidigungskordons. »Wir sind eine Weile auf Bataillonsverbindungen beschränkt. Das heißt, wir werden die anderen auf die altmodische Art suchen müssen. Wir müssen herausbekommen, wo sie sind, um unsere Truppen zu vereinen.«

»Wir können die 1. Kompanie als Kundschafter einsetzen. Je eine Hälfte der Kompanie marschiert in die Richtung, in der die *Bull Run* und die *Stonewall Jackson* aufsetzen sollten. Sobald wir sie gefunden haben, können wir das Kommunikatorsignal über die Mechs leiten.«

»Was ist mit unserem VFB?«

»Die *Vergeltung* sollte im Zentrum des dreieckigen LZ-Musters landen. Wenn wir erst die Eckpunkte haben, sollte es nicht schwerfallen, die Mitte zu finden, vorausgesetzt, unsere Schiffe sind wenigstens annähernd da runtergekommen, wo es vorgesehen war.«

»Verstanden und einverstanden. Denken Sie daran, daß sich zwei Sterne Clan-Omnis in der Nähe befinden. Ich will ihnen nichts liefern, was ihnen helfen könnte, uns zu finden oder festzustellen, wie miserabel unsere Lage ist.«

»Ist klar. Wir sehen uns in ein paar Stunden wieder, Ma'am«, gab Loren zurück.

Der stundenlange Marsch durch das öde, abweisende Gelände der LZ hatte Lorens Sinne nicht völlig abgestumpft, aber viel fehlte nicht. Der grüne Himmel, die scharfzackigen Felsen, die niedrigen, moosbewachsenen Krüppelbäume, alles verlieh der Szenerie ihrer Suche nach einem Zeichen der vermißten Schiffe eine äußerst fremdartige Atmosphäre. Loren hielt den Blick auf dem Taktikschirm, als er sich dem Signal der *Vergeltung* näherte. Seine Leute waren links und rechts von ihm ausgeschwärmt. Die Clan-Einheit, die sie geortet hatten, schien sich in einer weiten Senke aufzuhalten. An der Richtung ihres Feuers erkannte er, daß sich auch ihre Gegner dort befinden mußten. Als in seinen Ohren das Rauschen des sinnlichen Reizes lauter wurde, war ihm klar, daß er die Clan-Truppen binden mußte, um seinen Leuten Zeit zu geben, sich in eine gute Angriffsposition zu begeben. *Ein Flankenangriff hilft uns und Parkensens Leuten am meisten.*

Er öffnete eine KommLaserrichtstrahlverbindung zu den anderen Mechs. »Aufgemerkt, hier ist der SR, an alle Mechs. Ich gehe allein rein. Lösen Sie sich von meiner Position. Die rechte Flanke bewegt sich nach Osten und geht entsprechend der momentanen Stellung knapp außerhalb ihrer Ortungsreichweite in Position. Das gleiche gilt für die linke Flanke.«

»Sie sind zu fünft, Sir«, wandte Commander Glenda Jura ein.

»Sie haben Ihre Befehle. Kommunikatorstille bis zu meinem Zeichen. Ich werde euch Zeit verschaffen, in ihre Flanke zu kommen.«

Aus dem Cockpit des *Lichtbringer* beobachtete Loren, wie sich seine Leute in Bewegung setzten. Plötzlich allein, lenkte er den Kampfkoloß geradeaus, genau auf die Clan-Einheit zu. In einhundert Meter Entfernung fingen die Sensoren die magnetische Signatur der anderen BattleMechs auf. Er betrachtete die Taktikanzeige und stellte fest, daß er es mit verschiedenen Clan-OmniMechs zu tun hatte, von einem *Kampfdämon* bis zu einem höchst gefährlichen *Masakari*. Er war nicht nur in der Unterzahl, seine Gegner waren auch besser bewaffnet als er.

Nach weiteren fünfzig Metern meldeten seine Sensoren auch die Position des abgestürzten Landungsschiffs. Allen Anzeichen nach handelte es sich um das draconische Landungsschiff *Vergeltung*, beziehungsweise seine Überreste. Die Ortung zeichnete eine lange Trümmerspur auf, die sich über einen tiefen Graben hinzog, offensichtlich die Spuren einer Bruchlandung. Landungsschiffe der *Festung*klasse setzten senkrecht auf ihren Landestützen auf, aber dieses Schiff war ganz eindeutig eine beträchtliche Strecke seitwärts gerutscht. Die Landestützen waren beim Aufprall abgerissen worden, die Mechhangarschotts weit aufgerissen.

Anscheinend tobte der Kampf bereits mehrere Minuten. Lorens Wärmesensoren zeichneten Raketenfehlschüsse und die erkennbaren Silhouetten umgestürzter und wahrscheinlich vernichteter BattleMechs. Die VFB-Kompanie war eingeschlossen. Mit nur der Hälfte der ursprünglichen Truppen bedeutete sie keinen ernsthaften Gegner für die Nebelparder. Am Rand des Ortungsbilds erkannte Loren den zweiten Stern Parder-OmniMechs.

Loren hielt an und atmete tief durch, bevor er einen Breitbandfunkkanal öffnete und sich allen Clan-OmniMechs zeigte. Das einzig Gute daran war, daß nun auch die eingekesselten Truppen des VFB wußten, daß Hilfe eingetroffen war. »Hier spricht Major Loren Jaffray von Stirling's Fusiliers, Northwind Highlanders. Brechen Sie Ihren Angriff ab. Ich biete Ihnen einen Besitztest um das Landungsschiff *Vergeltung* an.« Er machte eine Pause. Es war ein riskantes Spiel – und es war nicht damit zu rechnen, daß sie seine Herausforderung annahmen. Er sah, wie die Parder sich zurückzogen und ihre aktiven Sensoren auf ihn richteten, um festzustellen, ob das eine Falle war.

Nach einer langen Pause erreichte ihn ein Antwortsignal von einem der Parder-Mechs. »Ihr seid Söldner-Freigeburten, die der Ehre nicht würdig sind, uns ein Batchall zu liefern.«

Gut, ich habe ihre Aufmerksamkeit auf mich gezogen. »Wer wagt es, meine Integrität und Ehre anzuzweifeln?« Loren überprüfte erneut seine Langstreckensensoren und stellte fest, daß es sich bei dem Mech seines Gesprächspartners um einen riesigen *Masakari* handelte, einen OmniMech, der bei den Clans den Namen *Kriegsfalke* trug.

Eine andere Stimme aus dem Bereich außerhalb seiner Kurzstreckenortung mischte sich ein. »Major Jaffray, hier spricht Sho-sa Parkensen. Ich befehle Ihnen, diesen Angriff einzustellen. Das ist mein Gegner!« Parkensens Stimme war wütend, aber nach allem, was Loren sehen konnte, hatten die Truppen des VFB kaum eine Chance.

»Bei allem Respekt, Sho-sa, aber ich bin dabei, Ihren Arsch zu retten. Meine Befehle erhalte ich von Oberst Stirling. Sie können sich gerne später mit ihr über Protokollfeinheiten streiten. Jetzt halten Sie den Mund und bereiten Sie sich auf Entsatz und mögliche Evakuierung vor.« Eine mögliche Antwort Parkensens ging unter, als eine andere Stimme über den Breitbandkanal kam und ihn abschnitt.

»Ich bin Sterncaptain Kerndon von den Nebelpardern, dem wahren Clan und Erben der großen Kerenskys und des Sternenbunds. Ich erkläre dein Batchall für ungültig und erkläre dich und deine Einheit weiterhin zu Banditenabschaum, den wir in den Boden dieser verlassenen Welt trampeln werden.« Offensichtlich erschien Sterncaptain Kerndon diese Beleidigung noch nicht ausreichend. »Und wenn du anderer Meinung bist, du Schwein, dann kommt und stellt euch mir wie wahre Krieger. Ich verspreche dir einen Tod, der eure dreckigen Freigeburtsnachkommen auf Jahre hinaus in Angst und Schrecken versetzen wird.«

Loren lachte, als er mit dem *Lichtbringer* in vollem Galopp auf Kerndons OmniMech zustürmte. »Du lehnst unsere Herausforderung zu einem ehrenhaften Kampf ab?« fragte er.

»Pos, du ehrlose Müllgeburt.«

Loren grinste. »Wie du willst ...« Er stockte, versuchte, sich die schlimmste Beleidigung vorzustellen, die er dem Parder-Krieger an den Kopf schleudern konnte. Dann kam ihm die Erleuchtung, und er brüllte ein einziges Wort: »Bastard!«

Die Andeutung, ein ClanKrieger sei der Nachfahre biologischer Eltern und nicht das überlegene Produkt genetischer Manipulation, war die schockierendste Verbalattacke, die er sich vorstellen konnte, und Kerndons Sprachlosigkeit schien zu bestätigen, daß er ins Schwarze getroffen hatte. Loren öffnete die Verbindung zu seinen Leuten. »Fusiliers angreifen! Zeigt's ihnen!«

Im Augenblick, in dem er in Reichweite der gewaltigen Extremreichweiten-PPKs des *Masakari* kam, warf er den Mech nach rechts. Die Partikelprojektorkanonen der Clanner waren tödliche Waffen, und dieser Omni war mit vier von ihnen bestückt, genug, um seinen *Lichtbringer* bei entsprechender Treffsicherheit mit einer Breitseite außer Gefecht zu setzen. Durch seinen seitlichen Ausbruch wurde er jedoch ein schwierigeres Ziel und entkam. Kerndon feuerte alle vier Kanonen gleichzeitig. Die blauleuchtenden Partikelstrahlen schienen sich mit den Blitzschlägen im Hintergrund zu vermischen und ließen den Berghang aufleuchten, als sie nach Lorens Maschine griffen.

Zwei der Partikelblitze gingen knapp vorbei, aber ihre hohe Energie entlud sich in kleineren Ausläufern und brannte sich in den rechten Oberarm des *Lichtbringer* ein. Einer der PPK-Strahlen stieß dicht über den drei Sutel-Impulslasern in den oberen rechten Torso des Mechs, ließ die Panzerung davonfliegen und warf den Mech nach hinten, während der zweite Treffer in dessen rechtes Bein einschlug. Es war der Beintreffer, der Loren die größten Sorgen machte. Die Energie des künstlichen Blitzschlags fuhr durch den Oberschenkel des Vogelbeins seiner Maschine wie ein heißes Messer durch Butter. Grüne Kühlflüssigkeit floß aus der Bresche und rann über das Knie des *Lichtbringer* wie Blut aus einer Wunde.

Er feuerte im selben Augenblick wie der *Masakari* und erzielte tiefe Treffer in der Frontpanzerung des Omni-Mechs. Zwei weitere PPK-Schüsse und eine Salve von zehn Langstreckenraketen beantworteten den Angriff. Loren, der den Gegenschlag vorausgeahnt hatte, legte den *Lichtbringer* im letzten Augenblick in eine gewagte Linkskurve. Einer der PPK-Blitze schlug in den unteren Torso ein, der andere ging vorbei und traf den Boden dicht vor der Kampfmaschine. Der vom Regen aufgeweichte Lehmboden explodierte, und Schmutz und Steine prasselten wie Schrapnell gegen die Mechbeine.

Die Raketen folgten seinem plötzlichen Ausweichmanöver, wenn auch nicht alle mit der gleichen Zielsicherheit. Vier der Geschosse trafen und detonierten auf der regennassen Panzerung des rechten Arms und Torsos. Die Explosionen erschütterten den *Lichtbringer* in der Bewegung. Loren biß sich auf die Unterlippe und schmeckte Blut. In seinen Ohren klingelte es. Er tastete den *Masakari* ab. *Tod und Teufel, der Bastard ist nicht mal warm. Wenn das mein Mech wäre, würde ich inzwischen garkochen.*

Er hob die Mecharme mit den schweren Extremreichweitenlasern und feuerte, sobald er den Glockenschlag der Zielbestätigung in seinem Neurohelm hörte. Die rubinroten Strahlen aus gebündelter Lichtenergie bohrten sich in die Ferrofibritpanzerung auf dem Torso des Clan-Omnis und zerkochten die Panzerplatten mit einem kaum hörbaren Ploppen, richteten aber keinerlei internen Schaden an. *Ich muß das Kräfteverhältnis irgendwie ausgleichen, und zwar schnell. Der Kerl ist für Fernkampf konfiguriert. PPKs und LSR sind auf kürzeste Distanz wertlos.*

Mitten im Schritt aktivierte Loren die Sprungdüsen, löste die 75 Tonnen des *Lichtbringer* vom schlammigen Lehmboden und hob sie in den Gewitterhimmel, wo er geradewegs auf den *Masakari* zuschoß. Sterncaptain Kerndon bewegte seinen Mech rückwärts und feuerte noch einmal zwei PPKs und die Raketenlafette ab. Beide PPK-Schüsse gingen vorbei, aber alle zehn Raketen zuckten direkt auf den *Lichtbringer* zu.

Ein stetes Fiepen von Lorens Raketenabwehrsystem meldete, daß es die anfliegenden Geschosse erfaßt hatte, und er löste es beinahe unbewußt aus. Die Rakabwehrkanone warf den Raketen eine regelrechte Feuerwand entgegen, die eine Serie von Explosionen auslöste. Trotzdem kamen drei der Raketen durch und schlugen im Zentrum der wuchtigen Brustpartie des Highlander-Mechs ein.

Loren brachte den *Lichtbringer* hart auf den Boden, und die riesigen Füße der Kampfmaschine sanken tief in den weichen Lehm. Dann feuerte er erneut seine schweren Laser auf den Clan-Mech ab. Ein Treffer und mehrere Fehlschüsse zwangen seinen Gegner erneut einige Schritte zurück. Lorens Taktikschirm zeigte die Fusiliers an den Flanken von Kerndons Stellungen im Kampf mit den anderen Clan-OmniMechs. *Kerndon hat meine Absicht erkannt. Er weiß, daß er Abstand halten muß.* Mit dem Mut der Verzweiflung warf Loren den *Lichtbringer* in vollen Galopp, trieb die Maschine auf ihre absolute Höchstgeschwindigkeit und donnerte in direkter Linie auf den hoch vor ihm aufragenden Omni zu, dessen Geschütze ihm Tod und Verderben entgegenschleuderten.

Vier PPKs und eine Salve Langstreckenraketen schlugen auf Loren ein, eine Feuerwalze purer Vernichtung. Alle PPK-Schläge trafen ins Ziel, aber Loren hatte keine Zeit, den Schaden zu registrieren. Die Wucht des Angriffs wirkte direkt und unmittelbar, und so gewaltig, daß seine Arme schmerzten, als er darum kämpfte, den riesigen Kampfkoloß aufrecht zu halten. Eine Woge der Übelkeit schlug über ihm zusammen, als das Feedback der Gefechtsschäden durch den Neurohelm jagte. Galle stieg in seiner Kehle hoch, und seine Augenlider flatterten, als er sich mit aller Kraft bemühte, den *Lichtbringer* auf Kurs zu halten. Er ignorierte das durch das Cockpit hallende Pfeifen und Piepsen der Warnsignale und konzentrierte sich darauf, bei Bewußtsein zu bleiben.

Ein schmerzhaftes metallisches Knirschen informierte ihn über das Schicksal seiner Raketenabwehr. *Vorbei – die Rakabwehr ist zerstört!* Die feindlichen Raketen schlugen ungehindert ein und richteten über den gesamten Rumpf verteilt ihre Vernichtung an.

Er feuerte alles ab, was der *Lichtbringer* noch aufzubieten hatte. Seine schweren Laser stießen tief ins Herz des *Masakari.* Die kurzen roten Lichtpfeile der Impulslaser wirkten wie eine Schrotsalve und bohrten ein halbes Dutzend Löcher in die Arme des Clan-Mechs. Kerndon zog sich noch acht Schritte zurück, um Distanz zu halten. Loren setzte im Sprint nach, während er gegen sein Schwindelgefühl und die in der Kanzel tobende Hitze ankämpfte.

Plötzlich blieb Kerndon stehen. Ein Gewitterblitz zeigte, daß er mit dem Rücken an der zerfetzten und aufgerissenen Rumpfhülle des Wracks der *Vergeltung* stand. Und aus dieser kurzen Entfernung war es beinahe unmöglich für ihn, die Partikelkanonen einzusetzen, die den größten Teil seiner Feuerkraft ausmachten.

Beinahe unmöglich …

Kerndons Stimme drang durch Lorens Cockpit wie ein Geist, der ihn von jenseits des Grabes verspottete. »Dein Mech ist überhitzt, du Narr. Heute stirbst du, dreckige Freigeburt.« Einen nach dem anderen schaltete der Clanner die Feldhemmer seiner PPKs ab. Ohne diese Regulatoren ließen sich die Partikelwerfer auch auf kürzeste Distanz abfeuern, selbst wenn die Waffen dabei möglicherweise zerstört wurden.

Loren konnte noch einen Schuß mit einem schweren Laser abfeuern, aber das war es auch schon – noch etwas mehr, und sein Mech würde durch die Überhitzung stillgelegt werden. Der *Lichtbringer* war so heiß, daß der Regen, der konstant auf ihn einprasselte, sich unter der Hitze der Panzeroberfläche in Dampf verwandelte. Aber es mußte einen Ausweg aus seiner Lage geben. Er tastete das Landungsschiff hinter Kerndon ab. Die Außenhülle war an einigen Stellen zerfetzt und durchlöchert. Zahlreiche Rumpfplatten waren bei der Rutschpartie nach dem Aufprall abgerissen. Im Innern des Schiffes erfaßten die Sensoren eine massive Thermalisolierung, wie sie um Sprengstoffvorräte üblich war oder…

Die Wasserstofftanks! Lorens Augen leuchteten auf.

Während einer Notlandung wurde der Wasserstoffbrennstoff nahezu vollständig ausgestoßen, bis auf die für das Landemanöver erforderliche Restmenge. Aber ohne Zweifel enthielten die Tanks noch immer eine gewisse Menge Flüssigwasserstoff und Edelgas zum Schutz gegen eine Vermischung mit Sauerstoff und Explosion. Loren hob den schweren rechten Armlaser und zielte auf den Schiffsrumpf hinter seinem Gegner. Mit gespenstischer Ruhe legte er den Laser auf einen der Feuerleitkreise und drückte den Auslöser.

Der Laserstrahl zuckte drei Meter an Kerndon vorbei, bohrte sich durch die Trümmer des Schiffs und in den aufgerissenen Laderaum, schnitt tief in den Brennstofftank. Der Laserimpuls dauerte volle drei Sekunden, und die ohnehin schon unerträgliche Hitze in Lorens Kanzel schien sich noch zu verdoppeln. Aber er widerstand der Versuchung, den Beschuß abzubrechen und hielt den Feuerknopf niedergedrückt.

Kerndon lachte laut, aber sein Gelächter brach sofort ab, als der Wasserstofftank des Landungsschiffs explodierte. Die Detonation brach aus dem Innern der *Vergeltung* geradewegs auf Loren zu. Der orangeweiße Feuerball schien wie ein Ballon genau dort immer größer zu werden, wo der Nebelparder-Mech stand. Loren verlor ihn aus den Augen, als die Druckwelle ihn erfaßte und auf seinen *Lichtbringer* zuraste. Die Warnsirenen der

Cockpitsysteme gellten auf, als er die Kontrolle verlor und der Mech umstürzte.

Plötzlich herrschte ringsum eine gespenstische Stille. Als Loren aufsah, stellte er fest, daß die Explosion ein Viertel des draconischen Landungsschiffs pulverisiert hatte. Der *Masakari* und ein weiterer Clan-Mech lagen vornübergekippt am Boden. Seine Panzerung hing in Fetzen herab, aber soweit Loren erkennen konnte, hatte der Pilot wahrscheinlich überlebt. Von rechts näherte sich ein noch sehr lebendiger *Kampfdämon.*

Wer als letzter stehenbleibt, hat gewonnen …

13

Fusiliers-LZ, Kurita-Prime-Bucht,
Wayside V (Wildkatz)
Äußere Peripherie

3. Juli 3058

Die beiden Posten traten augenblicklich zur Seite und ließen Loren Jaffray das Fahrzeug betreten. Er ging direkt zu Oberst Stirling in die Befehlszentrale. Der Befehlsstand war ein an die Bedürfnisse der Fusiliers weitreichend angepaßtes Mobiles Hauptquartier. Das Fahrzeug war eine Kombination aus Funkzentrale und Stabsinformationsnetz. Cat Stirling zog es in der Regel vor, ihr HQ in einem Zelt aufzuschlagen, um näher bei den Truppen und am Kampfgeschehen zu sein, aber für dieses Treffen schien das unnötig. Von diesem Befehlsstand aus konnte Stirling sich mit jedem Mech unter ihrem Befehl in Verbindung setzen, Sensordaten von allen Einheiten im Feld erhalten und weiterleiten, und ein strategisches Bild ihres Gegners, seiner Position und seiner Aktionen zeichnen.

Der Mittelbereich des Wagens war kreisförmig aufgebaut und bestand aus einem Ring von Computerstationen rund um den Platz der Obersten. Von ihrem zentralen Platz aus konnte sie mit einer Drehung die verschiedensten Bildschirme einsehen, auf denen ständig taktische und strategische Daten angezeigt wurden. Wetterdaten, Satellitenortungen und Feldsensordaten wurden konstant von den diensttuenden Offizieren und Mannschaften eingespeist. Ohne aufzustehen, konnte sie alle auf Wayside V stattfindenden Gefechte koordinieren.

Als Loren an Stirlings Seite trat, war offensichtlich, daß sie völlig in das Geschehen auf einem der Schirme vertieft war. Neben ihr stand stumm und ernst Major Cullen Craig. Er nickte Loren zu, der ebenso reagierte. Nach mehreren Sekunden sah auch Cat Stirling zu ihm auf, und Loren salutierte. Aus dem Augenwinkel sah er Sho-sa Parkensen in der Türöffnung des Wagens, aber die Posten ließen ihn nicht passieren, ohne seine Identität zu überprüfen.

»Sie konnten es nicht erwarten, sich mit den Pardern anzulegen, was, Major?« fragte der Oberst.

»Ich habe nur meine Pflicht erfüllt, Ma'am. Ich versuchte, Kontakt mit unserem VFB herzustellen, und die Nebelparder waren nicht bereit, das zu gestatten.« Loren sah hinüber zum wie üblich verärgerten Parkensen, dem es inzwischen gelungen war, sich zu ihnen zu gesellen.

Sie nickte. »Wir haben endlich auch Kontakt mit unseren beiden verirrten Bataillonen. In zwei Stunden dürfte wieder eine reguläre Kommunikation mit dem gesamten Regiment möglich sein. Der Status unserer Schiffe ist wenig erfreulich. Die *Stonewall Jackson* – ein Totalverlust. Einer der OmniJäger hat eine Art Kamikaze-Angriff geflogen. Skipper Kirwan konnte sie gerade noch runterbringen. Soweit wir es sagen können, ist das Schiff nicht mehr zu reparieren.«

»Die *Bull Run* ist ebenfalls beschädigt, aber noch flugtüchtig«, fügte Major Craig hinzu. »Die *Claymore* ist auch noch einsatzbereit, aber eine längere Aktion würde ich mit ihr nicht mehr fliegen wollen.«

Oberst Stirling lehnte sich vor. »Lance Corporal Kinross, rufen Sie die primäre GSB auf Schirm Zwo auf.«

Die Finger des Soldaten huschten über die Tastatur, und einer der Monitore leuchtete auf. »Die Gefechtsschadensbeurteilung zeigt, daß wir bis auf zwei alle ihre Jäger abschießen konnten. Aber wir haben dabei die Hälfte unserer Luft/Raumjäger verloren.«

»Und die Bodentruppen?« fragte Loren.

»Bis auf Sho-sa Parkensens und Ihre Leute intakt. Alle vor der Landung georteten Clan-Mechs sind lokalisiert. Sie werden mindestens zwei Tage brauchen, um nahe genug heranzukommen, um uns in signifikanter Zahl anzugreifen, möglicherweise sogar vier Tage.« Stirling drehte sich zu Loren um, ohne ihre Besorgnis zu verbergen. »Diese paar Tage machen mir keine Angst. Das Problem kommt danach.«

Major Kurt Blakadar kam herein und salutierte. »Bitte um Verzeihung für die Verspätung, Ma'am.« Er warf Loren und den anderen Offizieren einen schnellen Blick zu. Kurz danach erschienen auch die Kapitäne Lovat und Fraser und gesellten sich am äußeren Rand der Gruppe zu den Offizieren.

»Gentlemen, unsere Mission steht auf der Kippe«, stellte Cat Stirling fest. »Mehrere unserer strategischen Prämissen haben sich als Makulatur erwiesen. Wir sind dem Gegner nicht überlegen, im Gegenteil, er besitzt die zahlenmäßige und ausrüstungstechnische Übermacht. Außerdem stehen wir vermutlich einer kompletten Galaxis der Nebelparder gegenüber. Und statt der Garnisonsklasse-Truppen, die wir hier vorzufinden erwarteten, sind hier wahrgeborene ClanKrieger stationiert, das Beste, was der Feind aufzubieten hat. Und ihre Ausrüstung ist beinahe so gut wie ihre Fähigkeiten.«

Die gesamte Missionsplanung basierte auf dem Gedanken, daß die Fusiliers bei den Kämpfen die Oberhand behalten und die Parder auf Schlachtfelder ihrer Wahl locken konnten. Jetzt mußten sie schnellstens einen neuen Plan ausarbeiten, um auch nur eine Überlebenschance zu haben.

»Schließlich haben sie uns auch noch den Rückzug ins All abgeschnitten. Irgendwo da oben wartet ein ClanKriegsschiff darauf, uns abzuschießen, wenn wir es trotzdem versuchen.« In Cat Stirlings Worten lag etwas Endgültiges.

Major Craig verlor keine Zeit, seiner Meinung Stimme zu verleihen. »Wir sind in der Unterzahl, aber wir haben noch ein paar Tage, bis die Parder hier auftauchen. Ich finde, wir sollten in Richtung Marionsee ausrücken. Die Landengen bieten uns eine ausgezeichnete Verteidigungsposition und machen es noch leichter, sich einzugraben. Wir igeln uns ein, legen Fallen für die Parder und nutzen sie ab. Wenn wir lange genug durchhalten, kommt Mulvaney in sechsunddreißig Tagen mit Verstärkung. Ich bin sicher, zusammen mit ihren frischen Truppen können wir sie erledigen.«

Loren rollte innerlich mit den Augen, als er das hörte. Wenn er aus dem Studium der Clans etwas gelernt hatte, dann war es das: Wenn die Clans auf überlegene Verteidigungsstellungen stießen, reagierten sie darauf, indem sie entsprechend größere Truppenmengen boten. Sie zogen in die Schlacht wie eine gewaltige Kriegsmaschinerie, die ihren Gegner zermalmte und dabei alle erforderlichen Verluste in Kauf nahm. Genau diese Art der Strategie würden sich die Nebelparder von ihnen erhoffen.

Major Blakadar schüttelte den Kopf. »Niemals. Sie sind uns zahlenmäßig viel zu überlegen, als daß wir eine Hoffnung hätten, aus einer Defensivhaltung mit ihnen fertigwerden zu können. Eine andere Möglichkeit wäre, das Regiment aufzuteilen und uns über den Planeten zu verteilen – einige der Guerillataktiken anzuwenden, die wir in letzter Zeit trainiert haben. Wir könnten sie ermüden, immer wieder kleine Einzelangriffe durchführen, ihren Nachschub stören, ihre Befehls- und Kommunikationsstrukturen angreifen. Wir werden Verluste haben, aber auf lange Sicht können wir ihnen genug Schaden zufügen, daß Mulvaney uns von diesem Felsklumpen abholen und nach Hause bringen kann.«

»Wir können durchhalten«, fand Craig.

»Nein, können wir nicht. Ein Großangriff, und wir sind gewesen.«

»Du unterschätzt uns, Blackie. Schon mal was von einem Ort namens Thermopylen gehört? Nur dreihundert Spartaner haben zehntausend Feinde aufgehalten.«

»Es gibt einen Punkt bei der Schlacht, an den du dich erinnern solltest, Cullen. Keine der beiden Seiten hatte BattleMechs. Und in deiner Analogie hätten die Zehntausend bessere, stärkere und schnellere Mechs als die Verteidiger. Im übrigen sind die Spartaner bei den Thermopylen letztlich doch besiegt worden.«

»Versteckspielchen und Nadelstiche, schön und gut, Blackie, aber sie haben Lagerhallen voll mit Ersatzteilen und Munition. Hier gibt es keine Zivilbevölkerung, die uns helfen kann, unsere Mechs in Betrieb zu halten oder unsere Truppen zu ernähren und zu verstecken. Wir würden nicht lange durchhalten.«

»Auf einigen der besetzten Welten sind Guerillaoperationen inzwischen seit Jahren im Gange«, erklärte Blakadar.

»Nicht in Regimentsgröße«, schnappte Craig. »Und noch niemand hat die Clans je in einem Guerillakrieg besiegt.«

Kapitän Colin Lovat, der etwas abseits hektisch auf die Tastatur seines tragbaren Computers gehämmert hatte, räusperte sich, um die Aufmerksamkeit der anderen zu erregen. »Ich habe beide Vorschläge mit der taktischen Simdatenbank auf mögliche Ergebnisse unter Berücksichtigung der bekannten Variablen bezüglich der Clan-Streitkräfte und ihrer bekannten Gefechtstaktiken abgeglichen.«

»Und?« fragte Oberst Stirling.

Der Nachrichtendienstoffizier schüttelte den Kopf. »Im besten Fall können wir achtundvierzig Tage durchhalten, dann sind wir *und* die Verstärkung vernichtet. Und das gelingt nur, wenn wir das Kampfschiff ganz aus den Berechnungen verbannen und uns darauf verlassen, daß die Parder konstant niedrig bieten, weil wir Söldner sind und sie Wahrgeborene.«

Loren wußte, daß jemand die Frage stellen mußte. »Wie sieht das schlechteste Ergebnis aus?«

»Achtundvierzig Stunden, Sir. Das schließt ein Orbitalbombardement ein, den Einsatz der wahrscheinlich aus dem Anfangsgebot entfernten Clan-Luft/Raumreserven und die Mobilisierung aller verfügbaren Nebelparder-Truppen. Vergessen Sie nicht, daß wir nur unsere passiven Beobachtungssatelliten haben. Die sind zwar recht genau, aber ihre Möglichkeiten sind begrenzt. Es ist durchaus denkbar, daß sie bereits auf dem Anmarsch sind, und wir sie nur noch nicht bemerkt haben.«

Craig verzog das Gesicht. »Zahlenspielereien. Geben Sie den Befehl, Oberst, und ich verschaffe uns eine Verteidigungsstellung, die nicht einmal das Kampfschiff knacken kann.«

Stirling schüttelte den Kopf, als wollte sie allein sein, und Loren glaubte zu verstehen, warum. Die Nebelparder zu besiegen, würde einen tollkühnen, ganz und gar waghalsigen Plan erfordern.

Kapitän Mitchell Fraser meldete sich. »Ich bin ein Tech, aber wenn Sie mich fragen, brauchen wir Verstärkung. Warum nehmen wir nicht eines unserer Landungsschiffe und fliegen zurück in die Innere Sphäre? Unsere Schwesterregimenter würden sofort kommen und diesen Clanner-Dreck wegfegen.«

»Dafür fehlt uns die Zeit«, entgegnete Kapitän Lovat. »Es würde Monate dauern, wieder nach Hause zu kommen. Wir können uns bestenfalls Wochen halten – und das wird hart genug.«

Als nächstes mischte sich der draconische VFB ein und heizte die gespannte Stimmung noch zusätzlich an. »Dieses ganze Gerede darüber, ob Sie weglaufen oder sich eingraben sollten, erfüllt keine Ihrer Kontraktverpflichtungen. Wir müssen einen Weg finden, die Nebelparder zu vernichten, ohne dabei selbst unterzugehen.« Er starrte Loren eisig an. »Ihr kleines Todesduell mit diesem Sterncaptain hat mich die *Vergeltung* gekostet.«

Loren war bemüht, sich von der Haltung des Verbindungsoffiziers nicht aus der Ruhe bringen zu lassen, aber leicht fiel es ihm nicht gerade. Nur Stunden zuvor hätten die Nebelparder Parkensen getötet, wären Loren und seine Kilsyth Guards nicht rechtzeitig eingetroffen –

und trotzdem beschwerte sich der Mann über die Art und Weise seiner Rettung.

»Sind die Nebelparder schon gegen irgendwelche unserer Satelliten vorgegangen, Kapitän Lovat?« fragte Loren, um sich nicht durch kleinliche Streitereien aus dem Konzept bringen zu lassen.

»Nein, Sir«, erwiderte der jüngere der beiden Kapitäne. »Wir haben die Satelliten noch nicht desaktiviert, aber bisher scheint es den Pardern egal zu sein, daß wir sie beobachten.«

»Irgendeine Aktivität? Truppenwechsel, Bewegung in unsere Richtung, etwas dieser Art?« hakte Loren nach.

»In begrenztem Umfang. Auf dem Flugfeld stehen eine Reihe Jäger, die nicht zum Angriff gegen uns gestartet sind. Ich habe kleinere Aktivitäten festgestellt, die darauf hinweisen, daß sie sich zu unserer Verfolgung bereitmachen, aber bisher hält sich alles in kleinem Rahmen. Hauptsächlich schnelle, leichte Mechs.«

In Gedanken ging Loren alles durch, was er über die Clans wußte, insbesondere über die Nebelparder. Er dachte an die Sternenkarte, die er von diesem Gebiet gesehen hatte, und auf der die Nachschubbasen der Novakatzen und Nebelparder verzeichnet gewesen waren. *Weg können wir nicht, und wenn wir hierbleiben, ist das unser Tod. Es muß eine Lösung geben …*

Dann hatte er es. Ein Plan, ein tollkühner Plan, beinahe unmöglich. Das Konzept war simpel, aber wenn es gelang, bot es zumindest eine Chance auf Erfolg.

Oberst Stirlings Stimme holte ihn zurück in die Wirklichkeit. »Herrschaften, wir haben unsere Karten aufgedeckt, und einen Royal Flush haben wir wahrlich nicht auf der Hand. Major Jaffray, Sie sind mein taktischer Experte, was diese Parder angeht. Was meinen Sie?«

Loren war sich nicht sicher, ob er es aussprechen sollte. Der Plan, der in seinem Hinterkopf Gestalt annahm, war tollkühn, um nicht zu sagen verrückt. »Ich habe eine Idee, Oberst, aber bevor ich Ihnen davon erzählen kann, müssen wir ins Feldlazarett.«

Er hatte die Clans und deren Sitten nicht umsonst studiert. Eine ihrer Traditionen bestand in dem Recht der Sieger, als Kriegsbeute Leibeigene zu nehmen. Wenn ein Krieger von einem anderen Clan als Leibeigener genommen wurde, verlangte seine Ehre die hundertprozentige Hingabe an seinen neuen Herrn. Natürlich war nur eine Handvoll Clanner je von Einheiten der Freien Inneren Sphäre als Leibeigene genommen worden, und auch das vor allem von Einheiten mit Clan-Hintergrund wie Snords Wildem Haufen und Wolfs Dragonern.

Woran Loren während dieser ganzen Diskussion hatte denken müssen, war, daß er Sterncaptain Kerndon aus Clannersicht ehrenhaft besiegt hatte. *Wenn der Mann noch lebt, kann ich ihn möglicherweise zu einem von uns machen. Er war einmal ein Nebelparder, und das könnte ihn zur Schlüsselfigur machen, die es uns gestattet, gegen die Parder zu kämpfen und zu gewinnen.*

»Ins Lazarett?« fragte Major Craig irritiert.

»Ja. Dort liegt ein Leibeigener, mit dem ich reden muß. Er heißt Kerndon.«

14

Fusiliers-LZ, Kurita-Prime-Bucht,
Wayside V (Wildkatz)
Äußere Peripherie

3. Juli 3058

Die Wachen blieben in der Nähe, als Loren und der übrige Befehlsstab sich dem Krankenbett näherten. Lorens erster Eindruck des Clanners schockte ihn: Sterncaptain Kerndon war jung, höchstens Anfang zwanzig. Während MechKrieger der Freien Inneren Sphäre jahrzehntelange Laufbahnen absolvierten, betonten die Clans bei ihren Truppen die Kraft der Jugend. *Er ist noch ein halber Knabe, aber nach den Clan-Traditionen und -Riten hat er beinahe meinen Rang.*

»Er hat ein Beruhigungsmittel bekommen, um die Folgen des Neuralfeedbacks zu dämpfen, das ihn getroffen hat, als Sie seinen Mech abgeschossen haben, Sir«, flüsterte der Fusiliers-MedTech Loren zu. »Er ist sicher noch etwas groggy.«

»Danke«, gab Loren zurück. *Gut. Möglicherweise helfen die Medikamente ihm, sich darauf einzulassen und eine Rolle als mein Leibeigener anzunehmen.* Loren drehte sich zu dem Clanner um und legte einen dominanten Autoritätston in seine Stimme. »Sterncaptain Kerndon, nehme ich an.«

»Pos«, erwiderte Kerndon.

»Ich bin Major Loren Jaffray, der Krieger, der dich im Kampf besiegt hat.«

Kerndons Augen zuckten einen Augenblick lang, aber das war alles. Loren verstand. Der Mann schätzte ihn ab, machte sich einen Eindruck seines Feindes.

»Du hättest mich töten sollen, aber ich lebe noch. Als ich aufwachte, sagte man mir, daß du mich zum Leibeigenen gemacht hast, aber das ist keine Verpflichtung, die du zu übernehmen brauchst.« Es war offensichtlich, daß Kerndon auf eine Meinungsänderung Lorens hoffte.

Loren hatte die Clans eingehend genug studiert, um zu wissen, daß dieser Krieger nicht ablehnen konnte, sein Leibeigener zu werden. »Ich verstehe einige eurer Traditionen«, sagte er langsam. »Vielleicht wirst du eines Tages ein wertvolles Mitglied meines – Regiments.« Loren war versucht, ›Clan‹ zu sagen, bremste sich aber. »Das hier ist Oberst Andrea Stirling, meine Vorgesetzte und der Kommandeur von Stirling's Fusiliers. Ich fürchte, die andere Kriegerin, die wir vom Schlachtfeld gerettet haben, ist auf dem Rückweg verstorben.«

Sterncaptain Kerndon zeigte kaum eine Gefühlsregung. »Im Tod entgeht sie der Schande, einer Freigeburt dienen zu müssen«, entgegnete er zögernd, dann sah er zu Loren auf. »Major Loren, ich bitte dich, mir das Recht auf EntLeibung zu gewähren.«

Loren schüttelte den Kopf. »Mit dieser Sitte bin ich nicht vertraut.«

»In der EntLeibung erklärt sich der Meister eines Leibeigenen bereit, ihn im Zweikampf zu töten. Die Tradition schreibt vor, daß der Leibeigene sich nicht wehrt, sondern den Tod von der Hand seines anstehenden Meisters annimmt. Du dürftest eine Waffe deiner Wahl benutzen.«

»Du würdest lieber sterben, als mein Leibeigener zu werden?« fragte Loren, obwohl er die Antwort kannte.

»Pos. Als Leibeigener müßte ich gegen meinen ehemaligen Clan antreten, solltest du je von mir die Teilnahme an einer Schlacht verlangen. Und ich könnte nie mehr in die Reihen der Nebelparder zurückkehren. Sie würden mich als minderwertig betrachten, weil ich von dir bezwungen wurde. Ich müßte mein Leben als Bandit oder schlimmeres fristen. Die Alternative wäre, für dich zu kämpfen und einen ehrlosen Tod zu sterben. Beide Möglichkeiten haben einen Ehrverlust zur Folge, den ich nicht bereitwillig hinnehmen kann.«

Ein Teil Loren Jaffrays wollte Kerndon seinen Wunsch gewähren. Er verstand den Wert der Ehre, besonders unter MechKriegern. Aber er wußte auch, welchen Wert der Clanner hatte. Dieser Mann, Kerndon, war ein Fenster für ihn, ein Fenster in die Herzen und Hirne ihrer Feinde, der Nebelparder. Und sein Plan war tollkühn, möglicherweise so tollkühn, daß er den Clanner dazu bringen konnte, das Leben zu wählen, weil dieser eine Chance erkannte, ehrenvoll zu leben und zu sterben. »Kerndon, ich verweigere dir dieses Ritual der EntLeibung. Wir kämpfen in der Tat gegen die Nebelparder, aber ich glaube, daß es noch andere Möglichkeiten, andere Wege für Krieger gibt, sich zu beweisen.«

Der junge Krieger sagte kein Wort. Er starrte Loren nur an.

»Wir sind nicht irgendeine Einheit, Kerndon. Die Northwind Highlanders dienten bereits unter General Aleksandr Kerensky und den Sternenbund-Verteidigungsstreitkräften. Ungeachtet allem, was dir deine Parder-Kommandeure gesagt haben mögen, haben wir dieselbe Geschichte.«

»Ich habe kein Verlangen, dein Leibeigener zu sein«, war alles, was Kerndon unter dem Einfluß der Beruhigungsmittel herausbrachte.

»Das mag stimmen, Kerndon, aber bedenke dies: Ich bin der Nachkomme von Sternenbund-Kriegern. Als ich gegen dich kämpfte, geschah dies nach deinen eigenen Clan-Regeln – im direkten Zweikampf. Ich habe dich fair und ehrenhaft besiegt. Wenn ich dich freigebe, wird dich dein Clan nicht wieder aufnehmen. Du wirst – wie heißt das Wort? – Dezgra sein? Stehst du als Leibeigener an meiner Seite, besteht die Möglichkeit, daß du eines Tages wieder als Krieger in den Kampf ziehen wirst. Du wirst eine neue Chance erhalten, deine Ehre in der Schlacht zu beweisen.«

Kerndon antwortete nicht sofort, sondern schien lange und angestrengt nachzudenken. Ohne Zweifel gab es für ihn nichts Wichtigeres, als ein Krieger zu sein. Vielleicht würde er akzeptieren, daß er im ehrenhaften Kampf und unter Bedingungen besiegt worden war, die kein Clanmann anfechten konnte.

»Major Loren«, erklärte er schließlich. »Ich werde dir als Leibeigener dienen.«

»Ausgezeichnet, Leibeigener Kerndon. Dann sag mir, welche Einheiten verteidigen diese Welt?«

Kerndon schloß die Augen, wie um nicht sehen zu müssen, was er tat. »Ihr kämpft gegen Galaxis Tau, die Diana-Galaxis.«

Loren sah hinüber zu Kapitän Lovat, der hastig seinen Compblock befragte, und schließlich den Kopf schüttelte. »Diese Galaxis ist uns unbekannt. Ist sie neu?«

»Positiv.«

»Welche Stärke hat sie?« fragte Major Craig.

Kerndon antwortete nicht, sondern starrte den Offizier nur haßerfüllt an. Langsam wandte er seinen Kopf wieder in Lorens Richtung.

»Du hast die Frage nicht beantwortet«, stellte Loren fest. »Du willst deinen früheren Clan nicht verraten – ist es das?« Hatte er nicht denselben Konflikt bezüglich seiner alten Einheit gefühlt, den Todeskommandos? Loren wußte, daß es nicht leicht war, solche Gefühle abzustreifen.

»Neg«, widersprach Kerndon. »Du hast mich fair im Kampf besiegt, und ich habe überlebt. Statt mich zu töten, wie du es hättest tun sollen, hast du dich entschieden, mich am Leben zu lassen. Nach der Sitte meines Volkes bin ich dein Leibeigener – aber nicht seiner. Ich bin nicht durch meine Ehre gebunden, ihn als wahren Krieger zu behandeln. Nur dich und deine Vorgesetzten – soweit du es mir nicht befiehlst.«

»So was brauche ich mir von dem nicht bieten zu lassen!« spuckte Craig und wollte sich auf den verwundeten Clansmann stürzen. Major Blakadar und Kapitän Lovat stellten sich ihm in den Weg und stoppten ihn.

Loren sah auf Kerndon hinab, der auf Craigs Ausbruch hin keinen Muskel bewegt hatte. »Dann sag es mir, wie ist diese Galaxis Tau aufgebaut?«

»Die Galaxis besteht aus zwei kompletten Kampfsternhaufen, dem 101. Angriffssternhaufen und dem 250. Sturmsternhaufen. Außerdem ist der Galaxis ein unterzähliger Sternhaufen zugeteilt, der 25. Einsatz.«

»Zweieinhalb Sternhaufen also.« Das war relativ wenig für eine Galaxis, aber es genügte, um die Parder den Fusiliers weit überlegen zu machen. »Ich nehme an, die Einheiten, die uns angegriffen haben, wurden durch Bieten ermittelt?«

»Pos«, antwortete Kerndon tonlos.

»Welche Einheit hat das Bieten gegen uns gewonnen, und mit exakt welchem Gebot?«

»Die Ehre des Gebots fiel Sterncolonel Roberta vom 101. zu. Mein Binärstern war einer der drei in ihrem Gebot. Hinzu kamen Teile von zwei Trinärsternen.«

»Weißt du, welchen Schritt sie als nächstes plant?«

»Neg. Darüber bin ich nicht informiert. Meine Einheit erhielt die Erlaubnis, die Überlebenden unseres Jägerangriffs zu attackieren, weil wir in der Nähe eurer Landezonen waren.«

»Wo sollte eure Galaxis eingesetzt werden?« hakte Loren nach.

»Unser genaues Ziel hat man uns noch nicht mitgeteilt. Der Galaxiscommander ist noch damit beschäftigt, die passenden Ziele auszuwählen.«

»Dann solltet ihr gegen das Kombinat benutzt werden?« fragte Sho-sa Parkensen. Kerndon würdigte ihn keines Blickes.

»Antworte, Kerndon«, befahl Loren.

»Ein Kampfeinsatz gegen das Draconis-Kombinat ist nicht vorgesehen, noch nicht. Unser Ziel war ein Gegner, der uns unsere Ehre und Würde als Clan geraubt hat.«

Die Wahrheit traf Loren wie ein Fausthieb. »Ihr solltet gegen die Novakatzen kämpfen?«

Kerndon nickte langsam. »Pos.« Loren wußte um die traditionelle Feindschaft zwischen den Pardern und den Novakatzen. Aus eben diesem Grund wollte er diesen Nebelparder-Krieger auf seine Seite ziehen. Er hatte einen Plan, der schon nicht mehr nur tollkühn genannt werden konnte – möglicherweise war er nicht einmal ausführbar. Nur Kerndon konnte ihm sagen, ob er irgendeine Erfolgschance hatte.

»Kerndon, was würde geschehen, wenn ich zur nächsten Novakatzenbasis fliegen und ihnen mitteilen würde, daß die Nebelparder hier eine Galaxis Truppen verstecken, die gegen sie zum Einsatz kommen sollen?«

Kerndons Reaktion auf diese Frage überraschte sie alle. Er lachte. »Die Novakatzen würden augenblicklich das Feuer auf euch eröffnen.«

»Aber die Nebelparder stellen eine große Gefahr für die Novakatzen dar, besonders mit einer ganzen Galaxis, die darauf aus ist, sie anzugreifen.«

»Ich habe schon gegen die Novakatzen gekämpft, als ich noch in der Geschko war. Sie sind ein seltsames Volk mit abstrusen Gebräuchen, aber sie sind ein Clan. Sie haben erlebt, wie wenig Ehre unter den Freigeburten der Inneren Sphäre besteht. Sie wissen, daß dein Volk sich nicht scheut, Betrug anzuwenden, um eine Schlacht zu gewinnen. Sie würden davon ausgehen, daß du versuchst, sie in eine Falle zu locken und diese Handlungsweise als Ehrbruch betrachten. Also würden sie euch als ehrlose Banditen ansehen und vernichten.«

»Kannst du dir einen Weg vorstellen, wie wir sie dazu bringen könnten, uns zuzuhören, sie davon zu überzeugen, daß wir die Wahrheit sagen?«

Kerndon zögerte eine Weile und dachte nach. »Neg. Wäre ich der Novakatzen-Kommandeur, würde ich keiner Einheit der Inneren Sphäre vertrauen, die mit einer derartigen Geschichte bei mir auftaucht, gleichgültig, welche Beweise ihr auch vorlegt.«

Verdammt! Soviel zur einfachen Methode. »Aber es dürfte

zutreffen, daß die Novakatzen an der Nebelparder-Präsenz hier *interessiert* sind?«

Kerndon nickte. »Pos. Die Novakatzen würden unsere Anwesenheit hier als akute Bedrohung ihrer Nachschublinie zurück zu den Heimatwelten ansehen.«

Major Blakadar mischte sich ein, offenkundig überrascht von der Richtung, in die Lorens Gedanken gingen. »Sie schlagen doch nicht etwa vor, daß wir den Novakatzen einen Besuch abstatten?«

Das und noch weit mehr, Blackie. Manchmal ist die Botschaft weniger wichtig als die Art der Übermittlung. »Wenn diese Galaxis Tau die Novakatzen angriffe, wie sähe die Reaktion aus?«

Kerndon schüttelte den Kopf und schloß in einer Geste der Vergeblichkeit die Augen. »Diese Frage ist irrelevant, Major Loren«, erwiderte er, streng darauf achtend, nur Jaffrays Vornamen zu benutzen. Ein Blutname, wie der Familienname bei den Clans hieß, war unter Clannern die höchste mögliche Ehre, ein Zeichen der Abstammung, das bis zu den Ursprüngen der Clans in der Sternenbundära zurückzuverfolgen war. Offenkundig betrachtete der Leibeigene Loren dieser Ehre nicht als würdig. »Du kannst sie nicht zu einem Angriff auf die Novakatzen bewegen, solange sich deine Fusiliers hier befinden.«

»Ich entscheide, was relevant ist, Leibeigener«, stellte Loren mit Nachdruck auf dem letzten Wort fest. »Du beantwortest meine Fragen nach bestem Wissen und allen deinen Möglichkeiten.«

Kerndons Augen funkelten, aber er unterdrückte seine Verärgerung und blieb gefaßt. »Ich bin zu weit gegangen, Major Loren. Um deine Frage zu beantworten: Die Novakatzen würden einen einzelnen Angriff als bloßen Überfall betrachten, der keine Gefahr für sie darstellt.«

»Es wären mehrere Angriffe nötig, um ihre Aufmerksamkeit zu erregen – einen Gegenschlag auszulösen?«

»Pos. Sie sind ein von ihren Visionen und Geistquesten

getriebener Clan. Während die Nebelparder sehr empfindlich auf Bedrohungen reagieren, tragen die Novakatzen eine nicht mehr nachvollziehbare Geduld zur Schau. Es würde mehr als einen Angriff der Nebelparder erfordern, sie zu einem Gegenangriff zu bewegen.«

»Kennen beide Clans die Positionen der jeweils gegnerischen Stützpunkte?«

»Pos, aber sie hätten nur eine Liste wahrscheinlicher Ziele. Es wäre mehr notwendig, um sie speziell zu unserer Basis zu locken. Durch ihr Wissen um die Nebelparder-Basen könnten sie zwar die Stützpunkte eliminieren, die für eine Galaxis Truppen zu klein sind, aber sie müßten denjenigen, auf dem die Galaxis tatsächlich stationiert ist, erst noch suchen.«

»Falls sie keine Spur finden«, murmelte Loren, während er in Gedanken den Plan überarbeitete, den er schon zuvor in Ansätzen entwickelt hatte. Plötzlich lächelte er. »Wenn die Novakatzen hier eintreffen und uns sowie die Nebelparder vorfinden würden, wen würden sie zuerst angreifen?« Er war sich ziemlich sicher, daß er die Antwort bereits wußte.

»Sie würden natürlich die Nebelparder angreifen.«

»Natürlich?« fragte Oberst Stirling verständnislos. »Wir wären ein gemeinsamer Feind beider Clans. Warum würden sie sich nicht einfach gegen die Fusiliers zusammentun?«

Loren antwortete mit wachsender Erregung für seinen Leibeigenen. »Oberst, die Clans betrachten uns als minderwertig, weil wir Söldner sind. Sie würden einander angreifen und eine ehrbare Schlacht untereinander austragen, bevor sie ihre Zeit mit uns vergeuden.«

Stirling überdachte seine Worte einen Augenblick, dann erhellte sich ihre Miene, als sie verstand. Ihr Blick traf den Lorens, und er sah, daß sie seinen Plan begriffen hatte. »Das ist so einfach, daß es genial ist«, sagte sie gerade laut genug für die anderen.

Major Craig mischte sich ein. »Versteh ich nicht. Was

hat irgendwas davon damit zu tun, wie wir die Parder besiegen können?«

»Es hat alles damit zu tun«, erklärte Loren. »Wir brauchen Galaxis Tau nur dazu zu bringen, daß sie mehrere Basen der Novakatzen angreift. Die Katzen werden eine Vergeltungsstreitmacht zusammenziehen, hierher kommen und für uns gegen die Parder kämpfen. Und wir erledigen dann den Sieger dieser Auseinandersetzung.«

Kerndon schüttelte den Kopf. »Galaxiscommander Devon Osis wird keine Angriffe gegen die Novakatzen beginnen, bevor die Fusiliers ausgeschaltet sind.«

»Das ist das Schöne an dem Plan. Dieser Devon Osis wird den Pardern gar nicht befehlen müssen, die Katzen anzugreifen. *Wir* werden die angebliche Angriffsstreitmacht der Nebelparder sein.«

15

Fusiliers-LZ, Kurita-Prime-Bucht, Wayside V (Wildkatz)
Äußere Peripherie

3. Juli 3058

»Was?« stieß Sho-sa Parkensen aus. »Wie wollen Ihre Fusiliers sich als Nebelparder-Einheit ausgeben?«

»Wir haben einen Binärstern Clan-OmniMechs erbeutet«, stellte Loren fest. »Mitch Fraser und seine Crews sind bei der Arbeit und sollten die meisten davon wieder in Gang setzen können. Wenn wir die Bemalung ausbessern und die Transponder und Kommkanäle korrekt einsetzen, wird niemand feststellen können, daß wir *keine* Nebelparder sind.«

»Ich habe noch nie irgendwelche OmniMechs repariert«, meldete sich Mitch Fraser.

Loren lachte leise. »Mitch, du kannst *alles* reparieren, wenn du nur willst.«

Major Kurt Blakadar rieb sich nachdenklich das Kinn und blickte in unbestimmte Fernen, dann sah er die anderen wieder an. »Es könnte tatsächlich gelingen. Schließlich hätten wir den Pardern genausogut erzählen können, wir wären die Gray Death Legion. Woher hätten sie wissen sollen, daß wir es nicht sind?«

»Genau«, bestätigte Loren. »Wir können den Novakatzen beim Batchall erzählen, was immer wir wollen.«

Kerndon rieb sich die bandagierte Stirn. »So einfach ist es nicht. Die Clans verfolgen Blutlinien und genetische Besonderheiten. Wenn sie beim Batchall dein Gesicht sehen, können sie überprüfen, ob du ein Nebelparder bist oder nicht. An deinen Zügen werden sie erkennen, daß du keiner bist.«

»Dann zeigen wir ihnen unser Gesicht nicht«, antwortete Kapitän Lovat, bevor Loren es konnte.

Kurt Blakadar rieb sich immer noch das Kinn. »Trotzdem könnten mit diesem Plan noch eine Million Dinge schiefgehen. Ich würde es vorziehen, wenigstens die gröbsten Schnitzer auszubügeln, bevor ich entscheiden muß, ob das nun ein Selbstmordkommando wird oder unsere einzige Hoffnung.«

»Dagegen ist nichts einzuwenden«, gab Loren zu. Er wußte, wenn es hart auf hart ging, würde Blackie kleinliche Machtkämpfe vergessen und im besten Interesse der Highlanders handeln. Major Craig allerdings war so starrköpfig, daß sein Urteilsvermögen von persönlichen Ressentiments getrübt werden konnte.

Major Blakadar hatte noch einen Einwand. »Die Hälfte unserer Landungsschiffe sitzt dank der Clan-Jäger am Boden fest. Und in der hohen Umlaufbahn wartet der Zerstörer. Wie sollen wir unsere hypothetischen Parder zum Sprungpunkt schaffen?«

Oberst Stirlings Züge spannten sich. »Das ist eine wichtige Frage, Major, und eine, die ich mit unseren Skippern erörtern werde, sobald wir hier fertig sind. Aber das ist nur ein Teil unserer Schwierigkeiten.« Sie wandte sich an Kerndon. »Sterncaptain, wenn du dieser Devon Osis wärst, was würdest du als nächstes von uns erwarten?«

»Es ist nicht der Galaxiscommander, um den ihr euch Sorgen machen solltet. Sterncolonel Roberta hat das Bieten um das Recht gewonnen, euch zu vernichten. Devon Osis wird ihre Bemühungen beobachten und ihr seinen Rat anbieten, aber letztlich ist es ihr Können, mit dem ihr euch messen müßt.«

»Okay, was kannst du uns über sie erzählen?«

»Sie gleicht keinem Krieger, dem ihr je begegnet seid«, antwortete der Clansmann zögernd, und sein Gesichtsausdruck schwankte zwischen Furcht und Respekt.

»Wir sind die Northwind Highlanders«, erwiderte Cullen Craig. »Wir haben vor niemandem Angst.«

Kerndon schüttelte den Kopf. »Sterncolonel Roberta ist der reine Nebelparder. Ich habe sie im Kampf gesehen, Oberst Andrea. Du nicht.« Er richtete sich direkt an Oberst Stirling, die er ebensowenig mit ihrem Nachnamen ansprach wie irgendein anderes Mitglied der Gruppe. »Sie ist wie ein Orkan. Wenn sie zuschlägt, kann nichts sie aufhalten. Sie wird durch eure Truppen brechen, egal auf wieviel Widerstand sie trifft.«

»Eine zähe Lass, wie?« Stirling zwinkerte Loren zu. »Ich freue mich darauf, ihr in den Arsch zu treten.«

Kerndon ignorierte Stirlings Kommentar. »Sie ist auf Kopfjägermissionen spezialisiert, bei denen sie mit leichten Sternen durch die Abschirmung des Feindes bricht und dessen Befehlsstab eliminiert.«

Kopfjägereinheiten. Loren lief ein kaltes Schaudern den Rücken herunter. Ein Kommandeur aus der Freien Inneren Sphäre hätte versucht, die Kommunikations- und Befehlskanäle auszuschalten. Aber Kerndon teilte ihnen mit, daß die Nebelparder, und insbesondere diese Sterncolonel Roberta, ohne Umschweife zum Todesstoß ansetzten, indem sie versuchten, die gegnerischen Einheitsführer zu töten.

»An Robertas Stelle würde ich erwarten, daß ihr euch eingrabt und in Erwartung meines Angriffs eure Stellungen aufbaut. Und ich würde hier zuschlagen, in der Hoffnung, euch alle zu töten. Ohne Kopf ist der Körper verloren. Der Rest eurer Truppen wäre entweder unerfahren oder verwirrt, und ich könnte sie später an einem Ort meiner Wahl erledigen.«

Oberst Stirling stemmte die Fäuste in die Hüften. »Du kennst mich noch nicht, Kerndon, aber meine Leute nennen mich nicht umsonst ›die Katze‹. Das hat nichts mit meinem Äußeren zu tun. Es ist eine Anerkennung meiner Zähigkeit. Und dank deiner Vorwarnung werde ich Sterncolonel Roberta Grund geben, sich an mich zu erinnern. Was, wenn es den Anschein hätte, als wollten wir einen eigenen Angriff vorbereiten, statt uns einzugraben. Wie würde sie reagieren?«

»Sie wird sofort mit allem angreifen, was ihr zur Verfügung steht, und euch keine Möglichkeit zu einem Erstschlag geben. Sie wird furchtlos zuschlagen und euch mit ihren mächtigen Kiefern die Kehle zerfetzen. Es wird keine Schlachtreihen geben. Ihre Truppen werden durch eure Linien brechen und die Verwirrung zu ihrem Vorteil nutzen.«

Oberst Stirling überdachte diese Auskunft. »Und wenn wir einfach hier sitzenbleiben und warten?«

»Es macht keinen Unterschied. Sterncolonel Roberta ist Sternhaufenführerin der Nebelparder. Auch wenn ein Sieg über Gegner aus der Inneren Sphäre kaum Ehre bringt, liefert es ihr eine Gelegenheit, ihrem vorgesetzten Offizier ihr Können zu beweisen. Wenn sie euch schnell und sauber vernichtet, gibt ihr das einen Vorteil bei zukünftigen Bietduellen um das Recht der Teilnahme an der Vernichtung der Novakatzen.«

Stirling sah hinüber zu Major Craig, der vorgeschlagen hatte, sich einzugraben. Dann drehte sie sich zum Nachrichtendienstoffizier des Regiments um. »Kapitän Lovat, wie schnell können die Parder hier sein, wenn sie die Geschwindigkeit ihrer leichten Mechs voll ausschöpfen?«

Der jüngere Offizier fuhr sich mit der Zunge über die Lippen, während seine Finger über die Tasten des Compblocks huschten. »Ihre *Koshis* und *Sprinter* könnten uns zuerst attackieren. Und wenn sie deren Reaktoren maximal belasten, wäre das in unter achtundvierzig Stunden möglich.«

»Ma'am«, unterbrach Kapitän Fraser. »Als ChefTech des Regiments muß ich darauf hinweisen, daß selbst Clan-Ausrüstung sich nicht derart belasten läßt. Mechs sind robuste Maschinen, aber sie brauchen Wartung. Im Ernst, Ma'am, wenn sie mit derartiger Geschwindigkeit marschierten, würden sie ihre Maschinen völlig überlasten. Nach der Schlacht würde es Tage dauern, die Reaktorpolster und Stabilisatoren wieder auszurichten, von der extremen Abnutzung der Aktuatoren ganz zu schweigen.«

Kerndon starrte Mitch Fraser angewidert an, offenbar

verärgert darüber, daß ein bloßer Tech es wagte, sich in eine Diskussion unter Kriegern einzumischen. »Ihr kennt die Clans nicht. Abnutzung und Belastung sind ohne Gewicht, auf den Sieg kommt es an. Sie wird sie zur Höchstleistung treiben, weil sie das als Kriegerin tun muß, so einfach ist es.«

Loren sah sich unter seinen Mitoffizieren um. »Na gut, dann wissen wir jetzt, daß wir in nicht einmal zwei Tagen einen Angriff der Parder zu erwarten haben. Wenn sie kommen, werden sie versuchen, uns alle zu töten, um die gesamte Regimentsführung auszuschalten und mit den übrigen Truppen später leichtes Spiel zu haben.« Er drehte sich zu Oberst Stirling um und sah ihr offen in die Augen. »Wir wissen, daß wir Wayside V nicht verlassen können – wir haben einfach nicht die Kapazität, das gesamte Regiment ins All zu evakuieren. Aber wenn wir uns zum Kampf stellen, werden wir vernichtet, egal, wie gut wir kämpfen. Unsere einzige Hoffnung besteht darin, eine falsche Nebelparder-Einheit aufzustellen und die Novakatzen damit hierher zu locken.«

»Clan Novakatze kann uns ebenso leicht verschlingen«, wand Sho-sa Parkensen ein.

Oberst Stirling wandte den Kopf in Richtung des VFB. »Ich verstehe Ihre Sorge, Sho-sa. Aber ich sehe, verdammt noch mal, keine Alternative. Ohne eine grundlegende Veränderung unserer Lage werden uns die Parder besiegen, was wir auch unternehmen. Ich hätte nie gedacht, daß es einmal soweit kommen würde, aber so sieht es aus. Und es ist nur eine Frage der Zeit. Ja, Major Jaffrays Plan ist riskant, um es milde auszudrücken, aber zumindest bietet er uns eine Chance.«

»Er wird uns am Ende alle umbringen«, sagte Parkensen düster voraus.

»Kann sein, aberr eines i' sicher, Laddie«, erwiderte Cat Stirling mit deutlich schottischem Dialekt. »Die Nebelparder werden bereuen, sich mi' den Northwind Highlanders angelegt zu haben.«

16

**Mobiles Fusiliers-HQ, Kurita-Prime-Bucht,
Wayside V (Wildkatz)
Äußere Peripherie**

4. Juli 3058

Die Wirklichkeit von Wayside V wirkte noch gespenstischer auf Loren als es schon die Karten und Daten getan hatten. Das Gewitter, mit dem der Planet die Landung des Regiments begrüßt hatte, war endlich vorüber. Der danach aufgekommene Nebel erfüllte die Dämmerung des achtundzwanzig Stunden dauernden planetaren Tages mit dem grünlichen Schimmern seines Himmels.

Oberst Stirling hatte sich von den Landungsschiffen fünfzig Kilometer nach Osten entfernt, um die Illusion aufrechtzuerhalten, daß das Regiment in Bewegung war. Sie hoffte, die Landungsschiffe für den Fall in Reserve zu halten, daß die Lage sich dramatisch verschlechterte. Die Geschütztürme der Schiffe konnten den Fusiliers noch Deckungsfeuer liefern, wenn ein Rückzug notwendig wurde. Und angesichts der Kräfteverhältnisse betrachtete Loren das als durchaus realistische Möglichkeit.

Er stand außerhalb der Kuppel des HQs, um auf die Ankunft der drei Landungsschiffskapitäne zu warten – und wünschte sich, mehr Zeit mit Sterncaptain Kerndon verbringen zu können. Trotz all seiner intensiven Studien der Clans zeigte das, was dieser Mann ihnen gesagt hatte, wieviel er, Loren, immer noch zu lernen hatte. Zum Beispiel blieb ihm die Clanvorstellung der Ehre ein Rätsel, auch wenn der Ehrenkodex, nach dem Kerndon lebte, eine seltsam verführerische Qualität besaß.

Während er den Schweber beobachtete, der sich dem Befehlsstand der Fusiliers näherte, dachte er daran, welche Entscheidungen ihnen noch bevorstanden. Das Clan-Kampfschiff hing noch immer in der hohen Umlaufbahn, und es schien bislang ein unüberwindliches

Hindernis, aber Loren fragte sich, ob die wahre Bedrohung nicht in ihren eigenen Reihen lauerte. Major Cullen Craig und Sho-sa Elden Parkensen schienen jede Operation behindern zu wollen, die sie möglicherweise auf die Beine stellen konnten.

Chastity Mulvaneys Worte klangen in seinen Gedanken wider, und er erkannte, daß er sich exakt der Situation gegenübersah, die sie vorausgesagt hatte. Interne Machtkämpfe. Sticheleien. Neid. Es war offensichtlich, daß Cullen Craig von persönlicher Antipathie getrieben wurde, und plötzlich beneidete Loren die Clans. *Wäre ich Kerndon, würde ich einfach einen Kreis der Gleichen fordern und ihn zur Besinnung prügeln.*

Elden Parkensen, der draconische VFB, war einfach starrköpfig. Er hatte sich noch immer nicht bei Loren für die Rettung seiner Einheit vor Kerndon an der Absturzstelle der *Vergeltung* bedankt. Wie Kerndon war auch Parkensen das Produkt einer Gesellschaft, in der die Kriegertradition glorifiziert wurde. Möglicherweise glaubte er ebenfalls, sich nur durch den Tod im Kampf beweisen zu können.

In diesem Augenblick erreichte der Schweber das mobile HQ und unterbrach Lorens unheilschwangere Gedanken. Die drei Männer, die ausstiegen, konnten seiner Operation entscheidende Hilfestellung geben oder sie ad acta legen. Die Skipper Spillman, McCray und Kirwan – Kommandeure der *Claymore*, der *Bull Run* und der *Stonewall Jackson* – kamen direkt auf Loren und das HQ-Fahrzeug zu. Spillman war der letzte der drei Raumfahrer, der salutierte, und er wirkte stolz darauf. Loren wußte, daß Spillman ein harter Brocken war. Er hatte einen Haß auf Autoritätsfiguren, aber Loren war sicher, der Skipper der *Claymore* würde sein Bestes geben, wenn es nötig wurde. Auch wenn er sich dabei vermutlich ununterbrochen beschweren würde. Letztlich würde er seine Pflicht tun.

Loren erwiderte den militärischen Gruß und folgte den Dreien in den Befehlsstand, wo der Rest des Regimentsstabs um den holographischen Kartentisch des Fahrzeugs versammelt war. Loren wußte, was sie betrachteten: eine Weltkarte von Wayside V. Es wurde Zeit, die Landungsschiffskapitäne in die Planung dieser an potentiell katastrophalen Problemen überreichen Operation einzubeziehen. Dies war eine Mission, bei der von jedem Beteiligten gesteigerte Aufmerksamkeit und beträchtliche Flexibilität gefordert waren.

Mit anderen Worten, genau die Art von Mission, die zu Lorens Lebenszweck geworden war.

Die drei Skipper salutierten auch vor Oberst Stirling, als sie sich dem Tisch näherten. Sie erwiderte den Gruß, aber es war deutlich zu erkennen, daß ihr diese Formalitäten weniger wichtig waren. Der draconische VFB glänzte durch seine Abwesenheit.

»Gentlemen, ich habe Sie aus gutem Grund hergebeten.« Stirlings Ton war leise, aber bestimmt. »Unsere Bodentruppenführer haben die Lage bereits analysiert und eine mögliche Vorgehensweise erarbeitet. Jetzt wird es Zeit, Sie einzubeziehen.« Sie beugte sich über die Hologrammanzeige, und die unter ihr ausgebreitete Landschaft des Planeten warf einen grünen Lichtschein über ihre Züge. »Wir erwägen eine Operation, in deren Verlauf einer von Ihnen ein Landungsschiff mit erbeuteten Nebelparder-OmniMechs zum Sprungpunkt fliegt. Dort werden Sie das System verlassen und eine Serie von Überfällen gegen die Novakatzen durchführen, um sie zu einem Vergeltungsschlag gegen diese Welt zu provozieren. Wir hoffen, daß sie die Nebelparder für uns erledigen, so daß wir nur noch aufzuräumen brauchen.«

Im Innern des HQ-Wagens herrschte tödliches Schweigen, als sie verstummte. Der Ausdruck auf den Mienen der drei Landungsschiffskapitäne changierte von Besorgnis bis Entgeisterung.

»So sieht es aus«, stellte Stirling schließlich fest, als klar war, daß niemand etwas sagen wollte. »Das ist jetzt Ihre Chance, zu sagen, was Sie davon halten.«

»Oberst, Ma'am, das kann nae Ihr Ernst sein«, erklärte Spillman. »Falls Sie es vergessen haben sollten, da draußen wartet ein bloody Kriegsschiff der *Essex*-Klasse auf uns. Es wird uns abfangen, sobald wir abheben. Selbst wenn wir vorbeikommen, ha' sie mehr Schub als irgendeines unserer Schiffe. Es wäre nur eine Frage der Zeit.«

»Und was ist mit den Schäden an unseren Schiffen?« fragte der kleinere und rundlichere Skipper Kirwan der *Stonewall Jackson*. »Die *Stonewall Jackson* ist nicht in der Verfassung für eine derartige Operation, ebensowenig wie die *Claymore*.«

Als nächster ergriff der Kapitän der *Bull Run* das Wort, der ältere, graubärtige Rory McCray. »Die *Bull Run* ist in annehmbarem Zustand, aber dem Zerstörer wären wir nicht gewachsen. Er würde uns zu Klump schießen, lange bevor wir den Sprungpunkt erreichen.«

Oberst Stirling stemmte die Hände in die Hüften und fixierte die drei Männer vor ihr. »Lassen Sie es mich anders ausdrücken, Gentlemen. Das hier ist unsere einzige Chance. Ich habe Sie nicht herbringen lassen, damit Sie mir erzählen, daß es nicht gelingen kann. Ich habe Sie hergerufen, weil Sie meinen Hintern im Lauf der Jahre mehr als einmal aus ziemlich brisanten Situationen gerettet haben. Sie kennen mich gut genug, und ich kenne Sie. Es gibt immer einen Weg, dem Schicksal einen Streich zu spielen. Und wenn irgend jemand ihn finden kann, dann Sie. Eines weiß ich mit Sicherheit, Lads, wenn wir hierbleiben, sterben wir.«

Kirwan starrte auf die Karte, auf der die momentane Position der Landungsschiffe und der östlich davon gelegenen Fusiliers-Stellungen zu sehen waren. Etwa einen Meter über dem Tisch hing das Nebelparder-Kampfschiff an seiner ungefähren Position.

Es war McCray, der das Schweigen brach. »Selbst wenn Sie uns die Jäger überlassen könnten, Oberst, hätten sie gegen das Kampfschiff nicht den Hauch von einer Chance. Gleichgültig, was wir ihm entgegenwerfen, wir kommen nicht an den Zerstörer ran, bevor er nahe genug ist, seine schweren Geschütze zum Tragen zu bringen. Ein Landungsschiff ist einfach kein Gegner für so ein Schiff. Ich – ich sehe einfach nicht, wie das funktionieren soll.«

Spillman rieb sich nachdenklich die Bartstoppeln. »Vielleicht ist genau das unser Problem, Rory. Wir gehen die Sache falsch an. Wir brauchen das Kampfschiff nicht auszuschalten. Wir müssen es uns nur lange genug vom Hals halten, um aus dem System springen zu können.«

»Wir kommen nicht einmal nahe genug an sie ran, um ihre Bemalung zu zerkratzen, Colvin«, gab McCray zurück. »Wie, zum Teufel, willst du so einen Riesenvogel ablenken?«

»Genau wie jeden anderen«, antwortete Spillman und schaltete den Hologrammtisch auf Planungsmodus um. »Mit einem Taschenspielertrick.« Er berührte das Symbol der *Claymore*, und sie schien an seinem Finger zu kleben. Er hob sie knapp über die Tischplatte, dann bewegte er sie in Richtung des Symbols für den Nebelparder-Stützpunkt, langsam, fast berechnend.

»Gut aufgepaßt, Lads und Lasses. Das hier ist die *Claymore*. Ich bewege sie geradewegs auf die feindlichen Stellungen zu.« Alle Augen ruhten auf Spillman, als er sich weiter über den Tisch lehnte und mit einem Arm abstützte, während er das Symbol weiter auf die Parder zu bewegte. Der Hologrammtisch gestattete seiner Hand nur eine Bewegung, die der relativen Geschwindigkeit eines tatsächlichen Flugs entsprach: zunächst sehr langsam, dann schneller, als das Schiff in die ›Luft‹ über dem Tisch aufstieg.

»Rory, du spielst den Zerstörer. Zeig mir, wie du auf meinen Versuch reagierst, okay?«

Rory McCray betätigte ebenfalls einige Knöpfe des Tisches. Dann stieß er das projizierte Kampfschiff mit dem Finger an und brachte es über das Symbol für die *Claymore*. »Wie ich bereits sagte, Colin, du hast keine Chance.«

»Von wegen«, erwiderte Spillman. Plötzlich zuckten die Blicke der Anwesenden von der Hand mit der *Claymore* zu seiner anderen, mit der er die *Bull Run* vom Tisch hob.

Oberst Stirling lächelte. Sie hatten sich alle durch die Hand mit der *Claymore* ablenken lassen, während Spillmans andere Hand unbeachtet geblieben war. »Es muß die *Bull Run* werden. Sie ist in der besten Verfassung.«

»Das Kampfschiff könnte sie trotzdem noch erwischen«, wandte Kirwan ein.

»Dafür habe ich auch eine Idee«, stellte Spillman fest. »Alle unsere Schiffe sind mit Rettungsbooten und -kapseln ausgerüstet. Die Kapseln lassen sich nicht steuern, aber sie eignen sich perfekt zum Einsatz als kleine Torpedos, wenn das Kriegsschiff näher kommt. Wir können sie mit Petrozyklin füllen und in die Flugbahn des Zerstörers abfeuern, wenn er uns abfangen will. Und die Rettungsboote haben wir auch noch. Die können wir mit Sprengstoff beladen und auf einen Abfangkurs programmieren. Was die Geschwindigkeit betrifft, stehen sie dem Zerstörer nicht nach, dadurch erwischen wir ihn, selbst wenn er auszuweichen versucht.«

»Wer ist bereit, das Schiff auf dieser Mission zu steuern?« fragte Stirling.

Die drei Skipper sahen einander an, und schließlich lachte Spillman. »Ich bin dabei, wenn Sie mich nehmen, Oberst.«

»Du hast nicht mehr alle Chips auf der Platine«, stellte Kirwan fest.

Spillman zuckte die Schultern. »Sie auch nicht«, sagte er und deutete mit dem Daumen auf Cat Stirling.

17

Kurita-Prime-Bucht, Wayside V (Wildkatz)
Äußere Peripherie

4. Juli 3058

Loren Jaffray erreichte das Cockpit seines Mechs und stellte fest, daß die Reparaturen an dem *Lichtbringer* reichlich überhastet durchgeführt worden sein mußten. Die Panzerungsplatten waren Flickwerk und überlappten sich stellenweise. Aber so lange es funktionierte, war ihm das egal. *Er ist kampfklar, darauf kommt es an.* Er verzichtete auf die üblichen Sicherheitsüberprüfungen und fuhr den Fusionsreaktor so schnell wie möglich hoch. »Black Adder Leiter von SR. Statusbericht.«

»Die schlechte Nachricht ist, daß unsere ›Gäste‹ ein wenig früher eintreffen als erwartet. Anzahl unbekannt, aber wir sind ziemlich sicher, daß sie irgendeine Art Störsender benutzen. Verluste unbekannt.«

»Vorgehen nach Fall Scharfschütze.«

Kopfjäger. Die Clanner wollten die Kommandeure der Fusiliers suchen und systematisch zur Strecke bringen. Der Schlüssel zu Robertas Erfolg war die Überraschung, aber dank Kerndon wußten die Fusiliers, was sie erwartete. Und das gestattete ihnen ein Täuschungsmanöver.

Die einzige Möglichkeit für die Kopfjäger, die Mechs der Offiziere zu erkennen, bestand im Abhören des Funkverkehrs zwischen den Fusiliers-Kampfkolossen aus kurzer Entfernung. Datenübertragungen über Befehlskanäle wurden nach einem spezifischen, vier Bit großen Protokoll zerhackt und kodiert. Durch Breitbandabtastung, die speziell nach diesem 4-Bit-Präfix der Datenbündel suchte, konnten die Clanner erkennen, welche BattleMechs von Offizieren gesteuert wurden.

Der Gegenplan der Fusiliers war einfach. Das Regiment rückte auf Sichtweite zusammen und übermittelte sämtliche Befehle per KommLaser. Im Gegensatz zu den

Funksignalen, nach denen die Parder Ausschau hielten, waren gerichtete und zerhackte Laserimpulse während eines Feuergefechts nahezu unmöglich abzufangen. Der Schlüssel bestand darin, die Kopfjäger an einen Ort zu locken, an dem die Highlander sie mit minimalem Risiko außer Gefecht setzen konnten.

Loren griff nach unten und betätigte mehrere Knöpfe auf der Kontrollkonsole. Dann schob er eine kleine Optidisk in einen Aufnahmeschlitz. Als er auf Laserkommunikation umschaltete, begann die Funkanlage, eine Welle sinnloser Daten auszustrahlen, alle mit Vier-Bit-Sicherheitsprotokoll. Oberst Stirling hatte die Musik persönlich ausgewählt, heulende Dudelsäcke, die ›The Braes of Tullymett‹ spielten – einen Marsch, den Loren als besonders mitreißend empfand. Auf Breitband abgestrahlt diente er als Funkleuchtfeuer, das von jedem Empfänger, der bis zu dreißig Kilometer von seiner Position entfernt war, zu empfangen war.

Er spielte den Köder.

Die Sendung wurde in einer Endlosschleife an alle Mechs des Regiments abgestrahlt und von dort im Relaisverfahren zurückgesandt. Für die Parder mußte es wie ein Spinnennetz aus Funkleitungen erscheinen, in dessen Zentrum der breite Hohlweg lag, in dem Loren mit seinem 75 Tonnen schweren *Lichtbringer* wartete. Um ihn zu erreichen, mußten die Nebelparder in den Graben herabsteigen, dessen Wände den *Lichtbringer* vor Zielerfassung und Beschuß von der Oberfläche schützten. Und sobald sie das taten, würden die Kilsyth Guards die Falle zuschnappen lassen.

Loren hatte in seiner Laufbahn schon Dutzende von Hinterhalten gelegt, und jedesmal war es dasselbe. Eine bizarre Stille, der Rausch seiner Erregung, der sinnlichen Erfahrung, der Marmorblock seiner Geduld, der langsam und methodisch abgeschliffen wurde. Er hatte gelernt, daß Warten der Schlüssel zum Erfolg war. Früher oder später tauchte der Feind auf. Das Gelände, das sie kontrollierten, war ihr Vorteil. Er hatte diesen Ort sorgfältig ausgewählt, eine tiefe, aber lange, trockene Schlucht, die sich unweit des Ufers der Marionsee durch zahlreiche Windungen erstreckte. Hier konnte er sich mit einer knappen Kompanie seiner Mechs verstecken und abwarten, bis seine Beute in die Falle ging.

Einen Kilometer entfernt auf einer Bergkuppe war ein Zug Highlander-Infanterie in Stellung gegangen. Über einen Laserimpuls erhielt er die Mitteilung, daß die Guards die Parder gesichtet hatten: zwei Sterne leichte OmniMechs, die sich seiner Position näherten. Er schaltete auf Nahortung, konnte sie aber nicht entdecken. Nur eine Frage der Zeit…

Dann tauchte plötzlich auf dem Sekundärschirm auf, wonach er suchte. Die Pardermechs stürmten auf die Schlucht zu, in der er wartete, drangen in sie ein. Loren streckte die Hand aus und schaltete das Locksignal ab. Noch hatte er keine Sichtlinie auf den Gegner, aber es konnte nur noch Sekunden dauern, bis sie in Schußweite waren. Es war Zeit, sie wissen zu lassen, daß sie in eine Falle gestolpert waren.

Beinahe augenblicklich brach jede Bewegung der Punkte auf dem Ortungsschirm ab. Vor seinem geistigen Auge stellte er sich vor, was in den feindlichen Kommandeuren vorging. Wahrscheinlich überprüften sie ihre Funkempfänger und fragten sich, wieso die Geräte so dicht an ihrem Ziel den Dienst eingestellt hatten. Auch sie verstanden jetzt die Komplexität der Jagd und wußten, daß sich das Blatt gegen sie gewendet haben konnte.

Jetzt mußten ihre Sensoren dasselbe Bild zeichnen wie seine Ortung und ein ganzes Bataillon BattleMechs zeigen, das von allen Seiten gegen sie vorrückte und sie in der Schlucht einkesselte. Es war möglich, aus ihrer Enge das Feuer zu eröffnen, aber wenig empfehlenswert. Und der Graben machte die Bewegung unter den günstigsten Umständen problematisch. Der Unterschied zwischen ihnen und allen anderen Gegnern, denen Loren jemals gegenübergestanden hatte, bestand in der Tatsache, daß sie Clanner waren. Selbst eine dreifache Übermacht würde ihnen keine Furcht einjagen.

Loren bewegte den *Lichtbringer* in einem langsamen, methodischen Trott den kurvenreichen Hohlweg hinab. Hinter der ersten Biegung sah er sie, in Zweierreihen aufgestellt: zehn blaßgraue OmniMechs. Er öffnete eine Breitbandverbindung, bevor sie ihn mit ihren Waffen erfassen konnten. »Hier spricht Major Loren Jaffray von Stirling's Fusiliers der Northwind Highlanders. Im Namen des Draconis-Kombinats fordere ich euch auf, euch zu ergeben. Ihr seid umzingelt und in der Unterzahl.« Seine Finger schwebten über allen drei Feuerknöpfen, während er das Fadenkreuz auf den vorderen *Koshi* zog. *Die Clan-Tradition verbietet ihnen, sich kampflos zu ergeben, aber ich mußte es zumindest anbieten …*

Zunächst erhielt er keine Antwort. Wieder wußte Loren, was sie taten, was sie dachten. Eine erneute Überprüfung der Nahortung würde ihnen zeigen, wie viele BattleMechs sie in der Schlucht erwarteten – Fullers Kompanie. Hinzu kam die Wand aus Mechs oberhalb der Grabenwände, bereit, Tod und Verderben herabregnen zu lassen.

Schließlich zerbrach eine Stimme aus dem Mech unter dem Fadenkreuz seine Gedanken. »Ich bin Sterncaptain Marilen von Clan Nebelparder. Die Übermacht, mit der du uns bedrohst, ist eines wahren Kriegers unwürdig, aber du bist nur eine Freigeburt, und eine derartige Schwäche kann daher nicht überraschen.« Selbst eingekesselt und angesichts eines überlegenen Gegners triefte die Stimme dieser Marilen vor Arroganz und Verachtung. Sie war entweder äußerst mutig oder wahnsinnig. Beides machte sie in Lorens Augen gleichermaßen gefährlich. »Du hast ein ehrloses Täuschungsmanöver angewandt, um uns hierher zu locken. Aber ich biete dir die Chance, diese Schande wiedergutzumachen – ich gewähre dir die Ehre eines Zweikampfes. Wir werden um das Recht auf freien Abzug kämpfen und die Chance für dich, deine Ehre zurückzugewinnen, indem du dich uns erneut auf dem Schlachtfeld eines Krieges stellst. Was sagst du dazu, Major Loren?«

Er betrachtete den *Koshi* auf dem Sichtschirm und zuckte zusammen. Um die Pilotenkanzel waren die Zähne und weißen Augen eines Parders auf den Mechkopf gemalt. Die Verzierung verschärfte die Bedrohung noch, die von dem OmniMech ausging.

»Sterncaptain, ich lehne deine Forderung eines Zweikampfes ab. Du selbst befindest dich auf einer Mission von zweifelhafter Integrität und Ehre – bei dem Versuch, nur unsere Offiziere zu töten. Kopfjägermissionen sind eines wahren Kriegers nicht minder unwürdig.« Er hatte die Hoffnung noch nicht völlig aufgegeben, die Clanner zur Aufgabe bewegen zu können, aber das würde er nur erreichen, wenn er sich auf ihre eigene Form der Logik einließ. »Es ist kein Ehrverlust mit dem Eingeständnis verbunden, daß du einen taktischen Fehler begangen hast. Ergib dich, und du wirst die Chance erhalten, eines Tages wieder in den Kampf zu ziehen und möglicherweise *deine* verlorene Ehre zurückzugewinnen.«

»Du verstehst das Wesen unseres Clans nur unvollkommen«, stellte Marilen fest, noch während ihr *Koshi* mit einem Feuerstoß des linken Armlasers das Gefecht eröffnete. Glutheiße Lichtbündel nagten an der Ersatzpanzerung des *Lichtbringer* und bohrten sich tief in die Torsomitte der unter den Treffern wankenden und in der Hüfte einknickenden Maschine. »Feuer!« befahl er.

Er richtete den Kampfkoloß wieder auf, um das Feuer mit den schweren Lasern zu erwidern. Als er den Mechrumpf hob, traf ihn ein gewaltiger Schlag, der nicht von irgendwelchen Waffentreffern herrührte, sondern von der Kollision mit einem in voller Geschwindigkeit heranstürmenden OmniMech. Der Zusammenstoß zog beide Maschinen in Mitleidenschaft. Die Panzerung an den Stellen, an denen die Mechs einander gerammt hatten, wurde durch die Erschütterung zerbeult und von den Rumpfverstrebungen der tödlichen Kampfmaschinen gerissen. Lorens Sichtschirm füllte sich mit dem furchteinflößend klaffenden Raubkatzenmaul um Marilens *Koshi*-Cockpit, das nur noch einen Meter entfernt war.

Was sich um sie herum ereignete, war noch entsetzlicher. Statt zu kapitulieren, stürzten sich die Parder-Krieger in Selbstmordattacken auf den Ring der sie einschließenden Fusiliers. Vom erhöhten Gelände oberhalb des Hohlwegs rollte eine Wand aus Raketen und Laserfeuer auf die anstürmenden Parder-Mechs zu. Rauchwolken und die grellen roten und grünen Lanzen der Laserbahnen füllten die Schlucht, als die ClanKrieger angriffen und versuchten, so viele Fusiliers wie möglich mit in den Tod zu reißen.

Lorens Kilsyth Guards behielten die Ruhe und wankten nicht, obwohl die Reaktion der Parder sie schockiert haben mußte. Statt dessen konzentrierten sie ihr Feuer und nahmen die einzelnen Clan-OmniMechs mit zwei oder drei Maschinen gleichzeitig unter Beschuß. Die Clan-*Sprinter* erreichten die Kuppe der Schluchtwände zuerst und feuerten aus nächster Nähe auf die Guards. Sie schlugen mit den Mechfäusten um sich, traten aus und rammten die Fusiliers in einem blindwütigen Zorn, den Loren bei keinem Mit-MechKrieger für möglich gehalten hätte.

Und er selbst hatte auch seine Probleme. Der *Lichtbringer* wich zwei Schritte zurück, während er sich bemühte, den Aufprall des *Koshi* auszugleichen. *Wenn ich jetzt umfalle, ist alles vorbei. Ich wäre tot, bevor ich auch nur daran denken könnte, wieder aufzustehen.*

Als er nach hinten stolperte, feuerte Marilen ihre Blitz-Kurzstreckenraketen ab. Alle vier Geschosse schlugen an der rechten Schulter in die zerbeulte Torsopanzerung des *Lichtbringer* ein. Ein Teil von ihnen fetzte durch die notdürftig reparierten Myomermuskeln und internen

Sensoren. Der Mech schien aufzustöhnen, als Loren mit den sechs Impulslasern das Feuer erwiderte.

Die Laserpfeile zuckten über die Beine und die untere Torsohälfte des *Koshi*, spielten über die Panzerplatten und bedeckten sie mit Löchern und Narben. Marilen ließ nicht locker. Sie löste die Sprungdüsen aus, und für einen Augenblick glaubte Loren, sie versuche, aus dem Hohlweg zu entkommen. Er hätte es an ihrer Stelle getan. Die Parder-Krieger hatten miserable Karten. In der Ferne sah er einen *Sprinter* unter einem Hagel von Autokanonengranaten in einem Feuerball auseinanderfliegen. Auch die anderen Parder-Mechs waren dem Untergang nahe, es war nur noch eine Frage der Zeit. *Sie muß versuchen zu fliehen. Es ist ihre einzige Überlebenschance.*

Dann sah Loren sie geradewegs auf sich zu fliegen. *Todessprung!* Sie wollte ihn zermalmen, indem sie mit ihrem *Koshi* auf dem *Lichtbringer* landete. Aber trotz des Unterschieds in der Geschwindigkeit beider Mechs war Loren durchaus in der Lage, es ihr schwer zu machen. Er wendete den *Lichtbringer* und bewegte sich rückwärts die Schlucht hinab, vorbei an zwei von Fullers Mechs, die sie im Flug unter Beschuß nahmen. Einer von ihnen traf den *Koshi* mit einer Raketensalve und sprengte ein Stück Beinpanzerung weg. Der andere schoß vorbei. Seine Laserbahnen glühten rotleuchtend am grünen Himmel. Loren war sich bewußt, daß der nächste Schuß seine Innentemperatur drastisch in die Höhe jagen würde, und stählte sich für die Hitzewelle, als er das Fadenkreuz über Marilens selbstmörderisch heranbrausenden OmniMech zog.

Seine zweite Impulslasersalve schlug drei Sekunden vor dem Sturz ein. Drei der tödlichen Schüsse trafen den unteren Torso des *Koshi*, einer bahnte sich den Weg in dessen bereits angeschlagenen rechten Oberschenkel. Ein fünfter fand das Hüftgelenk, bohrte sich tief in Panzerung und interne Struktur, bis Loren einen blauen

Rauchfaden aufsteigen sah. Das Schmiermittel des Gelenks verkochte. Der letzte Schuß ging vorbei, aber zwei Laserschüsse von einem der Fuller-Kampfkolosse erwischten Marilen am linken Mecharm und zertrümmerten dessen LSR-Lafette.

Dann stürzte sie auf ihn herab.

Der zerbeulte Rumpf des *Koshi* verfehlte ihn nur um Meter und versetzte dem *Lichtbringer* auf dem Weg zum Boden noch einen heftigen Streifschlag. Der ausgestreckte Arm grub sich in die Schulter von Lorens Kampfkoloß, zertrümmerte die Panzerung und riß den Mech mit nach unten. Loren sah das geborstene Hüftgelenk des *Koshi* bei der Landung einknicken und nach außen brechen wie ein zerschmetterter Knochen, der durch die Haut brach. Er erwartete, daß sie stürzte, aber irgendwie gelang es Marilen, den Mech trotz eines nutzlos herabhängenden, leblosen Beins aufrecht zu halten. Sie eröffnete mit dem Maschinengewehr das Feuer und schleuderte einen Hagel von Projektilen auf sein Cockpit. Die Kugeln prallten von seinem Kanzeldach ab, und Loren konnte sie nur in blankem Erstaunen anstarren. *Was für eine Hartnäckigkeit!* Ihr Mech stand unmittelbar vor ihm, der aufgemalte Parderkopf grinste ihn noch immer an wie eine Todesfratze. *Zeit, ein Ende zu machen …*

Fullers Mechs zogen sich zurück, um nicht aus Versehen Loren zu treffen. Er wußte, daß es sie einige Anstrengung kosten mußte, den Mech senkrecht zu halten. Statt eine erneute Hitzewelle ertragen zu müssen, entschied er sich für ein handgreiflicheres Vorgehen. Er schwang das rechte Mechbein zurück, dann trat er zu und traf das noch funktionsfähige Bein des *Koshi* knapp unter dem Kniegelenk. Der riesige Metallfuß des *Lichtbringer* bohrte sich tief in sein Ziel, zertrümmerte die Panzerung und zerriß die Myomerfaserbündel, die den feindlichen Mech bewegten. Der plötzliche Schlag war mehr, als Marilen ausgleichen konnte. Ihr OmniMech wankte nach hinten, drehte sich, krachte zu Boden und zertrümmerte beim Aufprall das rechte Waffenmodul.

Der leichte *Koshi* versuchte noch immer, sich zu bewegen, aber mit einem gänzlich und einem weitgehend ausgefallenen Bein hatte er kaum noch eine Chance, sich aus eigener Kraft aufzurichten. Wie ein Fisch auf dem Trockenen wälzte er sich am Boden und suchte nach einer Möglichkeit hochzukommen. Es war ein zum Scheitern verurteiltes Unternehmen. In der Ferne fochten die übrigen Nebelparder einen Kampf, den sie ebensowenig gewinnen konnten. Der *Koshi* stellte seine vergeblichen Versuche aufzustehen ein und blieb reglos liegen.

Plötzlich sah Loren die seitliche Cockpitluke aufschwingen. Aus dem Qualm und den Trümmern trat die Gestalt einer kleinen Frau. Sie trug eine leichte Kühlweste, Shorts und die üblichen dünnsohligen Stiefel, aber keinen Neurohelm. Mit einer langsamen, fast kraftlosen Bewegung zog sie die Laserpistole aus dem Holster.

Loren schaltete die Außenlautsprecher ein. Er wußte, was sie vorhatte. »Laß die Waffe fallen«, befahl er.

Ohne ihn zu beachten, hob sie die Pistole in perfekter Schußhaltung und zog den Abzug durch. Der grelleuchtende Strahl gebündelter grüner Lichtenergie traf sein Kanzeldach exakt in der Mitte, war aber nicht stark genug, um es zu durchschlagen. Statt dessen versengte es das Material und schmolz sich langsam hindurch. *Sie will bis zum Tod kämpfen – selbst wenn es ihr eigener ist. Sie will mich zwingen, sie zu töten.* Langsam visierte er sie mit seiner schwächsten Waffe, einem der mittelschweren Impulslaser, an.

Er löste die Waffe aus. Der einzelne blutrote Impuls aus gebündeltem Licht traf Marilens rechten Arm und amputierte ihn knapp unterhalb der Schulter. Qualm stieg von dem schwarzverbrannten, durch die große Hitze augenblicklich versiegelten Stummel auf, der ihr verblieben war. Einen Augenblick wankte die Clannerin, als glaube sie, die Schmerzen irgendwie aushalten zu können, dann brach sie dem Tode nah zusammen. Eine kleine Staubwolke stieg von der Stelle auf, an der sie auf den Boden von Wayside V gestürzt war. Nur einen Meter entfernt lagen die Überreste ihres abgetrennten Arms.

Der Sieg über die zehn Nebelparder hatte sie fünf ihrer Mechs und schwere Schäden an zahlreichen anderen gekostet. Loren und seine Leute hatten nicht mehr als zehn Clan-Mechs bei deutlicher zahlenmäßiger Überlegenheit umzingelt und trotzdem beträchtliche Schäden erlitten. Offensichtlich waren diese Nebelparder bereit, für einen Sieg alles zu tun, jeden Preis zu zahlen, ohne Zögern ihr Leben zu opfern.

Waren er und seine Leute bereit, ebensoweit zu gehen, um zu überleben?

18

Kurita-Prime-Bucht, Wayside V (Wildkatz)
Äußere Peripherie

5. Juli 3058

Als er in das HQ-Zelt trat, erkannte Loren erste Anzeichen der Erschöpfung auf Oberst Stirlings Gesicht. In der Ferne, gut fünf Kilometer südlich, stieg noch immer Rauch von der kleinen Anzahl brennender Parder-Mechs auf – den nicht zu bergenden Überresten von Lorens Hinterhalt. Das Zelt stand kaum zehn Meter neben Stirlings riesigem *Großtitan*. Er hatte sich ein kurzes Nickerchen gegönnt, aber die Auswirkungen eines langen Tages voller Diskussionen, Vorbereitungen und Gefechte drückten ihn nieder wie eine schwere Last.

»Nach Aussage unserer verehrten Skipper ist die *Claymore* fertig für ihr Ablenkungsmanöver und die *Bull Run* bereit für den Ausbruch zum Sprungpunkt. Unsere kleinen ›Überraschungen‹ für das Kampfschiff sind auch klar zum Einsatz. Und Parkensen hat beiden Sprungschiffen eine Nachricht zukommen lassen. Für die Dauer dieser Mission unterstehen sie Ihrem Kommando.«

»Das muß verteufelt viel Vorbereitungsarbeit gekostet haben, Ma'am.«

Cat Stirling beugte sich vor und klappte den Kragen ihres Overalls nach innen, um Loren die Rangabzeichen dort zu zeigen. »So ist es, Major.« Beinahe wünschte sich Loren, er wäre dabeigewesen, um die Diskussion zu verfolgen. »Noch steckt in diesen Insignien ein bißchen Magie. Aber im Augenblick macht mir etwas anderes Sorgen.«

»Ma'am?«

»Ich denke an Sie, Major ... Daran, daß Sie diese Operation gegen die Novakatzen leiten sollten. Sie haben Ihr Können gegen die Clans mehr als bewiesen, und das haben auch die anderen gesehen. Nehmen Sie allein Ihren Sieg über diese Kopfjäger. Sie haben Schaden angerichtet, aber schließlich haben Sie sich mit minimalen Verlusten durchgesetzt und uns dabei noch ein paar zusätzliche Berge-Omnis eingebracht.«

Loren hörte ihre Worte in einem halbwachen Dämmerzustand, und seine Reaktionen waren unsicher. Einerseits war er begeistert, den Befehl über das Überfallkommando zu erhalten. Andererseits spürte er Besorgnis. Der alte Spruch ›Sieh dich vor, was du dir wünschst...‹ kam ihm in den Sinn.

»Ma'am, ich nehme dankend an, aber...«

Stirling sah ihm in die Augen und neigte leicht den Kopf. »Kein aber, Major. Sicher, ich könnte Sie hier auch gut gebrauchen, aber das brächte uns nicht unbedingt weg von diesem Felsklumpen. Von all meinen Offizieren sind Sie derjenige mit der besten Chance, das fertigzubringen.«

»Die Kilsyth Guards. Wer soll sie führen?«

Stirling setzte das tückische Lächeln auf, das Loren gelernt hatte zu fürchten und zu respektieren. »Sie sind der SR. Wen empfehlen Sie?«

Er brauchte nicht lange nachzudenken. »Jake Fuller ist der beste Krieger des Bataillons. Ich würde ihn natürlich lieber mitnehmen, aber wenn er hier bleibt und die Guards kommandiert, kann er mehr ausrichten.«

Stirling nickte, als habe er nur ausgesprochen, was sie bereits angedacht hatte. »Ich werde ihm eine Feldbeförderung zum Brevet-Major gewähren. Das sollte genügen, um ihm die notwendige Autorität zu verschaffen.« Sie nannte keine Namen, doch Loren wußte, auf wen sie abzielte – Blakadar, aber vor allem Craig.

»Und ich brauche Kerndon. Wenn ich einen Nebelparder-Offizier darstellen und korrekt mit einem anderen Clan Kontakt aufnehmen soll, werde ich jedes bißchen seines Wissens und seiner Erfahrung benötigen.«

»Davon gehe ich aus. Wie steht es mit technischer Unterstützung? Sie werden weitab von unseren Wartungsanlagen agieren müssen.«

Loren zögerte etwas, bevor er antwortete. »Kapitän Fraser ist der einzige Tech, der einen OmniMech reparieren könnte.«

»Mitch? Sie wollen den ChefTech meines Regiments mitnehmen?«

»Wie gut wir uns auch schlagen, unsere Ausrüstung wird beschädigt werden. Die Operation könnte davon abhängen, ob wir sie reparieren können.«

Stirling mußte wissen, daß er recht hatte, aber Loren sah deutlich, welches Unbehagen ihr der Gedanke bereitete, ihm ihren ChefTech mitzugeben. »Na gut, er darf mit, aber das war's – er bleibt Ihr einziger SeniorTech. Sie können noch eine Handvoll Juniors mitnehmen, das ist alles.«

Stirling breitete eine Papierkarte des Geländes aus, in dem die Fusiliers jetzt standen. »Ich habe Ihren Fall-Granit-Schlachtplan ein wenig überarbeitet, aber im großen und ganzen bleibt er die Grundlage für meine Operationen hier. Diese Landenge ist einfach ein zu perfekter Platz, um sie nicht zu verwenden. Das Ablenkungsschiff wird die Parder dorthin locken.«

»Wäre ich in diesem Augenblick der Sternhaufenkommandeur der Parder«, sagte Loren, »würde ich mich fragen, ob meine Kopfjägersterne ihre Mission erfüllt haben. Möglicherweise können wir das ausnutzen. Ein Kampf gegen die Nebelparder im Isthmus bringt Zeitgewinn, aber das wirkliche Problem besteht darin, eine offene Konfrontation zu vermeiden. Die Nebelparder bevorzugen große Entscheidungsschlachten, und sie sind entsprechend gut darin. Wenn wir sie in Bewegung halten, wird das ihre Nachschublinien ebenso strecken wie unsere, möglicherweise genug, um das Kräfteverhältnis anzugleichen.«

Cat Stirling fuhr sich mit einer Hand nach hinten durchs Haar, als sie ihn ansah. »Ich werde ihnen eine blutige Nase verpassen, damit sie sehen, daß wir uns wehren können. Dafür ist der Isthmus der beste Platz,

weil er ihre Bewegungs- und Reichweitenvorteile weitgehend negiert und uns ausgezeichnetes Verteidigungsterrain bietet. Selbst wenn wir sie nur für eine Weile zurückschlagen, dürfte sie das ausreichend wütend machen, um sie uns nachsetzen zu lassen. Solange wir sie wütend halten, kann ich sie zwingen, auf meine Aktionen und die des Regiments zu reagieren. Ich werde sie mit der längsten Rückzugsoperation, die ich fertigbringe, im Reaktionsmodus halten. Ab und zu ein paar kleine Hinterhalte, damit sie nicht abkühlen. Als gute ClanKrieger werden sie sich verpflichtet fühlen, mich zu hetzen, und ich werde sie ständig reizen, so daß sie die Jagd nicht aufgeben.« Stirling grinste. »Alles hängt von zwei Dingen ab. Erstens müssen die Novakatzen hier auftauchen und die Parder für uns erledigen, zweitens muß ich lange genug eine funktionierende Kampftruppe aufrechterhalten, die Sie bei der Rückkehr wieder übernehmen können. Zum Glück habe ich die richtigen Leute für diese Arbeit – Sie und mich.« Sie sagte es mit der vollendeten Sicherheit und Gelassenheit, wie sie nur die Erkenntnis bringt, daß man keine andere Wahl hat.
»In Ordnung, Major. Gönnen wir uns ein wenig Schlaf. Morgen wird für uns alle ein hektischer Tag – für Sie, für mich, für die Guards. Hoffen wir, daß er für die Nebelparder noch hektischer wird.«

Der Fusiliers-MedTech beugte sich über das Bett und erneuerte vorsichtig den Verband um Kerndons Kopf. Der ehemalige Sterncaptain sagte nichts, während der MedTech seine Arbeit tat. Die Schmerzen waren ohne Bedeutung. Die zahlreichen Tests und Prüfungen im Verlauf seiner Kriegerausbildung hatten ihn abgehärtet. Der Schmerz, der ihm Mühe bereitete, war von gänzlich anderer Art.

In seinen wildesten Träumen hätte er sich ein solches Schicksal nicht ausmalen können. Von einem anderen Clan als Leibeigener genommen zu werden, war eine

Sache. Diese Möglichkeit war ein Teil des Lebens jedes ClanKriegers. Aber Leibeigener einer Bande von Soldkriegern? Er fand nicht den geringsten Trost in dem Können, das diese Northwind Highlanders als Krieger zur Schau stellten. Nein, er hatte etwas verloren, was er niemals würde zurückgewinnen können. Seine ganze Existenz war darauf gerichtet gewesen, den Nebelpardern zu dienen. Jetzt hatte er seinen Lebenssinn verloren.

Und er war nicht der einzige. Im Bett neben ihm lag eine andere Nebelparder-Kriegerin. Dicke Brandverbände bedeckten ihren Körper, aber auch sie zeigte keine Reaktion auf die Schmerzen. Kerndon sah zu, wie die MedTechs sie umdrehten und die drei intravenösen Leitungen legten, die sie am Leben erhielten. Er kannte sie.

»Sterncaptain Marilen« stellte er fest, ohne eine positive oder negative Emotion zu zeigen.

Die Frau drehte den Kopf und sah mit einem Stirnrunzeln zu ihm hinüber. »Kerndon, du lebst.«

»Pos, so wie du«, erwiderte er. Ihre Anwesenheit hier bewies, daß die Nebelparder die Fusiliers weiter angriffen.

»Stimmt es, daß du ein Leibeigener dieser barbarischen Freigeburten geworden bist?« Ihre Stimme troff vor Verachtung.

Kerndon wurde rot. »Pos. Ich wurde von einem ihrer Offizierskrieger im ehrbaren Kampf besiegt. Ich habe um EntLeibung gebeten, und er lehnte ab. Ich bin sein Leibeigener, bis ich sterbe.«

Es war offensichtlich, daß Marilen trotz der Medikamente und ihrer gespielten Tapferkeit furchtbare Schmerzen hatte. Es konnte gar nicht anders sein. Ihre Verbrennungen, wahrscheinlich von einem Laser, bedeckten den größten Teil des Oberkörpers. Auch die Hälfte ihres Haupthaares war weggebrannt, und trotz der Verbände waren die nässenden Brandblasen auf ihrem Gesicht zu sehen. »Du warst schon immer schwach. Ohne dies alles hätte ich beim nächsten Positionstest deinen Schädel zerquetscht.«

»Wahre Krieger geben nicht mit Gefechten an, die niemals stattfinden werden.«

Ein Schmerzanfall verzerrte ihr Gesicht. »Du siehst diese Söldner jetzt als deine Herren. Ich weigere mich ...« Sie kämpfte gegen eine neue Schmerzwoge an. »... Teil dieser Fusiliers-Freigeburten zu werden.«

Kerndon verstand ihren Widerstand. Auch er hatte den Drang gespürt, sich zu widersetzen, aber die Chance, eines Tages wieder als Krieger in den Kampf zu ziehen, war alles, was ihn am Leben erhielt. »Du wurdest im ehrbaren Zweikampf besiegt, frapos?«

»Sie haben wie eine Bande Banditenkinder gekämpft, mit überschüssiger Feuerkraft«, spie sie ihm ihre Antwort entgegen. Durch die Anstrengung verlagerte sie das Gewicht, und Kerndon sah ihre Wunden durch die Verbände bluten. »Sie mußten uns täuschen, um zu siegen.«

»Haben Sie auch auf dich Anspruch erhoben?«

Marilen ließ ein an Lachen erinnerndes Geräusch hören. »Sie sollen es nur versuchen«, höhnte sie.

»Sie planen, die sterngezeichnete Katze anzugreifen«, teilte Kerndon ihr mit. »Das ist eine Chance für uns, kämpfend im Cockpit zu fallen.« *Wie ein Krieger ...*

»Du erwägst es?«

»Pos.«

»Du kannst bei diesen Fusiliers deinem Weg zur Ehre folgen. Ich folge meinem eigenen.« Marilen sah sich nach den in der Nähe stehenden Wachen um. Sie unterhielten sich und beachteten ihre verwundeten Gefangenen kaum. Mit der freien Hand riß sie die Infusionsnadeln aus dem Armstumpf. Ihr Mund öffnete sich zu einem Schrei, aber kein Laut drang heraus. Ihre Augen weiteten sich und ihr Gesicht wurde röter als Kerndon es für möglich gehalten hätte. Dort, wo sie Nadeln und Leitungen aus ihrem Körper gerissen hatte, strömte Blut.

Sie vergrub das Gesicht im Kissen, um jeden Laut zu ersticken. Aber Kerndon war sicher, daß sie nicht aufschreien würde. Das wäre ein Zeichen der Schwäche gewesen, das sie sich niemals gestattet hätte, weder im Leben noch im Tod.

Kerndon sah zu und verstand. Sie weigerte sich zu kapitulieren. Sie hatte ihren eigenen Weg der EntLeibung gefunden, statt ihr Ehrgefühl zu kompromittieren. Bis die Wachen etwas merkten und an ihr Bett stürzten, war alles zu spät. Marilen war tot. Ihre Ehre hatte sie in den Tod getrieben.

»Du hast ernsten Ärger am Arsch«, rief einer der Posten. Zwei MedTechs stürzten herein, konnten aber nur noch Marilens Tod bestätigen.

Mein Schicksal erwartet mich an einem anderen Ort. Vielleicht kann der Tod von den Händen der Novakatzen mich auf ehrbarere Art befreien. »Teile Major Loren mit, daß ich ihn sprechen möchte«, sagte Kerndon.

»Ich habe gehört, was geschehen ist«, stellte Loren fest.

»Marilen suchte den Tod, weil sie ein Leben als Leibeigene deines Volkes niemals hätte akzeptieren können.« Kerndons Tonfall war geschäftsmäßig, ohne einen Hauch von Bedauern oder Wertung.

»Und du?«

»Ich bin dein Leibeigener, auch ohne formelle Zeremonie. Ich möchte als Krieger an deiner Seite kämpfen, wenn du den jahrhundertealten Feind der Nebelparder angreifst.«

Loren nickte. »Oberst Stirling hat mir den Befehl über die Operation angeboten. Ich nehme an, du möchtest mitkommen?«

Kerndon nickte. »Wenn du mir die EntLeibung nicht gewährst, suche ich den Tod in der Schlacht. Zwischen jetzt und dann werde ich die Bande brechen, die mich daran hindern, als Krieger zu sterben. Wenn die drei Schnüre zertrennt sind, werde ich an deiner Seite für deinen Clan kämpfen, deine Fusiliers. Ich werde die Novakatzen stellen und helfen, sie zu vernichten, bevor ich sterbe. Außerdem«, fügte er hinzu, »werdet ihr ohne mich zweifellos versagen. Weißt du, daß unsere Wissenschaftlerkaste jedem im Kampf gefallenen Krieger Gewebeproben entnimmt, um seine Abkunft für unsere Unterlagen zu verifizieren? Keiner eurer Leute darf tot oder lebendig zurückbleiben, denn das würde den Novakatzen verraten, daß ihr keine Clanmitglieder seid. Die Gefallenen müssen verbrannt werden, damit ihr gesamtes Genmaterial einer Überprüfung entzogen wird. Wenn jemand überlebt, aber nicht sofort geborgen werden kann, müßt ihr ihn vernichten.«

»Du hast drei Schnüre erwähnt?« fragte Loren, der über diese jüngste Information später noch lange würde nachdenken müssen.

»Die Leibeigenenkordel eines Nebelparder-Leibeigenen wird dreimal um das Handgelenk geschlungen. Die dem Handgelenk am nächsten liegende Schlaufe ist das Band der Integrität. Du wirst diese Schnur durchtrennen, nachdem ich dir und deinem Clan meine Vertrauenswürdigkeit bewiesen habe. Die mittlere Schlaufe ist das Band der Treue. Diese Schnur kannst du erst durchtrennen, wenn ich dir meine Treue bewiesen habe. Die letzte Schlaufe steht für Leistung. Diese Leibeigenenschnur wird zerschnitten, nachdem du dich vergewissert hast, daß in meinen Adern das Blut eines Kriegers fließt. Wenn alle drei Schnüre durchtrennt sind, bin ich nicht länger dein Leibeigener, sondern ein Krieger deines Clans. Es ist mein Wunsch, dich zu begleiten, weil ich erschaffen wurde, um als Nebelparder zu kämpfen. Ich will mein Können in der Schlacht gegen die Novakatzen erproben.«

Loren starrte in Kerndons Augen und verstand. »Du wirst mich begleiten, Kerndon. Und ich werde dich binden und als meinen Leibeigenen kennzeichnen. Hilf mir, und ich werde die Schnüre durchtrennen, so daß du als

Krieger für die Fusiliers kämpfen kannst. Aber eines sage ich dir, wir werden hierher zurückkehren und dieses Regiment retten – lebend!«

Das beinahe sanfte Klopfen überraschte Sterncolonel Santin West, und das kam nicht häufig vor. Es war spät, und im Hauptquartier des Planetaren Kommandos der Novakatzen in New Lorton auf Tarnby herrschte Stille.

Santin West fragte sich, wer ihn jetzt aufsuchen konnte. Außer der Nachtschicht war um diese Zeit niemand mehr auf den Beinen. Nur seine Alpträume verhinderten, daß auch er schlief. Wie an den letzten Tagen war er auch heute so lange wie möglich wachgeblieben. Er hatte auch sein tägliches Trainingspensum verdoppelt, in der Hoffnung, die Erschöpfung könne seine Alpträume vertreiben.

Bis jetzt hatte es nicht geholfen.

Was ihm möglicherweise noch mehr zu schaffen machte als die Träume selbst, war die Tatsache, daß er sich nur verschwommen an sie erinnern konnte. Es waren Bilder des Kampfes, des Kampfes mit einem Gegner, den er nicht überwinden konnte. Und er erinnerte sich an ein Gefühl, das ihm beinahe gänzlich fremd war, das er nur äußerst selten empfunden hatte, und das ihn beschämte. Angst. Eine so große Angst, daß sie ihn aus dem Alptraum riß, noch bevor er herausbekommen konnte, gegen wen er kämpfte. Es machte ihn wütend, daß ihn die Angst aufweckte und daran hinderte, seinen Feind zu sehen. Und die Wut hinderte ihn daran, wieder einzuschlafen.

Er stand auf und öffnete die Tür, vor der er zu seiner Überraschung Biccon Winters fand, die Eidmeisterin der Novakatzen. Sie trug ihre übliche Amtskleidung, ein fließendes schwarzes Gewand und eine metallene Brustplatte, auf der das Clansymbol der Novakatze prangte, auf einem Sternenfeld das wilde Totemtier seines Clans, das Maul zum Biß geöffnet. Die auf die

Brustplatte geprägte Katze schien ihn geradewegs anzuspringen.

Andere Clans legten kein so großes Gewicht auf den Geist wie die Novakatzen. Die Funktion des Eidmeisters war von der ersten Khanin der Novakatzen eingeführt worden, um sicherzustellen, daß alle Clan-Rituale und sonstigen Praktiken strikt eingehalten wurden, und Biccon Winters erfüllte diese Aufgabe vorbildlich. West war jedoch erstaunt, die ältere Kriegerin spät in der Nacht an seiner Tür vorzufinden.

»Willkommen, Eidmeisterin«, begrüßte er sie und zog ein Hemd über. »Bitte, tretet ein.«

Wie es sich für einen Krieger gehörte, war sein Quartier schmucklos und spärlich eingerichtet. Es enthielt ein Bett, zwei Stühle und einen kleinen Eß- und Arbeitstisch, auf dem im Augenblick ein tragbares Lesegerät und einige GefechtsROMs lagen. In Santin Wests Leben existierte wenig außer seinen Pflichten und seiner Arbeit. Er war ein ClanKrieger und ging völlig in seiner Hingabe für den Clan auf.

Biccon Winters schloß die Tür hinter sich. »Ich mache einen letzten Rundgang durch die Garnison, bevor ich zu einer unserer anderen Einheiten aufbreche. Vor meiner Abreise hatte ich das Bedürfnis, noch einmal mit dir zu reden. Ich hoffe, ich komme nicht ungelegen, Sterncolonel.«

»Neg – natürlich nicht.« Er deutete auf einen der beiden Stühle. »Kann ich Euch eine Erfrischung anbieten?«

»Hast du zufällig etwas von diesem Timbiqui-Bier, von dem ich soviel gehört habe? Es soll einigen der Biere in unserer Heimat sehr ähnlich sein.«

Santin schüttelte den Kopf. »Neg, Eidmeisterin. Ich habe keine alkoholischen Getränke hier. Alkohol stumpft die Sinne ab, ein Risiko, das ich nicht eingehen kann, wenn ich jederzeit zum Kampf gerufen werden kann.«

Winters nickte zufrieden. »Du dienst der Novakatze gut, Sterncolonel. Aber es gibt Zeiten, in denen es besser ist, die Gedanken schweifen zu lassen. Manchmal müssen wir die Kontrolle aufgeben. Gelegentlich kann man im Chaos Klarheit und Ordnung finden.«

»Ich verstehe diese Notwendigkeit, aber die Pflicht geht vor.«

Eine lange Minute sagte Winters nichts. Sie streckte die Hand aus und hob eine der GefechtsROMs auf, hob sie in die Höhe, um sie zu studieren. Als sie wieder etwas sagte, tat sie das, ohne die Augen von dem kleinen Computerchip zu nehmen. »Du hast mich nicht gefragt, warum ich hier bin.«

»Ich bin davon ausgegangen, daß Ihr es mir sagen werdet.« Ihr rätselhaftes Verhalten verwirrte ihn.

»Letzte Nacht habe ich von dir geträumt«, erwiderte sie, legte den Chip weg und sah ihm in die Augen. »Du trugst deinen Kampfpanzer und rangst mit einem Feind, mit einer grauen Katze. Der Kampf fand hier auf Tarnby in Djup Ellum statt, und sein Ausgang war ungewöhnlich, höchst ungewöhnlich sogar ...« Ihr Gespräch dauerte über eine Stunde, und hinterher verstand Santin West seine Vision besser als zuvor, und er wußte, daß mehr als eine Schlacht bevorstand.

Zweites Buch

PREIS DER EHRE

In vierzig Stunden werde ich auf dem Schlachtfeld sein,
mit wenig Informationen, und werde
sehr plötzlich Entscheidungen größter Tragweite
fällen müssen. Aber ich glaube daran,
daß die Verantwortung uns wachsen läßt, und mit
Gottes Hilfe werde ich sie treffen, und
ich werde sie richtig treffen.

General George S. Patton

Der gewöhnliche Mensch ist in eine Handlung verwickelt,
der Held handelt. Der Unterschied ist gewaltig.

Henry Miller

19

Kurita-Prime-Bucht, Wayside V (Wildkatz)
Äußere Peripherie

5. Juli 3058

»Das ist die Lage«, stellte Loren fest. Er stand in militärisch entspannter Haltung vor den Reihen der komplett angetretenen Kilsyth Guards. Neben ihm stand Oberst Stirling, stolz und aufrecht, und ihre bloße Anwesenheit unterstrich jedes seiner Worte. Sie standen mit dem Rücken zum hiesigen Gegenstück eines kleinen Wäldchens, und das HQ-Fahrzeug parkte an der am wenigsten unzugänglichen Stelle des von Felsbrocken übersäten Geländes. Wie immer wurde die Versammlung auch diesmal vom gespenstischen Licht des grünlichen Himmels gebadet, als müsse ungeachtet der völligen Abwesenheit von Wolken jeden Augenblick ein Gewitter losbrechen.

Loren und Cat hatten die lange Nacht damit zugebracht, den Plan gemeinsam auszuarbeiten. Trotz der Erschöpfung arbeitete ihr Geist klar, und sie konnten Lorens ursprünglicher Planung zusätzliche Form verleihen. Ein Großteil der Mission würde je nach den Ereignissen im Feld entschieden werden müssen, aber durch Planung und Vorbereitung konnten sie ihr ein solides Fundament liefern, was später auch immer geschehen mochte.

»Ich brauche zehn Freiwillige, die sich dieser Aufgabe gewachsen fühlen«, teilte er den Kriegern mit, die ihn erwartungsvoll ansahen. »Sie werden Clan-OmniMechs steuern, die Sie noch nie zuvor geführt haben, und Sie werden unter strengsten Missionsbefehlen agieren. Ich brauche Leute, die sich dem gewachsen fühlen.«

Stirling ging an der vordersten Reihe entlang und sah jedem der Soldaten in die Augen. Ihr schwarzes Haar glänzte selbst im trüben Mittagslicht Waysides. »Bevor einer von Ihnen vortritt, möchte ich, daß Sie sich eines klarmachen. Sie tun dies nicht für sich, sondern für das Regiment. Wenn diese Mission fehlschlägt, sterben wir alle, so oder so. Wenn sie gelingt, retten Sie die Fusiliers, retten Sie Ihre Familie.«

Commander Trisha McBride trat ohne zu zögern einen Schritt vor, zusammen mit den übrigen drei Mitgliedern ihrer Lanze. Loren hatte gehofft, sie würde eine der Guards sein, die bereit waren, das Risiko auf sich zu nehmen. Genau deshalb hatte er um Freiwillige gebeten. Für diese Aufgabe brauchte er Truppen von besonderem Schlag, Soldaten, die bereit waren, für das Regiment ihr Leben zu riskieren. »Mit Ihrer Erlaubnis, Ma'am, würden ich und meine Lanze unsere Dienste bei dieser Operation anbieten, wenn Sie uns haben wollen. Wie Sie bereits gesagt haben, es geht um das gesamte Regiment.«

Noch einige andere Krieger traten aus den Reihen der Guards nach vorne. Loren kannte sie alle mit Namen. Seine Kapitäne Fuller, Lewis und Chandler meldeten sich sofort. In Lewis' Fall war die Meldung natürlich rein symbolisch. Seine Infanterie war für diese Mission nicht geeignet, aber Loren war von seiner Geste der Solidarität tief gerührt.

Der Meldung des Bataillonsstabs folgten augenblicklich die der Subcommander Burke, Killfries, Gilliam, Jura, Miller und Macallen – allesamt fähige MechKrieger, die Loren persönlich ausgebildet hatte. Plötzlich traten auch andere vor – McAnis, Dollson, O'Brian ... Es dauerte kaum einen Herzschlag, und sämtliche Mitglieder der Kilsyth Guards hatten sich freiwillig gemeldet. Loren war entgeistert. Er hatte eine starke Reaktion erwartet, aber nicht alle Guards. *Eine verdammt starke Truppe ...*

»Hector, Macallen, Miller, Gilliam, Killfries, Burke, McAnis, Jura und McBride, willkommen bei den Nebelpardern. Die Mechs werden Ihnen zugeteilt, sobald wir an Bord gegangen sind. Ich wünschte mir ehrlich, Sie alle mitnehmen zu können, aber es geht nicht. Diejenigen von Ihnen, die hierbleiben, unterstehen Jake Fuller, der dank einer Feldbeförderung als Brevet-Major rangiert.« Fullers Miene glühte vor Verlegenheit und einer Spur Stolz.

Stirling ergriff wieder das Wort. »Major Fuller hat mein vollstes Vertrauen. Die Pflichten des Stellvertretenden Regimentschefs übernimmt Major Blakadar, und der Regimentsstab wird zu seinen Black Adders verlegt.« Sie lächelte die kleine Gruppe der Auserwählten an. »Viel Glück. Möge der gute Geist der Highlanders euch beschützen.«

Loren brachte kein Wort heraus. Seine Gefühle hatten ihn überwältigt. Er hatte sich lange gefragt, wann er sicher wissen würde, daß er tatsächlich ein Teil dieser Einheit war und nicht nur jemand mit Offiziersrang. Jetzt hatte er die Antwort.

Major Blakadar ergriff das Wort zuerst. »Major Craig und ich haben beide unsere Bedenken, Oberst, aber ich versichere Ihnen, daß wir Ihre Befehle exakt befolgen werden.«

»Gut.« Stirling hatte die beiden Offiziere unmittelbar nach der Auswahl der Freiwilligen zu sich gerufen. »Sind Ihre Black Adders an Bord der *Claymore?*«

»Die 1. und 2. Kompanie sind bereit zum Kampfabwurf, Ma'am. Es sind unsere schwersten Maschinen. Sie sollten den Isthmus halten können, bis der Rest des Regiments in Stellung ist. Die 3. Kompanie wird sich unmittelbar vor Major Craigs Bataillon am Außenrand des Operationsgebiets aufstellen. Es wird sich an unserer Vorhut orientieren.«

»Sie haben Ihre Einheit auf den Einsatz unter vakuumähnlichen Bedingungen vorbereitet, Major Blakadar?«

»Die BattleMechtruppen der 2. und 3. Kompanie sind von den Techs versiegelt und überprüft worden. Meine größte Sorge gilt der Möglichkeit, daß ein Mech oben auf der luftleeren Kontinentalplatte stürzen und aufbrechen könnte.«

»Wenn alles nach Plan geht, brauchen Sie nicht lange dort zu bleiben«, erwiderte Stirling. Sie sah auf die Uhr, dann wieder zu Blakadar. »Sind Sie bereit, Ihre Aufgaben als SR zu übernehmen, Blackie?«

»Ja, Ma'am«, antwortete der großgewachsene Offizier.

»Freut mich zu hören, es wird nämlich Zeit aufzubrechen. Befehlen Sie Ihren Kordontruppen, wie geplant vorzurücken. Halten Sie den Rest des Regiments in Bereitschaft und warten Sie für den endgültigen Abmarsch auf meinen Befehl. Weisen Sie die *Claymore* und die *Bull Run* an, den Start vorzubereiten, und über Regimentsbefehlskanal Zwo mit Ihnen und mir Verbindung aufzunehmen. Koordinieren Sie mit Major Fuller, und geben Sie ihm einen vollen Statusbericht.«

»In Ordnung, Oberst«, bestätigte Blakadar.

»Lads, wir sind das schon ein paarmal durchgegangen, aber ich will sichergehen, daß es keinerlei Unklarheiten gibt. Wir haben zwei Operationsziele, und wir müssen auf jeden Fall beide erreichen. Erstens: Die *Claymore* muß den Zerstörer lange genug ablenken, um der *Bull Run* die Flucht zu ermöglichen, wobei es ersterer hoffentlich gelingen wird, unterwegs den größten Teil der Black Adders in Stellung zu bringen. Zweitens: Wir nehmen uns die Parder vor. Ich will diese Schmusekätzchen bluten sehen, und zwar böse bluten. So sehr bluten, daß sie sich zurückziehen und ihre Strategie überdenken. Bei dieser Mission zählt jeder Tag. Die Operation beginnt in dreißig Minuten.«

Loren trat auf die Brücke der *Bull Run* und sah den schlaksigen Kapitän Spillman in seinem Drucksessel das Schott beobachten, als habe er auf ihn gewartet. Loren marschierte hinüber zum zweiten Kommandeurssessel und stellte seine Tasche daneben ab. Vor dem Start würde er sie noch sichern müssen, aber im Augenblick war ihm wichtiger, ein Wort mit dem dickköpfigen Kapitän seines Schiffes zu wechseln.

»Skipper«, begrüßte er ihn mit einem Nicken.

»Major Jaffray, alles verladen und verstaut? Ich habe bereits den Befehl zur Startvorbereitung erhalten.«

»Meine Leute sind an Bord, Skipper.«

Spillmans Blick ließ Loren auch nicht los, als er seine Befehle gab. »Maschinenraum, sichern zum Start. Kommunikation, Bestätigung an HQ, daß wir bereit zum Abheben sind.« Spillman neigte den Kopf ein wenig nach vorne, hob den Zeigefinger und winkte Loren näher.

Loren trat zu ihm, und Spillman beugte sich vor. Er sprach so leise, daß niemand sonst ihn verstehen konnte. »Major, wir haben noch nicht allzu häufig miteinander gearbeitet. Ich möchte nur sichergehen, daß wir einander verstehen.«

»Ich dachte mir schon, daß Sie so etwas sagen wollen.« Auch Loren flüsterte.

»Wenn es nicht um das Überleben des Regiments ginge, hätte ich mich niemals freiwillig zu dieser Mission gemeldet«, stellte Spillman mit einem leichten schottischen Akzent fest. »Aber ich muß Ihnen mitteilen, daß Sie sich jetzt an Bord meines Schiffs befinden, und wenn Sie jetzt gut zuhören, wird es für uns beide leichter. Während einer Raumoperation habe *ich* das Kommando. Sie haben möglicherweise die Insignien am Kragen, aber ich habe die Erfahrung, und ich weiß, was ich tue. Ich habe nichts dagegen, daß Sie Ihren Kommentar abgeben, aber Sie sollten nicht allzu überrascht sein, wenn ich nicht das tue, was Sie von mir verlangen. Ich kenne meine Pflichten und werde entsprechend verfahren. Am Boden mache ich Liegestütze, wenn Sie es befehlen. Sind wir uns einig, Major Jaffray?«

Loren studierte das hagere Gesicht seines Gegenüber, das durch die Erfahrungen im Kriegseinsatz vorzeitig gealtert war. Die Vorschriften waren eindeutig: Der ranghöchste Offizier, in diesem Fall Loren Jaffray, konnte einem Schiffskapitän jeden Befehl erteilen. Die Befehlskanäle waren klar vorgegeben – auf dem Papier, in den Handbüchern weit weg auf Northwind. Das hier war das wahre Leben, und im Feld wurden diese Befehlslinien gelegentlich verwischt, besonders bei einer Mission wie dieser, weit jenseits der Grenzen des erforschten Weltraums.

Ich brauche ihn, auch wenn er stur wie ein Muli ist, sobald es um Autoritätsfragen geht. »Bei allem Respekt, Skipper Spillman, aber ich habe das Kommando über diese Mission. Und ich habe nicht das geringste Problem damit, Ihre Anordnungen zu widerrufen, falls ich den Eindruck habe, daß sie in direktem Widerspruch zu meinen Missionszielen stehen. Falls es zu einem solchen Konflikt kommen sollte, *Kapitän,* werde ich weit mehr tun als mich Ihnen nur zu widersetzen.«

Spillman gab nicht nach. »Das hier ist meine Besatzung, *Major,* sie fliegt schon zehn Jahre unter meinem Befehl. Sie weiß, wessen Befehle sie zu befolgen hat.«

Loren hob leicht die Augenbrauen. »Mag sein. Aber ich habe lange Jahre als Todeskommando gedient. Ein Teil meiner Ausbildung bezog sich auf Landungsschiffsteuerung und Bordschützenoperationen. Um genau zu sein, ich bin ausgebildet, ein Schiff dieser Klasse zu lenken – und ich bin verdammt gut darin. Wenn irgend jemand in Ihrer Besatzung sich entschließt zu meutern, werde ich entsprechend reagieren.« Er klopfte auf die Laserpistole im Holster an seiner Hüfte.

Spillman grinste breit. Er legte in einer kameradschaftlichen Geste den Arm um Lorens Schulter, dann riß er ihn blitzschnell vor, bis ihre Gesichter nur noch Zentimeter voneinander entfernt waren. »Ich mag dich, Laddie. Jemand, der sich traut, mir auf meiner eigenen Brücke zu drohen, hat entweder Klöten aus Titanstahl oder er blufft. So oder so werden wir bestens miteinander auskommen. Mir tun diese Muschikätzchen jetzt schon leid, daß sie es mit uns beiden zu tun bekommen!«

Er ließ Loren los und streckte ihm die Hand entgegen. Loren packte zu und erwiderte den an eine Schraubpresse erinnernden Griff. Als er sich umsah, stellte er fest, daß die gesamte Brückenbesatzung sie beobachtet hatte, um herauszubekommen, wie die beiden Männer miteinander auskamen. Loren sah in Spillmans Augen und erkannte, was für ein Mann der Schiffskapitän war. Fünfzig Prozent Schauspieler, fünfzig Prozent Pokerspieler – hundert Prozent Menschenführer. *Ja, das ist ein Mann, mit dem ich arbeiten kann ... und Gott helfe den Clans, wenn wir auf sie treffen.*

20

Landungsschiff *Bull Run,* Kurita-Prime-Bucht,
Wayside V (Wildkatz)
Äußere Peripherie

5. Juli 3058

»Die *Claymore* hat soeben das Startzeichen erhalten. Wir haben grünes Blinklicht«, teilte die KommTech von ihrer Station knapp unterhalb von Lorens Platz auf der Brücke der *Bull Run* mit. Die Spannung auf der Brücke stieg dramatisch. Er sah zu Spillman hoch, der stolz und gerade auf seinem Kapitänssessel thronte. Grünes Licht war das Signal zum Start. Ein grünes Blinklicht bedeutete, daß das Schiff startklar war, aber noch auf ›besondere Umstände‹ warten mußte.

»Nachricht an Skipper McCray: ›Viel Glück und paß auf mein Schiff auf, sonst behalte ich das hier.‹«

Die KommTech grinste, als sie die Meldung eintippte. »Nachricht abgeschickt. Empfang von Cat Eins.«

»Auf den Lautsprecher.«

»*Bull Run,* hier Cat Eins«, erklang die feste Stimme, die Loren inzwischen so vertraut war. »Sie haben Starterlaubnis, wann immer Sie es für angebracht halten. Der Köder ist gestartet und in Bewegung.«

»Verstanden«, antwortete Spillman. »Wir beobachten den Zerstörer.« Ein Kopfschütteln von der Ortungsstation bedeutete, daß noch keine Bewegung registriert worden war. »Noch keine Regung.«

»Verstanden. *Bull Run,* es ist Ihr Spiel.«

Spillman versteifte sich ein wenig, als er die Verantwortung für alles übernahm, was von nun an geschah. »*Bull Run* führt aus.«

Sterncolonel Roberta beugte sich über die Schulter des Ortungsoffiziers. Ihr kahler Schädel glänzte vor Schweiß, als sie im Befehlsbunker von Wildkatzbasis den Bildschirm studierte. Das Innere des Bunkers war nur schwach erleuchtet, und die Gesichter der Offiziere an den Stationen wurden hauptsächlich vom Leuchten der Monitore erhellt. Die Atmosphäre schien feucht, fast schweißgetränkt, dabei aber irgendwie geruchlos – dank des Filtersystems.

Hinter ihr stand schweigend Galaxiscommander Devon Osis und beobachtete jegliche Bewegung. Wortlos registrierte und beurteilte er jede Entscheidung, die sie traf.

»Berechne den Kurs dieses Landungsschiffes«, befahl Roberta. Die Finger des jungen Kriegers huschten über die Tastatur, und der Kegel eines vorausberechneten Flugwegs erschien auf dem Bildschirm. Wildkatzbasis, der Stützpunkt der Nebelparder, befand sich fast im Zentrum des Kegels, innerhalb dessen das Schiff eine Landung versuchen konnte.

»Blutige Kralle Eins an PirscherStern«, sprach Roberta in ihren Armbandkommunikator. »Startet eure Jäger und vernichtet das Landungsschiff.«

Die Luft/Raumjäger waren schneller als das Schiff und hatten es innerhalb von Sekunden erreicht. Devon Osis konnte ihren Funkverkehr abhören, während die Piloten angriffen und feststellen mußten, daß sie es nicht mit einem fast schrottreifen, sondern mit einem reparierten und sich wehrenden Gegner zu tun hatten. Der Luftkampf dauerte volle zwei Minuten, dann waren die Jäger, die Roberta geboten hatte, zerstört. Der Schaden, den sie den Fusiliers zugefügt hatten, schien beträchtlich, aber es war ihnen nicht gelungen, das Landungsschiff aufzuhalten.

Ohne Vorwarnung packte Roberta einen Stuhl und schleuderte ihn quer durch den Kontrollraum in eine unbemannte Taktische Kontrollstation, wo er den Monitor zerschmetterte. Ihr Wutschrei hallte mit solcher Lautstärke durch den beinahe komplett schallgedämpften Raum, daß keiner der Krieger an den Arbeitsstationen es wagte, den Kopf zu heben.

Galaxiscommander Devon Osis wartete ab und beobachtete weiter, ohne ein Wort zu sagen.

»Freigeboren!« fluchte sie. »Wissen sie nicht, mit wem sie es zu tun haben?«

Der Kommunikationsoffizier reagierte nicht, aber Osis wußte, daß es nur daran lag, daß er gelernt hatte, sich unter Kontrolle zu halten. Als wahrer Nebelparder unterdrückte der Mann seine Gefühle und lieferte Sterncolonel Roberta keine Angriffsfläche. »Die taktischen Daten unserer OmniJäger zeigen Beschädigungen am Landungsschiff. Interessanter ist aber, daß unsere Reflex-Bewegungsortung ein großes Kontingent der Fusiliers ausgemacht hat, die sich in Richtung Ostnordost bewegen. Sie sind etwa sechzig Kilometer von der Landenge entfernt und nähern sich rapide.«

»Diese ignorante Suratbrut«, brüllte Roberta wieder, beugte sich über die Sensordaten und aktivierte den Befehlskanal zu ihren Bodentruppen. »Krieger der Blutigen Krallen, hier spricht Kralle Eins.« Während sie sprach, betätigten ihre Finger die Kontrollen und riefen Navigationspunkte auf der taktischen Geländekarte auf. »Alle Einheiten begeben sich zu Navpunkt Bravo Epsilon Zehn. Gefecht mit Feindkräften beginnt in dreißig Stunden. Alarmstufe Gelb.«

Devon Osis erkannte, wie es auch Roberta inzwischen festgestellt haben mußte, daß ihre Kopfjägerangriffe den feindlichen Befehlsstab keineswegs ausgeschaltet haben konnten. Offenbar hatten sogar genügend Offiziere überlebt, um eine Gegenoffensive zu starten. Auch ihn machte es wütend, daß diese Freigeburten die wahre Mission Galaxis Taus behinderten, die Vernichtung der Novakatzen. Aber zumindest würde es nun bald vorüber sein. Jetzt, da die Fusiliers zur Entscheidungsschlacht heranstürmten, stand ihnen einen schneller, sauberer Sieg bevor.

Schließlich sprach er. »Zuerst hat deine Kopfjägermission ihr beabsichtigtes Ziel verfehlt. Das hat dich zwei

Sterne gekostet. Jetzt hast du darüber hinaus auch deine Gebotsjäger verloren, Sterncolonel.« Sein gelassener Tonfall stand in seltsamem Kontrast zu ihrer Weißglut. »Das Landungsschiff aus der Inneren Sphäre ist noch einsatzbereit und scheint sich im Anflug auf unsere Basis zu befinden. Tu etwas, oder ich werde handeln. Ich werde nicht zulassen, daß du die Mission dieser Galaxis gefährdest.«

Irgendwie schaffte Roberta es, ihre wildlodernde Wut niederzuringen, als sie sich zu ihrem Kommandeur umdrehte. Ihr haarloser Schädel war ungewöhnlich gerötet, und das hellgraue Neuralimplantat, das ihn wie eine Tätowierung einrahmte, hob sich umso deutlicher ab. »Ich muß einen Ehrverlust hinnehmen, um die Ziele Galaxis Taus zu erreichen, mein Kommandeur. Ich bitte dich, mir die Zurücknahme meines früheren Gebots und den Einsatz der *Dark Claw* zu gestatten. Sie kann das Landungsschiff leicht besiegen, und ich akzeptiere diesen geringen Verlust an Ehre als Opfer für den Clan.« Sie senkte beschämt das Haupt.

In den Augen der Nebelparder war die Schande, zur Rücknahme eines Gebots gezwungen zu werden, nicht annähernd so groß wie die aufgrund einer Niederlage in der Schlacht. Ihre Aktion war der Lage angemessen und zeigte Devon Osis, daß Roberta den Vorrang des Schicksals der Galaxis über ihre persönlichen Probleme verstand. Das Erlebnis der Kontrolle ließ ein warmes Gefühl in ihm aufsteigen, ein Gefühl der Macht und Dominanz.

»Im Namen des großen Parders gewähre ich dir deine Bitte.« Er streckte die Hand aus und betätigte mehrere der Kontrollknöpfe unter der Abdeckung an der Spitze des Galaxisstabs. »Möge dein nächstes Gebot besser sein.«

»Danke, Galaxiscommander.« Roberta drehte sich mit einem beinahe teuflischen Grinsen zum Kommunikationsoffizier um. »Rufe die *Dark Claw*. Befiehl ihr, das Fusiliers-Landungsschiff anzufliegen und zu vernichten.«

»Sollten wir jetzt starten, Skipper?« fragte Loren leise.

»Eine Frage der Physik, Major«, antwortete Spillman mit Blick auf einen größeren Taktikschirm an der nahen Wand der Zentrale, auf dem Kurs und Geschwindigkeit des Kampfsprungschiffs angezeigt wurden. »Warten wir noch ein, zwei Minuten, bis das Vögelchen etwas mehr Schub hat. Wenn es erst mal in Bewegung ist, läßt sich selbst so ein Kampfschiff nicht so schnell wenden. Ich will sichergehen, daß der Zerstörer auf Kurs ist, dann hauen wir ab.«

Loren verstand, aber er fragte sich, wieviel von Spillmans Entscheidung auf harten taktischen Daten beruhte, und wieviel auf Instinkt. »Irgendwas Neues von der *Claymore?*«

Die KommTech nickte und rückte die Kopfhörer zurecht. »Sie hat den Zerstörer geortet und wird etwas langsamer. Die *Claymore* ist noch zehn Minuten von der Abwurfzone entfernt. Die Schäden durch den Omni-Jäger-Angriff waren annehmbar.«

Eine lange Pause folgte, in der alle auf der Brücke die taktische Anzeige an der Backbordwand beobachteten. Skipper Spillman wirkte nicht sonderlich beeindruckt, auch wenn er mehrmals die Augen zusammenkniff, um die kleinen Zahlenwerte auf den Datenbalken zu entziffern. Er schien sogar so entspannt, daß er eine Lesebrille aus der Tasche zog und mit einem Taschentuch polierte. Loren sah zur KommTech hinüber, die nur lächelte. Offensichtlich konnte den neuen Skipper der *Bull Run* nicht viel erschüttern, und seine Mannschaft wußte das.

Spillmans Befehl kam ohne Vorwarnung, ohne die geringste Veränderung seines Gesichtsausdrucks. »Hauptnavigationsprogramm laden und Kursvektor initiieren. Haupttriebwerke anwerfen, Starprofil Gamma. Alle Crewmitglieder auf Gefechtsstation, Alarmstufe Rot.«

Loren konnte ein Grinsen nicht unterdrücken. *Die Jagd beginnt ...*

»Mitteilung von der *Dark Claw*«, meldete der Kommunikationsoffizier laut genug, um Sterncolonel Robertas Aufmerksamkeit zu erregen. »Infrarotortung hat den Start eines zweiten Landungsschiffs verzeichnet. Sein Kurs verläuft senkrecht zu ihrem.«

»Unmöglich«, stieß Roberta ungläubig aus. »Das muß eine Finte sein.«

Einen Augenblick lang geschah nichts. »Neg, Sterncolonel«, erwiderte der Offizier dann. »Sterncaptain Chisholm bittet um eine genauere Zielangabe.«

Roberta sah über die Schulter zu Devon Osis, dessen Miene Besorgnis ausdrückte. »Sie halten mich zum Narren. Befiehl der *Dark Claw*, eine Salve auf das erste Landungsschiff abzufeuern und dann mit Höchstschub das zweite zu verfolgen.« Ihre Aufmerksamkeit war jetzt völlig auf die Taktikanzeige konzentriert. »Einmal habe ich mich von ihren Spielchen täuschen lassen, aber kein zweites Mal. Sie wollen mit einem Teil ihrer Truppen im zweiten Landungsschiff entkommen. Sie wollen Verstärkung holen – pos, Hilfe im Kampf. Aber wir sind weit entfernt von Northwind und ihrem Heimatland. Das erste Schiff sollte uns weglocken, vielleicht sogar einen Teil unserer vorgeschobenen Einheiten zum Einsatz bringen. Wir werden es beschädigen – es flugunfähig schießen, und uns dann der wahren Beute widmen.«

»Du könntest dich in deiner Einschätzung, was sie mit den Landungsschiffen planen, irren, Sterncolonel«, entgegnete Devon Osis. »Was dann?«

»Neg, Galaxiscommander. Ich habe recht, und du weißt es.«

»Wie kannst du dir da so sicher sein, Sterncolonel?«

Sie sagte nichts, aber ihr Blick bohrte sich in seine Augen. »Wir teilen eine Seele, das Herz des Parders.«

»Zerquetsche diesen Freigeburtsabschaum«, sagte er. »Lasse keine Spur von ihnen übrig, wenn du fertig bist.« Seine Stimme war leise, jedoch kein Flüstern, kehliger – erfüllt von einer beinahe erotischen Kampfeslust.

Der Kommunikationsoffizier unterbrach. »Das erste Landungsschiff hat den Kurs gewechselt. Es fliegt auf die Landenge zwischen den beiden Kontinenten zu.«

Roberta starrte ihn an.

»Die *Dark Claw* meldet zahlreiche Reflexsignale, Abwurfkokons und Sprungdüsen. Der Feind bringt BattleMechs in Stellung.«

»Sie wollen die Landenge einnehmen«, stellte Roberta fest und drehte sich zu Osis um. »Das Schiff war mehr als nur ein Ablenkungsmanöver.« Devon Osis sah die Wut wieder in ihr auflodern, heißer und wilder, wie ein gewaltiger Scheiterhaufen.

21

Landungsschiff *Bull Run,* im Abflug von Wayside V (Wildkatz) Äußere Peripherie

5. Juli 3058

»Die *Claymore* ist gelandet«, meldete der Pilot. Seine Stimme brach die Anspannung auf der Brücke der *Bull Run*. Loren grinste breit und sah zu Skipper Spillman hinüber, der zuversichtlich den Daumen hob.

Oberst Stirlings Modifikation der Planung von Fall Granit war einfach, aber elegant. Die *Claymore* sollte zwei Kompanien der Black Adders in der engen Schlucht des Bannockburn-Isthmus absetzen und anschließend in der Nähe eine Bruchlandung vortäuschen, um die Verteidiger des engen Gebirgspasses zusätzlich zu unterstützen. Sollten die Parder irgendwie durchbrechen, konnten die Fusiliers so die schweren Geschütztürme des Schiffes als unterstützende Artillerie einsetzen. Auf diese Weise sollte es den Black Adders gelingen, die Nebelparder aufzuhalten, bis die Hauptstreitmacht der Fusiliers eintraf.

»Feindlicher Zerstörer geht auf Abfangkurs«, bellte der Navigator mit tiefer Stimme.

»Wie lange, bis wir in Reichweite ihrer Waffen sind?« fragte Spillman und rieb sich nachdenklich das Kinn.

»Bei unserem gegenwärtigen Schub, Kurs und Vorsprung ist er in ungefähr zwoundzwanzig Minuten in Reichweite.«

»Könnte schlimmer sein«, sagte Loren. Die Mechanik eines Raumgefechts war simpel, aber riskant. Die *Bull Run* würde auf ihrem direkten Kurs zu den am Piratenpunkt wartenden Sprungschiffen weiterfliegen. Die beste Chance des Kampfschiffes bestand darin, das fliehende Fusiliers-Landungsschiff zu verfolgen und einzuholen. Sobald der Zerstörer nah genug heran war, würde die *Bull Run* ihre Gegenmaßnahmen einleiten. »Ich hoffe nur, unsere kleinen Präsente erfüllen ihren Zweck.«

»Das werden sie, Lad«, beruhigte ihn Spillman. Er drehte sich zu seiner jungen Armierungsoffizierin um. »Commander Rosen, Ihr Team in Hangar Drei soll den Abwurf vorbereiten.« Der Commander salutierte und beugte sich über die Kontrollen, wo sie hastig Befehle erteilte. Die Minuten zogen sich so träge dahin, als wäre die Zeit dickflüssig geworden.

»Skipper, drei Minuten bis Abfangreichweite von – jetzt ab!« rief der Navigator plötzlich.

Spillman wandte sich an Commander Rosen. »Waffenkontrolle, erste Welle abfeuern. Zweite Welle zwanzig Sekunden später.«

»Aye, aye, Sir.«

»Die Nahortung meldet, daß die vom Landungsschiff abgeworfenen Objekte sich in unserem Flugvektor befinden«, meldete der Brückenoffizier des Kampfraumschiffs *Dark Claw*, als er die über seinen Bildschirm laufenden Informationen studierte. »Wie du vorhergesagt hast, Sterncaptain, sind es definitiv Rettungskapseln und drei ihrer Rettungsboote.« Das dumpfe Brummen der gewaltigen Subraumtriebwerke des Nebelparder-Zerstörers schien mit lebendiger Energie zu pulsieren, als die Brückenbesatzung in Aktion trat. Die gewaltigen Sichtschirme zeigten die Weite des Alls vor dem Schiff. Auf dem samtenen Schwarz des Weltraums wirkte ihr Ziel wie ein winziger Leuchtpunkt lodernder Fusionsenergie.

Sterncaptain Klark Chrisholm, der Kapitän der *Dark Claw*, nickte zufrieden. »Gibt es irgendein Anzeichen, daß die Kapseln bemannt sind?«

»Neg. Sie unternehmen keinerlei Versuche, uns auszuweichen. Anscheinend treiben sie.«

»Ein uralter Trick, aber miserabel ausgeführt. Hätten wir bereits auf ihr Schiff gefeuert, hätten sie uns möglicherweise glauben machen können, daß sie getroffen seien. Ich werde keine kostbare Zeit damit verschwenden, dieses billige Täuschungsmanöver zu untersuchen.«

»Sollen wir den Kurs ändern, um ihnen auszuweichen?«

»Neg«, lehnte Chrisholm in einem Tonfall ab, als wäre die bloße Frage eine Beleidigung. »Schon eine Kursänderung um wenige Grad könnte auf diese Entfernung den Abfangzeitpunkt um Stunden verzögern. Wir fliegen mit aktuellem Kurs und Schub weiter.« Die gewaltige Bugpanzerung der *Dark Claw* war mehr als ausreichend, um alle möglichen Schäden durch Rettungsbeiboote zu absorbieren. Und der taktischen Anzeige zufolge würden nur drei der Kapseln und keines der Rettungsboote nahe genug passieren, um einen möglichen Zusammenstoß erwarten zu lassen. »Sind wir schon in Geschützreichweite?«

»Neg«, antwortete der Geschützoffizier. »Aber es dauert keine ganze Minute mehr. Schützenmaat Volks und seine Mannschaft haben das Bieten um den ersten Feuerstoß gewonnen.«

»Sterncaptain«, rief der Brückenoffizier. »In zehn Sekunden passieren wir ihre Rettungsboote.«

Klark Chrisholm richtete sich in seinem Kapitänssessel auf, ganz der stolze Nebelparder-Krieger. Das war keine Beute, die eines Kampfschiffskommandeurs seiner Statur würdig gewesen wäre. Sein Zerstörer war dem bereits angeschlagenen Landungsschiff weit überlegen.

Er betrachtete den vorderen Sichtschirm und sah die Umrisse einer Rettungskapsel in etwa fünfzig Metern Entfernung. Ein sanftes Leuchten glühte auf, dann feuerten plötzlich die Triebwerke der Kapsel und loderten hell auf. Sie drehte sich etwas und stürzte direkt auf den Rumpf des Zerstörers knapp unterhalb der Brücke zu. Innerhalb von Sekundenbruchteilen erwachten auch die übrigen Kapseln und Rettungsboote wie ein plötzlich aufgescheuchtes Wolfsrudel zu feurigem Leben und schossen auf das Kampfschiff zu.

Im Augenblick des Aufpralls der Rettungskapsel auf

den Kriegsschiffsrumpf krachte sie in einem gewaltigen Feuerball auseinander. Der riesige Zerstörer der *Essex*-Klasse stöhnte und erbebte unter dem plötzlichen Schlag. Vier weitere Detonationen in kurzer Folge erschütterten das Schiff. Chrisholm stand auf und wurde von der letzten Explosion fast zu Boden geworfen.

»Schadensbericht« bellte er. Noch während er sprach, flackerte der taktische Sichtschirm und schaltete sich ab.

»Wir wurden von den Rettungsbooten gerammt«, stellte der Brückenoffizier fest.

»Das weiß ich auch, du Narr«, wies ihn Chrisholm zurecht.

Der Offizier beugte sich über die Konsole, und seine Finger tanzten wie wild über die Tastatur, um die Daten abzurufen. »Wir haben die Fernortung verloren. Unsere externe Sensorphalanx wurde direkt getroffen. An Steuerbord sind drei Rettungsboote eingeschlagen und haben mittelschwere Schäden angerichtet. Hüllenbruch auf Deck Alpha. Notfallprotokoll aktiviert. Kurz bevor wir die Sensoren verloren haben, orteten wir eine weitere Gruppe dieser Boote, die in unsere Flugbahn abgeworfen wurden.«

»Sie haben sie mit Sprengstoff beladen und wie unsere Raumtorpedos programmiert«, erkannte Chrisholm und sah sich beinahe gezwungen, den Mut des gegnerischen Kapitäns zu bewundern. »Wie lange, bis die nächste Welle uns erreicht?«

»Etwa eine Minute. Sie sind immer noch außer Reichweite unseres Bietgeschützturms, Sterncaptain.«

»Wie viele Boote welchen Typs sind Teil der nächsten Welle?«

»Die Daten sind durch den Sensorschaden ungenau, aber es scheint sich um drei Rettungsboote und vier weitere Kapseln zu handeln.«

»Das ist unmöglich«, gab Klark Chrisholm zurück. »So viele Rettungsboote besitzen Landungsschiffe der *Overlord*-Klasse nicht. Sie müssen sie aus den anderen Landungsschiffen geholt haben.« Die Logik dieser Schlußfolgerung war unangreifbar, aber ihre Bedeutung war beängstigend. In Anbetracht der Tatsache, daß sich noch drei andere Landungsschiffe auf Wildkatz befanden, konnten ihnen durchaus noch weitere Angriffswellen bevorstehen. »Alle Geschütztürme bereitmachen. Feuer frei.«

Ein tiefes, fast pulsierendes Brummen schien die Brücke erzittern zu lassen, als die riesigen Schiffspartikelprojektorkanonen aufgeladen wurden. Zusammen mit den gewaltigen Barracuda-Raketen lieferten die SPPKs dem Zerstörer der *Essex*-Klasse weit mehr Feuerkraft, als nötig war, um das kleinere Landungsschiff zu zerblasen.

Der Brückenoffizier meldete sich. »Durch die Schäden an den Sensoren ist die Treffsicherheit um fünfzehn Prozent reduziert.«

»Wo sind diese ...« Chrisholms Frage wurde ganz plötzlich von einer erneuten tiefen, donnernden Explosion abgeschnitten, als eines der Rettungsboote der *Bull Run* seine Triebwerke auslöste und die Steuerbordflanke der *Dark Claw* rammte. Die Detonation sprengte Teile der massiven Panzerung vom Schiffsrumpf, und der Zerstörer wurde vom Aufprall leicht nach Backbord gedreht. Zwei kleinere Explosionen folgten, als ein Paar Rettungskapseln nahe der Hecktriebwerke einschlugen. Klark Chrisholm wurde von der Erschütterung nach vorne geworfen und erkannte, daß sein Schiff ernsthaften Schaden genommen hatte, als die Brückenbeleuchtung flackerte und ausfiel.

Eine Sekunde später schaltete sich die Notstromversorgung ein und aktivierte die Beleuchtung und die für den Schiffsbetrieb unbedingt notwendigen Kontrollen, auf zahlreichen Plätzen aber war nur noch die Hälfte der Kontrollen einsatzbereit. Die ursprünglich taghelle Brükkenbeleuchtung arbeitete nur noch mit einem Viertel der normalen Leistung.

»Maschinenraum, hier spricht der Kapitän«, bellte

Chrisholm in das Mikro in der Armstütze seines Sessels. »Wir sind auf Notstrom. Lagebericht.«

»Wir haben ein kleines Kühlmittelleck, Sterncaptain, und mußten Energie vom Steuerbordtransferkreis ableiten.«

»Wie ernst ist es?«

»Wir müssen die Geschwindigkeit drosseln, Kapitän«, erwiderte der Ingenieur.

»Neg, ihr müßt mir mehr Schub liefern«, befahl Chrisholm, als könnte seine Anordnung irgendwie die Gesetze der Physik umstoßen.

»Unmöglich, Sterncaptain Klark Chrisholm. Wenn wir diesen Befehl ausführen, werden sich die Maschinen in wenigen Minuten automatisch abschalten.«

»Was hätte es für Folgen, wenn ich dir befehle, diese Abschaltautomatik zu überbrücken, Ingenieur?«

Die Frage ließ die ohnehin schon greifbare Spannung auf der Brücke weiter zunehmen. »Sterncaptain, auf diese Weise wäre zwar der gewünschte Schubzuwachs möglich, aber die Triebwerke würden sich innerhalb weniger Minuten überhitzen. Sie würden durch die Abschirmung brennen und in einer unkontrollierbaren Kettenreaktion den Rumpf aufbrechen.«

Klark Chrisholm ballte wütend die Fäuste und schlug auf die Armlehnen ein. »Alternativen, Ingenieur.«

»Zeitweise Stillegung der Triebwerke und Einsatz eines unserer Wartungstunnels als improvisierte Kühlmittelzuführung. Es wird eine Stunde dauern, den Tunnel abzudichten und anzuschließen. Danach könnten wir wieder fünfundsiebzig Prozent Schubleistung liefern.«

In der Zwischenzeit ist mein Gegner entkommen. Es war eine bittere Entscheidung, aber Chrisholm kam nicht darum herum. *Es ist ein Ehrverlust, aber der Verlust meines Schiffes würde die Mission der Galaxis auf Dauer gefährden.* »Na schön, Ingenieur. Führe die Reparatur durch. Ich werde Galaxiscommander Devon Osis von unserer Lage in Kenntnis setzen.«

22

Landungsschiff *Bull Run*, am Piratensprungpunkt CEXC-0021-A.2122.97
Äußere Peripherie

6. Juli 3058

Loren schwebte dichtgefolgt von Kerndon in den gewaltigen Mechhangar der *Bull Run*. Die Männer und Frauen, die ihm helfen sollten, die Novakatzen von Tarnby nach Wayside V zu locken, hatten sich hier zu einer letzten Besprechung versammelt. Als Loren sich zu ihnen umdrehte, nahm Kerndon wie von einer unsichtbaren Rute gehalten seinen Platz einen Schritt hinter ihm ein.

»Ruhe bitte«, rief Loren, und das Murmeln in der großen Halle brach beinahe augenblicklich ab. Meistens hallte der schmutzige, von Schweiß- und Kühlmittelgestank erfüllte Hangar wider vom Lärm der Wartungsarbeiten, aber hier und jetzt wirkte er gespenstisch still. Selbst die Reparaturkräne und Winden schienen auf seine Worte zu warten. »Ich habe diese Versammlung einberufen, um Ihnen deutlich zu machen, was uns erwartet, und was ich von Ihnen erwarte. Sie alle wissen, wie wichtig diese Mission für das Überleben der übrigen Fusiliers ist, deswegen werde ich Sie nicht mit einer Motivationsansprache langweilen. Sie hatten alle reichlich Zeit, die uns bekannten Pardertaktiken zu studieren. Wir haben die Parder-Kennungen der IFF-Transponder in den erbeuteten Omnis nicht verändert. Vor allem dürfen Sie nicht vergessen, daß die Novakatzen mit reinen Clan-Taktiken kämpfen werden. Sie werden sich zu Einzelduellen stellen, solange Sie ihnen keine Gelegenheit geben, sich anders zu verhalten. In ihren Augen werden sie gegen die Nebelparder kämpfen, ihre traditionellen Feinde.«

»Nach dem, was wir gelesen haben, sind sie so eine

Art Mystiker oder Träumer«, sagte die schlanke Trisha McBride. »Aber die Gefechtsberichte stellen sie als recht wilde Kämpfer dar. Ich habe nur eine Frage: Was sind sie wirklich – Träumer oder Krieger?«

»Für diejenigen unter Ihnen, die es noch nicht wissen, das ist mein Leibeigener Kerndon.« Loren deutete auf den muskulösen Mann hinter sich. Um Kerndons rechtes Handgelenk lag in drei Schlaufen die Leibeigenenkordel. »Kerndon war bis vor wenigen Tagen ein Nebelparder-Krieger. Als mein Leibeigener ist er uns verschworen, und ich vertraue ihm völlig. Er weiß alles über die Novakatzen.«

Kerndon neigte kurz den Kopf in Lorens Richtung, bevor er sprach. »Die Novakatzen glauben, eine besondere Einsicht in die Zukunft zu besitzen, eine Zukunft, in der sie eine vorherrschende Rolle spielen. Sie unternehmen sogenannte Geistesquesten auf der Suche nach Visionen, in dem Versuch zu wiederholen, was Nicholas Kerensky tat, als er unsere – die Clans gründete«, verbesserte er sich. »Ich habe erst einmal gegen sie gekämpft, aber ich konnte sie eingehend studieren. Sie setzen ihre Spiritualität im Kampf ein. Diese stärkt sie, verleiht ihnen eine Konzentration, die ihnen gestattet, mit einer Wildheit zu kämpfen, die nur der Parder übertrifft. Weil sie glauben, von einer übernatürlichen Vorsehung auserwählt zu sein, kämpfen sie ohne Furcht vor Verletzung oder Tod. Das macht sie zu tödlichen Gegnern.« Zufrieden, alles gesagt zu haben, was nötig war, zog Kerndon sich wieder hinter Loren zurück, um anzuzeigen, daß er fertig war.

»Wie Sie sehen, kann Kerndon uns wertvolle Tips geben«, übernahm Loren wieder das Wort. »Aber jetzt zum Wesentlichen. Wir verlassen das Waysidesystem in weniger als dreißig Minuten. Unsere Batterien sind aufgeladen und ermöglichen zwei Sprünge, genug, um uns zu unserem ersten Angriffsziel zu bringen. Wir nehmen beide Sprungschiffe mit, aber die *Kobayashi* wird uns nicht über die gesamte Strecke begleiten. An einem der Zwischenstops wird sie sich lösen und auf uns warten, um uns so schnell wie möglich zurück nach Wayside bringen zu können, sobald wir sicher sind, daß die Novakatzen uns folgen. Unser erstes Ziel ist das Sternsystem EC-EY-4170, eine Ladestation des Novakatzen-Clans. Ich werde mich als Sternhaufenkommandeur der Nebelparder ausgeben und einen Batchall um den Besitz von vier Sprungladungen initiieren. Wir werden zwei dieser Ladungen verwenden, um unser zweites Ziel zu erreichen, und die zwei anderen auf dem Rückweg.« Loren betonte den letzten Nebensatz, um allen klarzumachen, daß er auf jeden Fall vorhatte, nach Wayside V zurückzukehren.

»Entschuldigung, Sir«, meldete sich Commander Gregory Hector. »Aber warum fordern wir sie nicht einfach zu einem Kampf um die ganze Ladestation heraus, mit allem Drum und Dran?«

»Auch dazu hat Kerndon etwas zu sagen«, erwiderte Loren und blickte sich zu dem Leibeigenen um.

»Die Novakatzenstation wird von einem Stern Elementare und einer BattleMecheinheit sowie Hilfsinfanterie gehalten. Die Nebelparder haben sie bereits zweimal angegriffen, aber nur Sprungladungen erbeutet. Ein Besitztest um die ganze Station hätte sie gezwungen, alle verfügbaren Truppen zu ihrer Verteidigung aufzubieten. Ein derartiger Test würde eine andere Mixtur von Einheiten verlangen, als sie uns zur Verfügung stehen – insbesondere Elementartruppen.« Auch das war ein Punkt, den Loren erst in Privatgesprächen mit Kerndon erfahren hatte. Im Weltall bevorzugten die Clans den Einsatz von Elementaren.

»Mit anderen Worten, Greg, wir geben uns als Parder aus, also müssen wir uns auch wie Parder benehmen. Außerdem haben wir nicht die nötigen Leute, um eine Station dieser Größe zu besetzen oder zu bemannen, selbst wenn wir sie erobern würden. Denken Sie daran, dies ist kein Eroberungsfeldzug. Es geht uns nur darum, die Aufmerksamkeit der Katzen zu erregen. Sobald wir unsere Ladungen haben, springen wir weiter in ein kleines System, über das wir Daten vom Explorercorps und von Kerndon haben. Es liegt nur einen Sprung entfernt, was uns entgegenkommt, weil wir die Batterieladung für den nächsten Hüpfer brauchen. Der Zielplanet heißt Boltin. Die Novakatzen unterhalten dort eine Nachschubbasis. Wir werden sie angreifen. Die *Kobayashi* wird anschließend in diesem System bleiben und auf uns warten. Währenddessen wird sie eine ausreichende Ladung aufbauen, um uns auf dem Rückweg nach Wayside zu tragen. Der dritte Halt ist Tarnby, die Endstation unserer Reise. Dort haben die Novakatzen zwei Sternhaufen stationiert, eine davon eine Frontklasse-Einheit – der 100. Einsatzsternhaufen. Unser Ziel ist die Einnahme der Tarnby-HPG-Station, selbst wenn wir sie nur für kurze Zeit halten können. Wenn sie uns danach nicht jagen, weiß ich nicht, wie wir sie dazu bringen könnten.«

»Sir?« Der stämmige Sumpter Burke in der vordersten Reihe der Versammlung meldete sich. »Wie sollen wir all die Einheiten, von denen Sie reden, mit nur zehn OmniMechs besiegen?«

»Sie denken zu sehr wie ein Krieger der Freien Inneren Sphäre, Sumpter. Das Bieten der Clans wird uns gestatten, sehr genau festzulegen, was wir an Truppen einsetzen müssen, solange wir unsere Zielobjekte exakt auswählen. Die Novakatzen werden keinen kompletten Sternhaufen gegen uns einsetzen, wenn wir sie wissen lassen, womit wir angreifen und wie klein die Ziele sind, um die wir kämpfen wollen.«

Es gab noch einen kritischen Punkt, den er ansprechen mußte. »Wir wissen inzwischen auch, daß die Clans das genetische Muster aller Gefallenen eines Schlachtfelds genau untersuchen. Sie dürfen aber auf keinen Fall herausfinden, daß wir keine echten Nebelparder sind. Das heißt, niemand wird zurückgelassen, weder lebend noch tot. Wenn es irgendwo Blutspuren in einem Cockpit gibt, müssen sie weggebrannt werden – bis keine Spur von ihnen übrig ist. Wenn Sie einen toten Kameraden nicht bergen können, müssen wir alles vernichten, was ihren Wissenschaftlern gestatten könnte, unsere wahre Herkunft festzustellen.«

»Sie verlangen von uns, Leichen zu schänden, Major?« fragte Ralston McAnis.

Loren sah unbekümmert aus. »So ist es, Subcommander. Und das gilt auch für mich. Ich erwarte, daß Sie oder wer auch immer sonst auf dieser Mission in die entsprechende Lage kommt, mich einzuäschern, dies auch tut, wenn es nötig werden sollte.«

Bevor noch jemand protestieren konnte, wechselte Loren das Thema. »Wer hier hat Null-g-Erfahrung?« Die Frage war rein rhetorisch, aber er stellte sie trotzdem. Vor dem Start von Wayside V hatte er wiederholt die Personaldaten aller Guards durchgesehen. Die Wahl seiner Kandidaten für die falschen Nebelparder war wohlüberlegt gewesen.«

»Sir«, meldete sich Gregory Hector. »Ich war vor ein paar Jahren am Überfall auf eine Orbitalanlage über Ballynure beteiligt.« Er zuckte die Achseln. »Es ist schon eine Weile her, aber ich habe es zumindest schon mal gemacht.«

»Ausgezeichnet. In Ordnung, alles auf die Sprungstationen. Absichern für den Sprung aus dem System. Greg, rufen Sie die Daten der Sprungstation ab. Konzentrieren Sie sich als mögliches Operationsgebiet auf die Außenhülle. Subcommander Killfries, ich muß mir für diese Aktion Ihren *Schwarzfalke* ausleihen.«

»Ja, Sir«, erwiderte der hochaufgeschossene Schnauzbartträger, auch wenn er sich offensichtlich fragte, warum die Wahl gerade auf seinen OmniMech gefallen war.

Loren würde es ihm später erklären, falls sein Plan

glückte. »Mitch«, rief er und suchte die Gruppe nach seinem Tech ab.

»Sir.«

»Mitch, ich hoffe stark, wir haben diese Magnetsohlen an Bord.«

Der ChefTech mit einem Ansatz zur Kahlköpfigkeit nickte.

»Rüste Commander Hectors *Masakari* und den *Schwarzfalke* damit aus.« *Es wurde Zeit, den Novakatzen zu zeigen, wozu die Nebelparder fähig waren …*

Loren öffnete die Luke seiner Kabine. Zu seiner Überraschung stellte er fest, daß es Kerndon gewesen war, der geklopft hatte. Der wuchtige Leibeigene füllte die schmale Türöffnung völlig aus. Üblicherweise bot ein Landungsschiff nur Offizieren eigene Kabinen, aber weil sie so wenige waren, genoß auf diesem Flug fast die gesamte Truppe diesen Luxus.

Die Miene das ehemaligen Clanners war unbeweglich und gestattete keinerlei Rückschluß auf seine Gefühle. Loren wartete, bis er sich in einen Sessel geschnallt hatte und zu reden bereit war.

»Wir laden die Triebwerke für den nächsten Sprung auf«, stellte Kerndon fest. »Ich bin gekommen, um dein Batchall an die Novakatzen zu besprechen.«

Loren nickte. Er hatte die Herausforderung ebenfalls vor der Sendung mit Kerndon besprechen wollen, aber bisher keine Zeit dafür gefunden.

»Ein Nebelparder-Batchall ist mehr als eine Mitteilung des beabsichtigten Ziels oder die Herausforderung eines Mit-Kriegers. Es ist eine Machtdemonstration. Das habe ich mein ganzes Leben lang gelernt.« Kerndon sah kurz auf die dreimal um sein Handgelenk geschlungene Leibeigenenkordel. »Bei Zielen innerhalb der Inneren Sphäre haben wir in der Regel unser beabsichtigtes Ziel erklärt und gefragt, wie es verteidigt wird. Aber du hast noch eine andere Möglichkeit, Major Loren, auch wenn sie selten benutzt wird. Du kannst das Batchall durchführen und deinem Gegner mitteilen, mit welchen Kräften du anzugreifen planst.«

Loren wog die Mitteilung des Leibeigenen ab. »Worin liegt der Vorteil?«

»Die Novakatzen würden dir die Wahl des Schlachtfelds überlassen.«

»Ja, das könnte gut auskommen, weil ich plane, zwei unserer Mechs einzusetzen, und ich halte die Außenhaut der Station für den besten Platz für diesen Kampf. Den Daten zufolge, die du uns geliefert hast, verlassen sie sich weitgehend auf Elementare. Ich weiß nichts über den Einsatz von Elementaren unter Schwerelosigkeit, aber ich gehe davon aus, daß sie dafür ausgebildet sind. Ein Kampf auf der Außenhülle der Ladestation würde das Kräfteverhältnis ausgleichen, weil wir nicht nur im schwerelosen, sondern auch im luftleeren Raum kämpfen.«

»Pos«, bestätigte Kerndon. »Aber du mußt während der Übertragung dein Gesicht verbergen. Ihre Wissenschaftlerkaste wird versuchen, dein Gesicht abzutasten und mit bekannten genetischen Profilen der Nebelparder zu vergleichen.« Diese Abtastung und die Bergung von DNS-Proben Gefallener machte Loren allmählich die Bedeutung der Wissenschaftlerkaste bei den Clans deutlich. Wer das Genmaterial kontrollierte, der kontrollierte die Clans – soviel wurde schnell deutlich.

Kerndons Ton war streng. »Unser Batchall muß visuell erfolgen. Der Nebelparder-Krieger will sein Opfer mit Furcht erfüllen.«

»Aber mein Gesicht darf nicht zu erkennen sein.«

»Ich muß mit dem Mann reden, den du Mitch nennst. Wir müssen eine Maske des Nebelparders herstellen. Der Einsatz einer solchen Maske ist nichts Ungewöhnliches. Sie dient dazu, Autorität zu zeigen.«

»Gibt es noch etwas, was ich wissen sollte, bevor es losgeht?« fragte Loren.

»Wir werden es üben müssen, Major Loren«, stellte Kerndon geschäftsmäßig fest. »Du mußt lernen, wie ein Nebelparder zu sprechen. In deinen Adern muß das Feuer des Kampfes lodern. Du mußt dein Gegenüber aus einer Stellung vollkommener Überlegenheit anreden. Von nun an mußt du leben, als schlüge das Herz des Parders in deiner Brust.«

23

**Landungsschiff *Bull Run*, Ladestation Katzenauge 009, System EC-EY-4170
Äußere Peripherie**

8. Juli 3058

Der Hyperraumsprung nach EC-EY-4170 war mit einem kleinen Risiko verbunden, das nichts mit den Novakatzen zu tun hatte. Transitionen zwischen den Sternen waren eine auf langsame, methodische Durchführung ausgelegte Tätigkeit, nicht auf die überhastete Vorgehensweise der Fusiliers.

Der Schiffscomputer brauchte eine gewisse Zeit, um die Koordinaten des nächsten Sprungpunkts exakt zu berechnen, sonst lief das Schiff Gefahr, bei der Ankunft in einer Schwerkraftsenke zu zerbrechen. Zwei Sprünge in dichter Folge waren immer riskant, weil der hochempfindliche Triebwerkskern zwischen den Wechseln in den Hyperraum aus der Eichung gleiten konnte. Ein kluger und gewissenhafter Kommandeur ließ zwischen zwei Sprüngen immer eine gewisse Zeit verstreichen, in der die Sprungschiffsbesatzung sicherstellte, daß der Antrieb perfekt ausgerichtet war und die Berechnungen keinen Fehler aufwiesen. Eine zweite Transition so kurz nach der ersten erhöhte die Gefahr eines Fehlsprungs, aber Loren hielt das unter den gegebenen Umständen für akzeptabel.

Er stand, von Haftsohlen am Boden gehalten, in seiner Kabine und zupfte den an allen vier Ecken an seiner Montur befestigten grauen Umhang zurecht, der hastig aus einer der Kojendecken genäht worden war. Die Maske auf seinem Gesicht war aus Isolierschaum geschnitzt, wie er hauptsächlich für Notreparaturen verwendet wurde. Sie zeigte einen breiten Raubkatzenkopf mit tiefliegenden Augen. Das Maul war aufgerissen, die Fänge gebleckt.

Die Maske wirkte primitiv, aber Kerndon hatte ihm versichert, daß daran nichts Ungewöhnliches war. Eine Maske dieser Art drückte den Stolz und die Ehre des Clans aus und war mehr Symbol als Kunstwerk. Loren verstand das ganze Konzept der Clan-Masken nicht so recht, aber in einem Punkt war er sich sicher: Mitchell Fraser tat gut daran, keine Künstlerlaufbahn anzustreben.

Die KommTech des Schiffs hatte die Bild- und Tonaufnahme in Lorens Kabine umgelegt. Jaffray persönlich hatte ein großes ›T‹ für Galaxis Tau auf die graue Schottwand hinter sich gemalt. Illusion war alles. Es war das einzige, worauf er sich stützen konnte.

»Major«, drang Skipper Spillmans Stimme aus dem Interkom. »Diese Novakatzen-Station ist nur tausend Kilometer von unserer derzeitigen Position entfernt. Unsere Sensoren zeichnen aktive Ortungseinrichtungen, also wissen sie inzwischen, daß wir hier sind. Ich schlage vor, Sie tun, was Sie nicht lassen können, bevor sie ihre Jäger in Marsch setzen.«

Loren rückte noch einmal die Maske zurecht, als Kerndon in die Kabine kam und sich außerhalb des Aufnahmebereichs der Holokamera aufstellte. Sie hatten diese Sendung einige Male geprobt, und Loren war unter Kerndons beißender Kritik die Nuancen des Batchall durchgegangen. Jetzt wurde es Zeit für die Premiere ihres kleinen Dramas. Er öffnete die Interkomverbindung zur Brücke der *Bull Run.* »Verstanden. KommTech, einen Kanal zu den Novakatzen öffnen. Wenn sie eine Identifikation verlangen, geben Sie ihnen keine Antwort.«

Es dauerte mehrere Herzschläge, bis die KommTech antwortete. »Noch drei Sekunden, Major.«

Das grüne Licht an der Oberseite der Holokamera flammte auf, und Loren starrte ins Objektiv. Während ein Wiedergabegerät aus einer im Boden eingelassenen kreisförmigen Projektorplatte bestand, die von einem

Rand aus Lichtern umgeben war, die das Bild kontrollierten und aufrechterhielten, umfaßte das Aufnahmesystem drei auf Stativen montierte Kameras, die ihn aus verschiedenen Blickwinkeln erfaßten, sowie eine über eine Handsteuerung kontrollierte Computerkomponente, die jene Teile des Bildes erzeugte, die von keiner der Kameras erfaßt wurden. Mit der Handsteuerung konnte er sowohl den Empfänger wie den Sender steuern, der in diesem Fall an die Kommphalanx des Schiffes gekoppelt war.

Loren hatte in seiner Laufbahn schon eine Menge verschiedener Rollen gespielt – MechKrieger, Offizier, Terrorist, loyaler Capellaner, Spion, Saboteur, Northwind Highlander. Das hier hätte nur eine weitere Rolle sein dürfen, eine notwendige Arbeit, um das Missionsziel zu erreichen. Aber irgendwie war es diesmal anders. Bis jetzt war es immer um seine Nation gegangen. *Diesmal geht es um das Überleben der Fusiliers. Zum ersten Mal in meinem Leben habe ich eine Familie. Selbst wenn ich versage und es irgendwie überlebe, werde ich innerlich tausend Tode sterben.*

»Novakatzen, ich bin Sterncolonel Loren von den Nebelpardern. Hört mein Batchall und erzittert vor Furcht in eurem Bau.« Seine Stimme dröhnte mit aller Arroganz und Überheblichkeit, zu der er fähig war. »Ich jage euch wie mein Totem und werde eure stinkenden Kadaver in die Feuer der Niederlage schleudern.« Er machte eine Pause, um seine Worte wirken zu lassen. »Ich komme im Namen des einzigen wahren Clans, der Nebelparder, um euch in einem Besitztest vier eurer Sprungladungen zu nehmen. Wie ein wahrer Krieger trete ich mit nur zwei meiner OmniMechs an, denn ich weiß, was immer ihr mir entgegenstellt, sie werden es unter ihren Füßen zermalmen. Ich handele im Namen meines Clans. Womit verteidigt ihr euch? Welche Krieger wollt ihr in den sicheren Tod schicken?« Loren verstummte, und Kerndon schaltete mit einem Nicken die Kameras ab.

»Sie werden dein Batchall bestätigen und untereinander um das Recht bieten, dich zu vernichten.«

»Wir empfangen eine Antwort, Sir«, meldete die KommTech. »Ich spiele sie Ihnen rein.« Die Holokamera vor ihm fungierte auch als Miniaturprojektor. Vor Loren erschien das Bild eines Mannes in schwarzer Uniform mit Kapuzenmantel, wenn auch nicht größer als eine Puppe. Seine Stimme drang aus dem Schiffslautsprecher in der Kabinendecke. »Ich bin Sterncommander Edward vom Katzenaugekommando Nummer Neun der Novakatzen – der wahren Gefolgsleute der Vision Nicholas Kerenskys. Wir haben deine Herausforderung erhalten und bestätigen die gebotenen Kräfte. Du bist so tollkühn wie der Rest deines Clans, Nebelparder, und hast keine Hoffnung auf einen Sieg. Wir werden dir die Macht der visionären Inspiration unmißverständlich vor Augen führen. Ich werde mich in einer Stunde wieder melden, um dir mitzuteilen, womit wir uns verteidigen.« Das Holobild verblaßte.

»Wie war ich?« fragte Loren und nahm die Maske ab. Die kühle Bordluft brannte auf seiner schweißnassen Haut.

»Major Loren«, stellte Kerndon kühl fest, »du hast Potential.«

Mitch Fraser tastete mit dem tragbaren Belastungsanalysator ein letztes Mal den *Schwarzfalke* ab, den Loren steuern würde. Der beobachtete zufrieden, mit welcher Gewissenhaftigkeit sein Tech arbeitete.

»Und? Bin ich für den Weltraumeinsatz freigegeben?«

Der Mechhangar der *Claymore*, der bei seinem letzten Besuch noch so still gewesen war, hallte jetzt wider von Geschäftigkeit, als die Mechpiloten ihre Kampfkolosse wieder und wieder auf ihre Einsatzfähigkeit überprüften. Das Scheppern von Metallwerkzeugen echote durch die Halle, und der klebrig-süßliche Geruch von Schmiermittel drang in Nase und Kehle.

Mitch schaltete das Prüfgerät aus und wendete sich mit rotunterlaufenen Augen an seinen Kommandeur. »Ja, Sir, soweit das überhaupt möglich ist. Die Magnetausrüstung ist eingebaut und an den Gefechtscomputer angeschlossen. Wenn dieser Kampf auf der Außenhülle der Station stattfindet, können Sie sich wie unter 0,7 g bewegen.«

»Gut. Was ist mit der Leine?«

»All unsere Mechs sind mit einem Leinenhaken ausgerüstet. Ich habe das Myomerkabel an eine leichte Ladung angeschlossen, die Sie über das KommSystem kontrollieren. Sie brauchen nur den Code einzugeben, und das Kabel zieht sie zurück.« Myomerfasern waren das Grundmaterial für die ›Muskeln‹ eines BattleMechs, die der riesigen Maschine gestatteten, sich mit beinahe menschlicher Präzision zu bewegen. Wenn ein Myomerstrang einer elektrischen Ladung ausgesetzt wurde, zog er sich auf einen Bruchteil seiner ursprünglichen Länge zusammen.

Der Einsatz von Myomer-Halteleinen bei Mechoperationen im freien Raum war durchaus üblich. Der Kampfeinsatz unter diesen Bedingungen war es keineswegs. Selbst mit speziellen Magnetadaptern an den Füßen konnte ein Mech leicht losgerissen werden und ins All abtreiben. Ein Glückstreffer ins Cockpit konnte einen explosiven Druckverlust verursachen, der den MechKrieger augenblicklich tötete. Da half auch kein Haltekabel. Im eisigen Schweigen des Alls zum Kampf anzutreten, war ein Alptraum für einen MechKrieger.

»Ich hoffe, das zu unserem Vorteil ausnutzen zu können«, stellte Loren fest und nahm einen Teil der Halteleine in die Hand, um sie sich anzusehen.

»Sir, wie war das Gegengebot?«

»Zwei Strahlen. Ich nehme an, daß mindestens ein Strahl aus Elementaren besteht, möglicherweise auch beide. Kerndon meinte, ich könnte nähere Informationen über die Einheiten verlangen, gegen die wir antreten, aber auch, daß ein Parder mehr Kühnheit beweisen würde, indem er darauf verzichtet. Und da die Novakatzen nicht nachgefragt haben, welche OmniMechs wir einsetzen, wollte ich nicht zaghaft erscheinen.«

»Da gehen Sie lieber blind in den Kampf?«

Loren nickte. Er war sich der Bedeutung dieser Entscheidung noch sehr viel bewußter als sein Freund. »In diesem Fall, ja. Ich habe hier eine Rolle zu spielen, und ich will das Leben unserer Kameraden auf Wayside V nicht gefährden, indem ich uns bei der ersten Gelegenheit verrate.«

»Wenn die Frage gestattet ist, Sir, warum Sie? Warum müssen Sie das hier tun?«

»Ich habe das Kommando, und ich habe Erfahrung mit Gefechten dieser Art.« Beides stimmte, aber Loren wußte, es war mehr. *Ich muß es tun, um mir selbst etwas zu beweisen.*

»Wenn Ihnen etwas zustößt, stirbt das ganze Regiment auf Wayside V«, wandte Mitch ein.

Loren legte die Hand auf die Schulter des Techs. »Nein. Wenn mir etwas zustößt, müssen Sie die Mission weiterführen.«

»Ich?« Mitch war entgeistert.

»Natürlich Sie«, bestätigte Loren. »Sie sind der ranghöchste Offizier, Kapitän. Wenn ich sterbe, fällt die Aufgabe, für den erfolgreichen Abschluß dieser Mission zu sorgen, an Sie. Ich habe in der Datenbank detaillierte Missionspläne für Sie abgelegt.«

»Major Jaffray.« Mitch heulte fast. »Ich bin ein Tech, kein MechKrieger. Ich kann so eine Verantwortung nicht übernehmen.«

»Mitch, Sie sind ein Northwind Highlander und ein Fusilier zuerst und zuletzt. Sie machen sich keinen Deut weniger Sorgen um den Oberst und die anderen auf Wayside V als wir alle. Sie werden unsere Kameraden – und mich – nicht enttäuschen. Ich weiß ...«

Der Schiffsinterkom unterbrach ihn. »Major Jaffray,

eine Nachricht von der Katzenauge-Ladestation. Die Novakatzen verlangen, daß wir unsere Einheiten absetzen.« Es war die Stimme der KommTech auf der Brücke.

»Ich muß los«, entschied Mitch Fraser, dessen Gesicht plötzlich kreidebleich war.

»Ich auch. Wohin müssen Sie?« fragte Loren und stieß sich in Richtung Mechcockpit vom Boden ab.

»Tja, Sir«, antwortete Mitch Fraser. »Ich muß in meine Kabine und den lieben Herrgott anflehen, daß er Sie diesen Einsatz überleben läßt.«

24

Ladestation Katzenauge 009, System EC-EY-4170
Äußere Peripherie

8. Juli 3058

Lorens geborgter *Schwarzfalke* und Commander Hectors *Masakari* standen auf der Unterseite der Ladestation, während die Ingenieure des Landungsschiffes in ihren Raumanzügen die Myomerleinen am Rumpf der Novakatzenstation befestigten. Mitch hatte die Leinen an eine kontrollierte Stromladung angeschlossen. Sie bedeuteten eine Rettungsleine, die Loren und Greg Hector dringend brauchen würden, wenn sie sich an die Planung hielten. Hector war deswegen ziemlich unruhig, und Loren konnte es ihm nicht verdenken.

Die Novakatzen-Ladestation war lang, beinahe einen Kilometer, und mindestens 750 Meter breit. Die leichte Rumpfkrümmung war im All kaum zu erkennen, aber jemand wie Loren, der sich mit den Magnetsohlen seiner Mechfüße aufrecht hielt, bemerkte sie sehr wohl. Als er die Ausleger entlang des Stationsrumpfes betrachtete, manche nur ein, zwei Meter hoch, andere, wie eine Antennenphalanx ganz in seiner Nähe, zweimal so hoch wie sein OmniMech, machte sich beinahe augenblicklich seine Ausbildung bemerkbar. *Das wäre eine gute Deckung für die Elementare, und der Kampf gegen sie würde noch schwerer werden. Für uns bedeutet das, der Novakatzen-Mech kann ihnen Artilleriedeckung liefern und die Vorsprünge und Sensoren dazu benutzen, unser Gegenfeuer abzublocken.*

Loren überprüfte die Kommkonsole und überzeugte sich, daß die Myomerleine noch nicht unter Strom stand. Er hatte genau wie Hector genug Energie zur Verfügung, um die andere Seite der Station zu erreichen, wenn das nötig wurde. Auch ohne Unterstützung war ein Myomerkabel dieser Dicke ohne weiteres in der Lage, einen Mech zu halten, aber elektrisch aufgeladen war es noch sehr viel stärker. Loren kannte sich gut genug mit den Gesetzen der Physik aus, um die Bedeutung dieser Leine zu erkennen. Wenn die Magnetpolster an den Füßen des *Schwarzfalke* irgendwie beschädigt wurden oder sich lösten, würde er abtreiben. In dem Fall könnte jede noch so kleine Bewegung zu einer Gefahr werden.

Pünktlich auf die Sekunde trafen der gegnerische Mech und die Elementare am anderen Ende der Station ein. Es war ein kolossaler *Gladiator* – ein *Henker* im Sprachgebrauch der Clans. Der bedrohlich wirkende Gigant strotzte vor Waffen. Das wie ein menschlicher Schädel geformte Cockpit schien haßerfüllt auf sie herabzublicken, während die ClanTechs dieselben Schutzvorrichtungen befestigten, die Lorens und Commander Hectors Maschine verankerten.

Der *Gladiator* hatte Lorens *Schwarzfalke* volle fünfundvierzig Tonnen Masse voraus, wog also beinahe doppelt soviel. Mit Greg Hectors *Masakari* war der Vergleich weniger erschreckend, aber Loren besaß die Sprungdüsen. Er wußte, daß es an ihm lag, sich den schweren Brocken vorzunehmen. Seine Sensoren meldeten ihm einen Strahl Elementare neben dem Mech, auch wenn er auf dem Sichtschirm wenig von ihnen sah, weil die Vorsprünge der Stationsunterseite seine Sicht blockierten.

Was auch geschieht, sie müssen mich für einen wahrgeborenen Nebelparder halten. Als die Techs die Oberfläche der Basis geräumt hatten, öffnete er eine Breitbandverbindung. »Ich bin Sterncolonel Loren von den Nebelpardern. Kommt näher, Novakatzen, damit ich euer Blut von meiner Hand auf euren Tod trinken kann.«

»Ich bin Sterncommander Otis von den Novakatzen«, kam die Antwort. »Du benutzt Worte wie eine Freigeburtshure, wirfst damit um dich wie mit billigem, wertlosem Schmuck. Du bist gekommen, um Sprungschiffladungen zu stehlen, die zu verteidigen meine Pflicht ist. Beenden wir dieses kindische Geplänkel, so daß ich mich wieder den Geschäften eines wahrgeborenen Kriegers widmen kann.« Plötzlich verspürte Loren Gefallen an diesem rituellen Austausch von Clanbeleidigungen.

Er aktivierte das Fadenkreuz der Sichtprojektion. Es senkte sich über den *Gladiator*, als seine Waffen den Mech erfaßten. Gewöhnlich richteten sich sämtliche Waffen der Kampfmaschine automatisch auf die Mitte der Feindsilhouette, aber diesmal nahm Loren die Autokanone aus der Zielerfassung und richtete sie von Hand aus. Während seine schweren und leichten Laser direkt auf den Fusionsreaktor im Herzen des *Gladiator* zielten, wies die tödliche Autokanone auf ein Ziel etwas weiter seitlich, ein Ziel, das sich über den Gefechtscomputer nicht anvisieren ließ.

Sterncommander Otis zeigte keinerlei Reaktion auf die Zielerfassung. Loren löste den schweren Impulslaser aus und erzielte einen Treffer, der in einer lautlosen Lichtexplosion die Ferrofibritpanzerung vom Torso des *Gladiator* sprengte und die Bruchstücke sich überschlagend in die Weltraumnacht schleuderte. Mehrere Schüsse mit dem leichten Laser und einem der Maschinengewehre folgten und trafen die Schulter und den rechten Arm des Mechs. Der Schaden, den diese Treffer anrichteten, war allerdings rein kosmetisch.

Als nächstes drückte Loren den Feuerknopf der Autokanone, einer der stärkeren Waffen des *Schwarzfalke*, und sandte einen Strom von Granaten auf die Reise, die an einer Stelle etwa fünf Meter neben dem *Gladiator*, der sich unter den Lasertreffern langsam drehte, in die Station einzuschlagen schienen. Loren wartete instinktiv auf das tiefe Rumoren der Granatentreffer, aber im Vakuum des Alls gab es keinen Schall. Er sah nur die Explosionen und grellen Lichtblitze, als die Schrapnellsplitter um die riesigen Mechfüße des OmniMechs zuckten. Jeder Beobachter mußte die Autokanonensalve für einen klaren Fehlschuß halten.

Die fünf Elementare stiegen langsam auf lodernden Feuersäulen aus den Knöcheldüsen auf und bewegten sich in eleganter Flugbewegung auf Hectors *Masakari* zu. Sie planten offensichtlich, über den OmniMech zu schwärmen und ihn auszuschalten.

»Jetzt wirst du eins mit den Sternen«, erklärte Sterncommander Otis und setzte die schweren Geschütze des *Gladiator* ein. Ein rubinrotes Leuchten brach aus den beiden schweren Lasern und schnitt in das rechte Bein und den oberen Torso seines *Schwarzfalke* wie Schwerter des Lichts. Der OmniMech schüttelte sich nur leicht, als Loren ihn drei Schritte vor bewegte, in das Laserlicht hinein.

Ein greller Lichtblitz zuckte vor ihm auf und ein Donnern krachte durch sein Cockpit, als die Gausskugel des *Gladiator* in den linken Mechtorso einschlug, die Panzerung durchbrach und sich tief in die interne Struktur bohrte. Der Rumpf des *Schwarzfalke* kippte unter dem Aufprall nach hinten, aber die Magnethalterungen hielten Loren aufrecht – mit Mühe. Ein Blick auf den Sekundärschirm bestätigte, was er bereits wußte: die Panzerung auf der rechten Torsohälfte war fast völlig zerstört. Noch ein Treffer dort, und der Test war vorbei, wahrscheinlich ebenso wie sein Leben.

Statt sich zurückzuziehen, stürmte er vor. Der Mech bewegte sich nur schwerfällig, die Magnetsohlen unter seinen Füßen gaben Loren das Gefühl, durch zwei Meter tiefen Schlamm zu waten, aber er stürmte nichtsdestotrotz vor. Er hielt die Waffen auf dem Ziel und feuerte noch einmal. Der schwere Impulslaser spie eine Wand aus rotem Feuer, die den oberen Torso und Kopf des *Gladiator* traf, gerade als der Novakatzen-Mech seinerseits feuerte. Der leichte Laser des *Schwarzfalke* traf das rechte Bein des *Gladiator*, konnte aber außer ein paar Kratern in der dicken Panzerung keinen erkennbaren Schaden anrichten.

Lorens Autokanone schien es noch immer bestimmt, ihr Ziel weit zu verfehlen, aber als er unter dem Laserangriff zurückwich, drehte sich der Novakatzen-Mech geradewegs in die Granatensalve, die mit voller Wucht in sein Kanzeldach einschlug. Im Vakuum des Alls genügte bereits ein stecknadelgroßes Leck im Cockpit, um einen Mechpiloten umzubringen. Sterncommander Otis hatte seine Waffen im selben Augenblick abgefeuert, in dem Lorens Schüsse ihn trafen, aber durch die plötzliche Drehung verfehlten Laser und Gaussgeschütz ihr Ziel. Loren sah nur ein silbernes Aufblitzen, als das massive Gaussprojektil lautlos über sein Cockpit zuckte und auf ewig in den Tiefen des Alls verschwand.

Zweihundert Meter vor seinem Gegner neigte Loren den Mech nach vorne und löste aus einer leichten Verbeugung die Sprungdüsen aus. Unter normaler Schwerkraft konnten die Düsen seine Maschine nur einhundertfünfzig Meter weit tragen. Jetzt schoß er, nachdem er die Magnethalterungen abgeschaltet hatte und keinerlei Bremswirkung ausgesetzt war, wie eine Kanonenkugel davon. Ohne Sprunglimit jagte der *Schwarzfalke* mit ständig zunehmender Geschwindigkeit nach vorne, geradewegs auf den *Gladiator* zu, dessen Pilot sich noch nicht völlig vom letzten Angriff erholt hatte.

Sterncommander Otis versuchte, seine Maschine aus dem Flugweg zu bringen, aber Loren hatte keine Mühe, seine Richtung anzugleichen. Innerhalb von Sekunden füllte das Bild des gewaltigen Clan-Mechs seinen Sichtschirm, und die beiden Maschinen prallten aufeinander.

Beide Mechs nahmen durch den Rammangriff Schaden, aber der *Gladiator* wurde von der Station weggerissen. Als Loren zurückprallte und sich von seinem Ziel entfernte, stellte er fest, daß der Angriff die gewünschte Wirkung erzielt hatte. Der Novakatzen-Krieger stand nicht mehr auf der Station, sondern hing freischwebend im All, wo er – ebenso wie sein eigener *Schwarzfalke* – langsam abtrieb. Die Zielsicht zeigte ihm, daß die Torsomitte des Gladiators den Hauptschaden erlitten hatte, aber die Ferrofibritpanzerung dieser Zone war so dick, daß sie noch einiges mehr aushielt.

Aus nächster Nähe feuerte er Maschinengewehre, Autokanone und leichten Laser auf das rechte Bein des Novakatzen-Mechs ab. Das MG-Feuer trieb sie noch weiter auseinander, während Otis festzustellen versuchte, wie ernsthaft er beschädigt war. Während die MGs und der leichte Laser nur oberflächlichen Schaden anrichten konnten, riß die Autokanone gewaltige Breschen in das bereits angeschlagene Mechbein. Loren sah große, wabernde Klumpen silbriger Flüssigkeit ins All spritzen und zwischen den beiden Maschinen treiben, die sich immer weiter voneinander entfernten. *Die Sprungdüsen! Ich habe eine seiner Düsen getroffen!*

Bevor Otis reagieren konnte, streckte Loren die Hand nach den Kontrollen aus, die Mitch für die Myomerhalteleine eingebaut hatte. Er legte eine leichte Spannung an, und das Kabel zog sich zusammen. Innerhalb eines Sekundenbruchteils hatte es sich gespannt. Es zog sich wie ein Gummiseil zusammen, nicht hart, aber fest genug, um ihn zurückzuziehen – zurück zur Ladestation.

»Immer schnell dabei, mein Parderfreund«, höhnte die Stimme von Sterncommander Otis. »Auch ich habe eine Leine und bin auf dem Weg zurück«, stellte er fest, als Loren mit den Sprungdüsen seine Landung auf dem Stationsrumpf abbremste. Er sah hoch und beobachtete, wie die zerfetzte und verkohlte Halteleine des *Gladiator* an seinem Cockpit vorbeizuckte, ihr Ende ausgefranst und rußgeschwärzt. Die Brandmale seiner AK-Granaten waren deutlich zu erkennen. Eine Weile hörte er nichts, und vor seinem geistigen Auge sah er Sterncommander Otis, der hektisch versuchte, seine Halteleine zu aktivieren, nur um sie ohne den geringsten Kontakt zur Station auf sich zuschnellen zu sehen.

»Für dich ist der Kampf vorbei«, sagte er. »Ich bin ein Nebelparder und verfehle mein Ziel nur selten.« Seine Autokanonensalve, die scheinbar weit daneben gelegen hatte, hatte in Wirklichkeit genau das erreicht, was er mit ihr beabsichtigt hatte.

»Verflucht sollst du sein!« schrie Otis und feuerte wütend seine Laser auf den *Schwarzfalke* ab. Aber der Mech war schon viel zu weit entfernt, und mit jeder Sekunde trieb er weiter ab. Die Signalglocke eines Kommanrufs klang durch Lorens Neurohelm, dann tönte Kerndons Stimme auf. »Sterncolonel Loren, dein Sternkamerad braucht Unterstützung.« Loren drehte sofort um und sah nach Gregory Hector.

Der letzte von den Elementaren landete soeben auf dem Rumpf des *Masakari*. Alle fünf Infanteristen benutzten die riesigen Krallen ihrer Anzüge, um Panzerung abzureißen, die offenbar bereits durch die Kurzstreckenraketen aus ihren Tornistern beschädigt wurde. Das gespenstische Glühen der bereits vorhandenen Breschen machte Loren klar, daß die Zeit für seinen Commander knapp wurde.

Einer der Elementare hielt sich krampfhaft am wedelnden rechten Mecharm des Metallriesen fest. Sein Krötenanzug besaß keine Metallklaue mehr. Offenbar war sie durch einen Treffer Hectors abgerissen worden. Ein anderer der gepanzerten Infanteristen, der sich am rechten Bein des Mechs festhielt, war von – eindeutig von Lasertreffern stammenden – Brandspuren übersät. Aber diese Novakatzen-Elementare ließen nicht locker.

»Ich könnte Hilfe gebrauchen, Sir«, bat Hector über KommLaser. Offensichtlich versuchte er alles in seiner Macht Stehende, um die Kröten abzuwehren – eine zum Scheitern verurteilte Anstrengung.

»Halten Sie sich an den Plan, Commander. Sie hängen alle an Ihrem Mech.«

»Sir ...«

»Nicht reden, handeln«, befahl Loren.

»Ich hasse Physik«, murmelte Hector. Loren sah, wie die Magnethalterungen des überschweren OmniMechs sich lösten und dem *Masakari* gestatteten, sich von der Station zu lösen. Die riesigen Kniegelenke des Mechs senkten sich tief auf die Stationsoberfläche, als er über einer der Kröten in die Hocke ging, die zwischen die Beine des Mechs feuerte und eine breite Panzerschicht losschnitt. Dann sprang der *Masakari* ohne Vorwarnung in die Höhe und stieß sich mit der ganzen Kraft seiner gewaltigen Beine von der Novakatzen-Station ab.

Der fünfundachtzig Tonnen schwere OmniMech schoß wie eine Rakete ins All. Seine Masse verlieh ihm gewaltigen Schwung, und die Elementare wurden von der plötzlichen Bewegung völlig überrascht. Sie stellten ihre Angriffe ein, um ihre Lage besser einschätzen zu können. Loren beobachtete den Flug des *Masakari* und seiner unfreiwilligen Passagiere mit Staunen, behielt dabei aber ständig die sich schnell entrollende Halteleine im Auge. Sie schien unbeschädigt.

Als Hector und seine ›Gäste‹ sich dem Ende der Leine näherten, war Loren klar, daß die Elementare sich darauf konzentrierten, ihren Halt nicht zu verlieren. Noch konnten sie nicht ahnen, was ihnen bevorstand. Erst im letzten Augenblick, wenn es bereits zu spät für sie war, würden die Naturgesetze sie besiegen. Unmittelbar bevor die Myomerleine ihre äußerste Länge erreichte, sandte Greg einen starken Stromstoß hindurch.

Eine minimale Spannung auf der Myomerleine hatte genügt, Loren aus etwa derselben Entfernung zurück zur Station zu bringen. Der Stromstoß, den Commander Hector durch das Kabel jagte, ließ die Myomerfasern auf ein Hundertstel ihrer Länge schrumpfen. Die plötzliche Kontraktion riß den *Masakari* mit einer höheren Geschwindigkeit zurück zur Station als auf dem Hinflug.

Was das für die Elementare bedeutete, war klar. Als der riesige *Masakari* plötzlich stoppte und zurück zur Ladestation schnellte, ging dessen gesamte nach außen gerichtete Bewegungsenergie auf sie über. Für Commander Hector in der Pilotenkanzel des Mechs war der Schlag schmerzhaft, für die Kröten war er vernichtend.

Das Ergebnis zeigte sich unmittelbar. Drei der gepanzerten Infanteristen verloren augenblicklich den Halt und wurden entlang der ursprünglichen Flugbahn des OmniMechs ins All geschleudert. Die Metallkralle eines vierten wurde abgerissen, und eine Millisekunde später kollidierte er in einer wilden Taumelbewegung mit zweien seiner Kameraden. Die außer Kontrolle rotierenden Kröten würden Stunden brauchen, ihre Flugbahn mit Hilfe der Sprungdüsen an ihren Füßen auch nur so weit zu stabilisieren, daß sie an einen Rückflug zur Station denken konnten. Die Gesetze der Physik hatten sie besiegt.

Commander Hectors OmniMech jagte auf die Station zu. Ein letzter Elementar hing an der Vorderseite seines Torsos und klammerte sich dort mit ganzer Kraft fest, um nicht das Schicksal seiner Kameraden teilen zu müssen. Die Halteleine hatte dem *Masakari* bei ihrer Kontraktion ein leichtes Drehmoment verpaßt, und er rotierte leicht, als er auf die Station zustürzte. Loren sah die ausgestreckten Beine des Elementars, der nicht loslassen wollte. Der *Masakari* schlug hart auf die Station auf und prallte etwas zurück. Unter ihm trieb eine kleine Gaswolke davon.

Als er aufstand, wußte Loren um das Schicksal der letzten Kröte, der Novakatze, die sich bis zuletzt angeklammert hatte. Sie hatte in der Torsomitte des *Masakari* gehangen, als Hector auf die Station geschlagen war, und war zwischen beiden Metallmassen regelrecht zerquetscht worden. Nur ein Blutfleck auf der zerbeulten Panzerung des OmniMechs kündete noch von ihrer Existenz.

Loren öffnete den Breitbandkanal. »Sterncommander Edward von den Novakatzen, hier spricht Sterncolonel Loren von den Nebelpardern. Deine Truppen wurden durch überlegenes kämpferisches und taktisches Können besiegt. Wieder einmal hat sich gezeigt, wer die wahren Träger des Kerensky-Erbes sind. Schicke deine Freigeburts-Techs heraus, um die Toten zu bergen und jene, die in den Tod treiben. Die Segel unserer Sprungschiffe sind ausgebreitet, und du kannst augenblicklich zwei der gewonnenen Ladungen abstrahlen. Heute hat der Nebelparder euch besiegt. Vergeßt es nicht und berichtet den anderen eures Clans, daß wir gekommen sind und Jagd machen auf jene, die sich unserem Schicksal in den Weg zu stellen wagen.«

Nun blieb Loren nur noch eines zu tun. Er würde Kerndons erste Leibeigenenschlaufe durchtrennen. Der Mann hatte seine Loyalität bewiesen, indem er ihm geholfen hatte, diese Aktion erfolgreich zu beenden.

25

Bannockburn-Isthmus, Wayside V (Wildkatz)
Äußere Peripherie

9. Juli 3058

Cat Stirling sah sich in der Kuppel des HQ-Zelts um und betrachtete die müden, angespannten Mienen ihres Stabs. Sie hatten den Bannockburn-Isthmus erreicht, aber bis jetzt war keine Spur von den Pardern zu sehen. Major Craig hatte dunkle Ringe unter den Augen. Kapitän Lovat, der Nachrichtendienstoffizier, wirkte nervös, als er seinen Kopf rollte, um die Nackenmuskulatur zu lockern. Sho-sa Parkensen stand trotzig und mit verschränkten Armen in der Nähe Major Blakadars. Blackie hatte seinen langen Körper an die Karbonstützen der Zeltkuppel gelegt wie gegen eine solide Mauer, obwohl er wußte, daß er sich in einem zusammenlegbaren Zelt befand, das Platz im Cockpitstauraum eines BattleMechs hatte.

Stirling blickte sich in der zehn Meter durchmessenden grauen Kuppel um und fragte sich, wie oft sie es auf ihren Feldzügen schon benutzt hatte – und wie oft sie es noch würde benutzen können. *Hier stecken zu viele Erinnerungen drin, und ich schleppe es Schlacht für Schlacht mit mir herum.*

Der frischbeförderte Brevet-Major Fuller war noch unruhiger als alle anderen. Für ihn waren diese hochrangigen Besprechungen eine neue Erfahrung, und er wußte nicht, was sie und die anderen von ihm erwarteten.

»Wir sind in Stellung und halten die Landenge«, stellte Stirling fest. »Die Parder hätten uns gestern schon attackieren müssen. Was sagt der letzte Kundschafterbericht, ND?«

Lovat reagierte sofort. »Lewis' Scouts haben sie entdeckt. Sie scheinen ihre Position auf der anderen Seite des Isthmus zu halten.«

»Ohne Zweifel graben sie sich ein«, stellte Craig fest.

Kapitän Lovat schüttelte den Kopf. »Das ist nicht ihr Stil. Die übliche Parder-Taktik wäre gewesen, uns zu überrennen. Aus irgendeinem Grund halten sie sich noch zurück.«

»Nutzen Sie den Vorteil aus«, drängte Sho-sa Parkensen von hinten. »Greifen Sie ihre Truppen jetzt an, bevor sie ihren Angriff starten können.«

Stirling schüttelte den Kopf. »Möglicherweise wäre das genau das, was dieser Sterncolonel Roberta erreichen will. Bevor ich mich in die Schlacht stürze, will ich wissen, worauf sie wartet.«

Kapitän Lovat trat einen Schritt vor. »Ma'am, wenn ich einen Vorschlag machen darf. Wir haben noch immer eine Anzahl Satelliten in der Umlaufbahn, von denen die Parder nichts wissen. Durch passive Beobachtung haben wir nichts herausgefunden. Ich könnte einen unserer Aktivortungssatelliten einsetzen, um die gesamte Region abzutasten.«

»Aber werden sie ihn nicht einfach abschießen, wenn er erst eingeschaltet ist?« fragte Major Fuller.

Lovat nickte. »Sicher, aber wenn wir vorher die Daten bekommen, die wir brauchen, ist der Verlust zu ertragen.«

Stirling nickte. »Sorgen Sie dafür, Kapitän. Nächste Besprechung in zwei Stunden. Bis dahin gilt weiter volle Alarmbereitschaft.« Sie begleitete die anderen Offiziere zum Zelteingang und blickte hinaus in die Ferne. Rechts von ihr ragte die Felswand des engen, schluchtähnlichen Isthmus in die Nacht. Links sah sie in der Entfernung die Landmassen New Scotlands. Der Kontinentalsockel wurde von einem dunkelgrünen Himmel eingerahmt, an dem Wolkenmassen heranzogen. Auch über New Northwind auf der rechten Seite war eine dünne Wolkenschicht zu sehen. Eine steife kühle Brise strich über das Gelände, als sie das Schlachtfeld betrachtete. *Irgendwo da draußen ist der Feind. Roberta hat etwas vor. Und sobald ich weiß, was es ist, werde ich dafür sorgen, daß sie den Tag bereut, an dem sie aus ihrem verdammten Reagenzglas gekrochen ist.*

»Wir konnten den Satelliten fünfundzwanzig Minuten lang einsetzen, bevor ihr Zerstörer ihn lokalisiert und abgeschossen hat«, stellte Kapitän Lovat fest, als sich die Offiziere um den tragbaren Holoprojektor des Zelts versammelten. »Die gute Nachricht ist: Ich glaube, ich weiß jetzt, warum unser Sterncolonel in den letzten Tagen so bemerkenswert zurückhaltend war.«

Er aktivierte den Projektor, und die Hologrammkarte der Landenge erwachte zum Leben. Die Stellungen der Fusiliers erschienen als blaue Symbole, während die Mechs und Elementare der 101. Blutigen Krallen als ein kurzes, von Felsen übersätes Stück abseits in Rot dargestellt wurden. Oberst Stirling beugte sich über die Projektion und studierte jeden Zentimeter. »Was immer Sie da sehen, Kapitän, ich kann es nicht erkennen.«

Der Isthmus war gut zwanzig Meter breit, im Grunde nicht mehr als eine von West nach Ost verlaufende Schlucht. Ihr Boden schien von gewaltigen Felsformationen bedeckt. Im Westen duckten sich die Fusiliers hinter den zerklüfteten Felsvorsprüngen. Im Osten taten die Nebelparder dasselbe. Zu beiden Seiten des Canyons ragten die Kontinente in die Stratosphäre.

»Ich vergrößere den Maßstab, Ma'am.« Lovat regulierte den Projektor neu, und das Bild schrumpfte, so daß ein größerer Kartenausschnitt sichtbar wurde. Mit jedem Tastendruck wurde die Karte kleiner, bis plötzlich ein zweites rotes Symbol auftauchte, ein gutes Stück südöstlich des Isthmus.

»Da haben wir den Grund«, erklärte Lovat und richtete seinen Zeigestab auf den roten Punkt. Die Karte zoomte automatisch darauf zu und löste den roten Lichtpunkt in einzelne Symbole für Mechs und Elementare auf.

»Sieh mal einer, guck«, sagte Oberst Stirling, und lächelte zum erstenmal seit Tagen. »Ja, was haben wir denn da?«

»Überschwere Omnis, ein kompletter Stern«, stellte Kurt Blakadar fest. »Und zwei zusätzliche Krötenstrahlen.« Er sah sich zu Kapitän Lovat um. »Wie genau sind diese Daten?«

»Fünfundneunzig Prozent«, kam die Antwort. »Genau genug ...«

»Sie hat sie in unseren Rücken geschickt, wahrscheinlich über den Kontinent, genau wie wir es vorhatten, aber weiter östlich, deshalb hat es so lange gedauert«, konstatierte Oberst Stirling. »Sterncolonel Roberta wartet, bis sie an unserer Südwestflanke in Stellung gegangen sind. Diese Abteilung umgeht unsere Positionen, um uns von hinten anzugreifen, und sie nimmt den langen Weg. Deswegen spielen sie am Isthmus auf Zeit. Sie plant, uns von Norden mit ihrer Hauptstreitmacht und von Süden mit dieser kleinen Überraschung anzugreifen.«

»Verdammt«, war alles, was Cullen Craig sagen konnte.

»Verdammt trifft es genau«, stimmte Stirling zu. »Major Blakadar, sie weiß, daß wir das Gelände abgetastet haben. Was meinen Sie, wird Sie jetzt unternehmen?«

»Ich würde davon ausgehen, daß mein Plan aufgeflogen ist«, erwiderte der hochgewachsene Offizier. »Ich würde alles gegen uns in die Schlacht werfen, was ich habe, um der Sache ein Ende zu machen.«

»Genau das meine ich auch. Warum drehen wir den Spieß nicht um.« Sie wandte sich an den neuen Kommandeur der Kilsyth Guards. »Major Fuller, lassen Sie Kapitän Lewis mit seinen kombinierten Gefechtseinheiten wie geplant hier hinten in Stellung gehen. Dann schnappen Sie sich eine Ihrer Kompanien und kümmern sich um Robertas kleine Überraschung. Der Rest Ihrer

Truppe wird die Black Adders an der rechten Flanke der Isthmusschlucht unterstützen.«

»Ja, Ma'am«, bestätigte Fuller den Befehl und salutierte.

»Und Sie, Blackie, bringen Ihre Black Adders in Bereitschaft und fangen an, sie wie geplant am Osthang des Isthmus rauf nach New Northwind zu schaffen. Major Craig, bereiten Sie Ihre Leute auf den Angriff vor.« Stirling stemmte die Fäuste in die Hüften und musterte ihre Offiziere. »Denkt daran, Lads«, erklärte sie schließlich, »wir sind nicht hier, um sie zu schlagen oder zu vernichten. Wir sind hier, um ihnen eine Abreibung zu verpassen und uns danach aus dem Staub zu machen. Major Jaffray ist unterwegs, um Hilfe zu holen. Wir müssen sie nur so hart treffen, daß sie Zeit brauchen, ihre Wunden zu lecken.«

»Ich habe keine Lust auf Wortklaubereien, Sterncaptain«, raunzte Sterncolonel Roberta ins Cockpitmikro. Herumzusitzen und auf den Beginn der Schlacht zu warten, war nicht gerade ihre Stärke. Mit jedem Atemzug schien die Kanzel zu schrumpfen – und die Wände auf sie einzustürzen. Es bedrückte sie zu wissen, daß die Fusiliers keinen Kilometer entfernt dabei waren, sich einzugraben und darauf zu warten, daß sie angriff.

Ihr Plan war solide. Die Truppen, die sie um den Kontinent geschickt hatte, kamen nur langsam voran, aber sie würden zum selben Zeitpunkt in den Rücken der Fusiliers vorstoßen, zu dem sie ihren Angriff startete. In der Landenge zwischen den Kontinenten eingeschlossen, würden die Fusiliers ihr nicht entkommen, und sie würde die Söldner bis zum letzten Mann und bis zur letzten Frau vernichten.

Sterncaptain Klark Chrisholm antwortete in unbeeindruckt gleichmütigem Tonfall. »Wir haben einen Satelliten entdeckt, der dein momentanes Operationsgebiet mit aktiven Ortungssystemen abtastete. Wir haben ihn und mehrere andere bis jetzt aufgefundene Satelliten zerstört.«

»War die Abtastung erfolgreich?«

»Das weiß ich nicht, Sterncolonel. Ich weiß nur, daß eine Abtastung erfolgt ist, aber es läßt sich von hier aus nicht feststellen, ob sie Erfolg hatte, oder ob die gesammelten Informationen die Fusiliers erreicht haben.«

Das lodernde Feuer ihres Zorns, das Sterncolonel Roberta bis jetzt unterdrückt hatte, verzehrte ihr Herz. Eine Wut jenseits roher Frustration, geboren aus einem Leben des Kampfes und den Genen von Kriegern zweier Jahrhunderte brach in diesem Augenblick in ihrem Cockpit aus. Ihr Gesicht verzerrte sich zu einer Fratze. »Mein Plan ist aufgeflogen!«

»Das kann ich nicht mit Sicherheit sagen, Sterncolonel«, stellte Klark Chrisholm fest.

»Aber ich, du überheblicher Idiot«, bellte sie. Sie betrachtete den Sichtschirm ihres *Henker* und die Felsen, die vor ihr aus dem Boden ragten. *Wir haben lange genug mit diesen Fusiliers gespielt. Es wird Zeit, daß sie den vollen Zorn des Nebelparders spüren.*

26

Bannockburn-Isthmus, Wayside V (Wildkatz)
Äußere Peripherie

10. Juli 3058

»Oberst«, kam die Stimme Kapitän Lovats über den sicheren Kanal und weckte Cat Stirling aus einem leichten Dämmerschlaf im Cockpit ihres *Großtitan*. »Die Kordonposten orten zahlreiche OmniMechs, die ihre Reaktoren hochfahren.« Wie die meisten auf Wayside V zurückgebliebenen Fusiliers, hatte sie in den letzten Tagen, in denen sie sich auf die Verteidigung des Isthmus vorbereitet hatten, kaum wirklich geschlafen.

»Ist es soweit?« Der aufgeregte Klang seiner Stimme weckte sie wie eine Dusche mit eiskaltem Wasser. Sie sah auf die Uhr. Es waren noch Stunden bis zur Morgendämmerung. Die pechschwarze Nacht würde beide Seiten behindern.

»Würde ich sagen.«

»Dann wollen wir mal.« Stirling öffnete den Befehlskanal, der ihre Stimme zu allen Kompanie- und Lanzenführern dort draußen in der Nacht übertrug. »Hier Oberst Stirling. Die Parder marschieren. Bataillonsführer, Plan Alpha. Black Adders warten auf mein Zeichen.«

Ein langes Schweigen folgte ihrem Befehl. Mindestens fünf Minuten lang geschah nichts. Cat Stirling suchte das Gelände ab. Irgendwo dort draußen in der Dunkelheit rückte ihr gesichtsloser Gegner, Sterncolonel Roberta, endlich an.

Dann geschah es. Der Boden des Isthmus erbebte wie unter einer Büffelstampede. In der Ferne, wo Craigs Bataillon die Frontlinien verteidigte, erhellte sich die Nacht, als Elementare auf ihren Sprungdüsen in den Himmel stiegen und ihre Kurzstreckenraketen auf die Fusilier-BattleMechs herabregnen ließen. Am Boden zuckten die bläulich weißen Blitzschläge von PPK-Feuer durch die engen Zwischenräume der Felsvorsprünge. Rotes und grünes Laserlicht schoß in einer pulsierenden Wand aus purer Energie und Vernichtung auf die Highlanders zu.

»Erstes und Zweites Bataillon, zum Angriff!« Stirling befahl ihre Einheiten in den Isthmus und trat mit ihrem *Großtitan* aus der Deckung. Sie senkte das Fadenkreuz über einen *Loki,* den ersten Parder-Mech, der im Paß auftauchte, nachdem er in vollem Gallop mitten durch die Verteidigungsstellungen gebrochen war. Ihre Langstreckenraketen schossen aus den Abschußrohren, senkten sich auf ihr Ziel und detonierten auf Beinen und Hüften ihres Gegners. Ihre beiden schweren Impulslaser schlugen in den rechten Arm des *Loki* und die Raketenlafette auf seiner Schulter ein. Die Schlacht hatte begonnen.

Weit vor dem Rest der Fusiliers wurde Major Cullen Craigs *Victor* von einer Gaussgeschützkugel so hart am Torso erwischt, daß er beinahe zu Boden ging. Der vogelgleiche *Geier,* der geradewegs auf ihn zumarschierte, hatte ihn zu seinem Ziel erkoren. Der nur mit zwei Gaussgeschützen bewaffnete OmniMech lief kalt wie Eis, während Craig stetig mehr Abwärme aufbaute.

Mit kalter Präzision senkte er sein eigenes Gaussgeschütz auf den sich nähernden *Geier.* Der Parder-Pilot schien seine Absicht zu erkennen und drehte ab, wobei er die obere Torsohälfte gegen die Bewegung der Beine drehte und Craig dadurch unverändert im Visier behielt. Jetzt aber bewegte der Mech sich quer durch dessen Schußfeld. Craig kompensierte die Richtungsänderung und drückte den Auslöser. Die Gausskugel schlug in den kurzen rechten Arm des *Geier* ein und riß ihn ab. Ein Funkenregen schlug aus dem Schultergelenk, gefolgt von dichtem Qualm.

Aber der Parder ließ nicht locker. Mit einem Schuß aus dem verbliebenen Armgeschütz traf der angeschlagene

Omni den *Victor* knapp unter dem linken Kniegelenk. In Craigs Cockpit stieg die Temperatur auf einen neuen Höchstwert. Gleichzeitig legte sich sein Mech zur Seite, als er versuchte, den Treffer auszugleichen. Er schaltete auf den zweiten Feuerleitkreis und visierte seinen Gegner mit den Kurzstreckenraketen und mittelschweren Impulslasern an. Im selben Augenblick, in dem er das Glockensignal der Zielerfassung im Ohrhörer seines Neurohelms hörte, drückte er den Feuerknopf und pumpte die Salve in den Torso des *Geier*.

Der Nebelparder kam näher. Sein verbliebenes Gaussgeschütz lud eine weitere Kugel nach. Die Waffe kam hoch, als ein dritter Mech nahebei in den unsteten Schatten der Vordämmerung auftauchte. Craig riß den Gashebel zurück und zog seinen Mech nach hinten, um die Distanz zum *Geier* zu wahren, während er sein Geschütz in Schußposition brachte.

Der Neuankömmling, der Rumpfbemalung nach ein Fusilier, setzte eine PPK-Salve gezielt in den Rücken des *Geier*. Ein grellblauer Lichtblitz erhellte die Nacht, und für einen Augenblick zeichnete sich die Silhouette des Parder-Mechs scharf vor dem Nachthimmel ab. Craig sah ihn einen Schritt nach vorne treten, dann verlor er die Balance und kippte zu Boden.

Jetzt sah er einen anderen Parder heranstürmen, um den Platz seines Kameraden einzunehmen – einen *Katamaran*. Der Clan-Mech feuerte eine Breitseite Langstreckenraketen auf den Mech ab, der Craig soeben das Leben gerettet hatte, und im Feuerschein der explodierenden Sprengköpfe erkannte er die vertraute Silhouette eines *Hatamoto-Chi*, des BattleMechs von Sho-sa Elden Parkensen.

Craig legte den Vorwärtsgang wieder ein, als ein Elementar auf dem Torso des *Victor* landete und seinen Armlaser wild in die Seitenwand des Cockpits abfeuerte. Wenn er das hier überleben sollte, stand er tief in Parkensens Schuld.

Links unterhalb seiner gegenwärtigen Position sah Major Kurt Blakadar das Feuerwerk der Schlacht losbrechen. Er hatte seine zwei Kompanien Black Adders auf die Oberfläche New Northwinds gebracht und auf der anderen Seite der Halbinsel wieder hinunter in den Isthmus, wo sie nun an der hinteren Südflanke der Parder-Kräfte standen. Durch kluge Nutzung jeder Deckungsmöglichkeit und ausgedehnten Einsatz von Thermaltarnplanen und leichter ECM-Störgeräte hatten sie eine Entdeckung verhindern können. Es hatte einen ganzen Tag gekostet, seine Leute in Stellung zu bringen, aber jetzt stand die Abrechnung ins Haus. Bis jetzt ahnten die Parder allem Anschein nach nichts von ihnen – und so gefiel es ihm.

Der Weg die Felsvorsprünge hinab war alles andere als sicher gewesen, und kein Pfad hatte ihnen den Abstieg erleichtert. Die Schlacht tobte in zwei Kilometern Entfernung, und nach dem, was er aus dem Feuerschein und dem Donnern der Detonationen schließen konnte, war es ein höllisches Gemetzel.

Er fühlte den Drang, seine Befehle zu mißachten und sofort mit seinen Leuten in die Flanke der Nebelparder vorzustoßen. Aber er wußte es besser. Die wenigsten, die sich Andrea Stirling widersetzten, hatten lange Gelegenheit, damit anzugeben. Nein, er würde warten, bis er das Zeichen erhielt.

»Adder Leiter«, kam eine gehetzte Stimme über den abhörsicheren Befehlskanal. »Hier ist Craig. Mach, daß du herkommst. Die drehen uns hier durch den Wolf.«

»Sorry«, antwortete Blakadar, und wischte sich die von der Hitze im Cockpit schweißnassen Hände an den Shorts ab. »Ich warte auf das Zeichen von Cat Eins.«

»Verdammt, Kurt, wer weiß, ob sie noch lebt. Sieh zu, daß du deinen Arsch hierher bewegst.« In Craigs Stimme lag ein Hauch von Panik. Statisches Rauschen unterbrach die Verbindung, ein Beweis für den Einsatz von Störsendern auf seiten der Parder.

Blakadar dachte lieber nicht über die Möglichkeit nach, daß der Oberst gefallen war. Er war der amtierende Stellvertretende Regimentschef. Bei ihrem Tod ging der Befehl über das Regiment auf ihn über. Der Befehl über ein eingekesseltes Regiment, das mit kaum einer Überlebenschance auf einer lebensfeindlichen Welt festsaß. Er fuhr den Fusionsreaktor seines Mechs etwas höher, um sich für den Abmarsch bereit zu machen. Der mächtige *Albatros* bebte, als könne er es nicht erwarten, in die Schlacht zu stürmen.

Wieder riß er sich zusammen. Wenn der Oberst tot wäre, hätte das sicher irgend jemand durchgegeben. Er würde hier die Stellung halten, bis er so oder so ein Zeichen erhielt. Es bestand die Möglichkeit, daß Oberst Stirling durch den Einsatz von Störsendern außerstande war, Verbindung aufzunehmen. So sehr er auch mit seinen Kompanien in die Schlacht stürmen wollte, er widerstand dem Verlangen. Die einzige Frage war, wie lange konnte er das durchhalten?

»Heiliger Krautstrunk!« brüllte Major Jake Fuller, als er die feindlichen Mechs heranbrettern sah. »Gebt's ihnen, Jungs und Mädels!« schrie er ins Mikro seines Neurohelms. Dann schaltete er hastig auf das Regimentsbefehlsnetz. »Cat Eins von Guards Eins. Feindkontakt.«

Er erhielt keine Antwort und konnte nicht feststellen, ob irgend etwas den Oberst daran hinderte, zu reagieren, oder ob sie nur zu beschäftigt war. Was der Grund für ihr Schweigen auch war, er hatte seine eigenen Probleme. Seine beiden Lanzen der Kilsyth Guards waren in den frühen Morgenstunden auf die Flankenangriffstruppe der Nebelparder getroffen. Die Parder waren geradewegs an Fullers Lager vorbeigestürmt. Entweder sie hatten die Guards dort nicht bemerkt, oder sie hatten sie in ihrem Eifer, den Fusiliers in den Rücken zu fallen, ignoriert. Fuller hatte die Mechs hochgefahren und sie von hinten angegriffen, als die Clanner gerade erkannten, was geschehen war. Jetzt brach um sie herum ein Inferno aus.

Das ist nicht die Art Kampf, die ich bevorzuge, allein und ohne Unterstützung. Wir sind achtzig Klicks vom Isthmus, und wenn wir sie hier nicht aufhalten, können die Überlebenden ihren Angriff doch noch durchziehen. Alle Mechpiloten in Fullers Truppe kannten die Lage und wußten, daß sie diese Schlacht gewinnen mußten. »Zeit zu sterben, Kitties«, murmelte er und warf sich in den Kampf.

Vor ihm stiegen drei Kröten in den Nachthimmel auf und feuerten mit tödlicher Präzision ihre Kurzstreckenraketen auf ihn ab. Jake wendete den *Cerberus* und stürmte los, während er mit den vier mittelschweren Impulslasern auf die fliegenden Elementare feuerte. Er legte die beiden Gaussgeschütze in den Mecharmen auf einen anderen Feuerleitkreis, weil diese mächtigen Waffen gegen die Elementare, mit denen er es momentan zu tun hatte, nutzlos waren. Seine Laserschüsse strahlten durch die Nacht, und zwei von ihnen fanden ihr Ziel. Einer der Elementare verlor durch die gebündelte Lichtenergie ein Bein und stürzte außer Kontrolle vom Himmel. Den anderen erwischte der Schuß an der Brust und schleuderte ihn davon, während flüssiges Metall wie bei einem Vulkanausbruch aus seinem Körper zu spritzen schien.

Noch ein Elementar stieg vor Jake in die Höhe und feuerte in der Hoffnung, den Fusionsreaktor des *Cerberus* zu treffen, seinen Armlaser auf dessen Brustpartie ab. Sprachlos vor Erstaunen erkannte Jake, daß er es mit der Kröte zu tun hatte, der er nur Augenblicke zuvor ein Bein abgeschossen hatte. Der auf einer einzelnen, mit Höchstleistung lodernden Sprungdüse durch die Nacht fliegende Elementar schoß auf Jakes Mech zu, als hätte er nicht einen Kratzer abbekommen.

Als der junge Brevet-Major beide Gaussgeschütze abfeuerte, hatte er nur einen Gedanken. Wenn er diese Einheit nicht durchbrachte, würde Major Jaffray ihn den Rest seines Lebens zum Latrinendienst verdonnern.

Major Kurt Blakadar fuhr den Reaktor zum dritten Mal höher. Sein *Albatros* lief jetzt auf voller Gefechtsstufe. Seit zehn Minuten hörte er schon den Befehlskanal ab und konnte nichts als Rauschen ausmachen. Plötzlich drang klar und deutlich eine Stimme an sein Ohr. »Cat Eins an Adder Eins, Angriff, Angriff, Angriff.«

Für einen Augenblick war er sich nicht sicher, ob er die Stimme wirklich gehört oder es sich nur eingebildet hatte. Schweißperlen tropften im Innern des Neurohelms von seinen Augenbrauen und brannten in seinen Augen. Er war wie erstarrt, aber das dauerte nur eine Sekunde. In diesem Augenblick entschied Kurt Blakadar, daß er nicht länger warten konnte, selbst, wenn es nur ein Tagtraum gewesen sein sollte und sein Gehirn ihm einen Streich gespielt hatte.

»Black Adders«, befahl er über den Kanal seines Bataillons. »Wir rücken aus!«

27

Bannockburn-Isthmus, Wayside V (Wildkatz)
Äußere Peripherie

10. Juli 3058

Sterncolonel Roberta schwenkte den Mech hart herum, als ein mittelschweres *Fangeisen,* auf dessen Panzerung eine eingerollte schwarze Schlange prangte, seine LB-X-Autokanone und Langstreckenraketen auf sie abfeuerte. Das Bild der Schlange brannte sich durch die Infrarotfilter in ihre Gedanken. Als der Mech auftauchte, war sie gerade auf einen riesigen *Hatamoto-Chi* zugestürmt, um den gewaltigen BattleMech zum Zweikampf zu fordern. Die meisten Raketen des Neuankömmlings verfehlten ihren *Henker* und gingen weit vorbei, aber die Autokanone traf ins Ziel und hämmerte auf ihre Torsopanzerung ein. Sie richtete beide schweren Laser auf den kleineren Mech und schoß. Die Arme des *Fangeisen* loderten in einem Bad aus Licht und Vernichtung auf.

Ein Blick auf die Taktikanzeige zeigte fast zwei Dutzend Fusiliers-BattleMechs, die über die linke Flanke und den Rücken ihrer Einheit in den Isthmus vorrückten. »Einsatzstern Gamma, Zurückfallen auf hintere Flanke und Abwehrfeuer initiieren. Achtung, Blutige Krallen, der Feind fällt uns in den Rücken. Versammelt euch um meine Position, und wir werden ihn zermalmen!«

Ein seitlicher Treffer zwang sie erneut, den Mech zu drehen, als ein Highlander-*Jenner* mit feuernden Geschützen an ihr vorbeilief. Die Hälfte seiner mittelschweren Laser schoß vorbei, aber die anderen schnitten in die linke Armpanzerung und sprengten große Fetzen Metallkeramik ab. Wütend senkte Roberta das Gaussgeschütz auf den sprintenden Mech und feuerte.

Die silberne Kugel bohrte sich geradewegs durch die rechte Torsohälfte des *Jenner* und trat auf der gegenüberliegenden Seite wieder aus. Die Munitionsvorräte des Mechs explodierten, und trotz des Schutzes durch die zellularen Vorratskammern flog der leichte Kampfkoloß in einem blendenden Lichtblitz auseinander. Irgendwie schaffte es der *Jenner*-Pilot, im letzten Augenblick auszusteigen. Er wurde von der Druckwelle der Explosion hinauf in den Nachthimmel getragen. Dann öffnete sich der Fallschirm an seinem Schleudersitz, und er sank langsam zurück zum Boden der Schlucht.

Roberta fixierte den Fusiliers-MechKrieger. Sie sah nur den Feind, einen Feind, der tapfer gekämpft hatte, aber nichtsdestotrotz einen Feind. Sie trieb ihren *Henker* die fünfundsiebzig Meter bis unter den herabschwebenden Schleudersitz.

Im vollen Bewußtsein dessen, was sie tat, zog sie das Fadenkreuz über den Krieger und löste das Maschinengewehr aus. Die beiden ersten Kugeln taten ihre Arbeit, der Rest der Salve schüttelte nur noch den Leichnam des Fusiliers durch, der leblos in den Gurten des Schleudersitzes hing.

Roberta öffnete die Verbindung zu ihren Offizieren. »Keine Überlebenden«, befahl sie. »Tötet sie alle.«

Sie leckte sich die Lippen und sah mit frischer Kraft hinüber zu dem fernen *Hatamoto-Chi*. Der große Mech ragte auf wie ein Gigant, rief sie in die Schlacht, rief sie in den Tod.

Oberst Andrea Stirling erreichte die rechte Flanke der Infanteriestellungen gleichzeitig mit den Resten der Nebelparder-Streitmacht. Die Clanner, die es bis hierher geschafft hatten, waren durch ihre Fusiliers gebrochen und hinter die Linien vorgestürmt, um Chaos und Verwirrung zu säen. Eine beachtliche Leistung. Obwohl es nur ein einziger Stern war, machte dessen Zusammensetzung die Einheit zu einem nicht zu unterschätzenden Gegner – eine *Libelle*, ein *Kampfdämon*, ein *Koshi*, eine *Sturmkrähe* und ein *Hankyu*. Natürlich hatten sie den

Spießrutenlauf durch die Highlander-Stellungen nicht unbeschädigt überstanden, aber ihr Sturmangriff auf die Infanteriepositionen bewies, daß die Kampflust ihrer Piloten ungebrochen war. Das war alles andere als ermutigend.

Kapitän Jebediah Lewis' Fußtruppen hatten sich im harten Felsboden eingegraben und eröffneten mit Infernoraketen und tragbaren PPKs das Feuer, als die Clan-Omnis in Reichweite kamen. Stirling erfaßte einen der Kampfkolosse, die *Libelle,* und nahm ihn mit schweren Lasern und Langstreckenraketen unter Beschuß. Eine vertraute Hitzewelle schlug über ihr zusammen, aber sie kümmerte sich nicht darum.

Die ungewöhnliche Bauweise der *Libelle* machte sie für Flankenangriffe wie den Cat Stirlings besonders verwundbar. Der Arm mit seinem Waffenmodul füllte beinahe die gesamte Trefferzone aus. Beide Laser schlugen zuerst ein, zerschnitten die Panzerung und ließen Stirlings auf Infrarot geschalteten Sichtschirm grell auflodern, als die Ferrofibritplatten explodierten. Ihre vom Geschützcomputer gesteuerten Raketen bohrten sich in schneller Folge in den aufgeplatzten Mecharm.

Teile der internen Armstruktur flogen halbzerschmolzen davon, und die beiden letzten Raketen schlugen ungebremst durch in den Torso der *Libelle.* Stirling sah einen Geysir aus grüner Kühlflüssigkeit in die Nacht schießen, als Flammen um den Rumpf des Parder-Mechs leckten. Einen Sekundenbruchteil später detonierten die im zertrümmerten Armstummel lagernden Kurzstreckenraketen. Die CASE-Zellentüren waren zu verbogen, um sich zu öffnen und konnten die Druckwelle der Explosion nicht ableiten. Statt dessen sprengte die volle Wucht der Detonation die Torsopanzerung des Omni-Mechs ab. Der Mech kippte unter der Druckwelle, fiel jedoch nicht um.

Statt sich umzudrehen und sie zu stellen, senkte der Parder-Pilot seine verbliebenen Laser und Maschinengewehre auf die Infanteriestellungen und eröffnete das Feuer. Sprachlos vor entsetzter Wut mußte Stirling mitansehen, wie ihre Infanteristen starben. *Diese Roberta ist nicht damit zufrieden, uns zu besiegen. Sie will uns ausradieren.*

In blinder Wut vorpreschend, feuerte Stirling die Kurzstreckenlafette ab. Zielsicher senkten sich die Raketen in den gedrungenen Torso der bizarr geformten *Libelle.* Die rußgeschwärzte rechte Seite des Mechs war auf dem auf Normaloptik umgeschalteten Sichtschirm nur schwer auszumachen, abgesehen von den hell leuchtenden Kratern. Ihre Raketensalve änderte das, als sie sich tief in die Eingeweide der Maschine bohrte und dessen lebenswichtige Organe zerfetzte. Die *Libelle* war vernichtet. Ihre interne Struktur schoß durch klaffende Löcher im Rumpf nach allen Seiten davon.

Kapitän Lewis' *Grenzgänger*-Truppen in ihren den Rüstungen der Clan-Elementare nachempfundenen Krötenpanzern stiegen aus ihren Verstecken und feuerten auf die näher rückende Clan-*Sturmkrähe.*

Dann erschien in der Ferne ein weiterer Mech, das verkohlte Wrack eines Fusiliers-*Victor,* im Flackerschein der Schlacht kaum zu erkennen. Er wankte näher, während er sein Gaussgeschütz konstant weiter einsetzte. Cat Stirling erkannte den Mech und war schokkiert über den Schaden an Major Craigs Koloß. Wenn er schon so schwer beschädigt war, wie mußte es erst um den Rest des Regiments stehen?

Und im Hinterkopf fragte sie sich, was aus ihrem VFB-Offizier geworden war ...

Sterncolonel Roberta suchte auf der 360°-Anzeige des Sichtschirms nach dem Ursprung der Raketen, die in ihren Mech eingeschlagen waren, als eine Stimme in ihrem Cockpit erklang, eine wütende, befehlsgewohnte Stimme. »Sterncolonel Roberta, ich habe deine Vorgehensweise beobachtet. Deine Verluste sind weit höher als erwartet. Deinen Kampf unter diesen Umständen fortzusetzen, würde die Diana-Galaxis zu sehr schwächen, um die Novakatzen besiegen zu können. Ich befehle dir, deine verbliebenen Truppen augenblicklich zurückzuziehen.«

Der Befehl traf sie wie ein Todesstoß. Ein Rückzug war eine schwere Schande, ein Versagen, wie Roberta es in ihrem gesamten Leben als Nebelparderin noch nie erlebt hatte. Sie war immer siegreich geblieben, gleichgültig, gegen welche Übermacht. Jetzt überwältigte sie ein fremdartiges, unbekanntes Gefühl, eine Erfahrung, die sie kaum benennen konnte – Erniedrigung. Eines wußte Roberta als Nebelparder-Offizierin ganz genau, eine Niederlage war etwas, worauf sie nicht vorbereitet war.

Galaxiscommander Osis' Stimme erklang erneut, knapp und befehlend. »Antworte, Sterncolonel.«

Roberta schien es, als bewege sich ihr Körper außerhalb ihrer Kontrolle. Sie schaltete auf den Kommkanal der Galaxis und antwortete, beinahe ohne sich dessen bewußt zu werden. »Pos, Galaxiscommander. Meine Truppen ziehen sich zurück.« *So will es mein Clan, der Clan, den ich enttäuscht habe …*

Sie gab den Befehl. Die Worte verließen ihren Mund, als sie tat, was ein Nebelparder tun mußte – sie führte den Befehl eines Vorgesetzten aus. Sie war in der Lage, die Worte auszusprechen, aber das versetzte sie nicht in die Lage, dem Befehl selbst zu folgen. Es war unvorstellbar für sie, besiegt in den Stützpunkt zurückzukehren. Es gab nur einen Weg für sie, mit dem Ausgang der Schlacht fertigzuwerden – einen Weg, der zum Wesen einer Nebelparder-Kriegerin paßte.

In der Ferne sah Roberta noch immer den *Hatamoto-Chi*. Ihr IR-Filtersystem arbeitete nicht einwandfrei, aber sie konnte sehen, wie der BattleMech aus der Inneren Sphäre sich rückwärts aus der Schlacht zurückzog. Sterncolonel Roberta lächelte dünn. *Ja, es gibt noch eine Möglichkeit, im Namen des Nebelparders einen Sieg zu erringen.*

»Wir haben den Feind vor einer Stunde gestellt«, meldete Jake Fuller. »Wir haben schwere Verluste erlitten, aber keiner der Parder ist entkommen.« Eine lange Pause folgte. »Sie kämpften bis zum letzten Blutstropfen.«

Fullers Stimme klang müde, und er war nur schwierig zu verstehen, als Stirling den *Großtitan* auf der Suche nach Highlandern oder Clannern um die nächste Felsformation bewegte. »Verstanden. Kehren Sie zu den Treffpunktkoordinaten zurück.«

Plötzlich drang eine Stimme aus Stirlings Neurohelm-Lautsprechern. »Ich bin Sterncolonel Roberta von den Nebelpardern. Bereite dich darauf vor, gegen mich zu kämpfen, wie es sich für Krieger geziemt, im Zweikampf bis zum Tod!« Die Nachricht war nicht für Stirling bestimmt, sondern an den in der Nähe stehenden *Hatamoto-Chi* Elden Parkensens gerichtet. Der bis zu den Knien in OmniMechtrümmern stehende Kampfkoloß des draconischen Sho-sa erledigte gerade einen letzten Elementar. Als Stirlings *Großtitan* weitermarschierte, kam auch das Bild eines kampfgezeichneten *Gladiator* in Sicht, der langsam vorrückte.

»Komm näher, Kind, zusammen werden wir finden, wonach wir suchen«, antwortete die grimmige Stimme Sho-sa Parkensens. Stirling erkannte, daß beide den Tod suchten. Parkensen für seine Vergangenheit, Roberta für ihr Versagen hier. Aber ungeachtet ihrer Meinung von dem VFB und seinen konstanten Nörgeleien, brauchte sie ihn und seinen Mech. Sie konnte auf keinen Mann verzichten. So war es von Anfang an gewesen, und jetzt erst recht. *Wenn er unbedingt sterben will, findet sich dafür bestimmt noch eine bessere Gelegenheit.*

Sie zog das Fadenkreuz über den langsam anrückenden *Gladiator*, suchte die bereits beschädigten Rumpfbereiche der gegnerischen Maschine. Als der zerbeulte Torso unter der Zielerfassung lag, machte sie die letzte Salve Langstreckenraketen und die schweren Laser scharf.

Ihre Ortung zeigte an, daß in extremer Entfernung jenseits des *Gladiator* ein weiterer BattleMech aufgetaucht war. Sie drückte den Feuerknopf des Primären Feuerleitkreises und löste ihre Langstreckenwaffen aus. Im selben Augenblick eröffnete auch der Mech im Hintergrund das Feuer auf den OmniMech.

Von zwei Seiten zugleich schlugen tödliche Wogen der Vernichtung auf den *Gladiator* ein. Die Abschirmung seines Fusionsreaktors brach auf, und Stirling wußte, in diesem Augenblick wurde das Mechcockpit in harter Strahlung gebadet. Das automatische Rettungssystem hätte eingreifen und die Pilotin in Sicherheit bringen müssen. Aber Roberta schien es abgeschaltet zu haben, denn sie blieb in ihrem zerstörten Mech. Es konnte keinen Zweifel an ihrem Tod geben.

»Sie gehörte mir!« heulte Sho-sa Parkensen über die Kommleitung, als Stirling und Major Blakadar zu ihm aufschlossen. »Sie hatte mich in altehrwürdiger Tradition zu einem Zweikampf gefordert.«

»Wir haben Ihnen das Leben gerettet«, stellte Blakadar fest.

»Ich habe Sie nicht darum gebeten«, erwiderte der VFB verbittert.

Cat Stirling starrte in einer Mischung aus Abscheu und Wut hinaus auf den *Hatamoto-Chi*, aber die Schlacht war auch an ihr nicht spurlos vorübergegangen. »Sho-sa«, sagte sie mit matter Stimme, »hat man Ihnen eigentlich jemals beigebracht, sich zu bedanken?«

28

Planetares Kommando der Novakatzen, New Lorton, Tarnby
Nebelparder/Novakatzen-Besatzungszone

13. Juli 3058

Sterncolonel Santin West machte in seiner Elementarrüstung eine eindrucksvolle Figur, als er vom Prüfungsgelände kam, aber er war in miserabler Stimmung. Er hatte sich nicht so gut geschlagen, wie man es von ihm hätte erwarten können, und so etwas machte ihn jedesmal wütend. Auf seinem Helm, knapp über dem Augenschlitz, prangte das Emblem der Novakatzen – der schwarze Katzenkopf mit den im offenen Maul blitzenden Zähnen vor dem Novastern, funkelnd und prächtig auf der pechschwarzen Metallrüstung. Auf seiner Brust trug er die Insignien des 179. – seines Sternhaufens, seiner Einheit, den Kreis der Macht. Der leuchtend gelbweiße Ring umrahmte eine blutrote 179. Die Einheit war nach dem Kreis benannt, den Nicholas Kerensky während seines Fastens in den Bergen von Strana Metschty um sich gezogen hatte, als ihm in einer Vision der Gedanke der Clans gekommen war.

Santin West verließ das Gelände und ging hinunter in den Bereitschaftsraum. Sein Gefechtspanzer war vom feinen Staub des Schießstands bedeckt. Mit beiläufiger Leichtigkeit ließ er sich in der Halterung in eine sitzende Position hinab, während zwei Mitglieder der Technikerkaste ihm die Rüstung abnahmen. Er war darin ausgebildet, den Kampfanzug selbst an- und abzulegen, aber in den meisten Situationen war es die Aufgabe der niederen Kasten, Elementaren dabei zur Hand zu gehen.

Als erstes wurde der Helm abgenommen. Die Versiegelung zischte leise, als die Sicherheitsbolzen gelöst wurden, und die beiden Techs ihn in die Höhe zogen. Er sah sie dabei nicht an. Das tat er nie. Schließlich waren sie nur Techs. Sie hatten nichts zu sagen und verdienten keine Beachtung. Sie waren dazu da, ihre Pflicht zu erfüllen, und das, so gut sie konnten, wenn sie seinen Zorn vermeiden wollten.

Als nächstes entfernten sie die Brustplatte des Anzugs. Sie war mehr als nur ein Stück Panzerung. In das Metall waren leistungsfähige Schaltkreise, ein Lebenserhaltungssystem und Balancehilfen eingelassen. Die Energie für diese Systeme lieferte der Tornister. Die Techs arbeiteten schnell, denn sie spürten seine schlechte Stimmung, und wollten ihn nicht provozieren.

Eine MechKriegerin erschien in der Tür. Santin Wests Blicke begegneten der blonden Frau, die er so gut kannte. Sterncaptain Jill Lenardon von der Kommando-Supernova, seine Stellvertreterin, lehnte sich beinahe lässig an den Türrahmen und sah ihm beim Ablegen der Rüstung zu. »Ich habe eine Nachricht für dich«, stellte sie fest. »Kennung Silberkralle.«

»Silberkralle?« Das war der Code, den er selbst in das Kommunikationssystem eingespeist hatte. Es war ein Signal, ein Zeichen, daß die riesige strategische Datenbank der Novakatzen Informationen über Nebelparder-Aktivitäten enthielt. Santin Wests Wahrnehmung wurde schärfer, so scharf, wie er sie sich kurz zuvor auf dem Prüfungsgelände gewünscht hätte.

»Das Kommandozentrum soll sie in das Terminal in meinem Quartier leiten.«

»Positiv, Sterncolonel«, bestätigte Jill Lenardon und nahm eine militärischere Haltung ein, als sie den dienstlichen Tonfall seiner Stimme hörte. Er betrachtete sie. Ihr Körper war geschmeidig, kompakt und muskulös, die Essenz einer ClanKriegerin. Selbst unter dem stumpfen Grau des Overalls zogen ihre festen Brüste seine Aufmerksamkeit auf sich. »Und wenn du möchtest, Sterncaptain, würde ich mich heute abend gerne mit dir paaren.«

»Pos, Sterncolonel«, antwortete sie, und starrte ebenso

offen auf seinen breiten Brustkorb und seine starken Schenkel. »Das wäre belebend.«

Santin nickte. Belebend, ja. Und wenn diese Mitteilung gute Nachrichten enthielt, würde die Paarung dadurch nur noch reizvoller werden.

Für irgendeinen anderen als Santin West wäre die Nachricht nicht weiter interessant gewesen. Es war nichts als eine Meldung über ein Nebelparder-Landungsschiff der *Overlord*-Klasse, das an einer Novakatzen-Ladestation in der Peripherie um vier Sprungladungen gekämpft hatte. Zwei Ladungen wurden sofort in Anspruch genommen, die beiden restlichen für einen zukünftigen Zeitpunkt reserviert. Die verbalen und schriftlichen Berichte der Sterncommander Edward und Otis verzeichneten die harten Fakten des Kampfes. Sie versuchten nicht, die Ehrverluste von der Hand der Parder zu verschleiern.

Als seine Blicke über die Daten wanderten und er die Holobilder der GefechtsROMs aufrief, fand Santin, wonach er suchte. Die OmniMech-Bemalung und Insignien waren eindeutig von Nebelparder-Ursprung. Wie viele Parder-Einheiten trugen die Mechs den griechischen Kennbuchstaben der Galaxis, gefolgt von sehr viel kleineren Sternhaufen-, Stern- und Positionsnummern. Was ihn erregte, war die Feststellung, daß der *Kriegsfalke* auf dem Bildschirm die Markierung der Galaxis Tau trug.

»Der Parder hat seinen Bau verlassen«, sagte er leise zu sich selbst, als er zusah, wie der Novakatzen-*Henker* den Test verlor. Er fühlte die Scham über die verlorene Schlacht mit seinem Kriegerkameraden. Dann rief er die Übertragung des Nebelparder-Sternhaufenführers auf und starrte die Maske der Raubkatze an, die seinen Clan seit Generationen plagte. Im Hintergrund sah er wieder das schwache Glitzern jenes ›T‹-Symbols.

Er starrte Sterncolonel Loren lange und hart an. Das war sein Gegner, sein Feind. *Er verbirgt sein Gesicht, damit wir sein genetisches Erbe nicht einmal erahnen können. Wenn ich ihn in der Schlacht besiegt habe, werden unsere Wissenschaftler ihm entnehmen, was sie brauchen, um herauszufinden, was die Parder-Wissenschaftler in ihren Brutkästen zusammengemischt haben.*

Als nächstes rief er die Lage des Systems auf, in dem Ladestation Katzenauge 009 sich befand. Eine Hologrammkarte der Äußeren Peripherie entstand vor seinen Augen. Er rief die bekannten Stützpunkte und Nachschubrouten der Nebelparder auf und legte sie über die Karte.

Er projizierte eine Kugel von dreißig Lichtjahren Durchmesser rund um die Ladestation, die ungefähre Maximaldistanz, die sich mit einem Hyperraumsprung überbrücken ließ. Dann verdoppelte er den Durchmesser. Sie hatten zwei Ladungen abgefordert, also besaßen ihre Schiffe Lithium-Fusionsbatterien. Und da sie zwei Ladungen benötigten, waren ihre Schiffe vor Erreichen der Station mindestens zwei Sprünge weit gereist – ohne sich die Zeit zum Aufladen zu nehmen. *Typisch Nebelparder; sie stürzen sich kopfüber in die Schlacht, statt auf den richtigen Zeitpunkt zu warten.*

Die bekannten Parder-Nachschubbasen und Versorgungswege lagen weitab des Raumbereichs, den die Schiffe durchquert hatten. Zwei Sprungschiffe, ein Landungsschiff, ein Sternhaufenführer. Es war nur ein Teil der Geschichte, aber mehr, als er bis jetzt zur Verfügung gehabt hatte. Galaxis Tau war aus ihrem Versteck getreten und griff die Novakatzen an. Sie mußte einen Stützpunkt besitzen, einen neuen, noch unbekannten Stützpunkt irgendwo in der Äußeren Peripherie.

Sie sind gekommen, um uns auf die Probe zu stellen, um zu sehen, ob wir auf sie vorbereitet sind. Er aktivierte seinen Kommunikator. »Mein Khan, hier ist Sterncolonel Santin West. Ich bitte um ein Gespräch mit Euch.«

Die Stimme aus dem kleinen Lautsprecher antwortete: »Du hast von unserem Feind gehört, frapos?«

»Pos, mein Khan. Pos ...«

29

Landungsschiff *Bull Run*, Zenithsprungpunkt, System EC-EY-4150 Äußere Peripherie

13. Juli 3058

Der kleine Besprechungsraum tief im Innern der *Bull Run* war überfüllt. Überall drängten sich Lorens Leute. Sie hatten die Novakatzen-Ladestation ohne Verluste verlassen, und Loren hatte es kaum erwarten können, das System hinter sich zu lassen. Jede Stunde, die sie sich dort aufhielten, erhöhte die Gefahr, daß sie entdeckt und demaskiert wurden. Jetzt waren sie endlich wieder allein, an einem Sprungpunkt über einer der Sonnen eines unbesiedelten Binärsystems. Statt einen Fehlsprung zu riskieren, würden sie hier vier Tage warten. In dieser Zeit konnten sie den Antrieb ohne Risiko für die Steuerschaltkreise und den empfindlichen Triebwerkskern wiederaufladen, der das Sprungschiff überlichtschnell durch den Raum schleuderte. Und hier, in der Leere des Alls, konnte er den nächsten Schlag gegen die Novakatzen planen.

»In vier Tagen springen wir zu unserem nächsten Ziel, eine Welt, die bei den Clans den Namen Boltin trägt. Unser Problem ist, daß wir nur begrenzte Informationen über den Planeten haben. Deshalb habe ich mir gedacht, es ist besser, wenn Sie alle wissen, womit wir es möglicherweise zu tun bekommen werden.«

Commander Hector lachte. »Bei allem Respekt, Sir, aber schlimmer als ein Bungeesprung im freien Weltraum mit einem BattleMech voller Elementare, die einen umbringen wollen, kann es nicht werden.« Einige der anderen Fusiliers lachten zustimmend.

»Ich will Sie nicht entmutigen, Greg, aber wir wissen kaum etwas über diesen Planeten oder seine Verteidiger, abgesehen von dem, was Kerndon uns sagen kann.«

Loren deutete auf seinen Leibeigenen, der in Hab-Acht-Stellung neben ihm schwebte.

Kerndon nickte. »Meine Informationen sind auf die Daten beschränkt, die ich während der Reise in die Innere Sphäre studiert habe. Der Zielplanet ist eine Wüstenwelt mit sehr spärlichem pflanzlichem Leben. Die Temperaturen erreichen Werte, die bei Mechs in längerem Kampfeinsatz Überhitzungsprobleme auftreten lassen. Es existieren keine polaren Eiskappen und nur geringe Wolkenbildung oder andere Wettererscheinungen. Die Rotationsperiode ist recht lang, soweit ich mich erinnere – fast fünfundsechzig Stunden. Die Novakatzen unterhalten nur einen Stützpunkt, der um eine Wasserpumpanlage und mehrere Lagerhallen aufgebaut ist.«

»Hört sich an, als wäre das Schlüsselwort hier Einöde.«

»Pos, Major Loren.«

»Was befindet sich in den Lagerhallen?«

»Ich kann nicht sagen, was sich augenblicklich dort befindet. Es ist aber bekannt, daß die Anlagen auf Boltin ursprünglich Ersatzteile, Munition und Nahrungsmittel enthalten haben.«

Commander Trisha McBride mischte sich von der anderen Seite des Tisches ein. »Ich gehe davon aus, daß dein früherer Clan bereits dort gekämpft hat.«

»Pos. Der Planet war ursprünglich Teil unseres Besatzungsgebiets. Als ilKhan Ulric Kerensky den Novakatzen erlaubte, unseren Invasionskorridor zu teilen, waren wir gezwungen, eine Reihe von Besitztests für Nachschubbasen und Versorgungsrouten in die Innere Sphäre zu bestreiten. Boltin ging bei einem dieser Tests an die Novakatzen verloren. Wir haben einmal versucht, ihn zurückzuerobern, wurden aber zurückgeschlagen.«

»Wo wurde der Besitztest ausgetragen?«

»Meines Wissens innerhalb des alten Lagerhallenkomplexes in der Nähe der früheren Parderbasis.«

»Des alten Komplexes?« fragte McBride nach.

»Pos, Commander Trisha«, antwortete er. »Die derzeitige Basis ist neu und wurde von den Novakatzen erbaut. Unser ursprünglicher Stützpunkt lag acht Kilometer entfernt. Eine Serie von Fehlschüssen führte während des Besitztests zu einer Explosion, und die Anlage brannte aus. Auf Grund chemischer Verunreinigung und anderen Umweltrisiken errichteten die Novakatzen in der Nähe einen neuen Komplex.«

Diese Information war für Loren von nicht unerheblichem Wert. Er hatte Erfahrung im Wüstenkampf und wußte, welche entscheidende Rolle der Temperatur zukam. Ein Vorteil, den seine falschen Parder hatten, war möglicherweise die langjährige Abhärtung gegen brütende Hitze durch den Kampf in den Cockpits von Mechs der Freien Inneren Sphäre, die sehr viel weniger Wärme ableiten konnten als Clan-Mechs. Natürlich würde das allein nicht ausreichen, das Kampfglück zu wenden. Ohne Zweifel hatte sich die Garnison eines Wüstenplaneten inzwischen dessen Bedingungen angepaßt, und wenn die Clans eines waren, dann wandelbar. »Dieser Lagerhallenkomplex ist die einzige Verteidigungsstellung. Ansonsten gibt es nur weit offenes Gelände. Ich würde gerne dort antreten, aber wie?«

Kerndon sah Loren einen Augenblick lang an und dachte nach. »Das Wesen unseres Feindes könnte es möglich machen, dieses Ziel zu erreichen, Major Loren. Teile den Novakatzen mit, daß du sie statt zu einem Besitztest zu einem Widerspruchstest herausfordern willst. Sage ihnen, deine Galaxis Tau sei gekommen, um den Verlust des ursprünglichen Stützpunktes anzufechten.«

Loren schüttelte den Kopf. »Ich will ihnen den Planet nicht abnehmen, Kerndon. Ich will nur ihre Aufmerksamkeit erregen. Würde ein Besitztest um ihre Lagerhallen voller Nachschub dafür nicht genügen?«

»Positiv, Major Loren, unter gewöhnlichen Umständen. Aber du mußt die wahre Natur solcher Tests verstehen. Wie ich dir bereits erklärte, sind sie mehr als reine Absichtserklärungen, sie sind eine Machtdemonstration.«

»Wovon redest du? Wie kann die bloße Änderung des Testnamens zur Folge haben, daß wir den alten Komplex als Gefechtsfeld bekommen?« fragte Commander Leigh Ann Miller.

»Die Novakatzen sind ein abergläubisches Volk. Wenn ihr sie zu einem Widerspruchstest um diese Anlage herausfordert, werden sie den Komplex mit Sicherheit als Austragungsort wählen, wie es ihr Recht als Verteidiger ist. In ihren Augen steht dieser Ort für sie unter guten Vorzeichen, weil sie die Nebelparder beim letzten Kampf dort besiegt haben. Sie werden ihn wählen, weil sie dort bereits gesiegt haben – das entspricht ihrem abergläubischen Wesen.«

»Mit was für einer Garnisonsstreitmacht müssen wir auf Boltin rechnen?«

»Mit mindestens einem Trinärstern«, erklärte Kerndon, »und für eine so abgelegene und unwichtige Anlage wären Teile eines Einstweiligen Garnisonssternhaufens oder einer Solahma-Einheit ebenfalls wahrscheinlich.«

»Hört sich für mich genau wie das an, was wir auf Wayside V hätten vorfinden sollen«, murmelte der leicht übergewichtige Subcommander Ralston McAnis.

Loren ignorierte seinen Kommentar. »Wenn das stimmt, werden wir zweitrangiger ClanTech gegenüberstehen, keinen OmniMechs.«

»Pos, aber dein Gebot wird das widerspiegeln müssen. Es wäre unehrenhaft, in gleicher Stärke anzugreifen.«

»Ich habe mir die Nachrichtendienstdaten über diese Solahma-Einheiten angesehen«, erklärte der muskulöse Sumpter Burke vom anderen Ende des Tisches. »Das sind einige der ältesten Veteranen des Clans. Das werden Sie ja wohl auch berücksichtigen, Sir?«

»Du verwechselt das Konzept des Alters bei den

Clans mit dem der Erfahrung in der Inneren Sphäre«, wehrte Kerndon ab. »Bei den Clans gelten ältere Krieger als verbraucht. Sie haben Erfahrung, aber sie haben die Chance vertan, ruhmreich zu sterben. Sie werden zu Solahma-Einheiten versetzt, damit jüngere, genetisch verbesserte Krieger die Gelegenheit bekommen, ihr Können zu beweisen und ihre Fähigkeiten schneller zu entwickeln.«

»Das erklärt aber nicht Fälle wie Natascha Kerensky, die Schwarze Witwe«, gab Burke zurück.

Kerndon blieb ungerührt. »Sie war abnorm. Du darfst eine Verirrung der Natur bei den ehemaligen Wölfen nicht mit dem Rest der Clans verwechseln.«

»Ich habe vor, wie ein Nebelparder zu bieten«, richtete Loren sich an Sumpter. »Tue ich das nicht, verraten wir uns.«

»Wo wir gerade davon reden«, unterbrach McBride. »All das hier soll sie aufscheuchen und nach Wayside V locken. Wie wollen Sie das erreichen, Sir?«

Loren hatte einen Plan, einen einfachen, aber vielfach erprobten Plan. »Keine Bange, Trisha. Ich habe vor, ein paar kleine Hinweise zurückzulassen, die es den Novakatzen leichter machen, uns aufzuspüren.« Sein Lächeln verschwand, als er in der kleinen Gruppe vom einen zum anderen sah. »Wir müssen sichergehen, daß wir gut vorbereitet sind, Leute. Nach Boltin kommt Tarnby. Das heißt, dieser Kampf muß fehlerlos über die Bühne gehen. Ich möchte, daß Sie alle Ihre Simulatorzeit verdoppeln und die Startvorbereitungen besonders sorgfältig überprüfen.«

»Gut gehandelt und akzeptiert, Sterncolonel Patricia«, sagte Galaxiscommander Devon Osis. »Wir haben schon genug Zeit mit diesen Söldnern verloren. Ich erwarte, daß du mehr Erfolg haben wirst als deine Vorgängerin, frapos?« Patricia hatte soeben Thibideau Osis beim Bieten um die Wiederaufnahme des Kampfes gegen die

Söldner geschlagen. Beide standen vor ihm im Befehlsbunker von Wildkatzbasis.

»Pos, Galaxiscommander Devon Osis. Ich werde dich nicht enttäuschen«, antwortete sie.

»Das will ich hoffen.« Osis legte eine Spur von Drohung in seine Stimme. »Wir haben bereits viel verloren.«

»Ich versichere dir, daß ich weder den Nebelparder noch die Diana-Galaxis enttäuschen werde, wie es meine Vorgängerin getan hat. Sie hat unseren Gegner nicht verstanden. Ich sehe diese Söldner so, wie sie sind, als ehrlose Freigeburten. Wir werden sie zertreten wie Banditen.«

Osis wurde wütend, als er das hörte. »Du wirst nicht in einer solchen Weise von ehrenvoll Gefallenen sprechen, Sterncommander. Es stimmt, daß Roberta bei ihrer Mission versagt hat und damit ein schwerer Ehrverlust verbunden ist, aber sie hat bis zum Schluß gekämpft.« *Wie ich es auch von dir erwarte, wenn es nötig wird …*

30

**Fusiliers-Basislager, Südlich von New Scotland,
Wayside V (Wildkatz)
Äußere Peripherie**

13. Juli 3058

Stirling's Fusiliers waren auch nach der Schlacht im Bannockburn-Isthmus noch eine funktionstüchtige Kampfeinheit, aber sie hatten schwere Schäden erlitten. Oberst Andrea Stirling sah aus ihrem HQ-Zelt auf die Überreste des Regiments hinaus und sah sich mehr an ein Flüchtlingslager erinnert als an eine der besten Elite-Söldnereinheiten der Freien Inneren Sphäre – ein Zeugnis für die Wildheit ihres Feindes.

Der Ausgang der Kämpfe um den Isthmus war erschreckend, wenn sie nur die Zahlen betrachtete. Die Kilsyth Guards ohne Jaffrays Spezialeinheit verfügten nur noch über fünfundvierzig Prozent ihrer Sollstärke. Kapitän Lewis' kombinierte Hilfseinheiten hatten schwerste Verluste erlitten und waren unter das Deckungsfeuer der *Claymore* zurückgedrängt worden, noch bevor die Clanner ihren Angriff abgebrochen hatten. Die Black Adders waren etwas besser davongekommen und konnten noch fünfundsechzig Prozent ihrer Truppen aufbieten. Ihr Vorstoß in den Rücken der Parderstreitmacht hatte das Schlachtglück gewendet, aber die Kämpfe hatten ihren Tribut gefordert. Auch Major Craigs 3. Bataillon war schwer gebeutelt worden, obwohl es noch über die Hälfte seiner Gefechtsstärke besaß.

Die Kombinatskompanie des VFB jedoch war nahezu aufgerieben, und Parkensen weigerte sich seit seiner Rettung, auch nur mit Oberst Stirling oder ihrem Stab zu reden. Nicht, daß sie das überraschte. Sie hatte ihm die Chance genommen, einen Teil seiner Ehre zurückzugewinnen, indem sie Roberta getötet hatte, bevor die beiden sich im Zweikampf gegenübertreten konnten. Cat

Stirling zuckte die Achseln. Darüber mußte der Kerl hinwegkommen. Sie brauchte seine Fähigkeiten.

Trotz der Verluste betrachtete Stirling die Schlacht als Erfolg. Es war ein blutiger Sieg gewesen, aber dadurch nicht weniger ein Sieg. Der 101. Sternhaufen war schwer genug angeschlagen, sie nicht zu verfolgen, aber sie wußte, daß das nicht lange vorhalten konnte. *Die Frage ist, wieviel Zeit habe ich uns zu diesem Preis erkauft?*

Cat Stirling hatte fast soviel Zeit auf das Studium der Clans verwendet wie ihr Stellvertreter. Sie waren unerbittliche Gegner, ein durch genetische Manipulation zu Kampfmaschinen hochgezüchtetes Volk. Eine Niederlage wie die am Isthmus würde nicht ungerächt bleiben. Nachdem der 101. Sternhaufen versagt hatte, würden dessen Kameraden um das Recht bieten, Stirling den Garaus zu machen, wenn sie das nicht sogar schon getan hatten.

Die *Claymore* hatte während der Schlacht einige Treffer von den Pardern einstecken müssen, genug um sicherzustellen, daß sie nie wieder fliegen würde – jedenfalls nicht ohne einen längeren Aufenthalt in einer Raumwerftanlage, wie sie hier auf Wayside V nicht zur Verfügung stand. Am Westrand der Landenge beherrschte sie immer noch den Paß, aber es war nicht mehr möglich, sie zu bewegen. Sie wollte sie verstärken, wollte das Landungsschiff beschützen, wie es sie so oft beschützt hatte. Aber Cat Stirling mußte sich eingestehen, daß das Schiff verloren war. Kapitän McCray hatte sie beim Erhalt dieser Nachricht als erstes darauf hingewiesen, daß es nicht sein Schiff war, sondern das Kapitän Spillmans.

Er hatte ihre Befehle ausgeführt und sofort alle wichtigen Vorräte, Ausrüstungen und Ersatzteile von Bord geschafft. Die größte Bedeutung kam den Wasser- und Lebensmittelvorräten zu, die auf einige Regimentsfahrzeuge verladen und ins Basislager geschafft worden waren. Die letzten Schritte bei der Entsorgung der *Claymore* waren schwieriger und verlangten den Einsatz der Sprengstoffexperten aus Kapitän Lewis' kombinierter Einheit. Wenn alles so lief, wie Oberst Stirling es sich erhoffte, würde die *Claymore* den Fusiliers nach ihrer langen Dienstzeit noch einen letzten Dienst erweisen – indem sie ein paar zusätzliche Nebelparder mit ins Grab nahm.

Währenddessen würde der Abzug aus dem Isthmus ablaufen wie geplant und das Regiment rund fünfundzwanzig Kilometer zurück nach Westen führen, fort vom Schauplatz der Schlacht. Dort war das Gelände weniger felsig, und ihre Mechs und Fahrzeuge kamen schneller voran, so daß sie die Parder auf Distanz halten konnten. Sie hätte es vorgezogen, ihre Truppen noch weiter zurückzuziehen, aber sie mußte die Erschöpfung der Soldaten mit in Betracht ziehen.

Sie zweifelte keine Sekunde daran, daß die Parder erneut um das Recht bieten würden, sie zu vernichten. Wenn sie kamen, würde sie bereit für sie sein, so wie immer. In all den Jahren ihrer Laufbahn hatte Cat Stirling sich nie zurückgelehnt und darauf gewartet, daß der Feind den Kampf in ihr Revier trug, ganz besonders dann nicht, wenn sie in der Unterzahl war. Es lag ihr sehr viel mehr, ihren Gegnern zuvorzukommen. Möglicherweise glaubten die Parder, die Fusiliers würden ihre Wunden lecken, während sie ihre Truppen für den Gnadenstoß in Stellung brachten.

Aber Cat Stirling hatte andere Pläne.

Major Craig machte den mitgenommensten Eindruck aller Mitglieder des Regimentsstabs, als dieser sich in der Mitte des HQ-Zelts um den tragbaren Holotisch drängte. Er war unrasiert, seine Augen wirkten glasig und sein Overall schien hinter seinem Mech durch die zerklüftete Einöde von Wayside V geschleift worden zu sein. Major Kurt Blakadar schaffte es irgendwie, so aufgeschossen und elegant wie immer zu wirken. Nicht einmal seine Miene zeigte müde Falten wie die Gesichter aller anderen. Jake Fuller schien seit der ersten Kämpfe vor zehn Tagen nicht geschlafen zu haben. Rote Augen und tiefe Krähenfüße kündeten von einem Mann, der plötzlich das volle Gewicht der Verantwortung auf sich lasten fühlte. Kapitän Lovats Schultern hingen müde von der Anstrengung des Versuchs herab, zusammenzustückeln, was aus ihrem flüchtigen Gegner geworden war.

»Wie steht's um unseren Defensivkordon, SR?« fragte Cat Stirling in bewußt knappem Befehlston. *Wir hatten zwei Tage, uns zu erholen. Jetzt wird es Zeit, sich wieder mehr wie eine Militäreinheit zu benehmen, und zwar ab sofort.*

»Die Adders halten Wache und alles ist sicher, Ma'am. Noch kein Zeichen von den Pardern, aber sie müssen da draußen sein«, erwiderte Blakadar.

»Verdammt richtig«, bellte sie. »Und eines kann ich Ihnen versprechen, die Nebelparder bereiten sich darauf vor, uns erneut anzugreifen. Aber diesmal werden sie mit frischen Truppen anrücken, und sie werden kommen, um uns zu erledigen.«

»Die Beobachtungssatelliten zeigen noch keine Hinweise auf eine Verfolgung, aber die Überlebenden des Blutige-Krallen-Sternhaufens scheinen sich auf dem Weg zurück zu ihrem Stützpunkt zu befinden«, meldete Lovat und hielt sich unter der von Oberst Stirling bewußt erzeugten Spannung deutlich gerader.

»Wenn sie kommen, können Sie sich darauf verlassen, daß sie Rache dafür nehmen wollen, was wir mit dem 101. gemacht haben. Sterncolonel Roberta sollte uns erledigen, und die Tatsache, daß wir noch leben und sie nicht, bedeutet eine Menge Ärger für uns.«

Alle Anwesenden verstummten für einen Augenblick, als Sho-sa Parkensen die Zeltkuppel betrat. Er trug ein rot-weißes Stirnband, und seine Züge waren bleich. Der Draconier sagte keinen Ton, sondern stellte sich wortlos in militärischer Ruhestellung hinter den Regimentsstab und starrte Oberst Stirling an. Sie erwiderte seinen Blick nicht, noch gab sie zu erkennen, daß sie ihn überhaupt bemerkte.

»Deshalb rücken wir ab«, fuhr sie fort, als wäre sie nie unterbrochen worden. »Wenn wir hierbleiben, kriegen sie uns. Wie die Dinge stehen, brauchen sie ein paar Tage, um hierher zu kommen. In zehn Stunden brechen wir das Lager ab. Auf diese Weise können wir uns vorher noch ein wenig ausruhen. Wir ziehen weiter nach Westen, bleiben aber nördlich der LZs.« Sie aktivierte den Holoprojektor und zeigte ihren Offizieren den Marschweg, den sie für das Regiment ausgewählt hatte.

»Was ist mit ihren Luft/Raumjägern, Ma'am?« fragte Lovat. »Wenn die Sternhaufenführer erneut um das Recht bieten, uns anzugreifen, könnten sie einen Teil der Jäger mitbringen, die sie zurückgehalten haben, als der 101. uns gejagt hat.«

»Gute Frage, Kapitän«, antwortete sie. »Für diese Gefahr habe ich eine einfache Lösung. Wir werden die Jäger und das Flugfeld mit einem einzigen Schlag ausschalten.« Ihre Worte schlugen ein wie eine Bombe.

»Ma'am, sind Sie sicher, daß wir uns auf eine derartige Mission einlassen sollten?« fragte Major Craig. »Sie ziehen unsere Hauptstreitmacht in die entgegengesetzte Richtung. Wer auch immer diese Aufgabe übernimmt, wird einen verteufelt langen Rückweg vor sich haben, wenn er überhaupt so lange überlebt.«

Stirling nickte. »Worauf wollen Sie hinaus, Major?«

»Ma'am, das hört sich nach einem Selbstmordkommando an.« Er schien die Worte zu bedauern, kaum daß er sie ausgesprochen hatte.

»Sie haben den Bericht des ND-Offiziers gehört. Der 101. Sternhaufen zieht sich zurück. Die Basis ist eine eindeutige und akute Gefahr für die Fusiliers. Wenn wir sie jetzt nicht ausschalten, werden ihre Jäger uns zurück in die Steinzeit bomben. Ich schicke niemanden bewußt in den Tod. Die Einsatzgruppe sollte aus zwei Mechlanzen bestehen. Wir schlagen schnell und entschlossen zu, machen die Flugbasis und die dort stationierte Ausrüstung unschädlich, und wenn ihre Bodentruppen zuschlagen, ist das Kräfteverhältnis ausgeglichener. Wenn unsere Leute sich beeilen, sollten sie in der Lage sein, durch den Isthmus zurückzukommen, bevor die Parder uns anderen nachsetzen.«

Cat Stirling wußte, daß in diesem Fall Schnelligkeit der Schlüssel zum Erfolg war. Wenn die Einsatztruppe nach dem Überfall nicht flink genug zurückkehrte, würden bei ihrem Eintreffen die Parder die Landenge halten, und eine so kleine Einheit hatte keine Chance, die nötige Feuerkraft aufzubieten, um gegen diese Gegenwehr durchzubrechen.

»Colin, wie gut ist die Flugbasis verteidigt?« fragte Major Blakadar.

»Darüber wissen wir so gut wie nichts, Sir. Wir können nur sagen, daß unsere Satelliten Elementare entdeckt haben. Ich vermute, daß zumindest ein Teil des 101. dorthin umgeleitet werden wird.«

»Ein solcher Angriff wäre tollkühn, Ma'am«, beklagte sich Major Craig.

Stirling nickte. »Verzweifelte Umstände verlangen tollkühnes Handeln, Major. Wir sind nicht gerade reichlich mit Luft/Raumunterstützung gesegnet. Teufel, wir haben überhaupt keine. Ich habe schon genug Probleme, ohne mich auch noch mit einer derartigen Bedrohung auseinandersetzen zu müssen.«

»Der Oberst hat recht«, bestätigte Major Blakadar. »Wenn wir das Flugfeld ausschalten, verschafft uns das ein paar Tage mehr, und das könnten gerade die paar Tage sein, die Jaffray oder Mulvaney brauchen.«

»Jaffray?« schnaubte Craig. »Sie glauben doch wohl nicht im Ernst, daß dessen lächerlicher Plan gelingen wird, Blackie? Der kommt nicht wieder. Er hat es geschafft, sich ein Flugticket von hier weg zu verschaffen. Wir werden hier krepieren, während er nach Hause fliegt und erzählt, er habe sein Bestes getan.«

»Das reicht, Major Craig!« brüllte Cat Stirling. »Behalten Sie Ihre persönlichen Ansichten über Major Jaffray gefälligst für sich. Wir haben im Augenblick mehr Probleme als genug. Auf einen frustrierten Offizier, der in einem Anfall von Selbstmitleid die Truppen demoralisiert, können wir wahrhaftig verzichten!«

Craig senkte den Kopf, ohne zu antworten. Stirling machte weiter. »Ich brauche jemanden, der zwei Mechlanzen dorthin und wieder zurück führt und garantieren kann, daß vom Parder-Flugfeld anschließend nur Trümmer übrig sind. Freiwillige?«

Ein gespenstisches Schweigen senkte sich über die Versammlung. Es war Jake Fuller, der es schließlich brach. »Ich habe noch etwa zwei einsatzbereite Lanzen, Ma'am. Die Kilsyth Guards melden sich freiwillig zu dieser Mission.«

»Mit Oberst Stirlings Erlaubnis«, überraschte Sho-sa Parkensen alle Anwesenden, »möchte ich ebenfalls an dieser Mission teilnehmen.«

»Sho-sa, das ist keine Kamikaze-Mission. Ich erwarte, daß alle daran Beteiligten hierher zurückkehren – einschließlich Ihrer Person, sollten Sie mit ausrücken.«

Parkensen nickte einmal, um zu zeigen, daß er verstanden hatte. »Ich habe den Wunsch, erneut gegen die Parder anzutreten. Sie können meine Feuerkraft und meine Erfahrung gebrauchen.«

Er sucht immer noch einen ehrenhaften Tod, aber er hat ein echtes Argument. Jake Fuller ist sehr gut, aber diese Mission bedeutet eine schwere Herausforderung für jemanden mit seiner Erfahrung. Wenn Fuller Parkensens Gefühlsausbrüche im Zaum halten kann, könnte der VFB sich als Bereicherung erweisen. Die Tatsache, daß er sich überhaupt freiwillig meldet, ist ein Anfang – eine Veränderung in seiner Haltung. Andrea Stirling schenkte dem Verbindungsoffizier ihr schönstes Katzenlächeln. »Na schön, Sho-sa, Sie sind dabei.«

31

Landungsschiff *Bull Run*, im Anflug auf Boltin, System EC-EY-4189
Äußere Peripherie

17. Juli 3058

Loren Jaffray lag in seiner Koje und starrte zur grauen Kabinendecke hinauf. In seinem Kopf gaben sich die verschiedensten Ängste und Gedanken ein Stelldichein. Die *Bull Run* hatte Kurs auf Boltin genommen, und die Novakatzen konnten sie jede Sekunde anfunken. Laut Bordzeit war es spät in der Nacht, aber er konnte einfach nicht einschlafen.

All die Jahre beim Militär, die Ausbildung, die Disziplin, seine Erfahrung, die zahllosen Schlachten auf den verschiedensten Welten der gesamten Inneren Sphäre hatten ihn auf diesen Augenblick vorbereitet. Aber bei aller Vorbereitung konnte er der Tatsache nicht entfliehen, daß er hier einem Feind gegenüberstand, wie er ihn noch nie gekannt hatte. Dies waren die Nachfahren des legendären Aleksandr Kerensky und seiner Sternenbund-Armee, des größten Heerführers und der gewaltigsten Streitmacht in der Geschichte der Kriegsführung. Ihre Erben hatten ihren Ursprung in der besten Kriegertruppe aller Zeiten – den Sternenbund-Verteidigungsstreitkräften.

Offensichtlich würde er heute nacht nicht zur Ruhe kommen, sah Loren ein, stand auf und zog sich an. Er entschloß sich, spazierenzugehen. Die Beleuchtung an Bord war gedämpft, um Nachtbedingungen zu simulieren, aber die Dunkelheitsperioden würden allmählich immer kürzer werden, bis die falschen Nebelparder bei der Landung an die Tageszeiten Boltins angepaßt waren.

Zehn Minuten später trugen ihn seine Beine ohne bewußten Befehl in den Mechhangar, wo sein *Masakari* im Wartungskokon stand. Im gedämpften Licht ragte die riesige Clan-Kampfmaschine noch bedrohlicher als sonst auf.

Vor dem Mech, den Kopf sehnsüchtig in den Nacken gelegt, stand Kerndon. Der frühere Clanner schien zu einem alten Freund emporzusehen und verblaßte, aber unvergeßliche Erinnerungen nachzuleben. *Es war sein Mech, bevor ich ihn übernommen habe, und er hängt noch immer daran.*

Loren fuhr sich mit der Hand durchs Haar und seufzte leise. »Ich konnte nicht schlafen, also habe ich versucht, meine Nerven mit einem Spaziergang zu beruhigen. Jetzt bin ich nervöser als vorher.«

Kerndon wirbelte beim Klang von Lorens Stimme herum, wirkte jedoch nicht überrascht. »Vielleicht denkst du an das Batchall, frapos? Wir nähern uns der optimalen Kommunikatorentfernung.«

»Ja, äh … pos.« Loren versuchte sich, hauptsächlich aus Höflichkeit, an den Clanstil seines Gegenübers anzupassen. »Das wird es sein. Das, und ich denke an den Oberst und den Rest der Fusiliers.«

Kerndon zuckte die Schultern. »Oberst Andrea scheint eine fähige Kriegerin zu sein – für ihr Alter. Ich bin sicher, sie wird sich ehrenhaft schlagen.« Die Entgegnung hätte Loren beleidigen können, aber er wußte, daß Kerndon erzogen worden war, so zu denken. »Meine Gedanken beschäftigen sich mit dem Gegner, dem wir uns stellen müssen.«

»Die Novakatzen halten dich wach, Kerndon?«

Er nickte. »Pos, Major Loren, das tun sie.«

»Erzähl mir, was du über das bevorstehende Bieten denkst.«

Kerndon reckte den Hals, um die Muskeln zu dehnen, vielleicht, um sich zu entspannen. »Einstweilige und Solahma-Einheiten auf Posten wie diesem sind gefährlich. Als Clansmann wurde ich ausgebildet, bis zum Tod zu kämpfen, in der Hoffnung, genug Ruhm zu erwerben, damit mein Genmaterial an zukünftige Generationen weitergegeben wird. Es war eine Hoffnung für die Zukunft. In einem ruhmreichen Kampf ehrenvoll zu sterben, schien das beste Schicksal, das ich mir wünschen konnte. Einstweilige Garnisonseinheiten oder Freigeburten, die auf Garnisonen so fern der Inneren Sphäre eingesetzt werden, sehen sich der Klassifizierung als Solahma einen Schritt näher, weil es hier für sie kaum Gelegenheiten zum Kampf gibt. Ihre größte Hoffnung besteht darin, im Kampf zu fallen, bevor sie Solahma werden. Das heißt, sie werden ein niedriges Gebot erzwingen, um sich mit dem Tod in der Schlacht größeren Ruhm zu erwerben.«

»Irgendwelche Vorschläge, wie ich beim Bieten darauf reagieren sollte?«

»Sieh dich vor, daß du ihr Gebot nicht zu exakt erwiderst. Wie die Fusiliers kämpfen sie für eine höhere Sache. Für sie ist es die Weiterexistenz ihres genetischen Erbes – eine Chance für die Zukunft. So gesehen, kämpft ihr beide ums Überleben.«

»Etwas anderes hätte ich auch nicht erwartet.«

Die Maske verbarg die strenge Mischung aus orientalischen und schottisch-kaukasischen Zügen, die Lorens Gesicht formten. Nur seine stechenden grünen Augen waren zu erkennen. »Höre mich und erzittere, Novakatzen-Garnison auf Boltin. Ich bin Sterncolonel Loren von den Nebelpardern. Vernehmt mein Batchall und erschaudert in eurem Bau ob eures Schicksals.« Er machte eine dramatische Pause, um seiner Herausforderung Nachdruck zu verleihen. »Ich komme im Namen des einen, wahren Clans, der Nebelparder. Ich komme im Widerstand gegen eure Präsenz auf diesem Boden, einem mit unserem Blut besudelten Ort. Ich fordere euch zu einem Widerspruchstest über diesen Planeten heraus, der rechtmäßig von meinem Clan beansprucht wird. Ich bin gekommen, um bis zum Tode gegen euch zu kämpfen und zurückzugewinnen, was rechtmäßig Eigentum

Clan Nebelparders ist. Womit verteidigt ihr euch, Novakatzen-Krieger?« Loren legte Hochmut, ja selbst Verachtung in seine Stimme, als er sich für seine Rolle erwärmte.

Zu seiner Überraschung wurde das Batchall schnell beantwortet. Ein holographisches Flackern projizierte einen Mann auf die Kamera, offensichtlich einen erfahrenen MechKrieger. Sein Gesicht schien schrecklich verbrannt oder vernarbt. Entweder das, oder der Holoprojektor hatte einen Defekt. Der Clanner trug die anthrazitgraue Ausgehuniform der Novakatzen, und die dazugehörige Kapuze mit Umhang ließ ihn noch bedrohlicher erscheinen. »Ich bin Sterncaptain Mandrake von den Novakatzen. Die Nebelparder haben bereits vor einem Jahr versucht, uns in Besitztests zu überwältigen. Ein Widerspruchstest wird durch solche Aktionen ausgeschlossen, und ich weigere mich, einen derartige Anspruch anzuerkennen.«

Loren sah Kerndon, der in der Dunkelheit außerhalb des Aufnahmebereichs der Holokameras stand, den Kopf schütteln und mit beiden Händen abwinken.

»Mandrake von den Novakatzen, ich kann verstehen, daß einer Solahma-Einheit wie der deinen der Wille und der Stolz fehlen, dich wahrgeborenen Kriegern wie denen meines Sternhaufens zu stellen. Ich versichere dir, wenn unsere Mission abgeschlossen ist, werden deine Khane von deiner Schwäche und Furchtsamkeit wissen.«

Mandrakes zerstörtes Gesicht zeigte keinerlei Regung. Möglicherweise hatte es die Fähigkeit dazu schon lange verloren. Statt dessen stand das Hologramm nur im Raum und starrte Loren an. Seine Augen, die nur durch minimale Reste von Narbengewebe in den Höhlen gehalten zu werden schienen, blinzelten weder, noch gaben sie nach. »Mutige Worte, o großer Nebelfeigling, der sein Gesicht hinter einer Maske verbirgt, als wäre ich Freigeburtsabschaum, der sich davon beeindrucken läßt.«

»Auf einem Gesicht wie deinem, Sterncaptain, wäre jede Maske eine Verbesserung«, stichelte Loren.

Mandrakes Hologramm verzog tatsächlich das Gesicht zu einem Lächeln, aber das verschmorte rote Fleisch und die halbzerstörten Lippen ließen es schrecklich aussehen. »Du redest wie stinkender Banditenkastendreck. Ich habe diese ehrenvollen Narben gewonnen, als ich an der Seite der Nebelparder auf Luthien kämpfte, wo sich dein Clan der Vision der Kerenskys nicht gewachsen erwies und unsere beiden Clans mit Schande bedeckte.«

An Kerndons Gesichtsausdruck erkannte Loren, daß es ein Fehler gewesen wäre, dieses Thema weiterzuverfolgen, und einen Fehler konnte er sich nicht leisten. »Ich war weder auf Luthien noch auf Tukayyid, aber ich und meine Krieger stellen die kostbarsten Auswirkungen jenes Blutes dar. Wäre ich dort gewesen, ich versichere dir, unsere Clans würden heute stolz als Sieger auf der schwarzen Perle von Luthien stehen. Aber ich bin nicht gekommen, um über alte Männer und ihre Narben zu reden. Ich bin gekommen, um die Ehre meines Clans wiederherzustellen. Akzeptierst du den Widerspruchstest, Sterncaptain Mandrake, oder zwingst du mich zu einem Besitztest um das, was ihr haltet?«

Mandrake zögerte und überdachte offensichtlich seine Möglichkeiten. »Die Bedingungen des Tests verpflichten mich nicht, um mehr zu kämpfen, als dein Clan ursprünglich verlor. Als wir diese Welt euren stinkenden Klauen entrissen, drehte sich der Kampf ausschließlich um die Lagerhallen westlich unserer Basis. Da du auf einem Widerspruchstest bestehst, werden wir nur darum gegen dich kämpfen, und um sonst nichts.«

»Mehr verlange ich auch nicht. Ich bin nicht gekommen, um euch diese Welt zu entreißen, sondern, um die Ehre zurückzuerlangen, die eure Krieger gestohlen haben.«

»Ich werde mich persönlich dem Kampf stellen, mit

einem Stern meiner besten Krieger. Um sicherzustellen, daß das Schicksal uns gewogen ist, werde ich auf meinem Recht bestehen, den Schauplatz des Kampfes zu bestimmen.« Loren mußte eine Weile warten, bis sein grotesk entstelltes Gegenüber ihm gab, worauf er wartete. »Wir werden uns begegnen, wo dein Clan bereits zuvor bezwungen wurde. Ihr werdet zuerst das Feld betreten und die Anlage besetzen, damit wir sie euch erneut abnehmen können.«

Loren warf Kerndon durch die Augenschlitze der Maske einen schnellen Blick zu. Der Leibeigene nickte. »Gut gehandelt und angenommen, Sterncaptain. Wir treffen in zwei Tagen ein. Bereite dich darauf vor, deinem Schicksal zu begegnen.«

32

Verlassene Nebelparder-Basis, Boltin,
System EC-EY-4189
Äußere Peripherie

17. Juli 3058

Die vom gelben Sand Boltins aufsteigende Hitze brachte die Luft zum Wabern, aber die Sensoren in Lorens *Masakari* arbeiteten einwandfrei. Sie zeigten ihm zwar nicht alles, was er wissen mußte, aber sie verzeichneten mehrere von innen her ausgebrannte Gebäude. Das größte war nur noch eine leere Hülle aus Dach und Außenmauern, in dessen Innerem die Überreste von fünf Stockwerken ein riesiges Trümmerfeld formten. Die alte Parder-Basis lag im sprichwörtlichen Nirgendwo – in allen Richtungen auf fast 350 Meter von flacher Wüste umgeben. Ursprünglich war der Komplex von einer Mauer und einem Elektrozaun umgeben gewesen. Jetzt hatten Wind und Sand Teile der zerborstenen Mauer unter Dünen begraben.

Die Gebäude lagen in der Mitte der Anlage. Ein völlig zertrümmertes kreisrundes Bauwerk – genau im Zentrum – hatte höchstwahrscheinlich als Befehlsbunker gedient. Jetzt war es ebenfalls vom Sand erobert, der es, von Boltins trockenem Wind getrieben, allmählich verschlang. Rund um die Überreste des Bunkers erhoben sich die Lagerhallen, einschließlich des noch stehenden großen Gebäudes. Die meisten trugen Spuren eines wilden Gefechts, waren von innen heraus verwüstet und nach dem Kampf von den Novakatzen ausgeschlachtet worden.

Loren studierte das ebene Gelände, den trostlosen Horizont und das einsam aus dem Sand ragende Gebäude. Es war die einzige zur Verteidigung geeignete Stellung in kilometerweitem Umkreis. Ringsum lag flaches, offenes Gelände ohne eine Chance, sich zu verbergen. Er würde seine Gegner aus Kilometern Entfernung sehen können, und der Schußwechsel versprach, bis zum bitteren Ende zu toben. Irgendwo dort draußen stand in östlicher Richtung die *Bull Run*, mindestens fünfzehn Kilometer entfernt. Es hatte sie in der Nähe der Basis abgesetzt, und sie waren den Rest des Wegs marschiert. Das Landungsschiff war zu wichtig, als daß Loren es in der Nähe des Kampfes in Gefahr bringen wollte.

So sehr er sich diesen Austragungsort für den Kampf auch gewünscht hatte, es ergab keinen Sinn, daß die Novakatzen den gleichen Wunsch verspürten. Es hatte nicht einmal den Eindruck gemacht, als müßten sie nachdenken. Und dann war da das beinahe diabolische Grinsen des Novakatzen-Kommandeurs gewesen, das ihn verspottete, wann immer er an das Batchall zurückdachte. Offenbar wußten die Novakatzen mehr als er.

Als er sich den Trümmern näherte, verzeichneten die Sensoren Hintergrundstrahlung, aber zu wenig, um Anlaß zu Besorgnis zu geben. Die verlassene Basis bestand aus insgesamt acht Gebäuden, eine Szenerie aus Schutt und eingestürzten Mauern, gezeichnet von Lasertreffern, verbrannt und zertrümmert von Raketen- und Granateinschlägen. Der bunkerähnliche Befehlsstand hatte die meisten Schäden erlitten. Hätten die gehärteten Wandstreben nicht aus dem Sand geragt, Loren wäre nicht auf die Idee gekommen, daß es hier irgendwann einmal ein Gebäude gegeben hatte. *Die Parder müssen diesen Ort bis zum letzten Blutstropfen verteidigt haben.*

Er öffnete eine abhörsichere Kommleitung zu seinem ›Stern‹ falscher Parder. »Stern, Defensivkordon um das Zentralgebäude aufbauen und das Gelände nach Hinweisen auf die Katzen abtasten.« Eine Serie von ›Pos‹-Bestätigungen antwortete ihm, eine Sicherheitsvorkehrung Lorens für den Fall, daß es den Novakatzen irgendwie doch gelang, ihre Gespräche zu belauschen. Sie durften kein Entdeckungsrisiko eingehen – dafür stand zu viel auf dem Spiel.

Er hatte auf das Gebot der Novakatze eines Sterns Verteidiger mit einem seiner Sterne aus leichten bis überschweren Mechs reagiert. Die Kampfstärke erschien ihm dadurch ziemlich ausgeglichen, besonders, wenn die Katzen wenigstens ein paar Mechs der Garnisonklasse einsetzten. Kerndon hatte Loren geraten, sein Gebot auf vier Strahlen – vier Mechs – zu reduzieren, aber Loren hatte sich dagegen entschieden. Ein Sieg hier war wichtig, wenn sie die Katzen schmerzhaft genug treffen wollten, um sie nach Wayside V zu locken.

Jaffray bewegte den *Masakari* durch die riesige Türöffnung, die ins Innere des Gebäudes führte, und sah einen durch das Trümmerfeld führenden, freigeräumten Weg. Für BattleMechs war es hier ziemlich eng, aber er schaffte es, den Kampfkoloß weit genug ins Innere zu zwängen, um zu sehen, daß der Weg zu einem großen, freigeräumten Platz in der Mitte der Ruine führte. Dort war auf und unter dem Boden ein versiegeltes Rohrsystem von beeindruckenden Ausmaßen zu erkennen. Offenbar waren die Novakatzen irgendwann hierher gekommen und hatten das riesige, fünf Meter durchmessende Rohr verschlossen.

Nahezu fünfzig Meter entfernt ragte ein interner Lagertank aus Ferroplastik auf. Er war an mehreren Stellen aufgeborsten, und der Deckel war weggesprengt. Ein kalkartiges, weißes Pulver rieselte aus den Löchern, und ein großer Teil bedeckte bereits den Boden. Loren wußte nicht, worum es sich handelte, aber wenn es Chemiestoffe waren, erschien es ihm seltsam, daß niemand sie aufgeräumt hatte.

Er öffnete einen Kanal zur *Bull Run.* »Skipper, ich möchte mit Kerndon sprechen.«

»Pos, Sterncolonel Loren«, meldete sich der Leibeigene.

»Ich befinde mich im einzigen noch stehenden Gebäude hier. Ich nehme an, es war nur eine Lagerhalle. Hier gibt es auch irgendwelche Röhren.«

»Das ist wahrscheinlich der Hauptbrunnen, den wir bei der Etablierung des Stützpunkts ausgehoben haben. Die Nebelparder haben auch eine Wasseraufbereitungsanlage hier unterhalten. Das Gebäude wurde wahrscheinlich gleichzeitig als Lagerhalle und Pumpstation verwendet, um Platz zu sparen.«

»Die Novakatzen müssen ihn nach der Schlacht versiegelt haben«, antwortete Loren, aber der Anblick des Rohrs machte ihm zu schaffen. Irgendwie übersah er etwas.

Er starrte auf den Speicherbehälter und entschied, daß es nur einen Weg gab sicherzugehen. Er mußte aussteigen und sich das Rohrsystem aus der Nähe ansehen.

Er fuhr seinen Mech auf fünfzehn Prozent Leistung herunter und öffnete die Cockpitluke. Sein Körper war schweißgebadet, aber die dünne, trockene Luft Boltins schien jeden Tropfen Feuchtigkeit aufzusaugen, so daß er trotz der Hitze beinahe fröstelte. Er kletterte die Sprossen an der Seite des OmniMechs hinab auf den schuttbedeckten Boden.

Vorsichtig kletterte er über die Trümmer zu den Überresten des Speicherbehälters, ohne den erbeuteten Nebelparder-Neurohelm oder die Kühlweste abzulegen. Vorsichtig berührte er das Pulver mit einem Finger und roch daran. Der Geruch war schwach, aber er erkannte ihn. Mehl. Er nahm etwas auf die Zungenspitze und spuckte es gründlich aus, nachdem er es geschmeckt hatte. Es war keine Chemikalie, nur verdorbenes Mehl.

Er brauchte fünf Minuten, um das riesige Rohr zu erreichen und festzustellen, daß es sich kalt anfühlte. An einer Seite fand er eine kleine Digitalanzeige und erkannte, daß der Druck im Innern langsam, aber stetig sank. Als er die Veränderung in den kleinen grünen Ziffern der Anzeige sah, wurde Loren klar, daß hier etwas vorging. Die Novakatzen manipulierten den Druck im Innern des Rohrs, und das taten sie sicher nicht ohne Grund. *Das ist mehr als nur ein versiegelter Brunnen.*

Loren kehrte ins Cockpit des *Masakari* zurück. Das Atmen in der dünnen Atmosphäre Boltins fiel ihm schwer. Irgend etwas an dieser Umgebung machte ihm noch immer zu schaffen, aber er konnte es einfach nicht definieren.

Wieder in der Pilotenkanzel, dachte er über die Tonnen von Mehl nach. Seine Ausbildung bei den Todeskommandos hatte ihn gelehrt, zu seinem Vorteil auszunutzen, was immer er fand. Rings um den Mech sah er den feinen Staub des Mehls. Er aktivierte über den kleinen Tastenblock den Gefechtscomputer und ließ die Personaldaten seiner falschen Parder über den Monitor laufen. Er brauchte nur ein paar Sekunden, um zu finden, was er suchte – Sprengstofferfahrung.

Glenda Jura. Er sah sich in dem riesigen Gebäude um. Es war eine schwierige Aufgabe, aber sie würde damit fertig werden. Obwohl es Zeit kosten würde, glaubte er, daß die Ruine sich als wertvolle Waffe erweisen konnte, wenn die Novakatzen ihnen hart genug zusetzten oder es gelang, sie ins Innere zu locken.

Er öffnete eine Verbindung zu ihrem *Koshi.* »Glenda, hier Jaffray.«

»Sir«, meldete sich eine Stimme, aus der die Überraschung sprach, von ihrem Kommandeur direkt angerufen zu werden.

»Fallen Sie auf meine Position zurück. Haben Sie Sprengladungen dabei?«

»Ja, Sir.«

»Gut.« Loren lächelte. »Sie haben schon mal SLZs aufgebaut, nehme ich an?«

»Staubluftzünder? Ja, Sir.«

»Gut. Sie werden hier einen ziemlich großen vorbereiten müssen. Und zwar so schnell wie möglich.«

Die Felsformationen südlich des Parder-Flugfelds warfen im frühen Abendlicht lange Schatten über die abgestellten Mechs der verbliebenen Kilsyth Guards. Major

Jake Fuller und die zwei Piloten der beiden Lanzen unter seinem Befehl kletterten hastig an den Maschinen hinunter und breiteten Thermaltarnplanen über den Köpfen und Torsos aus, um die Mechs vor einer Entdeckung durch Parder-Erkundungsflüge zu schützen. Die Planen halfen, die Wärme- und Magnetsignaturen der Fusionsreaktoren abzuschirmen, so daß sie schwerer zu orten waren. Bisher hatten sie gute Dienste geleistet.

Seit ihrem Aufbruch vom Isthmus hatte Jakes Truppe auf dem Weg nach Nordosten zur Flugbasis fast einhundertvierzig Kilometer zurückgelegt. Ihr Ziel war jetzt nur noch dreißig Kilometer entfernt. Bald würde ihre Mission beendet sein, und sie konnten mit dem Sprint zurück zum Rest der Fusiliers beginnen – ohne zeitraubende Versuche, unentdeckt zu bleiben, nur noch daran interessiert, soviel Distanz wie möglich zwischen sich und die Parder zu legen.

Die halbe Einheit blieb in Alarmbereitschaft in den Cockpits, bereit zum Einsatz, die passiven Sensoren eingeschaltet, damit die Nebelparder sie nicht überrumpeln konnten. Der Rest schlug das Lager auf und baute seine Kuppelzelte zwischen den Felsen. Es war die erste Wache, und Jake Fullers Körper schmerzte. Der stundenlange Marsch in der Enge des Mechcockpits ging nicht spurlos an einem Piloten vorbei. Er stand auf und streckte sich, während er seinen zusammengeflickten *Cerberus* betrachtete.

In der Nähe kletterte Elden Parkensen aus seinem *Hatamoto-Chi*. Bisher hatte Jake Schwierigkeiten gehabt, das Alter des draconischen Offiziers zu schätzen. Aber plötzlich bemerkte er, daß die gebräunte Haut des VFB an manchen Stellen an eine Lederkluft erinnerte. Anscheinend war der Sho-sa älter, als er es sich anmerken ließ.

Warum, in drei Teufels Namen, hat mir der Oberst denn dieses angetan? Seit dem Beginn dieser Mission hat er ihr und uns nur Schwierigkeiten gemacht. Ursprünglich hatte Jake gehofft, das eisige Auftreten des VFB könnte Risse bekommen, wenn er aus Cat Stirlings Umgebung kam. Aber Parkensen war so störrisch und unnahbar wie eh und je.

Trotzdem, Jake wußte, früher oder später mußten sie miteinander reden, und jetzt war ein ebensoguter Zeitpunkt dafür wie jeder andere. Er schlenderte hinüber zu dem Draconier, der im fahlen grünen Licht der Abenddämmerung seine Muskeln streckte. »Sho-sa Parkensen«, sprach er ihn so freundlich an, wie er es fertigbrachte.

Parkensen nickte nur wortlos.

Jake versuchte sich nicht anmerken zu lassen, wie sehr ihn das ärgerte. »Wir sind nur noch zwei Tage von der Flugbasis entfernt. Sie haben viel Erfahrung mit den Clans. Finden Sie nicht, wir sollten darüber reden, wie wir den Angriff durchführen wollen?«

Parkensen ließ seinen Blick über das Gelände schweifen, dann drehte er sich wieder zu Fuller um. »Wir sind langsam vorangekommen, Major. Ich bin zuversichtlich, daß sich die Parder-Angriffstruppe bereits südlich von uns auf der Jagd nach dem Rest der Fusiliers befindet.«

»Das entspricht so ziemlich dem, was uns die Satelliten melden.« Die regelmäßig in zerhackten und komprimierten Datensendungen von Kapitän Lovat eintreffenden Informationen bestätigten, was der Sho-sa vermutete.

»Wenn wir diese Mission beendet haben, gibt es für uns keinen Weg zurück zu den Fusiliers. Das muß Ihnen inzwischen klar geworden sein.«

Ja, das war Jake Fuller klar. Der Nebelparder-Sternhaufen, der Oberst Stirling und den Rest des Regiments hetzte, stand zwischen ihnen und der Rettung. »So ist es. Aber wir haben unsere Befehle, und die lauten, die feindliche Flugbasis auszuschalten. Wenn wir das erledigt haben, können wir uns immer noch darum kümmern, wie wir zurückkommen.«

»Ich glaube, Sie machen sich nicht wirklich klar ...« Plötzlich verstummte Parkensen und sah hinauf zum grünen Himmel über Wayside V. In der Ferne war ein leises Geräusch wie Donner zu hören, nur verklang es nicht, sondern wurde allmählich lauter.

Jakes Armbandkomm meldete sich mit einem Pfeifen. Er schaltete hastig auf Empfang. »Alarm, Jäger im Anflug, Alarm!« erklang die Stimme Paul Kriters, eines der noch im Dienst befindlichen Lanzenmitglieder.

Jake schaltete auf Rundruf. »Alarm. Aufsitzen und bereit zum Gefecht.« Noch während er sprach, setzte er sich in Bewegung auf den *Cerberus* zu, spannte die Muskeln, um zur untersten Sprosse hochzuspringen. Aber noch bevor es dazu kam, blitzte ein grelles Licht auf, das ihn völlig einzuschließen schien. Er hörte nichts, fühlte nur einen Windstoß, der ihn vom Boden hob. Die Explosion klang warm und feucht, als der Klang seine Ohren schließlich erreichte, wie das Aufröhren des gesamten Planeten, der um ihn herum losbrach.

Jake wurde in die Höhe geschleudert und schlug zehn Meter abseits der Stelle auf den Boden auf, wo er nur Sekunden vorher gestanden hatte. Der felsige Boden scheuerte über seinen Körper, schnitt in die nackte Haut an Schenkeln und Armen, zerfetzte die Kühlweste. Er fühlte Staub und Erde auf sich herabregnen, und überall erschien ihm sein Körper feucht, warm und klebrig zu sein. Ganz in der Nähe sah er die reglose, blutüberströmte Gestalt Sho-sa Parkensens.

Jake rang nach Luft, aber seine Lungen verweigerten ihm den Dienst. Die Explosion hatte ihm den Atem genommen, und einen Augenblick lang geriet er in Panik, als er keine Luft mehr bekam. Dann füllten sich seine Lungen doch noch mit dem rettenden Gas. Der Geruch von Rauch stach ihm in die Nase, und er begann, hektisch zu atmen.

Jake versuchte sich zu bewegen, aber es war unmöglich. Sein Körper schien zu streiken. Sein Arm war von einer klebrigen Masse aus Blut und Schmutz bedeckt. Er ignorierte das schmerzhafte Klingeln in den Ohren und konzentrierte sich ganz auf die Bewegung, allein schon, um sich zu beweisen, daß er noch lebte. Die Schmerzen schlugen in einer gewaltigen Woge über ihm zusammen. Es schien, als türme sich ein Felsenturm über ihm auf, der ihn langsam zerquetschte.

In diesem Augenblick begriff Jake Fuller, daß er starb. Sein Geist wurde von einer namenlosen Panik ergriffen, und ein gellendes Klingeln schien ihn ganz und gar einzuhüllen. Er dachte an seine Mutter, und daran, wie sie die Nachricht von seinem Tod aufnehmen würde. Dann trat das Bild Oberst Stirlings und Major Jaffrays vor sein inneres Auge, die über seinem Grab standen. *Jaffray. Wenn er nur hiergeblieben wäre, wäre es nie soweit gekommen.* Es war sein letzter Gedanke, bevor das Bewußtsein den zerbrochenen, blutüberströmten Körper verließ.

33

Verlassene Nebelparder-Basis, Boltin,
System EC-EY-4189
Äußere Peripherie

17. Juli 3058

»BattleMechs an der äußeren Markierung«, kam die Warnung Sara Macallens über den offenen Kanal. Lorens Sensoren zeigten ihm nur drei Mechs in der gelben Wüste Boltins, die auf eine Gelegenheit zum Kampf warteten. Darauf basierte seine Aufstellung. Er hatte seine Truppen um das Zentrum der Anlage versammelt. Macallen blickte nach Osten, Burke nach Westen, er nach Norden und McBride nach Süden.

»Bestätige drei Novakatzen-Mechs«, fuhr Macallen fort. »Konfiguration wie folgt. Vorderster Mech *Kriegshammer IIC*, zweiter Mech *Kampfschütze IIC*, dritter Mech – da hol mich doch der Teufel, ein *Koloß!*« Loren überprüfte die Ortung und Aufstellung. Angesichts des Lageplans der Gebäuderuinen konnte nur McBride sich nicht in Richtung der Katzen drehen. *Gut genug fürs erste ...*

Mit 100 Tonnen Gewicht war der *Koloß*, oder das *Felsrhino*, wie die Clans diesen BattleMech nannten, eine furchteinflößende Mordmaschine von gewaltigem Vernichtungspotential. Kerndons Stimme erklang von Bord der *Bull Run*. »Das *Felsrhino* ist ein Nebelparder-Mech. Sie müssen es bei einem Besitztest erbeutet oder nach der Schlacht um diese Welt repariert haben.«

»Ich dachte, sie hätten angekündigt, uns mit einem Stern anzugreifen?« Commander McBride suchte als Rückendeckung mit den Sensoren ihres *Geier* die entgegengesetzte Richtung ab. Zwischen ihr und der weiten, offenen Wüste erhob sich nur noch die eine noch verbliebene Lagerhalle, in der Glenda Jura ihre Sprengladungen aufstellte.

»Der Tag ist noch jung«, erwiderte Loren. »Haltet die Augen auf der Fernortung. Die anderen gebotenen Mechs könnten da draußen knapp außerhalb unserer Sensorenreichweite warten.«

»Bis jetzt passiert gar nichts«, stellte Macallen fest. »Die Katzen stehen nur rum.«

Loren wartete. Er fühlte dasselbe nagende Unbehagen wie beim Anblick des versiegelten Hauptwasserrohrs in der Lagerhalle/Pumpstation. Er wußte nur nicht, warum.

»Stellung halten, noch nicht feuern«, befahl er. »Glenda, wie sieht's aus?«

Nach einer Pause kam Commander Juras schwer atmende Stimme über die Leitung. »Alle Ladungen sind angebracht. Ich habe alles auf Befehlskanal Zehn eingestellt. Eine beliebige Digitalsendung von mindestens fünf Zeichen löst den Zündstoß aus. Die Explosion folgt vier Sekunden später.«

»Ausgezeichnet. Jetzt schleunigst zurück in den Mech. Ich weiß nicht, was die Novakatzen vorhaben, aber das hier geht alle an.« Er schaltete den Zerhacker ein. »Glenda hat für uns in der Lagerhalle mit trockenem Mehl eine Staubexplosion vorbereitet. Wenn die Novakatzen angreifen, weichen wir zurück und geben ihnen Gelegenheit, im Innern in Deckung zu gehen. Dann lösen wir die SLZ aus.«

Er sah wieder auf den Ortungsschirm. Die drei Novakatzen standen noch immer knapp außerhalb der Geschützreichweite in einer Reihe. Auf dem Sichtschirm tanzten die schwarzen Silhouetten der Clan-Mechs in der heißen Luft, die vom schimmernden Wüstensand Boltins aufstieg. Sie ragten reglos auf wie Statuen längst vergessener Götter.

»Warum stehen sie einfach nur da?« fragte Macallen.

Loren verstand ihre Ungeduld. »Entweder wollen sie, daß wir den ersten Schritt tun, oder sie bringen noch den Rest ihrer Einheiten in Stellung.« Seine Sensoren zeichneten immer noch nur drei Novakatzen-Mechs. Irgend etwas stimmte nicht. In diesem offenen Gelände hätte er den Feind ausmachen können müssen, selbst wenn er sich am äußersten Rand der Ortungsreichweite befand.

Plötzlich setzten die Novakatzen sich in Bewegung. Er reagierte sofort. »Fertig zum Zurückweichen. Sumpter, Jura, Macallen, außer Reichweite oder Schußlinie ihrer Waffen. McBride gibt Deckungsfeuer. Denkt daran, Leute, wir müssen sie möglichst dicht an die Lagerhalle locken, wenn Glendas kleine Überraschung Erfolg haben soll.«

Ein helles Flackern erregte seine Aufmerksamkeit, dann schlug eine Gausskugel des schwerfälligen *Koloß* in die Trümmerwand neben ihm ein und sprengte einen Teil der Mauer. Ein Blick auf die Ortung bestätigte, daß der Riese in Reichweite war, und Loren aktivierte die Extremreichweiten-PPKs. Die vier Kanonen mit genug Feuerkraft, um einen ganzen Zug konventioneller Panzer auszulöschen, wurden vorgeheizt und aufgeladen. Das Fadenkreuz flog über die Sichtprojektion wie ein Falke im Anflug auf eine nichtsahnende Beute.

Loren feuerte. Zwei künstliche Blitzschläge aus geladenen Atomteilchen zuckten mit einem Donnerschlag über den Sand und bohrten sich in den gedrungenen Torso des *Koloß*. Über eine Tonne Panzerung flog durch die staubtrockene Luft Boltins. Aber trotz der schieren Wucht und rohen Energie des Angriffs konnte die PPK-Salve den dickgepanzerten Novakatzen-Mech nicht ernsthaft beschädigen.

Der *Kampfschütze IIC*, das Clan-Gegenstück der jahrhundertealten Konstruktion, durch den Einsatz hochmoderner Technologien auf gefährliche Leistungsstärke frisiert, eröffnete das Feuer auf Macallens *Ryoken*, als sie sich vor den anrückenden Novakatzen zurückzog. Die grellroten Lichtimpulse der Clan-Laser drangen tief in dessen Seitenpanzerung, und der OmniMech wurde durch den Angriff herumgewirbelt. Die Treffer schälten die Panzerung von den Myomermuskelfasern, ließen sie schutzlos offen zurück, und elektrische Entladungen tanzten über die Bündel. Qualm stieg aus der Bresche im Torso und kündete von noch sehr viel tiefer liegenden Schäden.

Trisha McBride richtete die schweren Laser ihres *Geier* auf den *Kriegshammer IIC* und feuerte im selben Moment, in dem ihr Gegner seine beiden Partikelprojektorkanonen auslöste. Die Laser fanden ihr Ziel und gruben sich knapp unterhalb des Hüftgelenks in das rechte Bein des *Kriegshammer IIC*. Einer der PPK-Schüsse schlug in die rechte Torsoseite ihres Omnis ein. Der *Geier* wankte unter dem Treffer und flüchtete hinter einen Schutthügel.

Loren feuerte erneute auf den *Koloß*, der sich auf Reichweite seiner meisten Waffen heranarbeitete. Die Treffer der beiden PPKs erwischten den *Koloß* unter dem Schultergelenk und trieben die Schulter mit knochenbrecherischer Wucht nach hinten. Loren setzte mit einer Raketensalve nach, die sich korkenzieherartig auf das Ziel senkte und beinahe exakt an derselben Stelle einschlug. Die Explosionen der Raketensprengköpfe rissen den *Koloß* noch weiter herum. Sein Novakatzen-Pilot schaffte es nur mit äußerster Mühe, die Gewalt über den Mech zu behalten.

Plötzlich fühlte Loren zwei Treffer von hinten, und das Grollen der Explosionen machte ihm klar, daß es sich um Raketeneinschläge handelte. *Von hinten! Unmöglich! Wo kommen die Schüsse her?* Die Novakatzen-BattleMechs waren vor ihm und deckten seine falschen Parder mit einer weiteren vernichtenden Geschützsalve ein. Aber jetzt wurde auch McBrides *Geier* von einem Angriff aus deren Rücken durchgeschüttelt – *aus der verlassenen Lagerhalle.*

Seine Ortung löste das Rätsel. Ein Flackern auf dem Zweitmonitor verkündete, daß sich ein Elementar im Innern der Halle aufhielt. *Wie konnte ich den übersehen?*

Glenda und ich waren doch beide drinnen. Am Rand des Sichtschirms sah er den Elementar für einen Augenblick auftauchen und feuern, dann einen zweiten.

Plötzlich wußte er es. Das verschlossene Wasserrohr ohne Druck... Jetzt ergab es einen Sinn. »Parder, weg von der Lagerhalle! Feindliche Elementare im Gebäude! Rückzug nach Süden, Vorbereiten auf Explosion!« *Sie haben das Rohr dazu benutzt, ihre Elementare in unseren Rücken zu befördern. Jetzt haben sie uns in der Zange.*

Er schaltete auf Kurzstreckenortung und überzeugte sich, daß sein Stern gehorchte, wenn auch unter Schwierigkeiten, während die Mechs versuchten, im Schußwechsel mit den sich nähernden Novakatzen-Mechs deren Geschützen auszuweichen. Loren brachte seinen *Masakari* hinter einem Trümmerberg, der einmal ein Gebäude gewesen war, vor dem wuchtigen Novakatzen-*Koloß* in Deckung, der es ganz offensichtlich auf ihn abgesehen hatte. Hier hatte er ein wenig Zeit, den Kommkanal zu öffnen und die Detonation vorzubereiten.

Es war ein genialer Schachzug der Novakatzen. Statt einen eigenen, zweiten Brunnen zu graben, nachdem sie den Nebelpardern diese Welt abgenommen hatten, hatten sie offensichtlich einfach ein Rohr zu ihrer eigenen Basis gezogen. Nachdem das Wasser abgestellt war, konnten die Elementare sich durch diese Leitung mitten in Lorens Verteidigungsstellung einschleichen, und jetzt versuchten sie, seine Mechs durch ihr Feuer ins Innere der Halle zu locken, um sie dann in einem Schwarmangriff zu vernichten. In Gedanken zollte Loren dem Plan seinen Beifall, dessen einziger Fehler die Tatsache war, daß der Novakatzen-Kommandeur nicht die Möglichkeit einer eigenen Falle Lorens am selben Ort bedacht hatte.

Drei Elementare kamen hinter einem leeren Fenster des Gebäudes hoch. Er sah sie, als ihre Kurzstreckenraketen auf ihn zuschossen. Ein Raketenpaar traf ins

Ziel, die beiden anderen schlugen in den Schuttberg ein und schleuderten lediglich bereits zertrümmerten Stahlbeton und Erde in die Luft. Beinahe unbewußt speiste er das Zündsignal in Kanal Zehn ein und sandte es ab.

Glenda Jura hatte ihre Arbeit gut gemacht. Die Initialdetonationen im Innern des Silos waren nicht darauf angelegt, Schaden anzurichten. Sie sollten den feinen Mehlstaub nur in die Luft schleudern und die gesamte Lagerhalle mit einem dichten Nebel aus Mehl füllen. Danach genügte ein einziger Funke, um die Katastrophe auszulösen. Im Innern des Silos war das Mehl nicht einmal brennbar. Aber in der Luft verteilt war es hochexplosiv.

Die Detonation erfolgte sofort und mit der erwarteten Wirkung. Der in der Luft verteilte Mehlstaub verbrannte innerhalb von Sekundenbruchteilen und verzehrte dabei den gesamten Sauerstoff im Innern der Halle. Der dadurch entstehende Unterdruck war zuviel für die geschwächten Mauern und die Decke der Lagerhalle. Das gesamte Gebäude stürzte in sich zusammen und begrub alles und jeden in seinem Innern. Die Erschütterung ließ die Erde unter dem *Masakari* erbeben, und Loren fragte sich, ob die Novakatzen-Elementare das wohl irgendwie hatten überleben können. Wenn ja, waren sie nun unter Tonnen von Schutt begraben, wo sie ein langsamer und qualvoller Tod erwartete. Luftstaubzünder waren hochspezialisierte Sprengladungen. Loren hatte sie schon bei den Todeskommandos eingesetzt. Und als Sprengstoffexpertin war Glenda ebenfalls mit ihnen vertraut.

»Parder«, signalisierte er seinem Stern. »Wenden und Angreifen!«

Es war ein wilder, schneller Kampf geworden, aber sie hatten einen hohen Preis bezahlt. Die drei Novakatzen hatten sich zunächst gut geschlagen. Trisha McBrides *Geier* hatte eine Serie tödlicher Treffer einstecken müssen und war trotz Glenda Juras Bemühungen, das Feindfeuer auf sich zu ziehen, gefallen. Sara Macallens Mech hatte die volle Feuerkraft des *Koloß* zu spüren bekommen, und war so schwer zertrümmert worden, daß er als regloses Wrack in den Wüstensand gestürzt war. Loren hatte den riesenhaften Mech schließlich zur Strecke gebracht, indem er dessen rechtes Bein am Knie zertrümmerte und den *Koloß* bewegungsunfähig nach vorne stürzen ließ. Plötzlich war das Schlachtfeld totenstill, und seine Leute näherten sich ihren verletzten und möglicherweise toten Kameraden.

Eine Stimme drang aus den Lautsprechern seines Neurohelms. »Sterncolonel Loren von den Nebelpardern, der Sieg ist dein«, stellte Sterncaptain Mandrake aus dem Wrack des *Koloß* fest.

Loren antwortete nicht, sondern starrte nur auf den Sichtschirm. *Trisha und Sara sind wahrscheinlich tot, oder dem Tode nah, und der lebt irgendwie immer noch. Ich bräuchte nur einmal den Daumen zu bewegen, und der Gerechtigkeit wäre genüge getan. Ich muß mich fragen, was würde ein Nebelparder in dieser Lage tun?*

»Ich bin besiegt«, erklärte Sterncaptain Mandrake. »Ich bitte dich, mich zu vernichten und nicht mit dieser Schande auf meinem Kodax weiterleben zu lassen.«

Lorens Logik widersprach. Als er Kerndon zum Leibeigenen genommen hatte, war er ein großes Risiko eingegangen, aber es hatte ihn hierher gebracht. Jetzt hatte er die Gelegenheit, einen Novakatzen-Krieger als Leibeigenen zu nehmen, etwas, das mit Sicherheit helfen würde, die Katzen nach Wayside V zu locken.

Ich spiele die Rolle eines Nebelparders. Ich muß mich auch wie einer verhalten. Loren drückte den Auslöser des Primären Feuerleitkreises nieder und schleuderte eine Wand von Tod und Vernichtung in das Cockpit des am Boden liegenden *Koloß*. Es gab kaum eine Überlebenschance für Mandrake – es hatte nie eine existiert.

»Sir«, unterbrach ihn Sumpter Burke. »Sara, Sir, sie ist

tot. Ich habe versucht, sie rauszuholen, aber ihre Kanzel, Sir, sie wurde zerquetscht.«

»Ich verstehe. Und Trisha?«

Glenda Juras Stimme klang auf. »Ich habe sie gerade rausgeholt, Sir. Sie ist von dem Cockpittreffer verletzt worden, aber sie wird es überleben.«

Kerndon mischte sich ein. »Major Loren, ihr müßt Saras Körper vernichten. Es darf keine Spur von ihr zurückbleiben.« Die Worte waren ein Schlag ins Gesicht. Sie rissen Loren aus der Tiefe seiner Gedanken zurück in die Wirklichkeit.

Er erinnerte sich an die Notwendigkeit dieses Vorgehens, aber bis jetzt hatte er es vermieden, sich ihr zu stellen. »Sumpter.« Loren konzentrierte sich auf den furchtbaren Befehl, den zu geben er gezwungen war. »Steigen Sie in Ihren Mech und vernichten Sie Saras Überreste. Lassen Sie nichts zurück, was den Novakatzen eine genetische Analyse ermöglichen könnte. Glenda, Sie machen dasselbe mit Trishas Cockpit, sobald sie aus dessen Nähe verschwunden ist. Es darf nicht einmal ein Blutstropfen zurückbleiben.«

»Sir …«, wollte Sumpter Burke protestieren.

»Sie haben Ihre Befehle, Mister. Wenn Sie es nicht tun, tu ich es.« Es stand zu viel auf dem Spiel, als daß sie ihr Handeln von Gefühlen bestimmen lassen durften. Später würden sie Gelegenheit haben, ihre Toten zu betrauern.

»Ja, Sir«, bestätigte Burke. Loren glaubte, noch ein ›Hurensohn‹ von dem kleinwüchsigen Krieger aufzuschnappen, aber er war sich nicht sicher, ob er es wirklich gehört hatte oder sein Gehör ihm einen Streich spielte.

Er folgte Burke ein paar Minuten später und hielt neben dem zerschmolzenen Cockpit an. Dort öffnete er die Seitenluke und sah hinab auf das Feuer, das die Überreste seiner Kameradin verzehrte. Mit einer beiläufigen Handbewegung schleuderte er etwas in die Flammen, das nicht verbrennen sollte. Es war eine Art Armband von weißer Farbe, in das ein kleiner Computerchip eingelassen war. Das Kodaxarmband, das unter seinen Blicken in das rauchende Cockpit fiel, gehörte unter allen Umständen zur Kleidung jedes Clan-Kriegers. Es würde die Tote als Nebelparderin identifizieren. Die MedTechs hatten es auf seine Anweisung Sterncaptain Marilen nach deren Selbstmord abgenommen. Wenn jemand ihre Aktionen und Bewegungen verfolgte, war es ein äußerst wertvoller Hinweis …

34

Temporäres Feldhauptquartier,
Südlich von New Scotland, Wayside V (Wildkatz)
Äußere Peripherie

17. Juli 3058

Als Galaxiscommander Devon Osis das HQ-Zelt betrat, war Sterncolonel Patricia in das Studium der taktischen Anzeige vertieft. Sie hatte das Kuppelzelt als zeitweiliges Hauptquartier aufgebaut, bis sie von der Sicherheit des Isthmus überzeugt war. Sie hatten den Paß durchquert, in dem Sterncolonel Roberta gegen die Söldner aus der Inneren Sphäre gekämpft hatte und gefallen war. Die Wissenschaftler und Techniker waren ausgeschwärmt, um die Gefechtstrümmer zu bergen, die Toten zu identifizieren und die Kodaxe und GefechtsROMs der gefallenen Krieger einzusammeln. Devon Osis persönlich hatte seinen OmniMech auf das Schlachtfeld gebracht, als der Sternhaufen das Gebiet betreten hatte.

»Bericht«, bellte er und zog seine Uniform glatt.

»Der Isthmus ist gesichert. Wir haben das Landungsschiff gefunden, mit dessen Hilfe das Gebiet eingenommen wurde. Ich habe einen Elementarstern in das Schiff entsandt, um es zu inspizieren und alles von Wert zu bergen«, stellte Patricia kühl fest.

»Warum wurde ich vom Fund des Schiffes nicht in Kenntnis gesetzt?«

»Die Angelegenheit erschien mir zu unbedeutend, um deine Aufmerksamkeit zu fordern, Galaxiscommander. Es handelt sich nur um ein verlassenes Landungsschiff, das viel zu beschädigt ist, um noch einmal aufzusteigen. Gibt es damit ein Problem?«

»Möglicherweise. Befinden sich deine Truppen zur Zeit im Innern des Schiffes?« fragte er drängend.

»Pos, sie haben soeben mit der Inspektion begonnen.«

»Hol sie sofort dort heraus, Sterncolonel!«

»Ich verstehe nicht, Galaxiscommander.«

»Jetzt, Sterncolonel, bevor es zu spät ist«, befahl Osis und machte einen Schritt auf die Kommstation zu, um den Befehl selbst zu geben.

»Pos, Galaxiscommander.« Sie aktivierte ihr Mikro. »Stern Lambda, hier ist Nebelkiller Leitung. Zieht euch sofort zurück. Ich wiederhole, zieht euch sofort zurück.«

»Pos, Sterncolonel«, kam die Bestätigung über die Leitung. Patricia drehte sich zu Devon Osis um und zog die Stirn kraus. »Ist mir etwas entgangen, Galaxiscommander?«

»Pos«, stellte Osis streng, aber sehr viel entspannter fest. »Ich habe schon gegen Krieger aus der Inneren Sphäre gekämpft. Sie sind Barbaren. Sie setzen versteckte Fallen und andere Heimtücke ein, selbst um kleinere Erfolge zu erzielen. Dieses Landungsschiff ist ohne Zweifel vermint.«

Noch während seiner letzten Worte hallte ein entferntes Donnergrollen durch das Kuppelzelt. Er zeigte keinerlei Überraschung, sondern wartete wortlos, während Patricia die Befehlskanäle nach weiteren Informationen absuchte. Erschreckt nahm sie Verbindung mit Stern Lambda auf. »Statusbericht.«

»Sterncaptain Javin hier«, klang die Stimme des fast zwei Kilometer entfernten Elementars aus dem Lautsprecher. »Es gab eine Explosion in den unteren Decks.«

»Verluste«, forderte sie gepreßt an.

»Zwei Strahlen befanden sich noch an Bord, als die Explosion erfolgte, Sterncolonel. Ein weiterer Strahl war dabei, es zu verlassen und erlitt begrenzte Schäden.«

Devon Osis beobachtete Patricia sorgfältig. Während Roberta in dieser Lage wütend und erregt um sich geschlagen hätte, bewies sie bewundernswürdige Selbstbeherrschung. »Du hast gute Krieger verloren, aber es hätte schlimmer kommen können.«

»Diese Fusiliers«, preßte sie durch zusammengebissene Zähne. »Sie kämpfen ehrlos. Fallen dieser Art sind der Stil von Banditenschmutz, nicht von wahren Kriegern.«

»Du unterschätzt sie, Sterncolonel«, ermahnte Devon Osis gelassen. »Das war auch Sterncolonel Robertas Fehler, und sie hat mit dem Leben dafür bezahlt. Vergiß nicht, daß diese sogenannten Banditen uns seit einigen Tagen standhalten. Die Ehre des Nebelparders verlangt, daß wir uns von dieser Schande reinwaschen – im Kampf, mit dem Blut unserer Feinde.«

»Wie, Galaxiscommander? Diese Freigeburten flüchten vor uns.«

Devon Osis gestattete sich ein dünnes Lächeln, dann lachte er leise. »Schlachten können beim Bieten, im Herzen oder auf dem Feld der Ehre gewonnen werden, Sterncolonel. Ich mag gelassen erscheinen, aber laß dich dadurch nicht über meine Absichten hinwegtäuschen. Diese Fusiliers haben auch meine persönliche Ehre beschmutzt, als sie Sterncolonel Roberta besiegten. Sie haben mich beleidigt, indem sie einen Angriff auf meine Flugbasis auch nur in Betracht zogen.« Seine Miene verdüsterte sich, als zögen Gewitterwolken durch seine Gedanken. »Ich werde den Boden dieses verlassenen Planeten mit ihrem Blut tränken, dessen darfst du dir gewiß sein.«

»Ich verstehe noch immer nicht, Galaxiscommander.«

Devon Osis schenkte ihr ein leicht verzerrtes Grinsen. »Deshalb bin ich Galaxiscommander und Sterncolonel«, erwiderte er.

Als die *Bashkir*-Luft/Raumjäger der Nebelparder ihren Angriff abbrachen und davonflogen, sah Oberst Andrea Stirling ihnen sinkenden Muts aus dem Cockpit ihres *Großtitan* nach. Die Lage entwickelte sich ganz und gar nicht zum Besten für sie und die Überreste ihrer Einheit. Der einzige Trost war die Mitteilung des Nachrichtendienstes, daß eine Gewitterfront schnell näher rückte.

Der Regen würde das Fortkommen ihrer Leute behindern, aber wenigstens konnten die Nebelparder dann keine weiteren Luftangriffe starten.

»Oberst, wir empfangen eine Nachricht für Sie«, drang eine Stimme aus den Lautsprechern des Neurohelms. Der KommTech zögerte hörbar, als er das sagte. *Vielleicht hat sich Fuller endlich gemeldet. Oder schlimmer, es könnte die Nachricht sein, daß er in Gefangenschaft geraten ist.*

»Wer ist es?«

»Ma'am, es ist Galaxiscommander Devon Osis. Er hat nach Ihnen persönlich verlangt.«

»Persönlich?«

»Ja, Ma'am.«

»Stellen Sie ihn durch. Und übermitteln Sie den Majoren Blakadar und Craig eine Einwegmitansicht.« Stirling bewegte den *Großtitan* ein Stück zur Seite und hielt an. In den kurzen Sekunden, bis die Verbindungen aufgebaut waren, fühlte sie ihr Herz hämmern. Was sie zu diesem Clansmann sagte, war von lebenswichtiger Bedeutung. Sie und ihre Leute rannten um ihr Leben. Sie saßen auf einem Planeten weit außerhalb des besiedelten Weltraums fest und standen dem schlimmsten Alptraum gegenüber, der die Innere Sphäre je bedroht hatte. Jaffray und Mulvaney blieben ihre einzige Hoffnung, aber bis sie hier eintrafen, mußte sie daran denken, daß ihre wichtigste Aufgabe darin bestand, Zeit zu gewinnen. Gelang ihr das nicht, konnte es sein, daß die beiden, wenn sie über Wayside V eintrafen, feststellten, daß es keine Hoffnung auf Rettung mehr für sie und den Rest von Stirling's Fusiliers gab.

»Verbindung steht, Ma'am.«

»In Ordnung.« Ihre Stimme verriet keine Emotion.

Der Sekundärschirm flackerte kurz, dann sah sie einen Mann und eine etwas kleinere Frau in grauen Felduniformen. Sie schienen sich in einer Art Kuppelzelt zu befinden. Beide wirkten makellos und frisch, als stünden sie Modell für ein Rekrutierungsposter und befänden sich nicht inmitten eines kleineren Krieges.

Der Mann mußte Devon Osis sein. Sein Gesicht war nicht weiter bemerkenswert, aber in seinen dunklen Augen lag etwas von der Fremdartigkeit des Raubtiers, dem sein Clan den Namen verdankte. Die Frau war muskulös, und ihre Haltung verkündete, daß man sie nicht unterschätzen durfte.

Der Mann sprach zuerst, und wieder erstaunte Stirling die seltsame, fast archaische Manier der Clan-Aussprache. »Ich bin Galaxiscommander Devon Osis von den Nebelpardern, Galaxis Tau.« Er machte eine Pause, um ihr Gelegenheit zur Antwort zu geben.

»Ich bin Oberst Andrea Stirling von den Northwind Highlanders, Stirling's Fusiliers«, erwiderte sie kühl und selbstbewußt.

»Ich lasse mich zu dieser Kontaktaufnahme herab, um dich zu informieren, daß dein armseliger Versuch, meine Flugbasis anzugreifen, gescheitert ist.« Osis drückte einen Knopf auf dem Stab, den er wie ein Szepter in der Hand hielt. Für eine Sekunde verschwand das Bild. Dann füllte eine Szene der Vernichtung den Schirm. Es waren BattleMechs zu sehen, die meisten am Boden und zerfetzt, als wären sie gevierteilt worden. Krater bedeckten den Grund. Es war ein Bild des Todes und der Zerstörung. Es gab kein Anzeichen von Leben. Fuller und seine Leute konnten diesen Angriff nicht überlebt haben. Dann erschienen ebenso plötzlich wieder der Galaxiscommander und die Nebelparder-Offizierin auf dem Monitor. »Vielleicht interessiert es dich auch, zu erfahren, daß wir deine Falle an Bord des Landungsschiffs entdeckt haben, bevor sie größeren Schaden anrichten konnte. Du hast versagt, Oberst Andrea.«

Stirling kochte, aber sie dachte nicht daran, es sich anmerken zu lassen. »Wir sind mit dem Sieg über Sterncolonel Roberta zufrieden, Commander Osis«, erwiderte sie glatt.

»Aber dieser Sieg war nur von kurzer Dauer. Hast du Angst, der Wahrheit ins Auge zu sehen, Oberst? Du kannst vor uns davonlaufen, aber selbst wenn du vorgibst, die Nebelparder nicht zu fürchten, wie willst du deine Leute auf dieser Welt versorgen, in lebensfeindlicher Umwelt mit minimaler Vegetation.«

»Und so nimmst du Kontakt zu mir auf, Commander Osis. Wozu? Erwartest du, daß ich vor dir kapituliere?«

»Sich zu ergeben, entspricht nicht dem Wesen des Kriegers. Außerdem besitzt diese Welt nicht die Einrichtungen, um so viele Gefangene aufzunehmen. Nein, ich spreche zu dir von Krieger zu Krieger. Du hast dich als würdige Gegnerin erwiesen. Beende deine Flucht. Dreh um und stelle dich meinem Nebelkiller-Sternhaufen in offener Schlacht. Ich verspreche dir einen ehrenvollen Kampf.«

Stirling ließ es sich durch den Kopf gehen, ganze drei Sekunden lang. »Was für ein großzügiges Angebot, Commander Osis, aber möglicherweise unterschätzt du uns. Natürlich wäre das nicht das erstemal, daß die Parder diesen Fehlerr begehen. Habt ihr nae aus den Abreibungen gelernt, die wirr euch auf Luthien un' Tukayyid verabreicht haben?« Ihr schottischer Akzent machte sich deutlich bemerkbar.

Devon Osis schien sich zu versteifen, und einen Sekundenbruchteil zuckte wilder Haß über seine reglose Miene. »Schlecht gehandelt und akzeptiert, Oberst«, war alles, was er sagte, als er mit dem Stab auf einen Kontrollknopf drückte und die Verbindung unterbrach.

35

Nördlich des Bannockburn-Isthmus, Wayside V (Wildkatz)
Äußere Peripherie

18. Juli 3058

Der stechende Schmerz riß Brevet-Major Jake Fuller aus seinem Alptraum und zerrte ihn langsam und mühselig zurück ins Bewußtsein. Als er gestern ohnmächtig geworden war, hatte er geglaubt, zu sterben. Aber er hatte sich geirrt. Statt der friedlichen Umarmung des Todes hatte ihn ein endloser Alptraum aus Dämonen, Monstern, Feuer und einem dumpfen Klingeln in seinen Ohren eingeschlossen, das auch nach dem Erwachen nicht aufhören wollte.

Selbst das schwache, grünliche Abendlicht tat seinen Augen weh. Fuller wußte eine Sekunde lang nicht, wo er war, dann erkannte er, daß er am vertrauten Metallbein seines *Cerberus* lehnte. Seine Nackenmuskeln schmerzten, wenn er den Kopf drehte, aber ein Stück entfernt sah er die ausladende Silhouette des *Hatamoto-Chi.* Und dahinter die Überreste seiner Einheit. Ausgebrannte und zertrümmerte BattleMechwracks bedeckten den Felsboden, und wenn er nicht gekannt hätte, was er sah, hätte er die Trümmer nicht mehr als Mechteile wiedererkannt.

»Sie leben noch«, stellte eine Stimme neben ihm fest. »Falls es das ist, was Sie sich fragen.« Jake sah sich um und erkannte den bandagierten Elden Parkensen, der ihm eine Feldflasche entgegenstreckte. Der Sho-sa trug den Arm in der Schlinge, und sein Kopf war mit einem Notfallmedpack verarztet worden. Die Feldflasche schien fünfzig Kilo zu wiegen, als Jake sie annahm, aber mit einiger Mühe schaffte er es schließlich, sie an die Lippen zu heben, um etwas von dem warmen Wasser zu trinken. Hinter Parkensen sah er eine der Frauen seiner Einheit, Chantilly Hamilton. Sie winkte ihm zu. Anscheinend war sie in besserer Verfassung als er oder der Draconier, trotz der Verbände um beide Oberschenkel.

Er bewegte sich etwas, und die Haut auf seinem Rücken schien zu verbrennen. Er hatte das Gefühl, von tausend Nadeln zugleich gestochen zu werden.

»Ganz vorsichtig, Major«, rief Hamilton und kam herüber. »Sie haben eine Menge Schrapnellsplitter im Rücken, und darüber hinaus noch einige böse Verbrennungen. Der Sho-sa hat allerdings Erfahrung in der Behandlung von Kampfverletzungen, und er meint, Sie kommen durch.«

Jake sah sich zu Parkensen um und nickte. »Danke.«

»Sie werden es überleben, aber es werden Narben zurückbleiben. Ich habe getan, was nötig war.«

Fuller wandte sich wieder an Hamilton. »Wie ist unsere Lage, oder möchte ich das lieber nicht wissen?«

Sie zögerte. »Anscheinend haben die Parder uns mit ihrer Passivortung entdeckt. Ihre Jäger haben ohne Vorwarnung angegriffen. Sie haben irgendeine Art Bombe benutzt, die sich an laufenden Fusionsreaktoren ausrichtet – möglicherweise benutzen sie die Neutrinosignatur zur Zielsuche. Nur die laufenden Mechs wurden getroffen. Die abgeschalteten bekamen nicht einmal einen Streifschuß ab.«

»Eine neue Clan-Waffe?« fragte Jake unglücklich.

Sie zuckte die Schultern. »Wenn wir diesen Felsklumpen je wieder verlassen, dürften diese Informationen dem Geheimdienst unseres Auftraggebers eine Menge wert sein. Wir sind der klägliche Rest unserer Einheit, aber wenigstens sind unsere Mechs noch intakt. Die Parder haben das Gebiet noch einmal überflogen, um nach Überlebenden zu suchen, aber sie scheinen uns nicht entdeckt zu haben. Ich nehme an, die Felsformationen, an denen wir die Maschinen parkten, haben uns beschützt, genau wie die Planen. Seitdem – nichts.«

»Hat irgend jemand Kontakt mit dem Oberst aufgenommen und sie informiert?«

Hamilton sah hinüber zum Sho-sa, der die Frage für sie beantwortete. »Wir haben uns nicht mit dem Fusiliers-Oberkommando in Verbindung gesetzt. Die Funkaktivität könnte die Parder auf uns aufmerksam machen.«

Das dumpfe Klingeln in Jakes Ohren wurde leiser, wenn das auch für seinen Geschmack zu langsam ging. Er sog mit einem tiefen Atemzug die dünne Luft von Wayside V ein, aber die Anstrengung schien ihn mehr Kraft zu kosten, als er dadurch gewann. »Inzwischen hält das Regiment uns für tot.«

Parkensen nickte. »Anstelle Ihres Obersten würde ich auch so denken.«

»Krautstrunk«, fluchte Jake und fuhr mit der Zunge über die aufgeplatzten Lippen. »Wir können nicht nur hier rumsitzen und uns braten lassen. Wie steht es mit Ihnen beiden?«

Hamilton sah ihn an. »Nur ein paar Kratzer, Sir.« Sie blickte besorgt hinüber zu dem VFB, sagte aber nichts.

»Und Sie, Sho-sa?«

Parkensens Gesicht verriet keinerlei Gefühl, aber die Anspannung in seiner Kiefermuskulatur bewies, daß er Schmerzen hatte. »Commander Hamilton war gezwungen, eine kleinere Operation durchzuführen, aber ich versichere Ihnen, daß das meine Leistungsfähigkeit im Kampf nicht beeinträchtigt.«

»Und mein Rücken ist ein Nadelkissen«, stellte er schmerzhaft fest. »Das ist doch schon mal ein Anfang.«

»Das ist noch nicht alles«, erklärte Hamilton zögernd. »Die rechte Hand des Sho-sa, Sir, ich – ich mußte mehrere Finger amputieren.«

Jake sah sich zu Parkensen um, der verärgert wirkte. »Es ist ohne Bedeutung. Ich kann meinen Mech immer noch steuern.«

»Ja«, feuerte sie zurück, »aber ohne diese Finger können Sie nur noch zwei Ihrer FLKs einsetzen. Wenn Sie nicht aufpassen, überhitzen Sie Ihren draconischen

Blecheimer und fallen mitten im Kampf aus.« Es war nicht zu übersehen, daß die beiden diesen Streit schon mindestens einmal ausgetragen haben mußten.

Parkensen richtete sich zu voller Größe auf und starrte auf Fuller herab, die freie Hand trotzig in die Hüfte gestemmt. »Meine Verletzungen sind meine Sorge. Ich versichere Ihnen, ich bin fit genug, wieder gegen die Parder zu kämpfen – wenn das immer noch unser Plan ist. Wie sehen Ihre Absichten aus, Major Fuller?«

In Jakes Kopf rasten die Gedanken. Zum zweiten Mal, seit er den Befehl über die Kilsyth Guards übernommen hatte, war seine Einheit dezimiert worden. Die Mission, für die er sich freiwillig gemeldet hatte, war entscheidend für das Überleben des Regiments. Daran zumindest hatte sich trotz seiner Verluste nichts geändert. Solange diese Flugbasis in Betrieb war, stellte sie eine Gefahr für die Fusiliers dar.

»Die Logik würde verlangen, daß wir uns aus dem Staub machen und zusehen, daß wir zurück zum Regiment kommen – wo immer es sich aufhält. Alle, auch die Parder, halten uns für tot. Das ist unser Vorteil. Aber ich denke nicht daran. Ich sage, wir machen weiter und beenden unsere Mission.«

»Also dann, Mitch, ich hoffe, wir sind noch einsatzbereit«, sagte Loren, und lehnte sich an das Reparaturgerüst im Mechhangar. Die *Bull Run* war auf dem Flug von Boltin zurück zum Nadirsprungpunkt, um das System zu verlassen, und die riesige Halle war wieder erfüllt vom Lärm des an den Kampfkolossen arbeitenden Personals. Loren sah sogar eine Handvoll Ingenieure, die in ihrer Freizeit aushalfen.

»Sind wir, aber uns fehlt ein Mech«, erwiderte der ChefTech. »Dadurch, daß alle mit angepackt haben, sind wir gut vorangekommen. Ich habe Trishas *Geier* wieder in Gang bekommen, mußte allerdings eines der Waffenmodule entfernen. Mit einem Teil der Ersatzteile, die wir aus dem *Kriegshammer IIC* und dem *Koloß* geborgen haben, konnte ich eine Art Ersatz zusammenbasteln. Der Omni ist nicht ganz ausbalanciert, aber das ist besser als nichts.«

»Geht klar. Was ist mit den anderen?«

»Interne Reparaturen brauchen Zeit, aber so schnell springen wir ja nicht. Ich hoffe, wir haben alles einsatzklar, wenn wir das nächste Ziel erreichen.« Loren bemerkte das Zögern in Mitchs Stimme, aber er wußte, der Tech würde es irgendwie schaffen, die OmniMechs in Gang zu bekommen.

»Gute Arbeit«, sagte er, und Mitch Fraser kehrte zu seinen Reparaturen zurück.

Als Mitch fort war, sprach Kerndon ihn leise an. »Ich habe dich aus der *Bull Run* beobachtet. Du hast am Wrack deiner gefallenen Kriegerin angehalten und etwas abgeworfen. Ich wüßte gerne, was es war.«

»Erinnerst du dich an die Parder-Kriegerin, die im Hospital gestorben ist?«

»Pos, Marilen.«

»Es war ihr Kodax-Armband. Der Fund müßte die Novakatzen überzeugen, daß sie eine echte Nebelparder-Kriegerin gefunden haben, oder?«

Kerndon dachte einen Augenblick lang nach. »Das war klug, aber ich bin überrascht, daß du nicht vorher mit mir darüber gesprochen hast. Vertraust du mir nicht?«

Loren schüttelte den Kopf. »Das war nicht der Grund. Um ehrlich zu sein, ich war mir nicht sicher, wie die Clan-Sitten bezüglich der Entweihung von Toten aussehen. Ich weiß auch nicht genau, was dein Volk mit dem Kodax macht, wenn ein Krieger stirbt. Ich wollte dich nicht in eine moralische Zwickmühle bringen.«

»Es besteht kein Interessenkonflikt, Major Loren. Die Clans sehen im Tod etwas anderes als ihr. Wir sehnen uns nach einem ehrbaren Tod im Kampf, wir suchen ihn. Wäre deine Kriegerin ein Nebelparder gewesen, wäre es eine Chance für sie gewesen, ihr genetisches Erbe an eine neue Kriegergeneration weiterzugeben. Es ist eine Wiedergeburt, kein Ende.«

Loren sah Kerndon an, dann packte er den Arm mit seiner Leibeigenenkordel. Er durchtrennte die zweite Schnur, so daß nur noch eine Schlaufe übrig blieb. »Du hast mich an meine Pflicht erinnert, Saras Überreste zu vernichten. Soweit ich mich entsinne, war die zweite Schnur die der Treue, und bis jetzt hast du dich als treu erwiesen.«

Kerndon rieb sich das Handgelenk und zupfte an der verbliebenen Kordel. »Nun muß ich dir mein Können in der Schlacht beweisen. Wenn wir Tarnby erreichen, werden wir auf die Novakatzen treffen, und ich werde Gelegenheit dazu bekommen.«

36

Planetares Kommando der Novakatzen,
New Lorton, Tarnby
Nebelparder/Novakatzen-Besatzungszone

19. Juli 3058

Khan Severen Leroux der Novakatzen saß am Kopf der Tafel. Er war das lebende Abbild eines Clanführers. Seine drei Sternhaufenkommandeure verblaßten in seiner Gegenwart. Sterncolonel Ajax Drummond vom 100. Einsatzsternhaufen war sichtbar verärgert. Er war gerade aus einem Manövereinsatz in diese Besprechung gekommen. Sterncolonel Angelique vom 153. Garnisonssternhaufen schien, wie immer, in sich versunken.

Sterncolonel Santin West saß dem Khan gegenüber. »Ich bin der Überzeugung, daß die Nebelparder ihre langerwartete Galaxis Tau aktiviert haben. Elemente dieser Einheit werden zur Zeit entlang unseres Nachschubkorridors in Stellung gebracht und prüfen unsere Verteidigung und Entschlossenheit, diese Positionen zu schützen.«

»Wie kommst du darauf, daß es sich um Galaxis Tau handelt?« fragte Ajax Drummond.

West schüttelte den Kopf. »Ich habe die Berichte von Boltin durchgesehen. Man hat den Kodax einer der Kriegerinnen geborgen. Er liefert uns zwar nicht die Position des Nebelparder-Stützpunkts, enthält jedoch Informationen über die Laufbahn der Gefallenen. Sie war Teil der Galaxis Tau, und aus ihren Aufträgen und Stationierungsbefehlen konnte ich einiges über den Feind herausfinden.«

»Zum Beispiel?« hakte Ajax nach.

»Ich habe Daten von Ladestation Katzenauge 009 korreliert, die anscheinend von derselben Einheit angegriffen wurde. Sie gewann dort einen Besitztest um Sprungladungen, was uns hilft, die möglichen Basissysteme einzugrenzen. Durch eine Abgleichung der verfügbaren Daten konnten wir acht mögliche Systeme ermitteln, in denen Galaxis Tau stationiert sein könnte.«

»Was schlägst du vor?« fragte Angelique. »Daß wir angreifen, bevor sie gegen uns losschlagen?«

»Pos. Sie bereiten eine Großoffensive gegen uns vor. Soviel ist deutlich.« Schlaflose Nächte, angefüllt vom Kampf gegen seine Alpträume, hatten ihn gezeichnet. Je schneller diese Angelegenheit ein Ende fand, desto besser.

»Wir brauchen nur noch wenige zusätzliche Daten, um die genaue Lage des Stützpunkts zu ermitteln«, fuhr West fort. »Boltin ist nur zwei Sprünge entfernt. Wenn ich mit meiner Vermutung recht habe, werden sie als nächstes hierher kommen, nach Tarnby.«

Drummond war geschockt. »Du glaubst, sie wagen es, hierher zu kommen?«

»Pos, Sterncolonel.« *Ich weiß, daß sie es wagen werden. Durch meine Vision und den Traum der Eidmeisterin. Sie werden kommen, und ich werde hier gegen sie kämpfen.*

Khan Severen Leroux griff vom Kopfende des Tisches in die Besprechung ein. »Sterncolonels Ajax Drummond und Angelique, ihr werdet feststellen, daß Sterncolonel Santin West über Wissen verfügt, das uns nicht gegeben ist. Deswegen habe ich seinen Sternhaufen überhaupt hierher gebracht. Er hatte eine Vision, in der er den Nebelparder im Kampf sah. Ich habe dieser Vision vertraut, und siehe, der Parder greift uns an, wie es die Vision vorhersagte. Er ist auf meinen Befehl hier, bereit, sich ihnen zu stellen, nun, da sie an unserer Schwelle stehen.«

Santin West sah sich die Gesichter der anderen im Besprechungsraum an und stellte fest, daß Drummond und Angelique ihn mit einer Mischung aus Bewunderung und Respekt betrachteten.

»Du hattest eine Vision? Und sie betrifft die Parder?« fragte Ajax Drummond.

»Pos. In meiner Vision kämpfte ich gegen zwei Katzen, eine ein Nebelparder, und eine zweite, die ich nie zuvor gesehen habe. Eidmeisterin Winters hatte ebenfalls einen Traum, und darin sah sie mich in einem unentschieden endenden Kampf mit einem Parder in Djup Ellum hier auf Tarnby.« Selbst Khan Leroux schien von diesen Worten beeindruckt, und die Atmosphäre im Zimmer wurde ernst und schwer.

»Die Eidmeisterin hat diesen Traum mir gegenüber nicht erwähnt«, stellte Leroux fest, und seine Stimme verriet Verärgerung.

»Dazu kann ich nichts sagen, mein Khan«, erwiderte Santin West. »Sie hat mir keine Einzelheiten erzählt, nur, daß sie mich in der Stadt gegen einen Parder kämpfen sah, und daß der Kampf unentschieden ausging.«

Der Novakatzen-Khan nickte langsam. »Was ist dein Verlangen?«

»Sie zu jagen.« In Wests Augen loderte das Feuer der Kampfeslust.

Leroux lächelte und ließ ein leises Kichern ertönen. »Dein Wunsch, diesen Nebelpardern nachzusetzen, ist bewundernswert. Es ist des Novakatzen-Blutes würdig, das dein Herz und deinen Geist erhält.«

»Ich bemühe mich nur, unseren Clan zu erhalten, mein Khan«, sagte West und senkte respektvoll den Blick.

»Wir werden warten. Der Feind wird zu uns kommen. Und wenn er das tut, werden wir ihn mit unseren Krallen zerfetzen, mit unseren scharfen Zähnen zerreißen. Bekämpfe sie mit einer Wildheit, die Lincoln Osis den Wahnsinn seines Vorhabens erkennen läßt.«

Ajax Drumond stand auf. »Khan Severen Leroux, wir legen großes Gewicht in die Visionen unserer Krieger. Santin West hat sich wiederholt als wahrer Krieger der Novakatze bewiesen. Er trägt einen Blutnamen und befehligt eine große Einheit, würdig eines Blutbruders der Katze. Daher ziehe ich meinen 100. Sternhaufen aus dem

Bieten um das Recht zurück, gegen Galaxis Tau der Nebelparder anzutreten, wenn sie Tarnby erreichen.«

Sterncolonel Angelique erhob sich ebenfalls. »Auch ich ziehe meinen Sternhaufen aus dem Bieten zurück, mein Khan.«

Santin West war von ihrem Handeln entgeistert, aber gleichzeitig war ihm klar, daß er unter entsprechenden Umständen genauso reagiert hätte. Er senkte in Respekt vor seinen Mitoffizieren das Haupt. »Ich danke euch beiden. Ich werde weder euch noch meinen Clan enttäuschen.«

»Verwunde sie, aber töte sie nicht«, erklärte Leroux streng. »Sie sollen uns zum Rest ihres Wurfes führen.«

»Wie Ihr befehlt, mein Khan«, bestätigte Santin West, ohne den Kopf zu heben.

Leroux' ebenholzschwarze Haut glänzte im Licht, als er sprach: »Sehr gut, dann ist das Bieten um die Vernichtung dieser Galaxis Tau abgeschlossen. Gut gehandelt und akzeptiert.«

37

Südlich von New Scotland, Wayside V (Wildkatz)
Äußere Peripherie

22. Juli 3058

Major Cullen Craig war mehr als beunruhigt, als er sich dem Lagerfeuer näherte, an dem Oberst Stirling saß. Seine Nervosität entstammte dem Wissen, daß, gleichgültig, was er sagte, es den Anschein erwecken würde, er führe noch immer seinen persönlichen Kleinkrieg gegen Loren Jaffray. Aber das war nicht sein Hauptgrund. Zum ersten Mal in seiner Militärlaufbahn trug er sich mit dem Undenkbaren, damit, ein Ende zu machen.

Oberst Stirling hatte das Überleben des Regiments in die Hände ihres Stellvertreters gelegt, Major Loren Jaffrays. Wenn er nur an ihn dachte, packte Craig die Wut. *Jaffray.* Vor einem Jahr hatte noch niemand irgend etwas von ihm gehört gehabt, und im Handumdrehen war er der neue SR, hatte seine Programme abgespult und die Fusiliers gedrillt, und am Ende des Tages hatte sich nichts geändert. Nichts hatte sie auf die Nebelparder vorbereitet.

Was ihn wütender und entsetzter machte, als sich irgend jemand vorstellen konnte, war der allgemeine Glaube, Jaffray und seine Truppe werde tatsächlich zurückkehren. Craig kannte die Wahrheit. Loren Jaffray hatte sich aus dem Staub gemacht. *Er ist kein echter Highlander, nicht so wie ich, wie Blackie oder wie der Oberst. Er war immer ein Außenseiter und wird es immer bleiben.*

Und obwohl Craig und Kurt Blakadar seit Jahren Freunde waren, erschien Blakadar Craig plötzlich als fast so schlimm wie Jaffray. In der Schlacht am Isthmus hatte Blackie Craig und sein Bataillon fast zum Tode verurteilt, während er auf einen Befehl von Stirling wartete. *Blackie hat sich verändert, seit er den SR-Posten übernommen hat. Das ist es. Und der Oberst hat das alles zu verantworten.*

Er trat ins Licht des Lagerfeuers, und Oberst Stirling

sah zu ihm hoch. Zum ersten Mal überhaupt sah er ihr Alter durchscheinen, wenn auch nur für einen Augenblick.

»Haben Sie was auf dem Herzen, Major?«

»Ja, Ma'am.« Das Feuer loderte in die Nacht. »Oberst, ich muß mir Luft machen und Ihnen mitteilen, daß mir nicht gefällt, wie wir mit den Nebelpardern umgehen.« Er wagte nicht, sie anzusehen, fürchtete sich vor ihrem scharfen Blick.

»Oh?« erwiderte sie kalt.

»Diese Herumrennerei quer über den Planeten setzt uns zu. Sie ermüdet uns, verschleißt Männer und Material. Und die Parder holen auf.«

»Ich bin mir der Lage bewußt. Selbst wenn wir unsere momentane Geschwindigkeit beibehalten können, haben wir in fünf Tagen den Nebelparder-Sternhaufen am Arsch.« Die Fusiliers waren auf dem Marsch, ebenso wie die Parder, aber die Clanner wurden nicht von konventionellen Fahrzeugen aufgehalten. Das bremste die Fusiliers, und der Gegner holte allmählich auf.

»Meine jetzige Strategie wurmt Sie, Major?« fragte Stirling. Craig antwortete nicht. Er öffnete den Mund, aber es kam kein Wort heraus.

»Sprechen Sie frei von der Leber weg, Major.«

Er blinzelte, dann sah er ihr endlich ins Gesicht. »Die Fusiliers haben die Grenze der Belastbarkeit erreicht. Meiner Meinung, Ma'am, ist jetzt der Punkt erreicht, umzudrehen und es ihnen zu zeigen.«

»In mancher Hinsicht haben Sie recht, Major. Der ganze Zweck unseres Rückzugs bestand darin, uns Zeit zu verschaffen, aber das können wir nicht endlos durchhalten. Wir sind über vierhundert Kilometer nach Westen gezogen und inzwischen auf halbem Weg zwischen dem Isthmus und den Takashi-Engen. Wir haben Zeit gewonnen, aber wir wissen beide, daß es unser Tod sein wird, wenn wir noch lange so weitermachen. Aber ich habe einen Plan, eine Variante unser ursprünglichen

GAU-Planung. Wir werden versuchen, den größten Teil des Regiments rauf nach New Scotland zu schaffen. Eine Nachhut bleibt hier unten, um sich mit den Pardern zu schlagen, wenn sie auftauchen – hauptsächlich unsere verbliebenen Panzer, die Infanterie, und die Mechs, die es nicht mehr auf die Kontinentalplatte schaffen.«

»Diese Nachhut hat keine Chance gegen die Nebelparder, Ma'am.«

Stirling nickte. »Ihre Aufgabe besteht nicht darin, die Parder zu besiegen, nur durchzuhalten und uns Zeit zu verschaffen. Hoffentlich genug Zeit für Jaffray und Mulvaney.«

»Sie werden diese Männer und Frauen in den Tod schicken«, stellte Craig leise fest.

»Viele von ihnen werden sterben, aber ein Teil wird überleben. Das gehört mit dazu, wenn man ein Regiment befehligt. Manchmal muß man Männer und Frauen in den Tod schicken. Und ich tue es nur, weil es im Endeffekt mehr Leben retten kann. Die Truppen werden nicht den Befehl erhalten, bis zum Tod zu kämpfen. Nur, sich tapfer zu schlagen und uns Zeit zu verschaffen – Ende.«

Auch Cullen Craig hatte in seiner Laufbahn schon mehr als einmal jemanden in den Tod geschickt. »Es ist zu riskant, die übrigen BattleMechs auf den Kontinent zu schaffen. Die Luft da oben ist so dünn, daß man von einem Vakuum sprechen kann. Die Nächte sind bitterkalt, und am Tag wird man bei lebendigem Leib gebraten.«

»Die Recyclingsysteme unserer Mechs können uns da oben einige Wochen am Leben halten, auch wenn es nicht leicht wird. Die größte Schwierigkeit wird die Ernährung darstellen. Trotz Rationierung sind unsere Vorräte schon jetzt knapp, und es wird noch schlimmer werden.«

»Glauben Sie tatsächlich, daß Jaffray zurückkommt?« fragte Craig. »Major Mulvaney ist eine andere Sache. Sie wird auf jeden Fall hier erscheinen, aber bei Jaffray können wir uns dessen nicht sicher sein.«

Stirling starrte ihn an. Trotz der Hitze des Feuers fröstelte ihn unter ihrem Blick. »Sie mögen ihm nicht trauen, aber ich sehe keinen Grund, es nicht zu tun.«

»Er ist nur dem Namen nach ein Highlander«, erklärte Craig schließlich. »Sie und der Rest des Stabs behandeln ihn wie einen von uns, aber seine Familie hat den Highlanders vor Jahrzehnten den Rücken gekehrt, als wir zum Northwind zurückkehrten. Ich weiß, Jaffray hat uns voriges Jahr geholfen, die VerCommies zurückzuschlagen, aber er ist eher ein Capellaner als ein Highlander. Und jetzt hat er uns im Stich gelassen.«

Stirling schüttelte heftig den Kopf. »Dahinter steckt mehr. Es ist die Tatsache, daß er zum Stellvertretenden Regimentschef ernannt worden ist, oder?«

Jetzt brach es aus Craig heraus. »Das war *meine* Position! Ich hatte sie *verdient*. Ich habe sechs Jahre unter Ihnen und Major MacFranklin gedient. Ich habe mich von ganz unten die Leiter hochgearbeitet. Ich habe alles für die Fusiliers gegeben, und zum Dank haben Sie *ihn* zu Ihrem Stellvertreter gemacht. Erst den Verräter, und jetzt Blakadar.«

Stirling sah ihn zunächst schockiert an, dann veränderte sich ihr Gesichtsausdruck in einen mitleidigen. »Es war nie etwas anderes, nicht wahr? Das frißt schon seit Monaten an Ihnen. Sie beneiden Major Jaffray.«

Er setzte zur Antwort an, wollte ihr widersprechen, änderte aber plötzlich seine Meinung. »Oberst«, sagte er schließlich, möglicherweise aus Scham darüber, die Beherrschung verloren zu haben, »wenn Sie planen, Truppen zurückzulassen, bitte ich darum, sie befehligen zu dürfen.«

»Major … Cullen«, erklärte sie. »Sie brauchen mir nichts zu beweisen. Ich kenne Ihre Verdienste, aber ich weiß auch, daß Sie für diese Beförderung noch nicht bereit waren. Sie haben Major Jaffray die Schuld gegeben, aber es war *meine* Entscheidung.«

Cullen Craig schien geradewegs durch sie hindurchzublicken, als sei etwas in ihm zerbrochen. Der Druck der letzten Wochen hatte sich schließlich ausgewirkt, hatte seine Arbeit getan.

Cat Stirling und ihr Stellvertreter standen an einem kleinen, hastig angelegten Lagerfeuer. Sie hatten gerade lange genug Halt gemacht, damit die Truppen Kräfte sammeln und ein paar Rationen hinunterwürgen konnten, bevor die Flucht weiterging. Trotz des Feuers rieb sich Stirling in der kalten Nachtluft die Arme.

»Sie wollen mir damit sagen, Craig sei unter der Anspannung zusammengebrochen?« fragte Kurt Blakadar und rieb sich ungläubig die Stirn.

Oberst Stirling schüttelte den Kopf. »Ich sage nicht, daß es so ist, aber es besteht die *Möglichkeit*. Das ist ein gewaltiger Unterschied, Blackie, das wissen Sie.«

»Ma'am, ich kenne ihn seit Jahren. Er kam sich die ganze Zeit immer irgendwie benachteiligt vor. Das ist Teil seines Charakters.«

»Mag sein, mag nicht sein. Wir müssen entscheiden, ob wir ihm den Befehl über die Hintertür überlassen, während wir vorne raus das Weite suchen.«

»Eine verteufelt schwere Entscheidung, Ma'am. Wenn er durchdreht, während er die Nachhut kommandiert, werden wir geröstet. Passiert es, während er bei uns ist, kommt es auf dasselbe raus.«

Stirling nickte. »Wenn Sie wollen, übernehme ich die Entscheidung, Major.«

Kurt Blakadar brauchte nicht lange zu überlegen. »Nein, Ma'am, das ist meine Aufgabe. Ich gehe und teile dem guten Major mit, daß er unsere Rückendeckung befehligt.« Er machte sich auf den Weg, dann drehte er sich zu Stirling um, als habe er noch etwas vergessen.

»Und Gott schütze uns«, sagte er leise.

38

Planetares Kommando der Novakatzen,
New Lorton, Tarnby
Nebelparder/Novakatzen-Besatzungszone

25. Juli 3058

Der gewaltige Scheiterhaufen loderte in der Nacht wie ein auf die Oberfläche Tarnbys transplantiertes Stück der Hölle. Auf einer Seite hing eine kreisrunde Plattform fast zehn Meter über den röhrenden Flammen. Das Ritual fand weitab von den neugierigen Blicken der niederen Kasten im Herzen des Novakatzen-Hauptquartiers in New Lorton statt, neben dem Paradeplatz, in der Nähe einer kleinen Baumgruppe.

Die Novakatzen-Krieger in ihren zeremoniellen Ledermonturen umringten das große Feuer. Ihre Kleidung bestand aus wenig mehr denn schwarzen Westen und Shorts. Viele trugen geschnürte Beinlinge und Stiefel, andere waren barfuß, besonders die riesenhaften Elementare. Es gab Essen und Getränke, aber das war nicht der Grund für die Versammlung.

Dies war das Novakatzen-Ritual der Chronik der Schlachten. Einmal im Monat versammelten sich die Krieger des Clans Novakatze unter den Sternen und voreinander, um aus der *Erinnerung* zu lesen und von Ruhmestaten zu erzählen. Es war ein Ritual der Gemeinsamkeit, das die Krieger des Clans verband und zu einer Einheit schmiedete. Diese Chronik jedoch war anders. Heute nacht bereitete sich der 179. Sternhaufen auf die Schlacht vor. Heute nacht sprachen die um das heilige Feuer versammelten Novakatzen nicht nur von vergangenen Triumphen, sondern auch von einer noch bevorstehenden Schlacht – einer Schlacht gegen die Nebelparder.

Santin West stand am Rand der Kriegermenge. Als Elementar überragte er die meisten von ihnen. Er sah hinaus über das Meer der Krieger, die Männer und Frauen der drei auf Tarnby stationierten Sternhaufen, als wäre er körperlos. Sein Geist war anderswo, dachte an den Gegner, von dessen Kommen er überzeugt war. Der in seine Träume eingebrochen war, sie in Alpträume verwandelt hatte.

Er wollte die Alpträume beenden, aber er spürte, daß die Angelegenheit nicht hier auf Tarnby ihr Ende finden konnte. Irgend etwas sagte ihm, daß der wahre Kampf ihn auf einer anderen Welt erwartete. Hier würden sie bestenfalls auf einen einzelnen Sternhaufen Galaxis Taus treffen. Sicherlich gab es noch andere, und sie lauerten dort draußen auf seinen Clan.

Eine Hand streckte sich aus der Menge und kam auf seiner Schulter zur Ruhe. West drehte den Kopf und erkannte Ajax Drummond, seinen Mit-Sterncolonel, neben sich stehen. »Hallo«, sagte er. »Es ist eine gute Nacht, den Ruhm der Novakatze zu preisen.«

»Viele reden von deiner Vision, Santin West«, sagte Drummond.

»Wie ist das möglich?«

»Es hat sich herumgesprochen, wahrscheinlich dank Angelique, aber wie auch immer, man weiß davon. Es ist einige Zeit her, daß jemand in unserem Clan eine solche Vision erlebt hat, vor allem: in diesen Einzelheiten. Sieh dich um, Santin West. Bemerkst du nicht, wie diese Krieger dich ansehen? Sie sind gekommen, um deine Worte zu hören, an deiner Vision teilzuhaben. Siehst du das nicht, franeg?«

West ließ seinen Blick über die Versammlung schweifen und bemerkte tatsächlich, daß viele ihn zu beobachten schienen. »Das würden sie nicht wollen. Der Alptraum foltert meinen Schlaf, danach liege ich die lange Nacht über wach. Sie sollten solche Führung nicht von mir erwarten. Ich bin nur ein Krieger der Novakatze.«

»Neg«, widersprach Drummond. »Du bist vom Unsichtbaren berührt. Die Hand Kerenskys hat sich dir geöffnet und dir die Bedrohung durch die Nebelparder gezeigt. Unsere Krieger werden sich um dich sammeln. Du bist ein Nexus, ein Angelpunkt. Unsere Krieger müssen deine Stimme vernehmen.«

»Sie müssen sich darauf vorbereiten, dem Parder gegenüberzutreten, wenn er kommt«, erwiderte Santin West.

Eine Trommel dröhnte, zwanzig Schläge, einmal für jeden der ursprünglich von Nicholas Kerensky begründeten Clans. Die tiefen Baßvibrationen schienen die Menge zu durchdringen, nicht nur Herz und Hirn zu berühren, sondern etwas anderes, tieferes in ihnen. Es war das Zeichen, der Beginn der Zeremonie. Die Chronik der Schlachten begann, und die höchstrangigen Offiziere der Novakatzen stiegen hinauf auf die Plattform über den tosenden Flammen.

»Seyla«, sangen die Krieger im Chor.

Sterncolonel Angelique trat aus der Menge, in schwarzes Leder gehüllt. Sie blieb neben Drummond stehen, und beide forderten Santin West mit einer Geste zu der Rampe, die empor zur Plattform führte. Sie gewährten ihm die Ehre, als erster zu reden, ehrten seine Vision.

»Santin West« sangen die Krieger der Novakatzen. »Seyla!« sangen sie einstimmig. Santin West fühlte alle Augen auf sich, als er den Weg hinauf zur Plattform ging, die knapp über den in die Nacht züngelnden Flammen lag. Von dort würde er zu den versammelten Kriegern des Clans sprechen.

Er öffnete den Mund, um seine Rede zu beginnen, aber ein furchtbares Grollen aus der Tiefe ließ ihn verstummen, noch bevor er einen Ton herausgebracht hatte. Als er hinabsah, teilte sich die Menge, und die Novakatze, die lebende, atmende Verkörperung des Clans, brüllte durch die Nacht. Ihr Knurren war tief und mächtig, es drang in die Herzen und Seelen aller, die sie sahen. Die Novakatze sah gerade ihn an. Dann knickte das gewaltige Tier wie auf ein Zeichen mit den Vorderbeinen ein, fast wie eine Verneigung vor Santin West auf seiner Plattform. Ein Murmeln erhob sich unter den versammelten Kriegern.

Es war Zeit, zu ihnen zu sprechen. »Krieger der Novakatze. Ich bin Sterncolonel Santin West, und ich führe den Kreis-der-Macht-Sternhaufen – die besten Krieger, die je im Namen unseres Clans gezüchtet wurden. Bin ich auch gehalten, in dieser Chronik von vergangenen Schlachten zu sprechen, rede ich heute doch von solchen Schlachten, die uns noch erwarten. Ich hatte eine Vision. Eine Vision, die zu mir von unserem ererbten Feind sprach, dem Nebelparder. Ich sah uns nicht nur gegen diesen Feind kämpfen, sondern gegen eine zweite, mächtige Kriegerkatze.«

»Seyla« sangen die Krieger Clan Novakatzes, und das Wort hallte durch die Nacht über dem Schlag der Trommel und dem Grollen des Clan-Totems. Inmitten des Geschehens versuchte eine junge Tech, sich vom Rand des Kreises aus in seine Mitte zu drängen. Zunächst blockierte der mächtige Ring der ClanKrieger ihren Weg, aber allmählich teilte sich die Menge und machte einen Durchgang zu der Rampe frei. Sie trug einen tragbaren Holoprojektor und hastete eiligst vor, um mit sichtlicher Verehrung die Rampe zu ersteigen. Kurz vor Erreichen der Plattform blieb sie stehen und verneigte sich leicht, zögerte, weiterzugehen.

»Dies ist ein Ritual für Krieger, und nur für Krieger«, stellte Santin West fest.«

»Ich bitte um Vergebung, Sterncolonel, aber Ihre Befehle lauteten, Sie beim Eintreten dieses Ereignisses unter allen Umständen sofort zu informieren. Ein Batchall ist eingetroffen, von einem Schiff, das vor kurzem an einem Piratensprungpunkt in das System eingedrungen ist. Ein Sterncommander namens Gregory von den Nebelpardern«, erklärte die Tech mit zitternder Stimme.

»Schließe ihn an. Laß alle, die sich hier versammelt haben, sehen, was eingetroffen ist – und wie ich antworte.«

»Eine Antwort aus der Stadt New Lorton trifft ein«, teilte die KommTech der *Bull Run* mit.

»Signaltransfer«, erwiderte Loren und aktivierte sein Hologrammsystem.

Bis jetzt hatte er allein die Batchalls für die Novakatzen ausgesprochen. Aber Lorens Wissen über die Vorgehensweise militärischer Nachrichtendienste machte ihm klar, daß die Katzen früher oder später erkennen konnten, daß ihm nur zwei Sterne zur Verfügung standen. Um die Illusion einer größeren Streitmacht aufrechtzuerhalten, hatte er sich entschlossen, Greg Hector das nächste Batchall zu überlassen.

Er drehte sich nach Commander Hector um, der sich reckte, als der Projektor aufflackerte. Das Hologramm des Mannes, der ihre Sendung beantwortete, war das eines Riesen, der fast einen halben Meter größer sein mußte als ein gewöhnlicher Mensch – offensichtlich ein Elementar. Er trug ein schwarzes Lederwams, einen metallbesetzten Kragen und schwarze Handschuhe. Seine Miene drückte Macht, Entschlossenheit und Zorn aus, aber alles irgendwie beherrscht. Am Rand des Bildes loderten Flammen, die ihn völlig einzuschließen schienen.

»Ich bin Sterncolonel Santin West vom 179. Einsatzsternhaufen des Clans, der euch besiegen und zermalmen wird. Sag mir, Parder Gregory, ist dein Sterncolonel, der sich Loren nennt, auf Boltin von unseren Truppen getötet worden, oder hat er Angst, sich einem wahren Krieger zu zeigen, frapos?«

»Neg«, erwiderte Greg Hector aus dem Schutz der Pardermaske. »Sterncolonel Loren betrachtet diesen Kampf als seiner Aufmerksamkeit nicht wert und hat mich bestimmt, die Herausforderung auszusprechen.«

»Deine Beleidigung und Aufmüpfigkeit nehme ich zur Kenntnis. Sie sind eines Kriegers unwürdig – selbst eines Nebelparders.«

»Worte«, stellte Hector ungerührt fest, »haben keinen

Stachel. Sage mir, mit welchen Kräften verteidigt ihr euren HPG?«

Santin West blieb ungerührt. »Ich verweigere deinen Besitztest. Wenn du unseren HPG benutzen willst, dann tu es. Ich bin gekommen, um dir mitzuteilen, daß ich dich und deine Galaxis Tau zu einem Konflikttest herausfordere. Eure Überfälle sind eine Beleidigung für uns.«

Greg Hectors Blick zuckte hinüber zu Kerndon. Der Leibeigene nickte langsam, um anzuzeigen, daß er die Herausforderung annehmen sollte. »Wir nehmen deine Herausforderung an und verteidigen unsere Ehre mit …« Loren hob neun Finger für alle ihnen verbliebenen OmniMechs. »Mit neun Strahlen.«

Der Novakatzen-Elementar im Feuerkreis lachte laut auf. Er lachte immer noch, als die Übertragung plötzlich abbrach.

39

Südlich von New Scotland, Wayside V (Wildkatz)
Äußere Peripherie

25. Juli 3058

Cullen Craig wanderte hinüber zu Kurt Blakadar und Oberst Stirling, die auf dem provisorischen Lagergelände auf ihn warteten. In der Ferne schien sich der Boden zu einem endlosen Hang aufwärts zu krümmen. Der grüne Himmel über Wayside V hatte unter dem Einfluß herantreibender Gewitterwolken einen dunkleren Farbton angenommen, und die Wolkendecke hatte die Sonne verschluckt. Das gesamte Regiment war überraschend nach Norden abgedreht, in einem Winkel von neunzig Grad zu ihrer bisherigen westlichen Marschrichtung. Jetzt bewegte es sich aufwärts, in Richtung Kontinentoberfläche.

Irgendwo dort draußen, nur wenige Stunden entfernt, war die Vorhut der Nebelparder, zumindest hatten das die Fernsensoren gemeldet, die sie auf ihrem Weg abgesetzt hatten. Die Parder waren gnadenlos. Sie ließen nicht locker.

»Du und der Oberst, ihr denkt, ich halte die Belastung nicht durch, ist es das?« herrschte Cullen Craig Blakadar an. »Ich *werde* durchhalten!« Er warf Stirling, die mit verschränkten Armen abseits stand, einen wütenden Blick zu. »Ich habe nur kein Vertrauen zu Jaffray, aber das hörst du nicht zum erstenmal. Wir haben schon hundertmal darüber geredet, Blackie. Soweit ich mich erinnere, ist er auch nicht gerade dein Freund.«

»Darum geht es nicht, Cullen«, wehrte Kurt Blakadar ab. »Ich muß mich nur darauf verlassen können, daß in der nächsten Phase unserer Operation deine Gefühle nicht die Oberhand gewinnen.«

Craig rieb sich die Schläfen, als müsse er eine Migräne bekämpfen. »Ich brauche nur etwas Ruhe,

Blackie. Zum Teufel, wir arbeiten hier unter konstantem Druck.«

»Während du die Parder bindest, marschieren wir anderen nach Norden weiter, und dann zurück nach Osten. Da oben auf New Scotland gibt es einen versteinerten Wald. Ohne unsere Techs wird es schwer, aber wir können es schaffen.«

Endlich ergriff auch Stirling das Wort. »Die *Stonewall Jackson* liegt noch in der LZ. Flugtechnisch ist sie nur noch ein Wrack, aber sie bietet Ihnen einen annehmbaren Unterschlupf, bis die Entsatztruppen eintreffen.«

Craig sah sie ungläubig an, dann drehte er sich wieder zu Blakadar um. »Und was wird aus meinem Bataillon?«

»Ich werde es übernehmen, bis wir uns wieder treffen«, antwortete dieser. »Du übernimmst eine stark überzählige Kompanie – unsere gesamte verbliebene Infanterie, die Techs, die Fahrzeuge und alle BattleMechs, die für den Aufenthalt auf dem Kontinent zu stark beschädigt sind. Es ist eine schlagkräftige Truppe, aber den Umweltbedingungen dort oben nicht gewachsen. Greif die Parder an, zieh ihre Aufmerksamkeit, und mach, daß du weg kommst. Die LZ ist ein gutes Stück entfernt, also verzichte auf Umwege. Wir treffen uns wieder, sobald Jaffray und seine Gruppe wieder da sind oder Mulvaneys Bataillon uns entsetzt.«

»Du bildest dir doch wohl nicht ernsthaft ein, daß Jaffray zurückkommt, Blackie?« fragte Craig und unternahm trotz der Anwesenheit Oberst Stirlings keinen Versuch, seine Verbitterung zu verstecken. »Wenn unsere Einheiten sich erst einmal getrennt haben, sehen wir uns nie wieder, und das weißt du auch.«

Sterncolonel Patricia hatte die Lage immer wieder analysiert, und jedesmal war sie zu dem gleichen Schluß gekommen. *Sie sitzen in der Falle. Sie sind der Jagd müde, und nun gehören sie uns.* In ihrem Geiste konnte sie sehen, wie die Freigeburt Stirling ihr zerlumptes Regiment wendete, um sich den Nebelpardern zu stellen, und dann breitete sich der gesamte Schlachtverlauf vor ihrem inneren Auge aus. Sie sah den Feind in seinen alten BattleMechs auf ihren fabrikneuen Sternhaufen zustürmen, und dann einen so brutal einseitigen Kampf, daß sie an seinem Ende über der Leiche Andrea Stirlings stand und ihren Stiefel in deren Brustkorb trieb.

Die Kommanlage im Cockpit ihres *Waldwolf* signalisierte einen Anruf, und sie aktivierte den Sekundärschirm. Das Gesicht Galaxiscommander Devon Osis blickte sie an. »Sterncolonel Patricia, hast du die Daten der Erkundungsflüge ausgewertet?«

»Positiv, Galaxiscommander«, bestätigte sie.

»Dann bist du zum selben Schluß wie ich gekommen«, stellte er kalt fest.

»So ist es. Die Fusiliers haben die Flucht abgebrochen, um sich uns zu stellen«, erklärte sie mit einer Spur von Freude.

»Ist das deine Ansicht?«

»Pos, Galaxiscommander. Warum sonst sollten sie sich in ein Gelände hineinbewegen, das sie derart einengt?«

»Du bist eine wahrgeborene Nebelparderin, aber dir fehlt die Kampferfahrung. Diese Innersphärer sind zäh. Oberst Stirling zieht ihre Streitmacht nicht nach Norden, um gegen uns zu kämpfen, sondern, um auf die Kontinentaloberfläche zu gelangen.«

Patricia hörte seine Worte, aber ihr Geist weigerte sich, das Konzept anzunehmen. Eine derartige Vorgehensweise war in Anbetracht der Umweltbedingungen von Wildkatz ganz und gar unlogisch, aber Devon Osis wirkte völlig sicher. »Ist es nicht möglich, daß sie plant, umzudrehen und uns anzugreifen?«

»Neg, Patricia, neg. Wenn sie sich uns stellen wollte, hätte sie meine Herausforderung angenommen. Neg, sie hofft, ins Hochland fliehen zu können.«

Patricia wußte, wie extrem dünn die Atmosphäre auf Wildkatz' Kontinenten war, und der Gedanke schokkierte sie. »Wie soll ich weiter vorgehen, Galaxiscommander?«

»Beschleunige die Verfolgung. Ich will sie möglichst schnell erreichen. Dann, wenn sie versuchen, auf die Kontinentalplatte zu entkommen, werden unsere Luft/Raumjäger sie pulverisieren. Ich will jede noch so kleine Spur ihres Genmaterials vernichten.«

»Es wird geschehen, wie du es befiehlst«, erklärte Patricia. In weniger als zwei Tagen würde nichts mehr von Stirling's Fusiliers übrig sein, und die Ehre, die Sterncolonel Roberta verloren hatte, würde auf ihren Schultern ruhen und Teil ihres Kodax werden. Patricia lächelte sardonisch, als sie an die Orgie der Vernichtung dachte, die sie erwartete ...

Jake Fuller studierte die Fernortung und erkannte die schwachen Umrisse als zwei feindliche *Thor*-OmniMechs, die am Ende der Startbahn Wache standen. Das waren seine Ziele, die beiden und die Elementare. »Shosa, sind Sie in Position?«

Es hatte sie mehrere Nächte langsamen und vorsichtigen Anschleichens gekostet, den Luft/Raumkomplex der Nebelparder zu erreichen. Tagsüber hatten er und seine beiden Begleiter ihre Mechs zwischen Felsen und Gebüsch versteckt, mit Thermalplanen und dem wenigen an Vegetation getarnt, das sie auftreiben konnten. Inzwischen waren sie einige Tagesmärsche vom Isthmus entfernt. Ohne Zweifel befand sich die Landenge inzwischen in der Hand der Parder.

Das Flugfeld befand sich auf einer flachen Felsebene, umgeben von den hohen, dünenähnlichen Sandhügeln, die in dieser Region vorherrschten. Die Startbahn verlief von Nord nach Süd. Am Nordende befanden sich mehrere Gebäude – ein Hangar, ein Kommunikationszentrum und eine Kaserne. Die ganze Flugbasis lag offen vor ihm, während er in seiner Position in den Hügeln ein perfektes Versteck besaß – noch.

Sie hatten das Gelände zu Fuß erkundet, um nicht entdeckt zu werden. Jakes Plan war einfach, aber auch äußerst riskant. Er würde zum Ende der Startbahn stürmen und die Clanner in die Hügel locken, sobald er ihre Aufmerksamkeit erregt hatte. Dann würde Parkensen die Kommanlage und den Hangar angreifen, um den Pardern die OmniJäger und die Möglichkeit zu rauben, Verstärkung anzufordern. Chantilly Hamilton hatte sich mit weitgehend heruntergefahrenem Reaktor in den Dünen versteckt. Wenn Jake die feindlichen Elementare und *Thors* von der Basis weglockte, würde sie ihren Mech hochfahren und die Clanner von der Seite angreifen. Parkensen würde die Startbahn herunter in ihren Rücken fallen. Auf diese Weise eingekesselt hatten die Parder-Verteidiger keine Chance.

»Major Fuller«, erklang die unverwechselbar ruhige Stimme Elden Parkensens. »Ich bin bereit und warte auf Ihr Zeichen.«

Diese schmierigen Bastarde haben meine Einheit zerstört. Sie haben meine Kilsyth Guards bombardiert. Meine Leute hatten keine Chance. Jetzt wird abgerechnet. »Für unsere Toten und die, die noch leben, geben wir's ihnen. Bis dann auf dem Rollfeld!« stieß er hervor und setzte den *Cerberus* auf die ahnungslosen Clan-Mechs zu in Bewegung.

40

Djup Ellum, New Lorton, Tarnby
Nebelparder/Novakatzen-Besatzungszone

25. Juli 3058

New Lorton grenzte unmittelbar an den in Ost-West-Richtung strömenden Backlick, einen breiten, schnellströmenden Fluß. Dessen Ufer bestand im Grunde aus einer gewaltigen Klippenwand, die sich zwanzig Meter über das Wasser erhob. Nicht einmal ein BattleMech hatte genügend Kraft, diesen Strom zu durchqueren. Er war eine perfekte Barriere. Im Norden der Stadt, auf der anderen Seite des Flusses, lag ein ausgedehnter Sumpf. Dort hatte einmal eine Methanverarbeitung gestanden, die in der Sternenbundzeit Strom für den halben Planeten geliefert hatte. Jetzt existierten dort nur noch Ruinen und Sumpf. Selbst für die besten BattleMechs ein ungeeignetes Gelände.

Das Stadtgebiet selbst war in verschiedene Sektoren unterteilt. Die Planetare Kommandobasis der Novakatzen lag im Süden, in den weiten, offenen grünen Ebenen, die sich von den Klippen ins Flachland erstreckten. Djup Ellum war das älteste Viertel der Stadt und grenzte an die Klippen über dem Fluß. Die Gebäude auf der Klippe waren uralt und stammten noch aus der Zeit, als Tarnby der äußerste Vorposten des mächtigen Sternenbunds gewesen war. Sie waren gut erhalten, lagen aber an so engen Straßenzügen, daß selbst leichte BattleMechs hier keinen Platz zum Manövrieren hatten.

Der Hyperpulsgenerator, der Nachrichten mit Hilfe derselben Technologie übermittelte, die es Sprungschiffen gestattete, interstellare Entfernungen zurückzulegen, stand unmittelbar am Klippenrand. ComStar hatte die Station Jahrhunderte vor der Rückkehr der Kinder Kerenskys gebaut, und sie stellte Tarnbys einzige Verbindung zum Rest des Universums dar. Wie viele der älteren ComStar-Stationen verfügte sie über einen riesigen, bis tief in die Stadt reichenden Park – eine perfekte provisorische LZ für ein Landungsschiff, denn er bot Bewegungsraum, der in den engen Gassen Djup Ellums Mangelware war.

Loren war hier, um eine HPG-Nachricht, eine falsche Nachricht, nach Wayside V zu senden. Die Nachricht selbst war pures Kauderwelsch. Worauf es ankam, war die Transmission an die Koordinaten der Basiswelt, Koordinaten, die im Speicher der Anlage zurückbleiben würden, so daß die Novakatzen sie nach ihrem Abflug finden konnten. Auf diese Weise lieferte Loren ihnen alles, was sie brauchten, um die Nebelparder-Basis auf Wayside V zu finden.

Als die *Bull Run* unter Spillmans Befehl im HPG-Park aufsetzte, betrat Loren den Mechhangar und sah Commander McBride. Auf den ersten Blick wirkte sie wie das Modell einer Fusiliers-MechKriegerin, bereit, sich in die Schlacht zu stürzen. Aber als er näher kam, sah Loren, daß sie kaum weiter von diesem Ideal hätte entfernt sein können. Ihre Haut war kreidebleich, ihre Augen blutunterlaufen. Ihre Wunden waren bandagiert, aber trotz dicker Mullpolster tropfte stellenweise das Blut hindurch.

Loren versuchte, seine Besorgnis hinter einer lockeren Art zu verstecken. »Nehmen Sie's mir nicht übel, Commander, aber Sie sehen aus wie dreimal aufgewärmt.«

»Bereit zum Einsatz, Sir«, erwiderte sie, wirkte dabei aber, als müsse sie sich jeden Augenblick übergeben.

»Absolut«, antwortete Loren. »Und ich bin der neue Erste Lord des Sternenbunds.«

McBride antwortete zögernd und verlagerte dabei das Gewicht, als müsse sie gegen ein Schwindelgefühl ankämpfen. »Sie brauchen mich. Sie haben alle unsere Mechs geboten.«

»Ja, wir haben erklärt, wir kommen mit allem, was wir haben. Aber wenn Sie in diesem Zustand ausrücken, wird das ein kurzer Ausflug – und ohne Rückfahrkarte. Sie können einen der Plätze in der Op-Zentrale übernehmen und mir einen größeren Dienst erweisen, indem Sie uns taktische Daten übermitteln.«

»Wer steuert dann meinen Mech?«

»Lassen Sie das mal meine Sorge sein. Sie holen sich jetzt was gegen die Schmerzen und die Übelkeit, damit sie mir nachher auch sagen können, wo die Novakatzen stecken.«

»McBride ist in keiner Verfassung, diesen Kampf auszutragen«, stellte Loren im Schottrahmen von Kerndons Kabine fest. »Sie würde keine zehn Minuten überleben. Ich habe ihr befohlen, statt dessen die taktische Koordination vom Schiff aus zu übernehmen. Das heißt, du mußt Ihren *Geier* steuern.«

»Bluthund«, korrigierte Kerndon und bestand auf dem Clan-Namen des OmniMech an Stelle der in der Freien Inneren Sphäre gebräuchlichen Bezeichnung.

»Geier«, insistierte Loren. »Unser Verhältnis hat sich soeben gewandelt, Kerndon. Hier geht es nicht mehr darum, daß du uns hilfst, Nebelparder darzustellen. Jetzt geht es darum, ein Teil dieser Truppe zu sein – ein Teil unseres Clans, wenn du so willst. Und mit diesem ›Major Loren‹-Getue ist ab sofort Schluß. Wenn du diesen *Geier* in den Kampf führst, dann nicht für dich selbst oder für deinen Clan. Du wirst ihn für Stirling's Fusiliers der Northwind Highlanders lenken.«

Kerndon sah Loren an, und seine dunklen Augen verengten sich. »Du verlangst einen hohen Preis von mir.«

»Du bist mein Leibeigener, Kerndon. Ich könnte es dir einfach befehlen, aber ich möchte, daß du es aus freien Stücken tust.« Loren sah den Mann an. »Entscheide dich hier und jetzt – bist du ein Teil der Fusiliers oder nicht?«

Kerndon wog seine Optionen ab. Er zupfte an der letzten verbliebenen Leibeigenenkordel, dem Band der Leistung. Sie erinnerte ihn daran, wer er war, und was noch zwischen ihm und dem Recht stand, sich wieder wahrer Krieger nennen zu können. »Na gut, ich erwarte ... Ihre Befehle, Major Loren Jaffray.«

Sterncolonel Santin West gab den Befehl ›Schirm‹ in das Sprachaktivationssystem seines Gefechtspanzers, und die von den Sensoren Sterncaptain Delaportas' übermittelte Taktikanzeige flackerte auf. Die Nebelparder-Einheit hatte sich von der HPG-Station entfernt und keinen Kilometer weiter aufgestellt.

Durch die Deckung der Gebäude konnten seine Truppen nicht alle Parder-BattleMechs gleichzeitig in Sicht halten, aber er konnte erkennen, daß sie in die Stadt gezogen waren und sich fast einen Kilometer vom Park und ihrem Schiff entfernt hatten. Sie standen zwischen seinen Kräften und ihrem Landungsschiff, und ihre Schlachtreihe verlief nach Nordwesten auf die Klippe zu. Es war eine riskante Aufstellung, in der sie mit dem Rücken zur Wand kämpften. Das Landungsschiff stellte ihre einzige Rückzugsmöglichkeit dar. Gelang es ihnen nicht, ihr Schiff zu erreichen, wurden sie über die Klippen in den Fluß getrieben. Während er langsam weiter ging, behielt er die winzige Anzeige aus dem Augenwinkel im Blick.

»KampfBinärstern, aufteilen und formieren. Kampfstern Gamma, entlang der Lukasstraße und der Klippen an die hintere westliche Flanke. Haltet dort die Stellung, ihr seid unser Anker. Kampfstern Alpha, wir schließen sie von der Schultzstraße nach Osten zum Rand der Anlage hin ein.« Seine Gegenaufstellung war darauf angelegt, die Parder an der Klippe zu stellen, wo seine Truppen wie eine gigantische Tür in ihre Schlachtreihe schwingen würden.

»Pos«, bestätigten die Sterncaptains Ithon Delaportas und Nina. Delaportas meldete sich keine fünf Sekunden später wieder. »Ich erwarte deinen Angriffsbefehl.«

Sterncolonel West warf einen letzten Blick auf die Anzeige, dann gab er den Befehl ›Taktisch‹ und aktivierte die Sichtprojektion auf dem Helmvisier seines Panzeranzugs. *Ich habe die Parder da, wo ich sie haben will. Ich muß sie treffen, ihr Blut vergießen, aber ich darf sie nicht töten. Die verwundete Katze soll mich zu ihrem Bau führen.* »Stern Gamma, zwei Blocks vorrücken, dann sichern. Binärstern, langsam von Westen nach Osten vorrücken, um jeweils einen Häuserblock. Wir wollen das Tier verwunden und ein paar seiner Welpen töten. Aber ein Teil der Parder muß überleben. Davon abgesehen könnt ihr nach Belieben angreifen.«

»Anrückende Mechs bei Zwo Komma Zwo Eins«, meldete Glenda Jura, als eine Salve Langstreckenraketen auf ihren *Koshi* und mehrere alte Geschäftsgebäude herabstürzte und in Rauchschwaden und orangerotem Feuer explodierte.

Auf Lorens Zweitmonitor leuchteten mehrere Novakatzen-OmniMechs auf. »Hector, Ihr Stern ist der Anker. Halten Sie uns auf jeden Fall den Weg zur *Bull Run* offen.«

»Sind dabei«, erwiderte Greg Hector unter heftigem Rauschen. »Feindkontakt: zwei *Jägersmänner* und ein *Katamaran*.«

Plötzlich bemerkte Loren ein schwaches Signal in einiger Entfernung von seinem *Masakari*. Er lud die tödlichen Extremreichweiten-PPKs auf und stählte sich für den bevorstehenden Kampf. Die Sinnliche Erfahrung, der Rausch des bevorstehenden Gefechts, packte ihn. Seine Finger kribbelten vor Erregung, als Trisha McBrides Stimme über die Kommleitung drang. »Nebelparder-Einheit, die Novakatzen konzentrieren sich auf die Mitte eurer Stellungen. Ich empfehle das Zurückweichen der äußersten rechten Flanke um zwei Straßenzüge.«

Loren checkte den Ortungsschirm und erkannte, daß Trisha recht hatte. »Bestätigt, Ops. Greg, ziehen Sie Ihre

Einheiten zurück, synchronisierte Deckung, Block um Block.«

Die häßliche Novakatzen-*Galeere* trat im selben Augenblick hinter dem Gebäude hervor, in dem Loren die Sprungdüsen mehrerer Elementare aufflammen und hinter demselben Bauwerk verschwinden sah. Die *Galeere* feuerte zwei Schüsse aus den Autokanonen ab und schickte einen Granatenhagel auf die Beine seines *Masakari*. Die Detonation der Granaten schleuderte Panzerfetzen davon, richtete aber darüber hinaus keinen Schaden an. Loren erfaßte den Gegner mit seinen Waffen. Inzwischen stand er wieder hinter einem Haus, als warte er auf Loren.

Loren richtete alle vier PPKs auf das hinter dem Gebäude in Deckung gegangene Ziel und feuerte. Im Augenblick des Angriffs trat die *Galeere* mit einem Seitschritt aus der Deckung auf die Straße. Die grellblauen Partikelstrahlbahnen schlugen mit atemberaubender Gewalt in Höhe des ersten Stocks in das Haus ein. Es kam augenblicklich zu einem Feuer, und es verzehrte das Gebäude von innen heraus wie ein feuerspuckender Drache. Eine Explosion ertönte, wahrscheinlich von einer Gasleitung, dann stürzte das Bauwerk auf die Straße.

Santin West war hinter Sterncaptain Delaportas' *Gargoyle*, als dieser das Feuer auf den Nebelparder-*Kriegsfalke* eröffnete. Plötzlich sah er das nur wenige Meter entfernte Gebäude in einer gewaltigen Explosion auseinanderbrechen. Er versuchte, den Trümmern auszuweichen, startete die Sprungdüsen und legte sich nach hinten, noch während die Mauerbrocken herabregneten.

Der Trümmerhagel erwischte ihn mitten im Sprung, schleuderte ihn nach hinten, und irgend etwas schien seine Beine festzuhalten. Er biß die Zähne zusammen, als er davongeschleudert und dann plötzlich gestoppt wurde. Beine und Unterkörper schmerzten unter der Belastung. Als Santin West nach unten sah, stellte er fest, daß er bis zur Hüfte verschüttet war. Er grub wie besessen mit dem Greifer seines Anzugs und zerrte an dem Draht und den Metallstücken, die ihn festhielten.

Er konnte sehen, daß auch der *Gargoyle* Schäden durch die Explosion davongetragen hatte. Der OmniMech stampfte auf die Straße und nahm den *Kriegsfalke* unter Beschuß.

Santin West hingegen ging nirgendwo hin. Erst mußte er sich aus diesem Schrottberg befreien. Das entsprach ganz und gar nicht seinen Vorstellungen.

»Ich bin getroffen«, rief Leigh Ann Miller, als ihr *Uller* von einem Novakatzen-*Jägersmann* in einem Lichtsturm durchgeschüttelt wurde. Die Impulslaser und Autokanone des Clan-Mechs zerfetzten den Großteil ihres Mecharms. Sie wirbelte herum und feuerte aus unglaublich kurzer Distanz das Gaussgeschütz ab. Die Metallkugel schlug unterhalb des gedrungenen Mechkopfes in den Rumpf des *Jägersmann* ein, der nur kurz zurückwankte.

Als Loren sich einen zweiten ernsten Hüfttreffer von der *Galeere* einfing, sah er aus dem Augenwinkel, wie der *Jägersmann* zum Todesstoß gegen Leigh Anns *Uller* ansetzte. Der Clan-Mech feuerte einen seiner schweren Laser auf das bereits angeschlagene Bein des Omnis ab und traf das Hüftgelenk, das in einer schwarzen Rauchwolke auseinanderflog. Der *Uller* schwankte und fiel, genau in einen Tritt des Novakatzen-Mechs. Unter den Dampfhammertritten des *Jägersmann* gaben Panzerung und interne Struktur nach, beulten ein, zerbrachen.

Loren konnte ihr nicht helfen. Er hatte eigene Probleme mit der *Galeere*. Der *Masakari* knickte unter dem Aufprall einiger weiterer Treffer ein. Aber der Novakatzen-Mech erlitt bei diesem Feuerwechsel den größeren Schaden. Sein schon beschädigter Arm explodierte, als die eingelagerten Raketen detonierten. Der Arm wurde von der Wucht der Munitionsexplosionen vom Torso gerissen und wirbelte nach hinten davon. Nur ein Stummel und einige herabhängende Drähte und Myomerstränge kündeten noch davon, daß die *Galeere* an dieser Seite überhaupt einen Arm besessen hatte.

Ein Stück seitlich sah er den *Jägersmann*, der Leigh Ann Millers *Uller* zur Strecke gebracht hatte, noch immer über ihrer am Boden liegenden Maschine stehen. Als der Clan-Mech den Fuß hob, war Loren wie gelähmt vor Entsetzen. Der ClanKrieger plante, ihre Kanzel einzutreten! Er wollte den *Masakari* wenden, um einzugreifen, als plötzlich ein *Geier* auftauchte und den *Jägersmann* mit einer Breitseite unter Feuer nahm. Kerndon!

»Bereite dich auf den Tod vor, Nebelkatze«, drang eine weibliche Stimme aus den Lautsprechern. Es war die Pilotin der *Galeere,* die Loren verspottete, während ihre Autokanonen den rechten Arm und die Beinpanzerung seines Mechs zertrümmerten.

Loren reagierte sofort. Er feuerte auf minimale Distanz die Raketenlafette ab und schleuderte eine Salve tödlicher Sprengköpfe geradewegs in die verwüstete Brustpartie des Novakatzen-Mechs. Ein großer Teil der Geschosse schälten weitere Lagen Ferrofibritpanzerung vom Rumpf. Andere drangen tiefer ein, zertrümmerten die interne Struktur des Mechs und zerfetzten seine Myomermuskulatur. Sensoren, Wärmetauscher und andere interne Bauteile wurden weggesprengt und hagelten auf das Straßenpflaster. Qualm drang aus der Bresche im Rumpf der *Galeere,* und auch das Flackern von Flammen im Rumpfinnern war zu erkennen.

Loren löste eine der PPKs aus. Wie ein gewaltiger Blitzschlag zuckte der Schuß geradewegs in das klaffende Loch, das die vorhergehenden Treffer geschlagen hatten. Er bohrte sich so tief in den Mech, daß er in einem Panzerregen aus dem Rücken der *Galeere* wieder austrat. Die dort eingelagerte Raketen- und Autokanonenmunition detonierte mit unfaßbarer Gewalt, zerfetzte die interne Struktur des Novakatzen-Kampfkolosses noch zusätzlich und sprengte die CASE-Druckschotte davon.

Der Schaden war so vernichtend, daß die *Galeere* auf die Knie stürzte. Loren wollte abdrehen, um Kerndon oder einem der anderen zu Hilfe zu kommen. Plötzlich flogen zwei Kurzstreckenraketen hinter dem knienden Novakatzen-Mech hervor auf ihn zu. Loren sah auf und bemerkte einen Elementar in tiefschwarzer Rüstung, der auf seinen Sprungdüsen in den Himmel stieg und ihn unter Beschuß nahm.

Instinktiv bewegte Loren den *Masakari* zurück und ging hinter einem Gebäude in Deckung vor den Schüssen des heranbrausenden Feinds. Er überprüfte die Taktikanzeige und erschrak. Die Novakatzen zwangen seine Krieger zurück. Mehrere seiner Mechs waren als ausgefallen oder vermißt aufgeführt.

Sie verloren den Kampf. Auch die Novakatzen waren schwer angeschlagen, aber nicht schwer genug, um sie daran zu hindern, ihn und seine Leute durch den Wolf zu drehen.

41

Nebelparder-Flugbasis, Wayside V (Wildkatz)
Äußere Peripherie

25. Juli 3058

Jake Fullers *Cerberus* stürmte über den letzten Hügel vor dem Nebelparder-Flugfeld und feuerte aus beiden Gaussgeschützen. Die Waffen schleuderten ihre tödlichen, überschallschnellen Kanonenkugeln auf den vorderen *Thor*. Er hatte tief gezielt, aber beide Schüsse trafen ins Ziel und schlugen mit solcher Wucht in die Beine des Parder-Mechs ein, daß der *Thor* nach vorne kippte, als habe ihm eine überdimensionale Keule die Beine weggeschlagen.

Wie Jake gehofft hatte, erwischte er die Nebelparder völlig überraschend. Im Schutz der Nacht und unter Ausnutzung der steilen Sanddünen hatte er seine kleine Gruppe perfekt positioniert. Er kam von Süden und griff ein Ende der Startbahn an. Währenddessen war Parkensen nach Norden abgerückt, um sich von dort in seine Richtung durchzuschlagen, wobei er versuchen würde, die Zentrale der Flugbasis auszuschalten. Chantilly stand bereit zum Flankenangriff. Es war ein guter Plan, falls die Parder mitspielten.

Aber der zweite *Thor* reagierte sofort und setzte sich auf den *Cerberus* zu in Bewegung. Jake hatte die Geschütze noch nicht auf den zweiten Parder gerichtet, als dieser bereits die Extremreichweiten-PPK und Langstreckenraketen abfeuerte. Der tödliche elektrisch blaue Blitzschlag der PPK peitschte in Jakes Mech, traf die linke obere Torsopartie und ließ die schwere Ferrofibritpanzerung zerschmelzen wie Wachs unter einer Flamme.

Jake aktivierte das McArthur-Raketenabwehrsystem, als er das Pfeifen der Raketenwarnung im Neurohelm hörte. Die kleine Geschützluke im oberen Torso des *Cerberus* schwang auf, und eine Wand von Feuer flammte vor den auf ihn herabstürzenden Raketen des Clan-Mechs auf. In einer Serie von Explosionen zerplatzten die meisten Geschosse noch in der Luft, aber zwei kamen durch und bohrten sich ins rechte Mechbein.

In der Ferne hörte er ein tiefes Donnergrollen, dann stieg ein gewaltiger Feuerball über den Gebäuden der Flugbasis auf. Ein Kommsignal leuchtete auf, als Jake den *Cerberus* nach rechts duckte und mit maximaler Geschwindigkeit losssprintete. »Kommgebäude zerstört«, meldete Sho-sa Parkensen vom anderen Ende des Flugfelds.

Beide Gaussgeschütze meldeten Feuerbereitschaft. Als er das Fadenkreuz auf den zweiten *Thor* zog, sah er dessen Kumpan wieder aufstehen. Jetzt versprach es, unangenehm zu werden. »Ich könnte hier unten Hilfe gebrauchen, Parkensen«, murmelte er ins Mikrophon seines Neurohelms.

Die Gausskugeln schossen aus den Läufen seiner Kanonen auf den zweiten Nebelparder-*Thor* zu. Beide trafen sein rechtes Bein, eine am Oberschenkel, die andere am Kniegelenk. Sie schlug glatt durch das Gelenk und trennte das Bein sauber ab. Jetzt kippte der zweite *Thor* nach vorne, aber inzwischen war der erste OmniMech wieder hochgekommen und bereit, den Kampf trotz der beschädigten Beine fortzusetzen.

Dann stieg ein Strahl Kröten in die Luft über dem gefallenen *Thor*. Die hellbraune Bemalung ihrer Anzüge, durchzogen von grauen Streifen, machte sie auf dem öden Lehmboden von Wayside V fast unsichtbar. Noch waren sie weit genug entfernt, um Jake Gelegenheit zu geben, sich ganz auf den ersten *Thor* zu konzentrieren, aber sie stellten nichtsdestoweniger eine Gefahr dar.

Er behielt die Anzeige der Gaussgeschütze im Blick. Die Kugeln waren schnell nachgeladen, aber die Waffen brauchten einige Zeit, um die außergewöhnliche Energieladung aufzubauen, die notwendig war, um die Projektile auf ihre vernichtende Geschwindigkeit zu beschleunigen. Der wie ein Phönix aus der Asche wiedererstandene Nebelparder-*Thor* feuerte eine Raketensalve ab, die den *Cerberus* nur knapp verfehlte. Jake drehte den Torso und zielte, sobald die Gaussgeschütze wieder verfügbar waren. Wieder zielte er tief und erfaßte die Beine des Mechs, wie bei seinem ersten Angriff.

Der widerspenstige *Thor* feuerte aus schweren und mittelschweren Lasern, als Jake seine Gausswaffen abschoß. Die Laser trafen zuerst, schlugen wie rubinrote Säbel auf seinen Mech ein, schnitten riesige Panzerfetzen von Beinen und Torso. Der Schaden war nicht gefährlich, aber real. Seine Gausskugeln rasten den Hang hinab. Eine von ihnen schlug in ein Bein des *Thor* ein, aber der zweite Schuß ging daneben und riß kurz hinter dem Parder einen tiefen Krater in die Startbahn. Die Elementare kamen in Reichweite und unterstützten seinen Gegner mit einer Salve von Kurzstreckenraketen.

Auf Jakes Stirn stand der Schweiß, als er sich auf den nächsten Feuerwechsel mit dem störrischen Parder-Mech vorbereitete. Konnte denn auf diesem Planeten nicht wenigstens einmal etwas glatt gehen?

Santin West fluchte, als der *Kriegsfalke* sich durch die Straßen von Djup Ellum aus seiner Reichweite zurückzog. Das Kommsignal hatte den Schluß zugelassen, daß es sich bei dem Piloten um den Nebelparder-Sterncolonel Loren handelte, und es war sein *Kriegsfalke* gewesen, dessen Feuerstoß das Gebäude zum Einsturz gebracht und ihn halb verschüttet hatte. Nach Wests subjektivem Eindruck hatte es ihn Stunden gekostet, sich zu befreien, aber in Wahrheit war es keine Minute gewesen. Er sah auf die Taktikanzeige in seinem Helm und betrachtete die Schäden beider Seiten. Sein Binärstern hatte den Pardern beträchtlichen Schaden zugefügt, aber seinerseits beinahe ebenso hohe Verluste erlitten.

Einerseits verspürte er den Drang weiterzukämpfen. Immerhin handelte es sich um einen Konflikttest. Die dünne Reihe der Parder-Mechs erstreckte sich noch immer von ihrem Landungsschiff im HPG-Park bis zu den Klippen über dem seltsam stillen Backlick. Sein Angriff hatte die durch die engen Straßen der Altstadt laufende Gefechtslinie nicht aufbrechen können. Statt dessen war die gesamte Linie zurückgewichen, hatte den Ansturm abprallen lassen und seinen Leuten ihrerseits erhebliche Schäden beigebracht. Natürlich konnte er die Nebelparder mit einem einzigen Befehl vernichten, aber der Preis für diesen Befehl wäre sein Leben und das seiner Truppen gewesen. Der Erfolg wäre die Verluste nicht wert gewesen. Erinnerungen an seine Vision plagten ihn. Noch hatte er die Greiferkrallen nicht um den Hals des Nebelparders gelegt, um ihn zu zerdrücken.

Als er den *Kriegsfalke* um die Ecke kommen sah, eröffnete Santin West erneut das Feuer mit den Kurzstreckenraketen. Panzerung zerplatzte und dichter schwarzer Rauch stieg von Flammen empor, die über den Mechrumpf leckten, als die beiden KSRs sich ins Herz des Parder-Omnis senkten. Der *Kriegsfalke* bewegte sich fort, und schoß dabei mit einer seiner PPKs. Der Schuß ging vorbei, aber einer der zahlreichen, nach allen Seiten davonzuckenden Ausläufer des künstlichen Blitzschlags tanzte über und in das Bein des Elementars. Santin fühlte, wie sich alle Haare auf seinem Körper aufstellten, als die gewaltige elektrostatische Entladung ein Loch in seinen Panzer brannte. Aber sein Körper blieb unverletzt, und das Versiegelungssystem des Anzugs schloß das Loch mit schnelltrocknendem Plastik.

Es wurde Zeit. Biccon Winters hatte ihm gesagt, daß der Kampf in Djup Ellum mit einem Unentschieden enden werde – so hatte sie es im Traum vorhergesehen. Jetzt würde er ihre Vision wahr werden lassen und damit der Erfüllung seiner eigenen einen Schritt näher kommen.

»Ich brenne«, kreischte Subcommander Ralston McAnis über die ungesicherte Breitbandfrequenz in den Ohren sämtlicher falscher Nebelparder.

»Steig aus – verdammt! Steig aus«, rief Sumpter Burke. McAnis war am weitesten vom Landungsschiff entfernt, und Burke war eingeteilt, ihm im Notfall zu Hilfe zu kommen.

»O Gott ...«, erklang Glenda Juras Stimme, gefolgt von einer Explosion, die die Straßen und Häuser Djup Ellums erbeben ließ.

Loren betrachtete die Daten seiner Sensoren und der Einspeisung von Trisha McBride an Bord der *Bull Run*. Die Hälfte seiner Truppen war tot oder dem Tode nah. Der Rest zog sich zurück, näherte sich um jeden Meter Boden kämpfend seiner Position. Er wollte die Stellung nur so lange halten, bis er etwas von Mitch hörte. Erst dann konnte er sicher sein, daß die Spur gelegt, die HPG-Sendung abgeschickt war.

Er spielte mit dem Gedanken, den Rückzug zu befehlen, das Schlachtfeld aufzugeben und den Novakatzen den Sieg zu überlassen. Er war nicht mehr von Bedeutung. Die Stimme Kapitän Mitchell Frasers kam über die Verbindung: »Die Novakatzen-Techs waren erheblich kooperativer als die Krieger, mit denen Sie es zu tun haben. Unsere Nachricht ist wie geplant zu den Koordinaten von Wayside V abgegangen.«

Loren hob den rechten Mecharm in Schußposition und feuerte eine der PPKs auf einen sich nähernden Elementar ab. Der Partikelstrahl verfehlte sein Ziel um fünf Meter, aber ein Lichtbogen zuckte hinüber und versengte die glänzend schwarze Rüstung der Novakatze. In der Ferne sah er einige andere dunkelblau gepanzerte Kröten anfliegen, um Lorens Angreifer zu verstärken, der mit seinem leichten Laser auf den Torso des *Masakari* unmittelbar unterhalb des Kanzeldachs feuerte.

Er drehte den Mechtorso weiter in Richtung Fahrbahn und stellte sich seinem Gegner, um die Niederlage einzugestehen. Plötzlich hörte er eine tiefe, bedrohlich klingende Stimme in seinem Neurohelm.

»Sterncolonel Loren von den Nebelpardern, bist du

gekommen, um mit deinen Kriegern zu sterben, oder versteckst du dich an Bord deines Schiffes, um bei ihrem Tod zuzusehen?«

West. Loren öffnete die Verbindung. »Ich bin Loren von den Nebelpardern. Ich nehme an, du bist der ehrenwerte Sterncolonel Santin.« Seine Stimme troff vor Sarkasmus.

»Diesen Kampf fortzusetzen würde bedeuten, daß wir beide sterben, die Hände um die Kehle des jeweils anderen gelegt«, stellte West müde fest. »Ihr habt euch gut genug geschlagen, selbst für bloße Nebelparder, die Brut eines mit Schwächlingen und Suratblut durchsetzen Genfundus.«

Loren lachte kurz auf. »Ihr habt auch nicht schlecht gekämpft für alte Krieger und Banditen. Vielleicht werdet ihr eines Tages die Bedeutung der Ehre lernen, oder wenigstens, wie man sie buchstabiert, frapos?« Er überprüfte die Nahortung und fand die Quelle des Funksignals, den einzelnen schwarzen Elementar, der auf ihn gefeuert hatte. »Worte sind von geringem Wert für Krieger. Dient dieses Geplapper einem bestimmten Zweck?«

»Pos«, erwiderte Santin West. »Verschwendung widerspricht dem Wesen unserer Clans. Ich möchte diesen Test zusammen mit dir für nichtig erklären. Lassen wir keine weiteren Krieger sinnlos sterben. Wir werden diesen Test zu einem anderen Zeitpunkt und an einem anderen Ort zu Ende bringen.«

Er will den Kampf verschieben, den Test unentschieden lassen. Welche Wahl habe ich? Ich bin nicht hier, um die Novakatzen auszulöschen. »So sollte eine Schlacht nicht enden, und ich nehme dein Angebot nur unter der Bedingung an, daß wir beide einander noch einmal begegnen.«

»Ich versichere dir, daß ich dich jagen und finden werde, Sterncolonel Loren von den Nebelpardern«, sagte Santin West. »Und wenn wir uns das nächstemal begegnen, werde ich nur Asche von dir übrig lassen.«

Drittes Buch

STAHLGEWITTER

Noch so ein Sieg, und wir sind verloren.

Pyrrhus von Epirus

Sie haben uns schon wieder eingeschlossen,
die armen Irren.

General Creighton W. Abrams

Dieser Wellington ist so dumm, daß er nicht merkt,
wann er verloren hat, und einfach weiterkämpft.

Napoléon Bonaparte

42

Südlich von New Scotland, Wayside V (Wildkatz)
Äußere Peripherie

25. Juli 3058

Major Cullen Craigs *Victor* ragte hoch über der Mixtur aus Mechs und konventioneller Ausrüstung auf, die nicht für den Zug der Fusiliers auf den Kontinent New Scotland geeignet war. Neben seinem *Victor* mußten noch vier andere BattleMechs zurückbleiben, die wegen Schäden aus den vorhergegangenen Kämpfen nicht mehr luftdicht gemacht werden konnten. Im schwachen grünen Zwielicht wirkten sie wie smaragdene Titanen, von einem Nebelschleier aus den Wärmetauschern eingehüllt, die damit beschäftigt waren, die Abwärme aus ihrer internen Struktur ins Freie abzuleiten. Der Nebel sank an ihnen herab und sammelte sich um ihre Füße, wo er den BattleMechs ein beinahe mythisches Aussehen verlieh, wie Riesen oder Giganten vergangener Zeitalter.

Hinzu kam eine überbesetzte Lanze Panzer, schwere Kampffahrzeuge, die als Artillerieunterstützung für den Schlag gegen die Parder-Kommandobasis vorgesehen gewesen waren – einen Angriff, der jetzt niemals stattfinden würde. Auch das Eintreffen von Mulvaneys Verstärkungen konnte die Todesqualen der Fusiliers nur noch verlängern. Kapitän Lewis' Infanteriezüge und *Grenzgänger*-Kröten waren entlang der Route versteckt, auf der die Nebelparder anrückten.

Es war unschwer vorauszusagen, welchen Weg sie nehmen würden. Der alte Meeresgrund stieg in einer wogenden Hügellandschaft an, und das einzige relativ ebene Gebiet war der einen Kilometer breite Paß, in dem Craig und seine Leute sie erwarteten. Das dünne gelbe Gras und Moos zeigte die Spuren der übrigen Fusiliers, die vor zwei Stunden hier vorbeigezogen waren – ein steter Strom nach Norden führender Mechfährten. Als er sich nach Süden drehte, den anrückenden Pardern entgegen, wußte Craig, daß Oberst Stirling inzwischen fast siebzig Kilometer entfernt, in der sehr viel dünneren Stratosphäre des Planeten den Rand des Ödgebietes erreicht haben mußte, das vor Äonen ein von Leben erfüllter Kontinent gewesen war.

Die Kommunikations- und Führungsfahrzeuge des Regiments waren in der Nähe versteckt, bereit zur Flucht in Richtung der Landezonen, in denen die Fusiliers auf dieser Welt aufgesetzt hatten. Seine Mission war einfach: die Nebelparder bremsen und sich anschließend in Sicherheit bringen. Entlang der zerklüfteten Bergketten würden die Überlebenden dieser Hinhalteaktion nach Südwesten ziehen, in der Hoffnung, das Wrack der *Stonewall Jackson* zu erreichen. Craig wußte, das war leichter gesagt als getan. Er hatte die Parder am Bannockburn-Isthmus erlebt. Sie warfen sich ohne Rücksicht auf Verluste in den Kampf, selbst wenn sie verloren.

Die Infanterie-Scouts meldeten die Ankunft der Nebelparder als erste. Ihre Vorhut bestand aus einem Binärstern Mechs unterschiedlicher Gewichtsklassen. Die von den Scouts übermittelten Daten wurden in seinen Zweitmonitor eingespeist, als hätte seine eigene Nahortung die Informationen geliefert. Cullen Craig stählte sich für den Angriff und starrte auf die Funkkonsole seines Cockpits. *Wenigstens haben wir noch nichts von ihren Jägern gesehen. Die würden uns in Nullkommanichts den Garaus machen.*

Die Störsignale aus der Anlage des Regiments-Kommfahrzeugs schienen den Parder-Binärstern zu alarmieren und aufzupeitschen. Die OmniMechs stürmten in den offenen Paß, wo Craig sie in seinem *Victor* erwartete. Die beiden vordersten Mechs waren ein *Sprinter* und ein *Koshi,* die sich so schnell bewegten, daß sie nicht zu erfassen waren. Der nächste Omni, ein grauer *Geier,* bot ein sehr viel leichteres Ziel. Craig senkte das Fadenkreuz im selben Augenblick über ihn, als einer der anderen Fusiliers-BattleMechs, ein notdürftig zusammengeflickter *Kampfschütze*, ebenfalls das Feuer eröffnete.

Die rechte Seite des *Geier* wurde von Craigs Lasern aufgeschlitzt, während die Ultra-Autokanonen des *Kampfschütze* sie mit Granaten bombardierte. Die Treffer schienen den 60 Tonnen schweren Clan-Mech nicht einmal zu bremsen. Statt dessen drehte er den Torso und erwiderte mit seinen Langstrecken-Raketenlafetten das Feuer. Der *Kampfschütze* wurde auf Minimalentfernung von einer kompletten Breitseite getroffen. Fast alle Raketen trafen ins Ziel, schüttelten den ohnehin zerbeulten Kampfkoloß durch und schleuderten die Panzerflicken über die Felsen und den Lehmboden. Die wenigen Geschosse, die ihn verfehlten, bohrten sich in die Felsen hinter dem Mech und überschütteten ihn mit Steinen.

Craig feuerte sein Gaussgeschütz und die mittelschweren Impulslaser ab, ohne sich um die jäh ansteigende Hitze im Cockpit zu scheren. Die Gausskugel donnerte in die leichtbeschädigte rechte Torsoseite des *Geier*. Sie sprengte die Panzerung ab, während sie durch die Rumpfhaut hindurch die interne Struktur des Omnis pflügte und sich dort verkeilte. Die rechte Raketenlafette kippte herab und blieb zwischen den Stützstreben stecken. Dadurch war sie nicht mehr zu gebrauchen. Craigs mittelschwere Laser vernarbten die vordere Torsoseite des *Geier*, dann erhob sich ein weiterer Highlander-Mech, ein *Grimmer Schnitter*, und nahm dasselbe Ziel mit Lasern und Kurzstreckenraketen unter Beschuß.

Cullen Craig verließ seine Position und stürmte an einem Fusiliers-*Zerstörer* vorbei, der über vernichtende Distanz in einen Feuerwechsel mit zwei *Koshis* verwickelt war. Zwei Raketen trafen seinen *Victor*, aber er konnte nicht erkennen, woher sie gekommen waren. *Es geht alles den Bach runter …* »Nachhut in Deckung gehen.

Sofort zerstreuen.« Von jetzt an kämpfte jeder für sich. *Ich muß auf den höchsten dieser Berge kommen, damit ich aus besserer Distanz angreifen kann, oder ich bin genauso zum Tode verurteilt wie alle anderen ...*

»Eine Nachricht von Sterncaptain Klark Chrisholm über Prioritätsverbindung«, meldete die Stimme des Kommunikationsoffiziers des Sternhaufens in Devon Osis' Neurohelm. Er bremste seinen Mech und brach aus den Reihen des Sterns aus, der als Nachhut der Nebelparder-Formation fungierte. Die Spur der Fusiliers war ohne die geringsten Schwierigkeiten zu verfolgen. Devon Osis war bei der Reserve geblieben, die mit langsamerer Geschwindigkeit folgte, während Patricia und ihre Truppen vorausstürmten, um Stirlings Nachhut zu fassen zu bekommen.

»Stelle ihn durch.«

»Ich habe eine Abtastung unserer Flugbasis durchgeführt, Galaxiscommander«, begann der Kapitän der *Dark Claw* seinen Bericht. »Der Komplex, die zu seiner Verteidigung abgestellten Truppen und, soweit wir das feststellen können, die meisten, wenn nicht alle Luft/Raumjäger sind vernichtet.«

Blinde Wut brandete über Devon Osis. »Unmöglich. Das muß ein Irrtum sein, frapos?«

»Negativ, Galaxiscommander. Wir haben die Abtastung mit einem Überflug in niedrigerer Höhe verifiziert. Ein Teil des Komplexes ist noch intakt, aber die Kommunikatorphalanx und die Jäger sind zerstört.«

»Gibt es irgendein Anzeichen, wer dieses ruchlose Verbrechen begangen hat?«

»Wir haben in der Umgebung niemanden orten können, Galaxiscommander. Es ist möglich, daß sie sich innerhalb der Gebäude aufhalten, oder sie sind weitergezogen und waren nicht mehr in dem von uns abgesuchten Bereich.«

Sterncolonel Patricias Stimme kam über die Leitung. Sie befand sich an der Spitze der Formation, fast drei Kilometer nördlich. »Hier ist mein Statusbericht, Galaxiscommander. Wir haben es nur mit einer kleinen BattleMech-Streitmacht zu tun. Der Rest sind Panzer und Infanterietruppen. Der größte Teil der Fusiliers scheint bereits auf die kontinentale Hochebene weitergezogen zu sein. Wir haben eine Anzahl ihrer Techniker und Hilfstruppen gefangengenommen.«

Devon Osis lächelte, und seine Lippen verzogen sich zu einem grausamen Strich. »Verschwende keine Mittel auf die Gefangenen.«

»Was soll ich mit ihnen machen, Galaxiscommander, sie freilassen?«

»Bring sie um, alle«, befahl Osis in beiläufigem Ton. »Laß sie erschießen oder zertreten, das überlasse ich dir.«

Aus dem Cockpit sah Cat Stirling hinter dem letzten Berghang die Oberfläche des ehemaligen Kontinents auftauchen. Hier gab es keine Spur von Leben mehr, das Gelände war fast so luftleer wie ein Asteroid, aber es war ihre letzte Zuflucht auf diesem unerforschten Planeten. Dieses lebensfeindliche Plateau stellte die letzte, verzweifelte Chance dar, ihre Einheit zu retten.

Andrea Stirlings Helmlautsprecher knackten und übertrugen eine Stimme, die sie kannte, die Stimme ihres Gegners – die Stimme von Devon Osis, Galaxiscommander der Nebelparder. »Du zögerst das Unvermeidliche nur hinaus, Oberst Andrea von den Fusiliers. Dein sinnloser Versuch, uns aufzuhalten, hat uns nur Minuten gekostet, die wir ohne Schwierigkeiten wieder wettmachen werden.«

Ich hoffe, Craig und ein paar von den anderen konnten entkommen. »Du hast mich noch nicht besiegt, Devon Osis. Nur diejenigen, die wir zurücklassen mußten.«

»Du führst recht prahlerische Reden für jemanden, der

wie ein Feigling das Weite sucht. Aber damit du das Herz des Nebelparders erkennst, zeige ich dir das folgende.« Der Sekundärschirm im Cockpit des *Großtitan* flackerte und schaltete auf eine Gefechtsfeldkamera-Aufnahme um. Sie sah den zertrümmerten und aufgerissenen Rumpf eines Panzers vom Typ *Zerstörer*. Mehrere ihrer Bodentruppen standen mit erhobenen Händen auf seinem Wrack.

Die Kamera, die an einem Mech montiert sein mußte, schwenkte über die kapitulierenden Fusiliers. Ein Lichtblitz zuckte auf, das Mündungsfeuer eines Maschinengewehrs, das über den Boden und den Panzer schwenkte. Die Soldaten versuchten zu fliehen, aber nur einer entkam. Die anderen wurden in einem Kugelhagel niedergestreckt. Oberst Stirling sah ihr Blut spritzen, als das MG ihre Körper zerfetzte.

Die Botschaft war unmißverständlich. Die Nebelparder machten keine Gefangenen. Sie brachten ihre Leute um. Diese Soldaten hatten sich bereits ergeben. Aber offenbar fühlten die Nebelparder keinerlei moralische Verpflichtung, eine Kapitulation anzuerkennen. Sie biß sich auf die Unterlippe, dann schaltete sie den Zweitschirm ab. »Bastard. Sie hatten sich ergeben.«

»Ein derartiger Fluch aus dem Mund einer Freigeburt ist keine so schwere Beleidigung, wie du vielleicht glaubst. Von dir sind derartige Obszönitäten zu erwarten. Wie ich bereits feststellte, besitzen wir nicht die Einrichtungen für die Spielchen aus der Inneren Sphäre – wie das Nehmen von Gefangenen. Wahre Krieger kämpfen bis zum Tode. Wer kapituliert, wird eine Belastung für meinen Clan, und die bin ich nicht bereit hinzunehmen. Du hast mir Schaden zugefügt. Aber glaube nicht, dein Sieg an der Flugbasis würde irgend etwas verändern. Es wird nicht mehr lange dauern, bis ich mein Gesicht mit deinem Blut bemalen kann.«

Die Funkverbindung wurde unterbrochen. Stirling kämpfte die Tränen der Frustration nieder, die in ihr aufstiegen. Sie klammerte sich an eine Information, eine kritische Mitteilung in Devon Osis' Anruf, die ihr noch einen Schimmer der Hoffnung gestattete. Die Parder-Flugbasis war zerstört. Das hieß, Jake Fuller war immer noch irgendwo dort draußen, am Leben. Es war ein winziger Erfolg, aber ihr einziger.

43

Landungsschiff *Bull Run*, an Piratensprungpunkt, Tarnby-System Nebelparder/Novakatzen-Besatzungszone

25. Juli 3058

»Verdammt noch mal, Jura. Ziehen Sie dieses verfluchte Ding nach links«, brüllte Mitch Fraser, als er zusammen mit Glenda Jura zum dritten Mal versuchte, den Panzerflicken auf die Überreste ihres *Koshi* zu setzen. In der Schwerelosigkeit waren sie beide mit Sicherheitsgürteln am Mechrumpf angebunden, damit sie nicht zu weit abtreiben konnten. Außerdem waren sie beide mit Kühlmittel, Schmiere und Schweiß bedeckt, und sie starrten einander wütend an, während Mitch mit dem Kran die Panzerplatte in Position brachte. Von den anderen Wartungskokons im Mechhangar der *Bull Run* hallten ganz ähnliche Geräusche herüber. Lorens Truppe war unter erheblicher Ernüchterung damit beschäftigt, die kläglichen Reste ihrer OmniMechs instand zu setzen. Glenda schob die Panzerung etwas nach vorne, verzog die Bewegung jedoch leicht und klemmte Mitchs Finger dabei ein.

»Tod und Teufel!« zischte er und zog die Hand zurück. »Ich sagte nach links, Glenda, verdammt!« Er zog sich ans Gerüst und ballte die schmerzende Hand zur Faust.

»Lassen Sie Ihren Ärger nicht an mir aus, *Sir*. Ich bin MechKriegerin, keine Scheiß-Tech.«

»Auf diesem Schiff sind Sie beides«, feuerte Mitch zurück. Im gesamten Hangar hörten zu Techs umfunktionierte MechKrieger auf zu arbeiten, um den Streit zu beobachten. Die Spannungen hatten sich schon einige Zeit aufgebaut, und jetzt brachen sie bei Glenda und Mitch aus.

Glenda packte die schwere Panzerplatte und rammte

sie gegen das Gerüst. »Na schön, ich kündige. Wenn Sie dieses Panzerstück unbedingt anbringen wollen, machen Sie's selbst – Sir.« Sie nestelte an ihrem Haltegürtel, als sie Loren Jaffray langsam näherschweben sah.

»Achtung!« bellte er wütend und fixierte erst Glenda, dann Mitchell mit tadelnder Miene. Beide nahmen Haltung an. Die übrigen MechKrieger taten es ihnen gleich. »Commander Jura, Kapitän Mitchell Fraser ist ein ranghöherer Offizier, und Sie werden ihn entsprechend behandeln. Haben Sie das verstanden?«

»Ja, Sir«, antwortete sie und schleuderte Mitch einen eisigen Blick zu.

Loren sah sich in dem riesigen BattleMechhangar um, in dem seine Leute schweißnaß an ihren Mechs schufteten. Er konnte verstehen, wie sie sich fühlten, aber es wurde Zeit, sie daran zu erinnern, wer sie waren, und warum sie hier waren.

»Ich weiß, daß Sie alle über unsere Verluste wütend sind. Ich bin es auch. Subcommander McAnis war ein feiner MechKrieger, ebenso wie Macallen, Killfries und Miller. Aber wir haben zu viel geschafft, um uns jetzt gegenseitig an die Gurgel zu gehen.« In Gedanken erinnerte er sich an die versuchte Bergung der Toten. Die Leichen von Killfries, Miller und Macallen hatten sie aus den Wracks holen können. McAnis schien, nach allem, was er gesehen hatte, lebendig in seinem Cockpit verbrannt zu sein, weil die CASE-Luken blockiert gewesen waren, als seine Munition explodierte. Sie hatten nur noch seine verkohlten Überreste gefunden.

Gilliam hatte aussteigen können, war aber hart aufgekommen und hatte sich das Bein zweimal gebrochen. Trisha McBride schien in besserem Zustand, aber ihr Mech war bei Kerndons Einsatz schwer mitgenommen worden. Zuletzt hatten sie nur noch Juras *Koshi*, seinen und Hectors *Masakari* und McBrides *Geier* übrig behalten. Burkes *Sprinter* funktionierte zwar noch, war aber im Grunde schrottreif. Trotzdem war Loren angesichts der Schäden, die seine kleine Truppe hatte einstecken müssen, gezwungen, den *Sprinter* als einsatzfähig zu rechnen. Sie hatten Killfries' *Schwarzfalke* geborgen, aber Mitch hatte für die Instandsetzung den gesamten Rückflug angesetzt, und selbst so bestand bestenfalls die Chance, daß der OmniMech bei ihrem Eintreffen über Wayside V begrenzt einsatzfähig sein würde.

»In ein paar Minuten springen wir. Noch ein Sprung, dann koppeln wir an die *Kobayashi* an und springen mit ihr zurück nach Wayside. Wir haben die Novakatzen ziemlich verärgert, und nach dem, was wir hier geleistet haben, können wir sicher sein, daß sie uns folgen. Mitch konnte eine Spur für sie legen, die sie geradewegs ins Waysidesystem führen wird. Und ungefähr dann, wenn wir ankommen, müßte auch Major Mulvaney mit ihrer Einheit ankommen. Sie werden uns brauchen.«

»Sir«, unterbrach ihn Kapitän Mitch Fraser. »Unsere Maschinen bestehen praktisch nur noch aus Flickwerk und Ersatzteilen. Was für eine Hilfe können wir da leisten?«

Loren grinste und breitete die Arme aus. »All diese OmniMechs sind mit Nebelparder-IFF-Transpondern ausgerüstet, oder?«

Mitch nickte, dann breitete sich langsam ein Lächeln auf seinem Gesicht aus, als er die Bedeutung der Frage verstand. »Ich hatte keine Veranlassung, sie auszuwechseln. Schließlich sollten wir in der Ortung als Nebelparder erscheinen.« Die Identifikation: Freund-Feind-Transponder waren Signalgeber, die den Ortungs- und Zielerfassungssystemen eines BattleMechs erlaubten, die Maschinen der verschiedenen Seiten auf dem Schlachtfeld auseinanderzuhalten. In der Hitze des Gefechts waren es die IFF-Sender, die Freund und Feind gleichermaßen anzeigten, auf welcher Seite ein Kampfkoloß stand. Die Tatsache, daß ihre Transponder die OmniMechs unter seinem Befehl noch immer als Nebelparder-Maschinen auswiesen, war von Bedeutung. Dadurch konnten sie in die Schlacht ziehen und sich als Nebelparder ausgeben, selbst gegenüber den Pardern.

»In Ordnung, Leute, sehen wir zu, daß wir mit den Reparaturen fertig werden. Wenn wir soweit sind, können wir uns auf die Heimreise machen.«

»Major?« fragte Greg Hector.

»Ja, Commander?«

»Wir kämen schneller voran, wenn Kerndon runter käme und mithelfen würde. Wir sind noch nicht dazu gekommen, an seinem und Trishas Mech anzufangen, und der sieht schlimm aus. Ganz zu schweigen von dem Schrotthaufen, den wir lachhafterweise immer noch als *Schwarzfalke* bezeichnen.«

Loren Jaffray hangelte sich in Kerndons kleine Kabine. Sie lag tief in den Eingeweiden der *Bull Run* und schien im Pulsschlag des gewaltigen Fusionstriebwerks zu vibrieren, das nur wenige Meter entfernt lag und den Bordstrom lieferte. Als er Loren bemerkte, schnallte der Leibeigene sich von der Pritsche los und schwebte zu einem in der Nähe befindlichen Haltegriff.

»Sie suchen mich, pos?« fragte er.

»Ja, wir brauchen Ihre Hilfe bei den Reparaturen im Mechhangar. Mitch gibt Ihnen eine Aufgabe.«

Kerndon nickte. »Ich mache mich sofort auf den Weg.«

Loren hob die Hand, um ihn zu bremsen. »Vorher gibt es zwischen uns beiden noch etwas zu erledigen.« Er steckte die Hand in die Tasche und zog ein Messer hervor. Er ließ sich näher an Kerndon herantreiben, packte mit einer Hand einen Haltegriff und durchtrennte mit der anderen die letzte Schlaufe der um Kerndons Handgelenk geschlungenen Kordel. Die Schnur trieb davon. Kerndon blickte ihr nach und rieb sich den Arm. »Sie geben mich frei, frapos?«

»Positiv«, erwiderte Loren. »Die letzte Schnur war die der Leistung, und die haben Sie mir auf Tarnby bewiesen.«

»Ich bin wieder ein Krieger.« Kerndon flüsterte die Worte, als könne er sie nicht glauben.

»Ja, Sie sind wieder ein Krieger. Und in der Schlacht, die uns noch bevorsteht, werde ich Sie nötiger haben als je zuvor.«

44

New Scotland, Wayside V (Wildkatz)
Äußere Peripherie

29. Juli 3058

Oberhalb der atembaren Atmosphäre des Planeten waren die Tage sehr viel heller und strahlender, als Oberst Cat Stirling es für möglich gehalten hätte. Und auch auf die Wolken war sie nicht vorbereitet gewesen – dünne, schemenhafte Kondensschleier, die sich um die Beine der BattleMechs formten. Die nur während der Tagesstunden sichtbaren Wolken verschwanden mit dem nahenden Abend und verwandelten sich in Reifschichten an den Beinen der Mechs. Es reichte aus, sie daran zu erinnern, daß es hier oben tatsächlich noch eine Atmosphäre gab, auch wenn die Luft so dünn war, daß ein ungeschützter Mensch nur Sekunden überleben konnte.

Plötzlich leuchtete an der Kommkonsole ihres *Großtitan* ein Warnlämpchen auf. Sie zog den Neurohelm über und stellte fest, daß der Kommkanal vor Aktivität summte. Mehrere Offiziere redeten durcheinander, anscheinend über Sensordaten und sich nähernde Mechs.

»Hier Cat Eins. Machen Sie den Kanal frei, und dann will ich wissen, was los ist.«

»Black Adder Scout Drei«, antwortete eine zackige und so junge Stimme, daß es ihr einen Stich versetzte. »Wir haben in extremer Entfernung etwas aufgefangen, was mehrere Fusionsreaktorsignaturen sein könnten. Sie haben uns auch geortet und sind abgedreht.«

So schnell? Sie hatte gehofft, den versteinerten Wald, den sie auf New Sherwood getauft hatten, zu erreichen, bevor die Parder sie einholten. Jetzt zerplatzte diese Hoffnung. Im Augenblick befanden sie sich auf offenem, flachen Gelände ohne jede Deckung. *Einen schlechteren Ort für ein Gefecht können wir kaum finden. Aber vielleicht sind die Nebelparder ja noch nicht soweit, uns anzugreifen.* Ihr Verstand sortierte hektisch die verschiedenen Optionen, während ihr Mund wie von selbst Befehle erteilte. »Alarmstufe Gelb für das gesamte Regiment. Alle Einheiten mit Ausnahme der Adder-ScoutLanze ziehen nach Norden. Die Scouts versuchen, die georteten Einheiten zu identifizieren. Ich will wissen, mit wie vielen Mechs welchen Typs wir es zu tun haben.« Stirling holte sich die Fernortungsdaten auf den Schirm und studierte sie.

»Oberst«, schlug Kurt Blakadar aus seinem fast zwei Kilometer entfernten *Albatros* vor. »Ich könnte eine Überschwere Lanze als Feuerschutz abstellen.«

»Nein, Major. Bringen Sie das Regiment an unser Ziel. Ich will noch nicht gegen die Parder kämpfen. Ich will nur wissen, was uns erwartet.«

»Hier Adder Scout Zwo«, meldete sich eine andere Stimme. »Bestätigung der MAD-Signaturen. Drei Banditen, Geschwindigkeit sechsundvierzig km/h, Kurs direkt auf uns zu. IFF-Signale jetzt erkennbar. Sie werden als zwei Fusiliers-Mechs gezeichnet, Zuordnung: Kilsyth Guards. Der dritte Mech erscheint als neutral.«

Stirling strahlte. Sie richtete einen KommLaser auf die anrückenden Mechs, in der Nacht des Planeten genug für eine Verbindung. »Hier ist Oberst Stirling an die sich nähernden Mechs. Identifizieren Sie sich.«

Unter lautem Krachen durch eine offensichtlich beschädigte Kommunikationsanlage erhielt sie Antwort. »Major Jake Fuller meldet sich zurück, Ma'am. Mission erfolgreich abgeschlossen.« Ein hörbares Seufzen der Erleichterung folgte.

»Ist das Sho-sa Parkensen bei Ihnen?« fragte sie.

»Ja, Ma'am, aber wir haben alle drei Schwierigkeiten mit den Kommsystemen. Seine Reichweite beträgt keine hundert Meter. Wenn er uns hören könnte, würde er Ihnen sicher gratulieren.«

»Ausgezeichnete Arbeit, Major Fuller. Regiment, Entwarnung. Major Fuller, reihen Sie sich ein und erzählen Sie mir, was da draußen vorgefallen ist …«

Cullen Craig starrte hinauf in die schwarze, sternenhelle Nacht und versuchte erneut, die Bilder des Todes aus seinen Gedanken zu vertreiben. Er hatte den Überblick über die Schlacht verloren, nachdem sein *Victor* von einem Gaussschuß umgeworfen worden war. Seine Erinnerung war verschwommen. Als er nach dem Ende des Gefechts das Bewußtsein wiedererlangte, hatten sich die Nebelparder nicht einmal die Mühe gemacht, nachzusehen, ob er noch lebte oder nicht.

Aber er hatte einen deutlichen Eindruck von dem bekommen, was von der Nachhut übriggeblieben war. Es mußte ein paar Überlebende gegeben haben. Das Fehlen der Wartungsfahrzeuge ließ den Schluß zu, daß die Techs entweder entkommen oder als Beute zurück zur Parder-Basis verschleppt worden waren. Aber ringsum hatten die Leichen der anderen gelegen, die dieses Glück nicht gehabt hatten, aufgedunsen, die Haut ein krankes bläulich-weiß. Er konnte sie immer noch dort liegen sehen, und die Erinnerung ließ ihn des Nachts schreiend aufschrecken. *Ich sollte genauso tot zwischen ihnen liegen.* Das Schuldgefühl über sein Versagen lastete schwer auf seinem Geist.

Seitdem war er auf der Flucht, auf der Flucht vor den Bildern der Toten und auf der Jagd nach denen, die dafür verantwortlich waren. Und soweit es ihn betraf, hatten Stirling und Blakadar ebensoviel Schuld am Tod seiner Leute wie die Nebelparder. *Wenn sie mir das Kommando übertragen hätte, wäre alles anders gelaufen. So viele hätten hier nicht sinnlos sterben müssen.*

Er war die Berghänge hinaufgestürmt, die aus dem alten Meeresbett aufstiegen, und schließlich hatte er die beinahe luftleere Oberfläche New Scotlands erreicht. Ein einziger Gedanke verzehrte ihn. Er mußte es zu Ende bringen, selbst wenn es zu seinem Ende werden sollte.

Das Klingeln des Alarms ließ Lorens und Spillmans Köpfe herumfliegen. »Kontaktmeldung«, verlangte der

Landungsschiffskapitän. Der OrtungsTech antwortete sofort. »Mehrere EM-Impulse in zwölftausend Kilometer Entfernung von unserer momentanen Position. Stärke deutet auf drei große Sprungschiffe hin.« Die *Bull Run* hatte den Nadirsprungpunkt des Boltin-Systems erreicht und war von der *Kitsune-Doku* zur *Kobayashi* übergewechselt. Jetzt warteten sie auf den Sprung durch den Überraum.

Loren reckte sich und starrte auf den Sichtschirm, als könne er die Schiffe durch bloße Willensanstrengung sichtbar machen. »Klasse«, forderte Spillman.

»Zwei Silhouetten – entsprechend denen von Clan-Sprungschiffen der *Starlord*-Klasse. Das dritte ...« Der Offizier überprüfte die Daten. »Der Computer identifiziert es als Kampfraumschiff ... wahrscheinlich ein Zerstörer der *Lola-III*-Klasse.«

Spillman sah für einen Augenblick hinaus ins All, dann wandte er sich zu Loren um. »Nun, Laddie, scheint, daß unser Flug sich gelohnt hat. Sieht aus, als ob die Novakatzen uns verfolgen.«

Loren nickte. »Setzen Sie sich mit dem Kapitän der *Kobayashi* in Verbindung. Er soll uns so schnell wie möglich von hier weg bringen.«

»Okay, Sir, aber ist Ihnen klar, daß wir einen Fehlsprung oder das Durchschmelzen des Triebwerkskerns riskieren, wenn wir uns für den zweiten Sprung nicht genug Aufladezeit nehmen? Je länger wir warten, desto besser. Das ist der entscheidende Grundsatz.«

Loren schüttelte den Kopf. »Unglücklicherweise *kenne* ich die Probleme des Sprungschiffbetriebs. Aber in diesem Augenblick ist Major Mulvaney unterwegs nach Wayside V, wo Oberst Stirling und die anderen um ihr Leben kämpfen. Wir müssen das Risiko eingehen und die Sicherheitsbedenken zurückstellen, wenn wir noch eine Gelegenheit haben wollen, ihnen zu helfen. Außerdem will ich zurück sein, bevor all die Kätzchen eintreffen.«

45

Landungsschiff *Bonnie Prince Charles*,
am Piratensprungpunkt CEXC-0021-A.2122.97*,
Wayside V (Wildkatz)
Äußere Peripherie

6. August 3058

Irgend etwas stimmte nicht, stimmte ganz und gar nicht. »Wiederholen Sie die Position und Anzahl der Nebelparder-Kräfte«, befahl Major Chastity Mulvaney dem SensorTech, als die Brückencrew der *Bonnie Prince Charles* in plötzlicher Aufregung die ersten Sensordaten diskutierte, die sie von der Zielwelt erhalten hatten. In der Schwerelosigkeit der Schiffsbrücke hielt sie sich mit Hilfe der Haltegriffe in der Nähe der Kontrollen.

Der Techoffizier studierte die Daten genau. »Ich zeichne knapp einhundert Neutrinosignaturen von BattleMechreaktoren, konzentriert auf zwei Zonen. Einige sind offensichtlich beschädigt und wahrscheinlich nicht einsatzbereit, aber Sie sollten auf alles gefaßt sein. Die erste Konzentration befindet sich im Parder-Stützpunkt, die andere auf einem der Kontinentalsockel. Es herrscht reger Funkverkehr. Ich habe die Luft/Raumjägerbasis abgetastet, aber die scheint außer Betrieb zu sein – keine funktionstüchtigen Reaktoren, kein Anzeichen von Verteidigern.«

»Tod und Verdammnis!« brach es aus Mulvaney heraus. »Hundert Mechs! Das sind mindestens zwei Sternhaufen. Nein – eher eine ganze Galaxis.« Ihre Gedanken rasten, als sie die Zahlen verdaute und zu verstehen versuchte, was bei dieser Mission schiefgegangen sein konnte. »Wo sind die Fusiliers?« Sie konnte nicht – wollte nicht glauben, daß ihr Schwesterregiment vernichtet war.

»Bin schon dabei«, antwortete der SensorTech. »Da haben wir sie. Ich zeichne sie fünfundfünfzig K nordöstlich der Parder-Truppen. Den Karten nach, die wir aus den Satellitendaten erstellt haben, stehen sie kurz vor dem versteinerten Wald auf dem Kontinent, den wir New Scotland getauft haben.«

Chastity Mulvaney war klar, daß die Mission fehlgeschlagen sein mußte – äußerst fehlgeschlagen. In der Luftleere der alten Kontinentaloberflächen von Wayside V wurden MechKrieger und BattleMechs bis an die Grenzen der Belastbarkeit getrieben. Eine so große Einheit in solcher Nähe des Feindes auf einen Kontinent zu bewegen war dermaßen riskant, daß die Lage verzweifelt sein mußte. »Können wir Kontakt mit Oberst Stirling aufnehmen? Ist das Regimentsnetz in Betrieb?«

»Nein, Ma'am. Soweit wir es feststellen können, arbeitet ihr Kommnetz auf Bataillonsebene. Moment, hier kommt ein neues Signal – jemand, der uns noch nicht entdeckt hat.« Die Stimme des Ortungsoffiziers war angespannt. »Es ist ein Sprungschiff – Nein, dazu ist die Schubleistung zu – o mein Gott, Major, ich zeichne ein Clan-Kampfschiff. Zerstörer. *Essex*-Klasse!«

»Ein Zerstörer?« Mulvaney schien ebenso geschockt wie der junge Offizier, aber alles, woran sie denken konnte, war: Wo, zur Hölle, steckte Jaffray? Dank des Piratensprungpunkts waren sie nur zwei Flugtage vom Planeten entfernt, aber würde das genügen?

»Das ist noch nicht alles, Ma'am. Ich orte die Überreste von drei Fusiliers-Landungschiffen. Alle drei sind Wracks.«

»Was ist mit dem vierten Schiff?«

Der SensorTech schüttelte den Kopf. »Keine Spur von ihm, Major. Entweder es befindet sich außer Reichweite unserer Sensoren auf der anderen Seite des Planeten, oder das Kriegsschiff hat es vernichtet.« Das waren wirklich katastrophale Nachrichten. Schon der Verlust nur eines der Landungsschiffe, mit denen Stirling aufgebrochen war, konnte den Tod eines Drittels der Fusiliers oder mehr bedeuten.

Mulvaney starrte auf den Sichtschirm und versuchte, Haltung zu bewahren, während sie auf die in Grün-, Blau- und Weißtönen schillernde Kugel herabsah, die sich unter ihnen drehte. Die graubraunen Berge des Planeten reichten bis in die schwarze Leere des Alls, weit über die Atmosphäre hinaus.

Chastity streckte die Hand aus und aktivierte den Interkom. »Also schön, Leute. Unsere Mission hat sich soeben in eine Rettungs- und Evakuierungsaktion verwandelt. Alle hohen Offiziere melden sich in fünf Minuten im Bereitschaftsraum zur Planungsbesprechung. Alarmstufe Gelb für alle Einheiten.«

Sie nickte Skipper Andrew Defoe zu, der die Warnsirenen im gesamten Schiff aktivierte. »Bis zum Ende dieser Aktion herrscht Alarmbereitschaft.«

»Ma'am«, stieß der SensorTech aus und starrte ungläubig auf seinen Schirm. »Ich habe gerade einen EM-Impuls in unmittelbarer Nähe aufgefangen – etwa vierhundert Kilometer steuerbord voraus.«

»Sprungschiff«, stellte Kapitän Defoe gelassen fest. »Ich schlage vor, wir starten unsere Jäger.«

»Skipper, Major«, meldete der Ortungsoffizier. »Das Schiff verliert große Mengen Helium. Sieht nach einem Fehlsprung aus. Wahrscheinlich haben sie den gesamten Antriebskern verloren.«

»Ein Fehlsprung an einen Piratensprungpunkt, von dem nur wir etwas wissen?« murmelte Mulvaney nachdenklich. »Ortung, Identifikation des Schiffes.«

»Das Schiff ist die *Kobayashi*«, stellte der Tech mit offensichtlicher Erleichterung fest. »Eines der Fusiliers-Schiffe.« Er stockte und überprüfte seine Datenanzeige. »Sie transportiert ein einzelnes Landungsschiff... Das IFF-Transpondersignal ist das der *Bull Run*.« Es war, als wollte die gesamte Brückenmannschaft aufjauchzen, auch wenn niemand etwas sagte.

Plötzlich erwachte die Funkleitung der Schiffsbrücke mit einem Krachen zum Leben. Als sie die Stimme aus den Lautsprechern der *Bonnie Prince Charles* hörte, war Mulvaney erleichtert, doch nicht überrascht. »Achtung, 1. Bataillon, MacLeod's Highlanders, hier spricht Major Loren Jaffray, Stirling's Fusiliers.«

Sie unterdrückte ein Grinsen und aktivierte das Mikro in der Kommanlage neben sich. »*Bonnie Prince Charles* an *Bull Run*. Major Jaffray, wären Sie vielleicht so freundlich, mir mitzuteilen, was, in drei Teufels Namen, hier vorgeht?«

»Mit Vergnügen, Major Mulvaney. Ich habe unser Sprungschiff ausgebrannt, um rechtzeitig anzukommen. Ich hoffe nur, wir sind nicht zu spät für die Party.«

»Welche Party?«

»Für den Fall, daß Sie es noch nicht wissen, ich habe ein paar Gäste eingeladen. Ich wäre nicht einmal überrascht, wenn sie bereits irgendwo anders im System materialisiert wären.«

Mulvaney schaltete auf Bordinterkom um. »Achtung, hohe Offiziere. Die in fünf Minuten angesetzte Besprechung wird um zehn Minuten verschoben. Und die Getränke gehen auf die Rechnung der Kilsyth Guards.«

46

New Sherwood Forest, New Scotland,
Wayside V (Wildkatz)
Äußere Peripherie

8. August 3058

»Sie sollen alle wissen, daß Sie ausgezeichnete Arbeit geleistet haben«, teilte Oberst Andrea Stirling ihren Truppen aus dem Cockpit ihres *Großtitan* mit. Ihre verschlissene Streitmacht war auf etwas über ein Bataillon geschrumpft und hatte sich am Rand eines Gebietes versammelt, das vor langer Zeit einmal ein mächtiger Wald gewesen war, als es auf diesem Kontinent, dem sie den Namen New Scotland gegeben hatten, noch Leben gegeben hatte. Südlich ihrer Position und vielleicht zehn Kilometer entfernt standen die Einheiten der Nebelparder.

Die versteinerten Bäume waren riesig. Ein großer Teil von ihnen hatte einen Durchmesser von bis zu sechs Metern. Viele waren umgestürzt und formten natürliche Gassen für Feuer und Bewegung. Das Gelände ringsum war eine weite Ebene. Der äonenalte Wald bot die einzige echte Deckung im Umkreis von Kilometern.

»Die Parder sitzen jetzt schon über einen Tag da draußen, Ma'am. Sie stehen nur rum und beobachten uns. Was, zum Hades, haben sie vor?« fragte Major Blakadar aus seinem Mech.

»Ich an Devon Osis' Stelle würde das Gelände studieren«, gab Stirling zurück. »Die Umgebung erkunden und mir soviel Informationen über diesen Wald verschaffen wie möglich, bevor ich meine Truppen in den Kampf schicke. Ich versichere Ihnen, er sitzt nicht da draußen und schlottert vor Furcht. Er ist ein Nebelparder-Krieger – unser schlimmster Alptraum. Aber es gibt ein paar Faktoren, die zu unserem Vorteil arbeiten. Erstens ist dieses Gelände für die Parder ebenso tödlich wie für uns. Und dann ist da noch etwas, womit sie nicht gerechnet haben, etwas, worauf sie all ihre verdammte ClanKriegerausbildung nicht vorbereitet hat – die Tatsache, daß sie es mit den Northwind Highlanders zu tun haben.« Ein kurzer Jubel drang durch den Äther.

»Es geht darum, uns Zeit zu verschaffen, Leute«, ermahnte Kurt Blakadar. »Haltet euch an den Plan. Feuert entweder aus dem Wald auf sie oder lockt sie hinein. Laßt sie für diesen Kampf bezahlen, für jeden Meter, den sie vorrücken, mit ihrem Blut und ihrem Leben. Denkt daran, Mulvaney und ihre Leute müssen inzwischen eingetroffen sein. Wir brauchen ihnen nur ein Zeichen zu geben, wo wir zu finden sind.«

»Die Kilsyth Guards sind bereit«, meldete Jake Fuller. Die Guards bestanden zur Zeit nur noch aus fünf Mechs, den dreien vom Angriff auf die Flugbasis und denen der Commanders Uther und Amari.

»Black Adder Scout Drei«, ertönte eine andere Stimme aus den Lautsprechern der versammelten Highlander und machte die Anspannung greifbar. »Parder auf der Jagd. Sie kommen hierher. Anscheinend massiert. Bestätigung, alle Sterne sind in Bewegung.«

Stirling lächelte unter ihrem Neurohelm. »Es ist soweit, Lads 'n Lasses. In Feuerteams aufteilen und bereitmachen. Was auch immer sonst geschieht, heute werden wir sie alle zum Teufel schicken ...« Sie drehte den *Großtitan* um und trat in den Wald, in die Deckung eines gigantischen Baums aus massivem Felsgestein.

»Wir haben sie in ein paar Sekunden erreicht«, meldete Sterncolonel Patricia aus dem Cockpit ihres *Waldwolf*. In ihrer Stimme lag das Feuer der Kampfeslust. Ihre drei OmniMech-Binärsterne stürmten in perfekter Formation vor, geradewegs auf den versteinerten Wald zu. Sie hatte zunächst versucht, auf einen Ausbruchsversuch der Highlanders zu warten, aber als das keinen Erfolg gebracht hatte, war sie auf den direkten Angriff zurückgefallen.

»Binärstern *Flammentatze* befindet sich an ihrer entfernten östlichen Flanke, außerhalb ihrer Ortungsreichweite. Wir werden sie frontal angreifen, dann stürmt Flammentatze heran und löscht sie aus.« Ihr eigener Binärstern *Verschleierter Tod Alpha* befand sind in der Mitte der Formation, und sie stand zusammen mit Devon Osis in vorderster Reihe. An ihrer Westflanke befand sich Binärstern *Dolchstoß Beta. Dolchstoß* und *Verschleierter Tod* stürmten vor, während *Flammentatze* weit nach Osten zog, um in die Flanke der Fusiliers vorzustoßen und sie aus nächster Nähe mit vernichtender Gewalt aufzureiben.

»Überlaßt nichts dem Zufall. Und laßt kein Molekül dieser Fusiliers zurück«, knurrte Devon Osis aus dem Cockpit seines *Höhlenwolf.* »Unsere Mission ist die Vernichtung der verfluchten Novakatzen, nicht die Jagd nach dreckigen Söldner-Freigeburten. Wir haben jetzt schon zuviel Zeit mit ihnen verschwendet.« Er verzichtete darauf, den Verlust seiner Luft/Raumjäger zu erwähnen, oder wieviel mehr Zeit es sie noch kosten würde, den 101. Sternhaufen wiederaufzubauen.

»Sie werden für ihre Tollkühnheit teuer bezahlen, Galaxiscommander. Das versichere ich dir«, stellte Patricia fest.

Als die Krieger der Diana-Galaxis sich in den Angriff warfen, sah Devon Osis das Flackern und Blitzen der in der dünnen Atmosphäre schillernden Laserimpulse, die auf die wie Kinder hinter ihren versteinerten Stellungen kauernden Fusiliers zuschossen. Auch PPK-Salven und die Flammenzungen von Raketen donnerten aus den unaufhaltsam vorwärtspreschenden Reihen der Nebelparder-OmniMechs und verwüsteten das Gelände, von dem sich ihre Gegner Schutz versprachen. Das Gegenfeuer der Söldner war nicht annähernd so heftig, nahm dem Sturmlauf aber trotzdem etwas an Schwung, als einige der Parder-Mechs Treffer einstecken mußten.

Devon Osis heizte das Waffenmodul seines Mechs auf und suchte nach einem freien Ziel. Er sah mit Begeisterung zu, als ein Fusiliers-*Lindwurm* auf seinen Sprungdüsen aufstieg und von der PPK-Salve einer seiner vordersten Einheiten getroffen wurde. Der Schuß schlug ins Bein des *Lindwurm* ein und wirbelte den schlanken Mech um seine eigene Achse, während er mit einer wüsten Breitseite, die drei Parder-Mechs durchschüttelte, Laser und Kurzstreckenraketen abfeuerte. Durch den Angriff von ihrem Ehrenkodex befreit, eröffneten alle drei Parder das Feuer auf den Söldner-Mech, als er versuchte, wieder zu landen. Ihr Bombardement verzehrte den *Lindwurm* in einem Inferno von Lichtenergie.

Am Rand des versteinerten Waldes angekommen, öffnete Devon Osis eine Verbindung zu seinen Kriegern. »Diana-Galaxis, sie weichen zurück. Reißt ihnen das Herz heraus. Zeigt ihnen den Zorn des Nebelparders!« Raketen und Laserfeuer, das Toben und Wüten und Donnern des Kampfes brach rings um ihn herum aus.

Plötzlich drang kreischender Lärm aus seiner Kommleitung, ein trauriges Heulen, das ihm kalte Schauder über den Rücken jagte. Was war das? Musik? Das Klagen der Dudelsäcke? Die Taktik war primitiv, aber erfolgreich. Der Feind störte den Funkverkehr durch die Überlagerung mit Hintergrundlärm. Seine Sterncommander versuchten zwar, sich mit ihm in Verbindung zu setzen, aber das Jaulen und Winseln der Dudelsäcke in der Leitung machte es unmöglich, sie zu verstehen.

In diesem Augenblick schlug etwas mit einer Gewalt von hinten in Devon Osis' *Höhlenwolf* ein, daß es einen Teil der Rückenpanzerung absprengte und über Kopf und Kanzel des Mechs davonschleuderte. *Von hinten? Unmöglich!* Osis blickte aus dem Kanzeldach und sah ein Landungsschiff vorbeibrausen. Dann zeigte sein Sichtschirm die aus den offenen Hangartoren abspringenden BattleMechs. Die neu angekommenen Mechs nahmen seine Parder unter Beschuß, griffen sie an der rechten Flanke an und schnitten sie von der in Reserve gehaltenen *Flammentatze* ab.

»Hier spricht Major Chastity Mulvaney von MacLeods Regiment der Northwind Highlanders«, dröhnte eine Frauenstimme über die Leitung. »Legt die Waffen nieder, oder wir trampeln euch zu Schneckenschleim.«

»Das ist Mulvaney!« rief Kurt Blakadar über die Niederfrequenzverbindung, die immer dann zum Einsatz kam, wenn die Highlanders den feindlichen Funkverkehr störten.

»Rechte Flanke, Position halten«, befahl Cat Stirling. »Linke Flanke vorrücken auf vordere Gefechtspositionen und halten.« Ihre Finger schalteten wie im Flug durch die Kanäle, und sie setzte sich mit ihren Entsatztruppen in Verbindung. »Nett von Ihnen, mal vorbeizuschauen, Major Mulvaney.«

Sie feuerte eine Salve Kurzstreckenraketen ab, und erkannte schmerzhaft, wie gering ihre Munitionsvorräte waren. Ein ganzes Stück entfernt davon bekam ein Nebelparder-*Uller* die Hälfte der Salve ab und verlor an Panzerung, während er vorbeistürmte.

»Was für ein Einsatz«, gab Mulvaney zurück. »Ich stoße durch ihre Reihen, um zu Ihnen aufzuschließen.«

»In Ordnung.« Mulvaneys Truppe hatte einen momentanen Vorteil durch den Überraschungseffekt, aber der würde sie nicht vor dem Zorn des Parder-Sternhaufens schützen. Sie hob den Kopf, gerade als ein Lasertreffer von irgendwo auf dem Schlachtfeld eine Schmelzspur quer über den Torso ihres Mechs zog. Der plötzlich aufgerissene Rumpf des *Großtitan* entließ einen heftigen Druckluftstoß, der die zertrümmerte Panzerung von innen heraus wegschälte.

»Black Adders vorrücken. Wir müssen die Entsatztruppen hier zu uns rein holen, bevor sie geröstet werden. Feuerkorridor Bravo, Feuer frei.« Trotz der enormen Feuerkraft und tödlichen Treffsicherheit der Clan-Krieger blieben ihre Leute dem Gegner nichts schuldig.

»Major Jaffray läßt Grüße ausrichten«, rief Chastity Mulvaney beim Feuern.

»Er ist zurück?« Cat Stirling fühlte eine Woge der Erleichterung und Befriedigung.

»Ich kann jetzt nicht mehr sagen, Oberst. Aber er hat einen Plan.«

Loren Jaffrays zerbeulte OmniMechs gesellten sich fast beiläufig zur rechten Flanke der Parder-Einheiten. Seine Befehle waren klar und eindeutig: Keine Kontaktaufnahme mit Nebelparder-Truppen. Feuern, wenn die echten Clan-Einheiten in der direkten Umgebung von den Fusiliers oder Mulvaneys Truppen angegriffen werden, aber so, daß keiner der Schüsse trifft.

In der Verwirrung durch Chastity Mulvaneys Abwurf und dank der IFF-Transponder, die sie als Nebelparder identifizierten, hatte er seine kleine Truppe mitten in die Schlacht einschleichen können. Skipper Spillman hatte sie fast fünf Kilometer vom Schlachtfeld abgesetzt und mit einigem Zögern den Befehl akzeptiert, dort zu warten, für den Fall, daß Loren und seine Leute aus dem Kampf fliehen mußten.

Ihre Maschinen bestanden fast nur noch aus Ersatzteilen. McBrides *Geier* hatte mehr Panzerflicken als Originalpanzerung, und den beiden *Masakaris* Lorens und Commander Hectors fehlten Panzerplatten an mehreren Stellen, an denen sie keinen Ersatz hatten anbringen können. Kerndon hatte den *Schwarzfalke* mit Hilfe der restlichen Einheit soweit wieder instandgesetzt, daß er zumindest einen gewissen Drohwert besaß.

Selbst Sumpter Burkes *Sprinter* war dabei, wenn auch ohne seinen Piloten. Burke hatte sich ein schweres Fieber eingefangen, das sich in kürzester Zeit zu einer Lungenentzündung entwickelt hatte. Aber Loren brauchte den Mech. Schließlich war er gezwungen gewesen, Kapitän Mitchell Fraser zum MechKriegerdienst zu pressen. Als Tech war Fraser ein ausgebildeter Mechpilot, aber seine

Bordschützenfähigkeiten schienen eher zweifelhaft. Loren erinnerte sich an Frasers wohlformulierten Einwand, nachdem er ›freiwillig‹ für diese Mission gemeldet worden war: »Major, ich treffe kein Scheunentor, selbst wenn ich es mit der Geschützmündung berühre!«

Loren sah durch das Kanzeldach hoch in den sternenbedeckten Nachthimmel über Wayside V. In dieser Minute mußten die Novakatzen eintreffen, die Landungsschiffe waren bereit zum Alarmstart. *Sie werden den Planeten abtasten, die Nebelparder und die Fusiliers erkennen. Die Katzen werden keinen Deut um uns geben. Sie sind hier, um gegen den Parder zu kämpfen, und genau das werden sie tun.*

Eine neue Stimme drang über dem Lärm der Schlacht aus den Funklautsprechern. Loren erkannte sie sofort.

»Achtung, Galaxis Tau des Clans Nebelparder. Ich bin Sterncolonel Santin West von den Novakatzen. Erstarrt in Furcht, denn die Novakatze betritt das Schlachtfeld. Mit welchen Kräften verteidigt ihr diese Welt?«

47

New Sherwood Forest, New Scotland,
Wayside V (Wildkatz)
Äußere Peripherie

8. August 3058

»Sie ziehen sich zurück«, stellte Chastity Mulvaney über die Funkverbindung zu Cat Stirling fest. Sie konnte kaum fassen, daß die Parder-Einheiten sich plötzlich im vollen Rückzug auf eine Position knapp außer Reichweite der Fusiliers befanden. Sie hatte eine vorgeschobene Stellung hinter einem umgestürzten Felsbaum bezogen, der die untere Rumpfhälfte ihres *Marodeur II* schützte und von der aus sie den besten Ausblick auf die weite Ebene des Kontinentalhochlands von New Scotland hatte. Vielleicht fünfundzwanzig Meter vor ihr kam der Wald zu einem jähen Ende und öffnete sich in das Niemandsland, über das ihre Truppen nur Minuten zuvor herangestürmt waren. »Warum ziehen sie sich jetzt zurück, Oberst? Die Novakatzen sind noch längst nicht hier.«

»Sie betrachten uns als lästige Nebensache«, antwortete Cat Stirling. »Für sie sind die Novakatzen die wahre Bedrohung. Der Kampf gegen uns verspricht keinen Ruhm – wir sind nur ein Haufen Söldner.« Sie kam mit ihrem *Großtitan* hinüber zu Mulvaneys Mech. »Das verschafft uns etwas Zeit, unsere Verwundeten abzutransportieren. Ihr Landungsschiff steht inzwischen hinter unseren Linien. Wir werden einen Teil der Mechs hier rausschaffen. Je eine Lanze in Rotation, und wenn es nur ist, damit sie eine Chance bekommen, die Filter und Recyclingsysteme zu säubern.«

»Verstanden«, stimmte Mulvaney zu und gab die entsprechenden Befehle.

»So, und jetzt: Wo steckt mein Stellvertretender Regimentschef?« fragte Stirling streng.

»Er und seine Leute sind mitten zwischen den Nebelpardern, Oberst. Sie geben sich als Parderkrieger aus, um ihnen in den Rücken zu fallen – wenn der Zeitpunkt dafür gekommen ist.«

»Wenn die Novakatzen erst landen, wird sich dieses Schlachtfeld in einen Friedhof verwandeln. Ich hoffe bei Gott, er weiß, worauf er sich da eingelassen hat.«

»Sie können unmöglich jetzt hier auftauchen«, stellte Devon Osis bei sich fest. »Das ist Wahnsinn, blanker Wahnsinn.« Sein OmniMech stand in der vordersten Linie der Parder-Positionen und blickte hinüber zu den fernen Highlanders – aber er war außer Reichweite ihrer Waffen. Er kochte vor Wut, aber gleichzeitig fühlte er eine plötzliche Angst – Angst davor, Khan Lincoln Osis gegenübertreten und ihm melden zu müssen, was vorgefallen war.

Devon Osis öffnete eine Kommunikatorverbindung zu dem Novakatzen-Sterncolonel, der ihn herausgefordert hatte. »Deine Seher und Orakel können dir jetzt nicht mehr helfen, Santin West. Im Namen von Khan Lincoln Osis von den Nebelpardern werde ich, Devon Osis, Kommandeur der Galaxis Tau, diese Welt mit allen Kräften verteidigen, die ich befehlige: zweieinhalb Sternhaufen der besten Krieger Clan Nebelparders – wahrgeboren allesamt. Wir sind bereit, wann immer ihr es seid, aber vorher solltet ihr noch eure dummen kleinen Gebete sprechen und euch auf den Tod vorbereiten.«

Santin West lachte heiser. »Ich werde dich hier und jetzt zerfleischen, mit der Wildheit, die nur mein Clan in die Schlacht tragen kann. Und du wirst lernen, was es kostet, die Novakatze zu verärgern. Du hast dir deinen Untergang selbst zuzuschreiben.«

Verwirrt zögerte Osis mit seiner Antwort. »Du bist es, der diesen Kampf über sich selbst bringt. Und ich werde Galaxis Tau und diesen Planeten mit allem verteidigen, was mir zu Gebote steht, zwei verstärkten Sternhaufen der besten Krieger, die Clan Nebelparder je erschuf –

Wahrgeborene bis zum letzten Mann, bis zur letzten Frau. Ein Sternhaufen steht hier an meiner Seite, während meine restlichen Truppen an unserem Stützpunkt siebenhundert Kilometer von hier darauf warten, euch vom Leben in den Tod zu befördern. Wenn du den Mut hast, stelle dich mir und laß sehen, was hinter deinen Prahlereien steckt.«

»Wir haben eine weitere Einheit in der Nähe deiner Stellung geortet. Ist sie Teil deines Verteidigungsgebots?« fragte Santin West.

»Neg, sie sind ohne Bedeutung für euch. Es handelt sich um Söldner aus der Inneren Sphäre. Wenn ich mit dir fertig bin, werde ich sie zerquetschen.«

»Werden sie sich nicht einmischen?«

»Vergiß sie, Santin West. Sie sind bereits tot. Beeile dich. Ich verspreche dir ein schnelles Ende.«

»Darf ich annehmen, daß du als Austragungsort die Position wählst, an der sich deine Truppen derzeit aufhalten?«

»Positiv«, bestätigte Osis verächtlich. Ein Sterncolonel wie Santin West konnte nicht mehr als einen einzelnen Sternhaufen befehligen und war daher einer ganzen Galaxis kaum gewachsen.

»Galaxiscommander Devon Osis von den Pardern«, drang Santin Wests Stimme aus den Lautsprechern. »Du prahlst und bietest wie eine Freigeburt, in der Hoffnung, mich mit deiner Ehrlosigkeit zu besudeln. Ich fürchte dich nicht und akzeptiere dein Gebot.«

»Gut gehandelt und akzeptiert«, antwortete Devon Osis und sonnte sich bereits im bevorstehenden Untergang des Novakatzen-Sternhaufens.

»Neg«, unterbrach ihn West. »Du weißt nicht, daß mir der zeitweilige Befehl über einen zusätzlichen Sternhaufen übertragen wurde. Wenn du glaubst, mich mit einer Überzahl von Kriegern erdrücken zu können, Devon Osis, hast du dich getäuscht.« Wieder erklang dasselbe kalte Lachen. »Schlecht gehandelt und akzeptiert.«

»Wann greifen wir an, Sir?« fragte Mitchell Fraser Loren im Flüsterton über die Niederfrequenzverbindung.

»Weiß ich noch nicht, aber wenn der Zeitpunkt gekommen ist, werden wir es wissen. Wenn der Oberst ihre Sache gut macht, wird sie die Seiten gegeneinander ausspielen, und wir räumen hinterher mit den Überlebenden auf.«

»Ich habe das vorher noch nicht gefragt, aber wie sollen unsere Truppen uns von den echten Nebelpardern unterscheiden können? Für ihre Sensoren gibt es keinen Unterschied.«

»Sie können uns nicht unterscheiden. Deswegen müssen wir sehr vorsichtig operieren, Mitch.«

Die Novakatzen-Landungsschiffe hatten einen Kilometer westlich des Schlachtfelds aufgesetzt, und ihre Mechs rückten wie eine römische Legion an, bis sie unmittelbar vor den Nebelpardern standen. Es begann wie ein Sommergewitter auf dem hunderte Lichtjahre entfernten Northwind. Es war unmöglich festzustellen, wer den ersten Schuß abgegeben hatte, aber das schien auch nicht von Bedeutung. Beide Seiten schleuderten ihrem Gegner augenblicklich einen Feuerwall aus AK-Granaten, Laserbahnen, PPK-Blitzen, Gausskugeln und Raketen entgegen. Es war ein überwältigendes Feuerwerk, das sich grell vor der Nacht abzeichnete, die sich soeben über das Land senkte. Loren und die anderen ließen sich etwas zurückfallen. Ihre Zeit war noch nicht gekommen.

»Heiliger Krautstrunk!« fluchte Jake Fuller, als er das Armaggedon beobachtete, das einige Kilometer entfernt auf dem öden Staub der Kontinentalebene tobte. Die blauen Lichtbögen der PPKs und das rote und grüne Zucken der Laser hüllte die Schlacht in einen gespenstischen Lichtschein, eine glühende Aura des Todes und der Vernichtung. Von seiner Position fast fünfzig Meter hinter dem Waldrand aus war das Schauspiel der entfesselten Gewalten ebenso ehrfurchtgebietend wie schillernd.

Oberst Stirling nahm Verbindung zu ihm auf. »Major Fuller, beobachten Sie die Fernortung. Ich möchte, daß Sie und Kapitän Lovat ein Auge darauf halten, welche Seite gewinnt und wann das erkennbar wird. Unsere Arbeit ist es, den Kampf so lange wie möglich unentschieden zu halten, wenn es geht, bis sie sich gegenseitig zurück in die Eiszeit geprügelt haben. Wir werden sie gegeneinander hetzen. Sobald eine Seite die Oberhand gewinnt, nehmen wir sie aus der Entfernung unter Beschuß und hämmern auf sie ein, bis die andere Seite wieder eine Chance hat.«

»In Ordnung, Ma'am.«

»Major Mulvaney, zeichnen Sie dasselbe, was ich hier sehe?«

»Scheint, daß die Novakatzen durch die Parderlinien brechen und sie einschließen, Oberst. Und dabei drehen sie uns die Flanke und den Rücken zu.«

»Genau das sehe ich auch«, bestätigte Fuller. »Cat Eins von Guards Eins, die Novakatzen gewinnen die Oberhand.«

»Dann wird es Zeit, einzugreifen«, stellte Cat Stirling fest. Auf ihr Zeichen stürmte die vereinte Streitmacht der Northwind Highlanders vor, bis beide verfeindeten Clans in Geschützreichweite waren. »Bis zu einem anderweitigen Befehl das Feuer auf die Novakatzen konzentrieren.« Langstreckenraketen, PPKs und Gaussgeschütze feuerten, schlugen in die Flanke des 179. Novakatzen-Sternhaufens ein, sprengten Panzerplatten von den Mechs und zwangen die Clanner zurück.

»Major!« schrie Mitch Fraser panisch aus seinem *Sprinter*, der – von einem Novakatzen-*Fenris* verfolgt – den äußeren Rand des Schlachtfelds entlang hastete, und der vergeblich versuchte, mit seinen Schüssen die letzten Reste der Rückenpanzerung zu durchbrechen. Der Lärm der Schlacht war in der extrem dünnen Atmosphäre stark gedämpft, aber das Feuerwerk der Schußwechsel strahlte atemberaubend. Die Novakatzen waren ins Zentrum der Nebelparder-Stellungen eingebrochen, wo sich Loren und seine kleine Gruppe versteckt hatten. Sie hatten die anderen Parder-Mechs umgangen und waren so zu einer Gefahr für Mitch und die übrigen geworden.

Loren konnte nicht schnell genug eingreifen, aber für Greg Hector galt das glücklicherweise nicht. Der Commander feuerte beide PPKs gleichzeitig und traf mit beiden Schüssen die Beine des *Fenris*. Ein Treffer zerstörte nur Panzerung, aber der andere zerfetzte das Hüftgelenk und schleuderte den Novakatzen-Mech nach vorne auf den Boden.

Aus dem Augenwinkel sah Loren plötzlich Kerndons *Schwarzfalke* auftauchen und sich mit einem *Thor* prügeln. Die Bauweise des gedrungenen *Schwarzfalke* ließ alle seine Hiebe zu Tiefschlägen werden, und zwischen jedem Schwinger blitzten Kerndons Laser auf und brannten sich in die aufgeschlagenen Breschen. Die beiden Clan-Armeen hieben aus nächster Nähe aufeinander ein. Die Luft war erfüllt von Feuer. Loren hatte sich immer gefragt, wie ein Großes Gestampfe der Clans wohl aussah. Jetzt wußte er es.

Aus ihrem Mech am Rand von New Sherwood studierte Cat Stirling mit Aufmerksamkeit den Verlauf der am äußersten Rand ihrer Waffenreichweite tobenden Kämpfe. Das Geschehen verlagerte sich rapide und dramatisch, als die Parder neuen Aufwind spürten. Sie brachte ihren *Großtitan* näher ans Geschehen und eröffnete mit den schweren Impulslasern das Feuer, als Jake Fuller ihr mitteilte, daß das Kriegsglück sich wendete. Wenn eine der beiden Seiten zu früh einen klaren Sieg errang, war damit zu rechnen, daß sie sich auf die Fusiliers stürzten.

»Cat Eins an Fusiliers, Feuer auf die Parder verlagern«, gab Stirling durch, dann fügte sie hinzu: »Major Mulvaney, halten Sie sich bereit.« Stirling war vorgerückt, aber Mulvaney befand sich noch etwas weiter hinten.

Ein vogelähnlicher Parder-*Geier* blieb plötzlich stehen und feuerte zwei Langstrecken-Raketensalven auf sie ab, die ihren *Großtitan* verwüsteten und einige tiefe Löcher in seiner Panzerung aufrissen. Sie hörte ein dumpfes Knallen, als der rechte Arm den Druck verlor und eine Gaswolke in die Nacht versprühte. Die Anzeigelämpchen auf der Geschützkonsole wechselten nach Gelb, dann nach Rot. Sämtliche Waffen an diesem Arm waren verloren.

»Tod und Teufel …«, fluchte sie und feuerte mit allem, was ihr noch zur Verfügung stand, auf den Nebelparder, der ihre Maschine so zugerichtet hatte.

Eine tiefhängende Qualmwolke driftete über Lorens Sichtschirm, als er mehrmals kurz hintereinander auf den Sekundärschirm sah und Oberst Stirlings Strategie erfaßte. Sie spielte beide Seiten gegeneinander aus, indem sie beide unter Feuer nahm. Mit Mulvaneys Truppen in Reserve konnte sie so dafür sorgen, daß keiner der beiden Clans die Oberhand gewann und sie sich immer weiter gegenseitig schwächten.

Er beobachtete einen Schwarm Elementare, die sich ihm von der Seite näherten und vier Parder-Mechs mit ihren tödlichen Raketenangriffen unter Beschuß nahmen. Anschließend kletterten die gepanzerten Infanteristen an den Maschinen empor und versuchten, die Pilotenkanzeln aufzubrechen. Zwei von den Pardern schafften es, sie abzuschütteln und töteten mehrere der Kröten in einem Feuersturm aus Laserimpulsen aus nächster Nähe, als diese sich zu einem erneuten Angriff sammelten. Aus einem der anderen Cockpits brach mit explosiver Gewalt die Luft aus, dann wurde die Kanzel dunkel. Der Krieger im Innern hatte keine Chance.

Eine tiefschwarze Kröte, die Panzerung glänzend, fast diabolisch, stieg nicht weit entfernt in die Höhe. Santin

West, sagte Loren sich. Er mußte es sein. West war der einzige Elementar in tiefschwarzer Rüstung, den er bei seinen Begegnungen mit den Novakatzen getroffen hatte. Er sah zu, wie der Elementar auf dem Rumpf eines umgestürzten *Katamaran* landete und von dessen Raketenlafette Ausschau nach einem neuen Opfer hielt.

Loren drehte den Mechtorso in Richtung der Novakatze, als plötzlich ein anderer Mech zwischen sie trat. Es war einer der schwersten OmniMechs überhaupt – ein 100-Tonnen-*Daishi*. Sein wuchtiger Rumpf war mit Kratern und Rissen übersät. Drei in der Nähe befindliche Kröten feuerten auf den Omni, aber die auf seiner erstaunlich dicken Panzerung zerplatzenden Raketen schienen ihn bestenfalls zu ärgern. Ohne sich umzudrehen, streckte er den Mecharm aus und feuerte auf die Novakatzen-Elementare. Zwei von ihnen warfen sich in Deckung, der dritte überlebte es nicht.

Eine Stimme dröhnte aus den Lautsprechern. »Santin West, ich bin Devon Osis« verkündete der Pilot des *Daishi*. »Mach dich bereit, vor die Kerenskys zu treten.«

48

**Außerhalb des New Sherwood Forest,
New Scotland, Wayside V (Wildkatz)
Äußere Peripherie**

8. August 3058

Loren verlor keine Sekunde, als er Santin Wests glänzendschwarzen Krötenpanzer inmitten der Schlacht zwischen den beiden Clanheeren vor der Vernichtung stehen sah. »Jaffray an Guards. Feuer frei auf die Parder. Stellt euch hinter die größten Brocken, die ihr finden könnt, und macht sie fertig!«

Er heizte die PPKs seines *Masakari* auf, und Santin West schleuderte dem gigantischen *Daishi* eine Salve Kurzstreckenraketen entgegen. Dann sah Loren ihn von seinem Aussichtspunkt auf dem Wrack des *Katamaran* springen und Deckung suchen. Devon Osis, dessen Mech durch ein ›T‹-Symbol unter drei roten Sternen eindeutig identifiziert wurde, bewegte seinen gigantischen Kampfkoloß ein Stück vor und richtete dessen tödliches Waffenarsenal auf den winzigen Elementar. Als Loren West hilflos im Fadenkreuz des Mechs sah, senkte er das Fadenkreuz über die dünne Rückenpanzerung des *Daishi* und schlug mit der geballten Feuerkraft seiner Partikelkanonen zu.

Loren und Devon Osis feuerten ihre Geschütze gleichzeitig ab. Zwei von Lorens PPK-Schüssen durchbrachen die schwache Rückenpanzerung des *Daishi* und schlugen bis in den Fusionsreaktor im Herzen des OmniMechs durch. Die gewaltigen statischen Entladungen der Treffer tanzten in das Gehäuse der Kreiselstabilisatoren, zertrümmerten einen Wärmetauscher und bohrten sich schließlich in das Atomaggregat selbst.

Der dritte PPK-Treffer bohrte sich von hinten in den Kopf des *Daishi.* Im selben Augenblick entlud sich Devon Osis' Todessalve. Aber die Wucht von Lorens

Angriff mußte die Zielerfassung des Mechs beeinträchtigt haben. Der für Santin West gedachte Feuersturm schlug zehn Meter neben ihm in den Boden ein und riß einen riesigen Krater in die leblose Oberfläche von Wayside V.

»Sterncolonel Loren«, funkte Santin West, und in seiner Stimme lag der Schock über das, was er gesehen hatte, ein Nebelparder, der auf ein anderes Mitglied seines Clans schoß.

»Nein«, antwortete Loren, drehte den Mechtorso und feuerte den letzten Pack Langstreckenraketen seines Munitionsvorrats auf einen vorbeistürmenden Nebelparder-*Fenris* ab. »In Wirklichkeit bin ich Major Loren Jaffray von Stirling's Fusiliers.« Plötzlich traten zwei Parder-Mechs zwischen ihn und West, und jeweils eine der Maschinen nahm sie beide unter Feuer. Die Zeit des Redens war vorbei. Beide Krieger brachen den Funkkontakt ab und konzentrierten sich auf ihre Verteidigung.

Mit dem Mord am Galaxiscommander der Nebelparder war Lorens Tarnung aufgeflogen, ebenso wie die der übrigen falschen Parder, als sie das Feuer auf die echten Clanner eröffnet hatten. Plötzlich betrachteten beide Seiten Loren und seine Leute als legitime Angriffsziele.

»Jaffray an alle«, rief er. »Zieht euch nach Osten zurück, so schnell ihr könnt. Reißt die Transponder raus! Machen wir, daß wir hier wegkommen, Fusiliers!«

»Major Mulvaney, schaffen Sie pronto eine Kompanie hierher«, rief Cat Stirling über die Funkleitung und bewegte den *Großtitan* aus dem Schutz des Waldrands nach Süden auf die Schlacht zwischen den Clannern zu. Soweit sie es sehen konnte, schienen die Clans jetzt völlig die Beherrschung verloren zu haben. Ihre Krieger warfen sich im wahrsten Sinne des Wortes in ein kleines Gebiet des Schlachtfelds, in dem Hiebe, Tritte und Nahbereichswaffen regierten. Es war eine gewaltige Mechprügelei, wie sie noch nie eine gesehen hatte. Sie brachte ihren überschweren Kampfkoloß fünfzig Meter weiter nach vorne, dann schlug eine Gausskugel in dessen linken Unterschenkel ein, zerbeulte die Panzerung und warf sie beinahe zu Boden. Diese Schlacht war ein bösartiges Geschwür auf dem Angesicht des Planeten, eine Orgie von Tod und Vernichtung.

Und Loren Jaffray war irgendwo mittendrin.

Als Mulvaneys BattleMechkompanie aus dem New Sherwood Forest stürmte, lief sie geradewegs in einen Feuerhagel aus den Waffen der Nebelparder und Novakatzen. Innerhalb von Sekunden war eine Lanze leichter Highlander-Mechs vernichtet oder wirksam zum Stehen gebracht, aus Angst vor dem sicheren Tod nicht bereit, einen Schritt weiterzugehen. Der Rest der Mechkompanie suchte Deckung und trug seinen Teil zu der Zerstörung bei, indem er das Schlachtfeld mit Raketen und PPK-Feuer eindeckte.

»Nichts zu machen, Ma'am«, erklärte Mulvaney über Funk. »Wir kommen nicht nahe genug ran, um etwas auszurichten. Die Parder halten uns mit ihrem Gegenfeuer effektiv aus dem Rennen.« Enttäuschung und Wut lagen in ihrer Stimme, und ihr *Marodeur II* feuerte aus beiden PPKs in das Getümmel. Zwei ihrer Mechs, ein *Katapult* und ein *Zyklop*, gingen unter einem Hagel von Gausskugeln und ER-Partikelstrahlen zerschlagen und verschmort zu Boden.

»Wir müssen einen Weg finden, Jaffray und seine Leute dort rauszuholen«, sagte Stirling.

Loren Jaffray stellte sich mit seinem *Masakari* über Mitch Frasers am Boden liegenden *Sprinter* und feuerte mit der PPK auf den Nebelparder-*Uller*, der Mitch abgeschossen hatte. Loren und seine Gefährten hatten sich langsam auf den jüngsten Novakatzen-Angriff am äußersten östlichen Rand des Schlachtfeldes vorgearbeitet. Sie hatten um jeden Meter Boden kämpfen müssen. Zwei der Novakatzen waren unterlegen, aber im Verlauf dieser

Feuerwechsel war Mitchs BattleMech Kühlmittel sprühend in einer Wolke von Staub und Dreck umgekippt.

Auf kürzeste Distanz abgefeuert überlud der Rückschlag des Schusses die Partikelkanone und zerschmolz sie zu einem wertlosen Klumpen Metall. Aber er hatte getroffen und traf den *Uller* in der Beuge seines Mecharms, gerade als Greg Hectors *Masakari* ihn passierte. Die Novakatzen-Mech wurde von dem Treffer aufgerissen und kippte weg wie eine Stoffpuppe, während Mitch seinen zerbeulten OmniMech mühsam wieder aufrichtete.

Plötzlich fühlte Loren den *Masakari* unter einer furchtbaren Explosion erzittern. Er stürzte nach vorne und schlug mit einer solchen Wucht auf, daß Loren glaubte, der Mech müsse um ihn herum auseinanderfallen. In seinen Ohren brummte es, und als er versuchte, sich auf die Kontrollen zu konzentrieren, zog sich sein Gesichtsfeld zu einem immer enger werdenden Tunnel zusammen. Blut strömte aus seiner Nase und verschmierte die Sichtscheibe des Neurohelms. Warnlichter, rote Blinksignale, sein ganzer Mech schien auszufallen. Etwas explodierte knapp vor ihm im Innern des Cockpits, aber er bewegte sich nicht, auch nicht, als die Energieentladung ihm Arm und Hand versengte. Er konnte sich nicht bewegen. Der Tunnel, in den er zu stürzen schien, wurde enger und enger, bis er keine Kraft mehr hatte zu widerstehen. Als es schwarz um ihn wurde, hörte er Mitch seinen Namen rufen.

Der Lichtschein am Horizont wurde heller, als Major Cullen Craig seinen *Victor* beschleunigte und über den puderfeinen Staub auf der Kontinentalplatte New Scotlands trabte. Er lief nach Norden, den Spuren nach, die erst die Highlanders und später ihre Parder-Verfolger zurückgelassen hatten. Er erreichte einen Hügel und blieb stehen, starrte auf die Schlacht, die vor ihm tobte. Es war ein ungeheuerlicher, beinahe diabolischer Anblick.

Er tastete die Mechs aus einer Entfernung von fast zwei Kilometern ab. Ein *Kampfdämon* – die Nebelparder. Dann erfaßten seine Sensoren eine *Supernova*. Seine erste Reaktion war Unglaube – die *Supernova* war ein Novakatzen-Mech. Dann traf ihn die Wahrheit wie ein Schlag ins Gesicht.

Loren Jaffray war zurückgekommen. Sein Plan hatte funktioniert. Cullen Craig saß im Cockpit seines *Victor*, stumm, reglos, unfähig, seinen Mech zu bewegen. Einerseits war er froh, daß er das Fiasko seiner gescheiterten Hinhalteaktion überlebt hatte und es für die Fusiliers immer noch eine Chance gab, von Wayside V zu entkommen. Aber gleichzeitig brannte er innerlich und seine Eingeweide verknoteten sich in der Erkenntnis, daß er sich in Loren Jaffray geirrt hatte.

»Greg, Sie und Kerndon geben mir Deckung!« befahl Mitch Fraser in einem Ton, den er nur äußerst selten anschlug. Was von Trisha McBrides *Geier* noch übrig war, trat aus dem Schlachtgetümmel und blieb neben Jaffrays gestürztem *Masakari* stehen. Fraser senkte die Waffen und feuerte, als Kerndon und Hector sich links und rechts von Loren aufbauten, um seinen am Boden liegenden Mech zu verteidigen.

»Cat Eins«, bellte Mitchell über die Notfrequenz, damit alle ihn hören konnten. »Wir müssen sofort hier raus. Major Jaffray ist getroffen. Cat Eins, ich wiederhole. Wir brauchen Hilfe ...«

Plötzlich zog ein Schatten über das Schlachtfeld und senkte sich über Mitch Fraser und seine Kameraden. Mitch hob zögernd die Augen zum Kanzeldach, entsetzt von der Vorstellung, den Zerstörer über sich hängen zu sehen.

Statt dessen sah er den glatten, eiförmigen Rumpf der *Bull Run*. Ihre Geschütztürme nahmen Novakatzen und Nebelparder gleichermaßen unter Beschuß, als das Schiff mitten im Schlachtfeld aufsetzte, in einem gigantischen, von den sonnenhell lodernden Fusionstriebwerken aufgerissenen Krater. Die Hangartore waren offen, die Rampe ausgefahren, und Mitch brauchte keine schriftliche Einladung.

»Highlander!« brüllte er ins Mikro seines Neurohelms. »Weg hier!« Kerndon und Hector packten Lorens gestürzten *Masakari* und schleppten ihn buchstäblich unter einem Hagel von Feindfeuer in das Landungsschiff.

Oberst Andrea Stirling beobachtete mit offenem Mund, wie die *Bull Run* über dem Kampfgebiet niederging. Sie ragte weit über die Schlacht zwischen Katzen und Pardern auf, ein nicht zu verfehlendes Ziel, auf das beide Seiten ihre Waffen richteten. Sie öffnete eine Funkverbindung zum Schiff und stellte zu ihrer Überraschung fest, daß sie direkt mit Kapitän Spillman sprach.

»Skipper Spillman, was machen Sie da?«

»Was Sie nicht können, ich rette die Lads und Lassies.«

»Verschwinden Sie – das ist ein Befehl!« bellte Stirling. Sie brauchte das Schiff. Sie hatten in diesem Kampf schon zu hohe Verluste erlitten.

»Ein Befehl?« fragte Spillman. »Wird ohnehin Zeit, daß ich mal wieder einen ignoriere. Sonst komm ich noch aus der Übung.« Keine zwei Minuten später feuerten die Fusionstriebwerke der *Bull Run* erneut und hoben sie ebenso elegant ins All, wie sie sich in die Schlacht gesenkt hatte.

Die Schlacht tobte noch weitere fünfundzwanzig Minuten, und beide Clans zeigten keine Gnade. Oberst Stirling hielt ihre am Rand des versteinerten Waldes eingegrabenen Truppen zurück und wartete auf den Ausgang des Kampfes. Jetzt zahlten sich ihre früheren Anstrengungen, den Kampf im Gleichgewicht zu halten, aus. Am Ende des Gefechts standen nur noch etwa fünfzehn OmniMechs und nicht einmal so viele Elementare auf den Beinen. Und diese wenigen waren furchtbar zugerichtet, ein deutliches Indiz für die Härte der Schlacht, die sie durchgestanden hatten. Der Qualm und Dunst der Schlacht machte es schwer, genaues zu erkennen, aber ihre Fernortung zeigte, daß die Novakatzen gesiegt hatten. Es war nicht ein überlebender Nebelparder zu finden. Sie hatten bis zum Tod gekämpft.

Trotz der grausamen Schlacht, die sie gerade erst beendet hatten, nahmen die Katzen schnell Aufstellung für einen Angriff auf New Sherwood, falls sie den Befehl erhielten. Stirling beobachtete sie und war beeindruckt von ihrer Zähigkeit. Das respektierte sie an den Clans. Soweit es sie betraf, war es dieselbe Qualität, die sie und ihre Leute zu echten Highlanders machte.

Die Stimme des Novakatzen-Kommandeurs drang laut und klar aus den Lautsprechern. »Ich bin Sterncolonel Santin West vom Kreis der Macht, Galaxis Sigma der Novakatzen.« Er machte eine Pause, wie um sich zu sammeln oder seine Beherrschung nicht zu verlieren. Es war deutlich zu hören, daß ihm die Worte schwerfielen. »Ich wünsche mit dem Mann namens Loren Jaffray zu sprechen.«

»Hier ist Oberst Stirling von den Northwest Highlanders«, antwortete Cat Stirling steif. »Ich kann deinen Wunsch nicht erfüllen. Major Jaffray wurde verwundet.«

Santin West machte erneut eine Pause. »Wir haben den Parder in seinem eigenen Spiel besiegt. Die Nebelparder-Basis ist an den Sternhaufen gefallen, den ich als Teil meines Gebots dort abgeworfen habe. Auch unsere Kampfschiffe haben miteinander gefochten, und trotz hoher Verluste haben wir ihr Schiff zerstört. An diesem Tag, auf dieser Welt, heult die Novakatze ihren Sieg über die Toten in die Nacht.«

Stirling war sich nicht sicher, was sie von dieser Erklärung halten sollte, aber sie befürchtete, daß es sich um eine Vorschau auf die Zukunft handelte ... auf eine weitere Schlacht.

»Dein Jaffray, er hat uns bewußt hierher gelockt, frapos?«

»Ja, ich habe ihn losgeschickt, euch aufzuspüren und hierher zu locken, damit ihr gegen die Parder kämpft. Es war der einzige Weg, unser Regiment zu retten.«

»Major Jaffrays Aktionen verletzen unseren Ehrenkodex. Hinterlist gehört nicht zu den Waffen, die ein wahrer Krieger in die Schlacht trägt.«

»Würdest du sagen, daß er mutig gekämpft hat, Sterncolonel?«

»Positiv. Ich hatte zu keiner Zeit das Gefühl, gegen einen anderen Gegner als einen echten Nebelparder zu kämpfen.«

»Dann ist deine Ehre unverletzt.«

West antwortete zunächst nicht, und Cat Stirling fragte sich, ob sie ihn provoziert hatte. »Und du, Oberst«, stellte er schließlich fest. »Du verkündest deine Taten ohne Furcht – das Zeichen einer wahren Kriegerin. Das hatte ich von dir nicht erwartet.«

»Was bedeutet das jetzt für uns?« fragte Stirling und betrachtete die in Schlachtreihe aufgebauten Novakatzen-Mechs.

»Der Sieg, den ich hier errungen habe, ist durch deine Taten in Frage gestellt, Oberst«, antwortete West ruhig. »Und das zwingt mich, eure Vernichtung in Betracht zu ziehen, die wahrscheinlich auch mein Ende wäre. Deine Sensoren haben dir ohne Zweifel gezeigt, welche schweren Verluste wir hier erlitten haben. Ich sehe mich in die Enge gedrängt, gezwungen mich zu entscheiden, ob ich dich abziehen lasse oder in einem letzten Gefecht gegen dich in den Tod gehe.«

Stirling lächelte. »Man nennt mich nicht umsonst ›Cat‹, Sterncolonel.«

Diesmal dauerte das Schweigen auf der Gegenseite noch länger. Andrea Stirling fragte sich erneut, ob sie den Novakatzen-Kommandeur möglicherweise verärgert hatte, oder ob dieser gesamte Wortwechsel vielleicht nur eine Finte war, um sie abzulenken. Sie überprüfte die Nahortung, um sicherzugehen, daß die Novakatzen ihre Truppen nicht umstellten. Schließlich durchbrach sie die Stille. »Also, Sterncolonel. Hast du deine Entscheidung gefällt?«

»Man nennt dich ›Cat‹, die Katze, frapos?« fragte er.

»Ja, das stimmt«, gab sie zurück.

»Dein Major Jaffray hat mir das Leben gerettet, Major Stirling. Als Novakatzen-Krieger messe ich dieser Handlungsweise einen hohen Wert zu. Es heißt, wenn ein Krieger einem anderen das Leben rettet, verbinden sich ihre Seelen – selbst wenn einer von ihnen eine Freigeburt und der andere wahrgeboren ist. Um dich zu besiegen, wäre ich gezwungen, ihn zu töten. Dabei würde ich auch meine Seele in Gefahr bringen. Daher verspüre ich nicht den Wunsch, diesen Kampf fortzusetzen. Es ist zu keiner Zeit zu einem Bieten gegen euch Fusiliers gekommen, und ein derartiger Kampf wäre Verschwendung – etwas, das ich nicht tolerieren kann. Die Angelegenheit ist abgeschlossen.«

»Das war's?«

»Pos. Ich werde meine Kräfte abziehen – für dieses Mal. Denke daran, daß der Geist der Novakatze von diesem Ort und seiner Bedeutung weiß. Im Augenblick sehe ich keinen Grund, an diesem öden Felsbrocken festzuhalten. Sollte sich das ändern, kannst du sicher sein, daß ich nicht zögern werde, auf diese Welt zurückzukehren und sie dir abzunehmen, gleichgültig, wie hoch der Preis dafür ist.«

»Daran, Sterncolonel«, antwortete Cat Stirling, »habe ich keinen Zweifel.«

»Gut gehandelt und akzeptiert«, sagte Sterncolonel Santin West. Dann verstummten die Lautsprecher.

EPILOG

Planetares Kommando der VSDK, Wayside V
Äußere Peripherie

9. September 3058

Sho-sa Elden Parkensen blickte stolz auf das rote Banner, das über dem draconischen Hauptquartier auf Wayside V aufgezogen wurde. Das Fahnentuch wurde von der leichten Brise erfaßt und öffnete sich. Das schwarze Drachen-Mon des Draconis-Kombinats hing deutlich sichtbar über dem Befehlsstand. Wenige Meter neben ihm salutierte auch Oberst Andrea Stirling, wenn er sich auch sicher war, daß ihr Gruß mehr dem kleineren Banner ihres Regiments galt, das unter der Fahne des Kombinats hing.

Cat Stirling war mit einer kleinen Garnisonseinheit aus Mitgliedern von Mulvaneys und ihrer eigenen Truppe hier geblieben, um auf die Ankunft der permanenten draconischen Garnison zu warten. Der Wiederaufbau der ehemaligen Nebelparder-Basis hatte bereits begonnen. Einige der Gebäude hatten schwere Verwüstungen erlitten, als die Novakatzen sie erobert hatten, aber die meisten waren noch intakt und ein wertvoller Grundstein für den neuen Kurita-Stützpunkt.

Parkensen trat hinüber zu Stirling und salutierte. »Oberst Stirling, damit endet Ihr Kontrakt und unsere Zusammenarbeit«, stellte er mit einer Gefühlsaufwallung fest, die sie überraschte. »Ich hätte nicht gedacht, daß ich diesen Tag erlebe. Ich bin stolz, meinen Teil dazu beigetragen zu haben. Wieder habe ich meine gesamte Einheit verloren, wie bisher jedesmal, wenn ich dem Drachen gedient habe. Aber diesmal habe ich es bis zum Ende ausgefochten, und dieses Ende war ein Sieg. Das Kombinat hat einen moralischen Sieg errungen – wir haben den Clans eine Welt wieder abgenommen – etwas, das noch niemandem zuvor gelungen ist. Und hinzu kommt, daß es eine vom Krieg unberührte Welt war, noch nie erobert, noch nie vollständig kolonisiert. Zusammen, Andrea Stirling, haben wir Geschichte geschrieben. Ein glorreicher Sieg für den Kurita-Drachen.«

»Es ist nur ein Planet«, holte ihn Stirling in die Realität zurück. »Ein einziger Planet, eine isolierte Ödwelt in der Peripherie.«

»Auch die längste Reise beginnt mit einem einzigen Schritt«, erwiderte Parkensen und sah wieder hoch zu den über ihnen knatternden Fahnen. Dann senkte er den Blick auf die brünette Highlander-Offizierin. »Eines Tages werden wir den Krieg ganz bis zu den Clans tragen. Diese Welt, Wayside V, ist nur ein Stein auf der Straße zu den Heimatwelten. Ich werde die Opfer nicht vergessen, die Sie und Ihre Leute hier gebracht haben. Niemand wird sie vergessen. Wir werden der in Ehren Gefallenen gedenken. Ich habe per Sprungschiff eine Nachricht zum Koordinator geschickt. Die Namen, die Sie und Loren Jaffray den Gebieten dieses Planeten gaben, werden Bestand haben.«

Cat Stirling verstand die Bedeutung dieser Geste. Nach dem Händedruck salutierte sie, und der draconische Offizier erwiderte den Gruß. Mit perfekter militärischer Präzision drehte sie sich auf dem Absatz um 180° und machte sich auf den Weg zu dem Schweber, der sie zum wartenden Landungsschiff bringen würde, das für die lange Reise nach Hause bereitstand.

Im Bereitschaftsraum des Novakatzen-Kommandeurs herrschte tiefe Stille. Nicht einmal die schweren Ledersessel um den Eichentisch in seiner Mitte knarrten. Durch die Wand aus schußsicherem Glas war ein kleiner Ausschnitt der blinkenden Lichter New Lortons zu sehen.

»Santin West«, sagte Khan Severen Leroux. »Du hast

deinem Clan und deiner Vision gut gedient. Deine Truppen kämpften mutig und geschickt. Du hast mit den Nebelpardern einen Erbfeind unseres Volkes bezwungen und eine Gefahr für unseren Clan ausgeräumt. Die Keshik ist sehr zufrieden mit dir. Du hast der Novakatze große Ehre gemacht.« Die kleine Versammlung bestand aus höchst ehrwürdigen Würdenträgern. SaKhan Lucian Carns nickte zustimmend. Seine tiefschwarze Haut und der kahle Schädel glänzten im Licht der Deckenbeleuchtung. Auch Eidmeisterin Biccon Winters, die an der Rückwand des Zimmers stand, nickte. Wie immer verbarg die Kapuze ihrer Robe ihr Gesicht.

»Danke, meine Khane«, erwiderte Santin West und neigte tief das Haupt. »Ich habe meine Vision erfüllt«, erklärte er stolz, »und meinem Clan alles gegeben, was ich hatte.«

Leroux nickte. »Dein Handeln verdient Lob. Wer hätte gedacht, daß die Katze, die du in deiner Vision gesehen hast, eine Kriegerin aus der Inneren Sphäre sein könnte? Auch andere haben von deiner Visionsqueste und der Mission gehört, die du gegen die Parder geführt hast. Du bist eine Führungspersönlichkeit, Santin West, heute mehr als je zuvor. Ein solcher Komet verdient, gepflegt zu werden und eine Führungsaufgabe zu erhalten, eine Aufgabe von größerer Bedeutung.«

»Bliebe die Frage von Wildkatzbasis«, fügte Lucian Carns hinzu. »Ich nehme an, du wünschst, daß ich das Bieten um die Rückeroberung des Planeten beginne, Khan Severen Leroux?«

»Negativ«, antwortete der ältere Khan entschieden.

Carns riß überrascht die Augen auf. »Es hat noch nie eine Welt unter der Herrschaft der Inneren Sphäre in der Äußeren Peripherie gegeben.«

Leroux blieb ungerührt. »Die eroberte Welt war keine der unseren, sondern wurde vom Clan Nebelparder beansprucht. Ihr Verlust gefährdet ihren Nachschubkorridor, nicht den unseren. Falls das Kombinat oder diese

Highlanders den Planeten als Basis für Überfälle gegen uns verwenden, werde ich seine Vernichtung verfolgen. Bis dahin dient er einem höheren Zweck – er ist ein Stachel im Fleische des Feindes, der uns vernichten wollte. Die Nebelparder werden die Schande dieses Verlustes zu tragen haben und unseren Clan mit ihrer Erniedrigung stärken.«

»Major Craig«, warnte Oberst Edward Senn. »Es ist unangemessen, sich in einer rein internen Angelegenheit Ihres Regiments an die Versammlung zu wenden. Ihr kommandierender Offizier wird in weniger als zwei Monaten wieder auf Northwind eintreffen. Bis dahin bleiben Sie wie von ihr angeordnet beurlaubt.«

»Sehen Sie das denn nicht?« rief Cullen Craig verbittert. »Er hat sie genauso korrumpiert wie alle anderen.« Seine Tiraden über die Bösartigkeit und Heimtücke Loren Jaffrays hatten die Versammlung der Krieger bereits eine halbe Stunde beschäftigt, und allmählich neigte sich deren Geduld dem Ende zu.

»Lad, du brauchst Zeit, abzukühlen«, stellte Oberst MacLeod in der Hoffnung fest, Craig ein wenig beruhigen zu können.

»Nein!« brüllte Craig und riß sich die Rangabzeichen von der Uniform. »Ich gebe mein Offizierspatent zurück. Ich werde mir eine Einheit suchen, die bereit ist, gegen einen derartigen Verrat vorzugehen. Wenn wir uns das nächstemal gegenüberstehen, wird es im Cockpit eines Mechs sein ...« Bevor noch jemand etwas sagen konnte, war er bereits aus der altehrwürdigen Halle der Krieger der Northwind Highlanders gestürmt.

Loren Jaffray verließ das Bett und ging langsam durch das Zimmer. Er hatte noch immer Gliederschmerzen, ein Ergebnis des langsamen Druckverlusts in seinem Cockpit und der zwei Wochen, die er gegen die Caissonkrankheit angekämpft hatte. Sein Arm trug noch immer eine lange Narbe als Andenken an den Elektroschock bei der Vernichtung des *Masakari*. Als er aus dem Fenster blickte, sah er in der Ferne die Regierungsgebäude und die inneren Mauern des Forts. Seine Wohnung hatte sich während der Rekonvaleszenz in ein Gefängnis verwandelt, und er sehnte sich danach, den Dienst wiederantreten zu können.

Ein Klopfen an der Tür unterbrach seine Tagträume, und im nächsten Augenblickstand Chastity Mulvaney in voller Uniform in der Tür.

»Teufel, bin ich froh, dich zu sehen.« Loren streckte die Arme aus und drückte sie an sich, eine Umarmung, die er schnell wieder abbrach, als er bemerkte, daß sie nicht allein war. Vor der Tür zu seiner Wohnung standen Mitch Fraser und Kurt Blakadar. Mit einem leichten Gefühl von Peinlichkeit ließ er Chastity los und drückte den beiden Männern die Hand, als sie ihr ins Zimmer folgten.

»Wir dachten uns, wir schauen mal vorbei«, sagte Chastity und tauschte schnelle Blicke mit den beiden anderen Offizieren aus.

»Kerensky sei Dank«, rief Loren. »Ich werde hier noch verrückt. Die Ärzte lassen mich den Dienst nicht wieder aufnehmen.«

»Hast du von Craig gehört?« fragte Mulvaney.

Loren schüttelte den Kopf, und sie sprach weiter. »Er ist ausgeschieden. Nicht gerade überraschend. Er hat versucht, dich in den Schmutz zu ziehen, aber das war verlorene Liebesmüh. Von jetzt an wirst du dich vor ihm vorsehen müssen. Gerüchteweise ist er auf dem Weg nach Outreach.«

»Wie läuft der Wiederaufbau?« Loren dürstete nach Neuigkeiten aus dem Regiment.

Blakadar und Fraser sahen sich an. »Diese Omni-Mechs und Bauteile, die wir bergen konnten, nachdem die Novakatzen ihre Toten abtransportiert hatten, sind eine wahre Goldmine. Wenn das erst alles integriert ist, dürften wir gleichrangig mit den Kell Hounds und Wolfs Dragonern rangieren, was ClanTech angeht.«

»Maschinen sind wichtig«, gestand Loren ein. »Aber was ist mit unseren Kriegern?«

Diesmal übernahm Chastity die Antwort. »Die Fusiliers können etwa dreißig Prozent ihrer Sollstärke aufstellen, wenn deine Verletzten wieder einsatzfähig sind. Es wird eine Menge Rekrutierungsarbeit nötig werden, um sie wieder aufzupäppeln.«

»Keine Sorge«, fügte Kurt hinzu. »Ich habe alles im Griff.«

»Richten Sie sich nicht zu gemütlich ein, Blackie«, riet Loren. »In ungefähr einer Woche komme ich zurück.«

Schweigen senkte sich über den Raum. »Du hast es also nicht gehört?« fragte Chastity.

Loren fühlte, wie sein Puls raste. »Was gehört?«

Chastity zog eine offizielle Order und eine kleine Schachtel aus der Schärpe ihrer Ausgehuniform. »Mit Anordnung der Versammlung der Krieger der Northwind Highlanders wird Major Kurt Blakadar als neuer Stellvertretender Regimentschef von Stirling's Fusiliers bestätigt.«

Loren hatte das Gefühl, in ein schwarzes Loch zu stürzen. Die Eröffnung traf ihn wie eine eiskalte Dusche und ließ ihn benommen zurück. »Ich verstehe das nicht«, stieß er aus, geschockt vom Verlust seines Kommandos. »Warum?«

»Oh«, meinte Chastity, »ich bin noch nicht fertig.« Sie las weiter. »Und für sein Handeln über die Pflichten eines Highlanders und Offiziers hinaus – sowie für seine Anstrengungen gegen die Clans – wird Loren Jaffray in den Rang eines Oberstcommanders befördert.« Sie reichte ihm die Schachtel. Im Innern befand sich ein Vogelabzeichen, das seinen neuen Dienstgrad symbolisierte.

»Oberstcommander?« fragte Loren, noch immer benommen, auch wenn er plötzlich erkannte, daß seine Besucher nicht nur schlechte Nachrichten überbrachten. »Unter wessen Befehl?«

»Loren«, stellte Mitch Fraser aufgeregt fest. »Das wird Ihnen gefallen. Die Versammlung der Krieger hat entschieden, daß Ihre Ideen über das Studium der Clans und ihrer Kampftaktiken fester Bestandteil des Highlander-Kanon werden sollten – weil wir früher oder später wieder gegen sie werden antreten müssen. Sie hebt eine neue Einheit mit Ihnen als Kommandierendem Offizier aus.«

»Was?«

»Sie sind der neue Kommandeur der Northwind Hussars.«

Loren konnte es kaum fassen. »Die Northwind Hussars?« *Meine eigene Einheit, mein eigenes Regiment. Mein ganzes Leben habe ich auf diesen Augenblick hingearbeitet. Jetzt habe ich eine Heimat, einen Ort, an den ich gehöre, und eine Einheit, die ich anführen kann.* Ein idiotisches Grinsen breitete sich unaufhaltsam und unkontrollierbar auf seinem Gesicht aus.

Chastity nahm den Faden auf. »Bis jetzt gibt es die Einheit erst auf dem Papier. Du wirst das Regiment von Grund auf aufbauen müssen. Aber mit all der Clantechnologie haben wir mehr als genug Material, um unsere Verluste auf Wayside V wettzumachen. Der Preis von Clanwaffen auf dem freien Markt reicht aus, die Highlanders erheblich zu vergrößern.«

Loren sah Chastity Mulvaney an, und dann scherte er sich nicht mehr darum, wer es sah, zog sie an sich und gab ihr einen langen, liebevollen Kuß. Sie war geschockt und lachte, als er sie endlich freigab. »Also, Oberstcommander Jaffray«, fragte sie lächelnd, die Arme um seinen Hals geschlungen, »wie fühlst du dich jetzt?«

»Daheim, Chastity. Endlich daheim.«

Nebelparder-Khan Lincoln Osis saß vor dem Kasten, der ihm soeben zugestellt worden war, und betrachtete ihn argwöhnisch. Er war über einen Händlerkurier zu ihm gelangt und trug das Siegel des Novakatzen-Khans Severen Leroux. Er starrte den fünfzig Zentimeter langen rechteckigen Behälter an und fragte sich, was er enthalten mochte. Welche Botschaft sein Feind ihm geschickt hatte. Was immer es war, hier in der Sicherheit seines Befehlsbunkers in El Gitar auf Avon konnte es ihn nicht vor seinen Untergebenen beschämen. Er streckte die Hand aus, drückte den Knopf an der Oberseite des Kastens, und der Deckel klappte auf. Lincoln Osis beugte sich über den Kasten und sah hinein.

Im Innern befanden sich zwei Gegenstände. Er hob einen davon heraus, einen kleinen metallenen Zylinder, und wog ihn in der Hand. Es war ein vertrauter Gegenstand, ein Behälter für das Giftake, die Genprobe eines Kriegers. Mit diesen Genen wurde das Erbe eines Kriegers an zukünftige Generationen weitergegeben. Ein Giftake wurde in der Regel nur im Kampf gefallenen Kriegern entnommen. Was dieses so ungewöhnlich machte, war, daß es von einem Khan an einen anderen geschickt worden war.

Er drehte den Behälter um und fluchte wütend, als er die Schriftzeichen auf dem weißen Band las, das ihn umgab. Jetzt verstand er, warum er nichts mehr gehört hatte, verstand, was geschehen war. In blinder Wut schleuderte er den Giftake-Behälter mit solcher Wucht gegen die Wand des Büros, daß er das metallene Siegel zerschmetterte und der gefrorene Inhalt in einer weißen Dampfwolke von Kühlmittel auf den Boden fiel.

»Nein!« schrie er, und wischte mit einer wilden Handbewegung alles von seinem Schreibtisch. Seine Stimme war kaum noch menschlich zu nennen – sie war jenseits von Wut, jenseits von Haß. Er hob den zweiten Gegenstand aus der Dose, einen Galaxisstab der Galaxis Tau. Der Name auf der Seite des Stabes lautete Devon Osis. Der Chip seines Kodax-Armbands war in den Stab gepreßt, als Beweis seines Versagens.

Der Khan der Nebelparder hob den Stab mit beiden Händen in die Höhe, dann schlug er ihn mit seiner ganzen Kraft gegen die Schreibtischkante, wieder und wieder, bis nichts mehr davon übrig war als ein wertloses Stück verbeultes Metall.

Während Lincoln Osis seine Wut austobte und weit entfernte Feinde verfluchte, taute Devon Osis' Generbe auf dem Boden des Büros langsam auf – für immer verloren.

GLOSSAR

ClanMechs und Codenamen der Freien Inneren Sphäre: Im Verlauf des Romans werden zahlreiche Clan-OmniMechs je nach handelnder Person sowohl mit den bei den Clans gebräuchlichen Namen wie auch den in der Freien Inneren Sphäre benutzten Codenamen bezeichnet. Die folgende Aufstellung enthält beide Namen aller gebräuchlichen OmniMechs:

Codename	*Clanname*
Daishi	Höhlenwolf
Fenris	Eismarder
Galeere	Gargoyle
Geier	Bluthund
Gladiator	Henker
Katamaran	Waldwolf
Koshi	Grauluchs
Libelle	Viper
Loki	Höllenbote
Masakari	Kriegsfalke
Puma	Natter
Ryoken	Sturmkrähe
Schwarzfalke	Nova
Sprinter	Feuervogel
Thor	Nemesis
Uller	Rotfuchs

Autokanone: Eine automatische Schnellfeuerkanone. Leichte Fahrzeugkanonen haben Kaliber zwischen 30 und 90 mm, während eine schwere Mechautokanone ein Kaliber von 80 bis 120 mm oder mehr besitzen kann. Die Waffe feuert in schneller Folge panzerbrechende Hochexplosivgranaten ab.

Bataillon: Ein Bataillon ist eine militärische Organisationseinheit der Inneren Sphäre, die in der Regel aus drei Kompanien besteht.

Batchall: Batchall ist der Name für das Clanritual der Herausforderung zum Kampf. Der Verteidiger kann verlangen, daß der Angreifer etwas aufs Spiel setzt, dessen Wert vergleichbar ist mit dem, was der Verteidiger zu verlieren riskiert.

BattleMech: BattleMechs sind die gewaltigsten Kriegsmaschinen, die je von Menschen erbaut wurden. Diese riesigen humanoiden Panzerfahrzeuge wurden ursprünglich vor über 500 Jahren von terranischen Wissenschaftlern und Technikern entwickelt. Sie sind in jedem Gelände schneller und manövrierfähiger, besser gepanzert und schwerer bewaffnet als jeder Panzer des 20. Jahrhunderts. Sie ragen zehn bis zwölf Meter hoch auf und sind bestückt mit Partikelprojektorkanonen, Lasergeschützen, Schnellfeuer-Autokanonen und Raketenlafetten. Ihre Feuerkraft reicht aus, jeden Gegner – mit Ausnahme eines anderen BattleMechs – niederzumachen. Ein kleiner Fusionsreaktor liefert ihnen nahezu unbegrenzt Energie. BattleMechs können auf Umweltbedingungen – so verschieden wie glühende Wüstenei und arktische Eiswüsten – eingestellt werden.

Blutname: Als Blutname wird einer der ursprünglich achthundert Familiennamen jener Krieger bezeichnet, die während des Exodus-Bürgerkrieges auf Seiten von Nicholas Kerensky standen. (Derzeit existieren nur noch 760 dieser Namen. Vierzig Namen wurden nach dem Hochverrat eines der ursprünglich zwanzig Clans getilgt.) Diese achthundert waren die Basis des ausgedehnten Zuchtprogramms der Clans.

Das Recht, einen dieser Nachnamen zu tragen, ist seit Einführung dieses Systems der Wunschtraum jedes ClanKriegers. Nur jeweils fünfundzwanzig Krieger dürfen gleichzeitig einen bestimmten Blutnamen tragen. Stirbt einer von ihnen, wird ein Wettbewerb abgehalten, um einen neuen Träger zu bestimmen. Ein Anwärter muß zunächst anhand seiner Abstammung sein Anrecht auf den Blutnamen nachweisen und anschließend eine Abfolge von Duellen gegen seine Mitbewerber gewinnen. Nur Blutnamensträger haben das Recht, an einem Clankonklave teilzunehmen und zum Khan oder ilKhan gewählt zu werden. Die meisten Blutnamen waren im Laufe der Zeit einer oder zwei Kriegerklassen vorbehalten. Es gibt jedoch einzelne, besonders angesehene Blutnamen, zum Beispiel Kerensky, die dadurch ihren genetischen Wert bewiesen haben, daß sie von her-

ausragenden Kriegern aller drei Klassen (MechKrieger, Jagdpiloten und Elementare) getragen wurden.
Blutnamen werden matrilinear vererbt. Da ein Krieger nur über seine Mutter erben kann, besteht nie ein Anrecht auf mehr als einen Blutnamen.

Clans: Beim Zerfall des Sternenbundes führte General Aleksandr Kerensky, der Oberkommandierende der Regulären Armee des Sternenbundes, seine Truppen beim sogenannten Exodus aus der Inneren Sphäre in die Tiefen des Alls. Weit jenseits der Peripherie, mehr als 1300 Lichtjahre von Terra entfernt, ließen Kerensky und seine Leute sich auf fünf wenig lebensfreundlichen Welten nahe eines Kugelsternhaufens nieder, der sie vor einer Entdeckung durch die Innere Sphäre schützte. Innerhalb von fünfzehn Jahren brach unter ihnen jedoch ein Bürgerkrieg aus, der drohte, alles zu vernichten, für dessen Aufbau sie so hart gearbeitet hatten.
In einem zweiten Exodus führte Nicholas Kerensky, der Sohn Aleksandrs, seine Gefolgsleute auf eine der Welten im Innern des Kugelsternhaufens, um dem Krieg zu entfliehen. Dort, auf Strana Metschty, entwarf und organisierte Nicholas Kerensky die faschistoide Kastengesellschaft der Clans.

ComStar: Das interstellare Kommunikationsnetz ComStar wurde von Jerome Blake entwickelt, der in den letzten Jahren des Sternenbunds das Amt des Kommunikationsministers innehatte. Nach dem Zusammenbruch des Bundes eroberte Blake Terra und organisierte die Überreste des Sternenbund-Kommunikationsnetzes in eine Privatorganisation um, die ihre Dienste mit Profit an die fünf Häuser weiterverkaufte. Seitdem hat sich ComStar zu einem mächtigen Geheimbund entwickelt, der sich jahrhundertelang in Mystizismus und Rituale gehüllt hat, bis es nach der Entscheidungsschlacht gegen die Clans auf Tukayyid unter Prima Sharilar Mori und Präzentor Martialum Anastasius Focht zur Reformation des Ordens und Abspaltung der erzkonservativen Organisation Blakes Wort kam.

Die Erinnerung: *Die Erinnerung* ist ein noch nicht abgeschlossenes Heldenepos, das die Geschichte der Clans von der Zeit des Exodus bis zur Gegenwart beschreibt. *Die Erinnerung* wird ständig erweitert, um neuere Ereignisse einzubeziehen. Jeder Clan verfügt über eine eigene Version dieses Epos, in der seine speziellen Meinungen und Erfahrungen verarbeitet sind. Alle ClanKrieger können ganze Passagen dieses riesigen Gedichtes aus dem Gedächtnis zitieren, und es ist durchaus nicht ungewöhnlich, Verse auf OmniMechs, Luft/Raumjägern und sogar Rüstungen zu finden.

Freigeboren: Ein Mensch, der auf natürlichem Wege gezeugt und geboren wurde, ist freigeboren. Da die Clans so großen Wert auf ihr Zuchtprogramm legen, gelten Freigeborene bei ihnen von vornherein als minderwertig.

Freigeburt: Eine abwertende Bezeichnung für Freigeborene, die von Wahrgeborenen häufig verwendet wird. Bezeichnet ein Wahrgeborener einen anderen Wahrgeborenen als Freigeburt, ist das eine tödliche Beleidigung.

Gaussgeschütz: Ein Gaussgeschütz benutzt eine Reihe von Elektromagneten, um ein Projektil durch den Geschützlauf in Richtung des Ziels zu beschleunigen. Obwohl sein Einsatz mit erheblichem Energieaufwand verbunden ist, erzeugt das Gaussgeschütz nur sehr wenig Abwärme, und die erreichbare Mündungsgeschwindigkeit liegt doppelt so hoch wie bei einer konventionellen Kanone.

Kaste: Die Clangesellschaft ist streng in fünf Kasten unterteilt: Krieger, Wissenschaftler, Händler, Techniker und Arbeiter. Jede dieser Kasten umfaßt zahlreiche Unterkasten, die auf Spezialisierungen innerhalb eines Berufsfeldes basieren. Die Kriegerkaste pflanzt sich unter strenger Kontrolle des genetischen Erbes durch ein systematisches Eugenikprogramm fort, bei dem Genmaterial angesehener und erfolgreicher lebender und toter Krieger verwendet wird. Andere Kasten sorgen durch strategisches Heiraten innerhalb der Kaste für einen hochwertigen Genfundus.

Khan: Jeder Clan wählt zwei Khane. Einer der beiden fungiert als höchster militärischer Kommandeur und Verwaltungschef der Clans. Die Position des zweiten Khans ist weniger klar umrissen. Er ist der Stellvertreter des ersten Khans und führt dessen Aufträge aus. In Zeiten großer innerer oder äußerer Bedrohung, oder wenn eine gemeinsame Anstrengung aller Clans notwendig ist, wird ein ilKhan als oberster Herrscher aller Clans gewählt.

Kodax: Der Kodax eines Kriegers ist seine persönliche Identifikation. Er enthält die Namen der Blutnamensträger, von denen ein Krieger abstammt, sowie seine Generationsnummer, seine Blutlinie und seinen ID-Kodax, eine alphanumerische Codesequenz, die einzigartige Aspekte seiner DNS (Desoxyribonukleinsäure, der Träger der menschlichen Erbinformationen) festhält.

Kompanie: Eine Kompanie ist eine militärische Organisationseinheit der Inneren Sphäre, die aus drei BattleMech-Lanzen oder bei Infanteriekompanien aus drei Zügen mit insgesamt 50 bis 100 Mann besteht.

KSR: Abkürzung für ›Kurzstreckenrakete‹. Es handelt sich um ungelenkte Raketen mit hochexplosiven oder panzerbrechenden Sprengköpfen.

Landungsschiffe: Da Sprungschiffe die inneren Bereiche eines Sonnensystems generell meiden müssen und sich dadurch in erheblicher Entfernung von den bewohnten Planeten einer Sonne aufhalten, werden für interplanetare Flüge Landungsschiffe eingesetzt. Diese werden während des Sprungs an die Antriebsspindel des Sprungschiffes angekoppelt. Landungsschiffe besitzen selbst keinen Überlichtantrieb, sind jedoch sehr beweglich, gut bewaffnet und aerodynamisch genug, um auf Planeten mit einer Atmosphäre aufzusetzen, bzw. von dort aus zu starten. Die Reise vom Sprungpunkt zu den bewohnten Planeten eines Systems erfordert je nach Spektralklasse der Sonne eine Reise von mehreren Tagen oder Wochen.

Lanze: Eine Lanze ist eine militärische Organisationseinheit der Inneren Sphäre, die in der Regel aus vier BattleMechs besteht.

Laser: Ein Akronym für ›Light Amplification through Stimulated Emission of Radiation‹ oder Lichtverstärkung durch stimulierte Strahlungsemission. Als Waffe funktioniert ein Laser, indem er extreme Hitze auf einen minimalen Bereich konzentriert. BattleMechlaser gibt es in drei Größenklassen: leicht, mittelschwer und schwer. Laser sind auch als tragbare Infanteriewaffen verfügbar, die über einen als Tornister getragenen Energiespeicher betrieben werden. Manche Entfernungsmeßgeräte und Zielerfassungssensoren bedienen sich ebenfalls schwacher Laserstrahlen.

LSR: Abkürzung für ›Langstreckenrakete‹, zum indirekten Beschuß entwickelte Raketen mit hochexplosiven Gefechtsköpfen.

Nachfolgerfürsten: Die fünf Nachfolgerstaaten werden von Familien regiert, die ihre Herkunft von einem der ursprünglichen Lordräte des Sternenbunds ableiten. Alle fünf Hausfürsten erheben Anspruch auf den Titel des Ersten Lords. Sie kämpfen seit Ausbruch der Nachfolgekriege im Jahre 2786 gegeneinander. Ihr Schlachtfeld ist die riesige Innere Sphäre, bestehend aus sämtlichen einstmals von den Mitgliedsstaaten des Sternenbunds besetzten Sonnensystemen.

Nachfolgerstaaten: Nach dem Zerfall des Sternenbunds wurden die Reiche der Mitglieder des Hohen Rats, die sämtlich Anspruch auf die Nachfolge des Ersten Lords erhoben, unter dem Namen Nachfolgerstaaten bekannt. Die Nachfolgerstaaten bestehen aus ursprünglich fünf und derzeit noch vier Herrscherhäusern: Haus Kurita (Draconis-Kombinat), Haus Liao (Konföderation Capella), Haus Steiner-Davion (Vereinigtes Commonwealth) und Haus Marik (Liga Freier Welten). Die Clan-Invasion unterbrach die Jahrhunderte des Krieges seit 2786 – die Nachfolgekriege – einstweilen. Die Nachfolgerfürsten setzten ihre Streitigkeiten aus, um der Bedrohung durch den gemeinsamen Feind, die Clans, zu begegnen. Die trügerische Ruhe seit Abschluß des Waffenstillstands von Tukayyid hat diese Solidarität jedoch inzwischen sehr brüchig werden lassen, und im Jahre 3057 brechen die Kämpfe innerhalb der freien Inneren Sphäre wieder aus.

Peripherie: Jenseits der Grenzen der Inneren Sphäre liegt die Peripherie, das weite Reich bekannter und unbekannter Systeme, das sich bis in die interstellare Nacht erstreckt. Die einstigen terranischen Kolonien in der Peripherie wurden durch den Zerfall des Sternenbundes technologisch, wirtschaftlich und politisch verwüstet. Derzeit ist die Peripherie größtenteils Zufluchtsort für Banditenkönige, Raumpiraten und Ausgestoßene.

PPK: Abkürzung für ›Partikelprojektorkanone‹, einen magnetischen Teilchenbeschleuniger in Waffenform, der hochenergiegeladene Protonen- oder Ionenblitze verschießt, die durch Aufschlagskraft und hohe Temperatur Schaden anrichten. PPKs gehören zu den effektivsten Waffen eines BattleMechs.

Regiment: Ein Regiment ist eine militärische Organisationseinheit der Inneren Sphäre und besteht aus zwei bis vier Bataillonen von jeweils drei oder vier Kompanien.

Savashri: Ein Clan-Fluch.

Seyla: Dieses Wort ist ungefähr gleichbedeutend mit ›Einheit‹. Es handelt sich um eine rituelle Antwort, die bei bestimmten Clan-Zeremonien gefordert wird. Ursprung und exakte Bedeutung des Wortes sind unbekannt, aber es wird nur mit äußerstem Respekt und Ehrfurcht verwendet.

Sprungschiffe: Interstellare Reisen erfolgen mittels sogenannter Sprungschiffe, deren Antrieb im 22. Jahrhundert entwickelt wurde. Der Name dieser Schiffe rührt von ihrer Fähigkeit her, ohne Zeitverlust in ein weit entferntes Sonnensystem zu ›springen‹. Es handelt sich um ziemlich unbewegliche Raumfahrzeuge aus einer langen, schlanken Antriebsspindel und einem riesigen Solarsegel, das an einen gigantischen Sonnenschirm erinnert. Das gewaltige Segel besteht aus einem Spezialmaterial, das große Mengen elektromagnetischer Energie aus dem Sonnenwind des jeweiligen Zentralgestirns zieht und langsam an den Antriebskern abgibt, der daraus ein Kraftfeld aufbaut, durch das ein Riß im Raum-Zeit-Gefüge entsteht. Nach einem Sprung kann das Schiff erst weiterreisen, wenn es durch Aufnahme von Sonnenenergie seinen Antrieb wieder aufgeladen hat.

Sprungschiffe reisen mit Hilfe ihres Kearny-Fuchida-Antriebs in Nullzeit über riesige interstellare Entfernungen. Das K-F-Triebwerk baut ein Raum-Zeit-Feld um das Sprungschiff auf und öffnet ein Loch in den Hyperraum. Einen Sekundenbruchteil später materialisiert das Schiff am Zielsprungpunkt, der bis zu 30 Lichtjahre weit entfernt sein kann.

Sprungschiffe landen niemals auf einem Planeten und reisen nur sehr selten in die inneren Bereiche eines Systems. Interplanetarische Flüge werden von Landungsschiffen ausgeführt, Raumschiffen, die bis zum Erreichen des Zielpunktes an das Sprungschiff gekoppelt bleiben.

Sternenbund: Im Jahre 2571 wurde der Sternenbund gegründet, um – nach dem Aufbruch ins All – die wichtigsten von Menschen besiedelten Systeme zu vereinen. Der Sternenbund existierte annähernd 200 Jahre, bis 2751 durch den

Verrat und Staatsstreich des Herrschers der Republik der Randwelten, Stefan Amaris, ein Bürgerkrieg ausbrach. Als das Regierungsgremium des Sternenbunds, der Hohe Rat, sich nach dem Sieg über Amaris in einem Machtkampf auflöste, bedeutete dies das Ende des Bundes. Jeder der Hausfürsten rief sich zum neuen Ersten Lord des Sternenbunds aus, und innerhalb weniger Monate befand sich die gesamte Innere Sphäre im Kriegszustand. Dieser Konflikt hält bis zum heutigen Tage, knapp drei Jahrhunderte später, an. Die Jahrhunderte nahtlos ineinander übergehender Kriege werden in toto als die ›Nachfolgekriege‹ bezeichnet.

Trinärstern: Eine aus 3 Sternen (12 Mechs) bestehende Einheit der Clans.

Waffenstillstand von Tukayyid: Der Waffenstillstand von Tukayyid hat eine fünfzehnjährige Waffenruhe zwischen den Clans und der Inneren Sphäre begründet. Khan Ulric Kerensky, ilKhan der Clans, vereinbarte mit dem Präzentor Martialium ComStars, Anastasius Focht, auf dem Planeten Tukayyid eine Entscheidungsschlacht. Bei einem Sieg der Clans verpflichtete sich ComStar, ihnen Terra auszuhändigen, bei einem Sieg ComStars verpflichteten sich die Clans zu einem fünfzehnjährigen Waffenstillstand. Der nach einem überwältigenden Sieg der ComGuards auf Tukayyid unterzeichnete Vertrag etablierte eine Grenzlinie, die durch den Planeten Tukayyid verläuft. Die Clans dürfen diese Grenzlinie bis zum Ablauf des Waffenstillstands nicht überschreiten.

Wahrgeboren/Wahrgeburt: Ein wahrgeborener Krieger ist aus dem Zuchtprogramm der Clan-Kriegerkaste hervorgegangen.

Widerspruchstest: Die Konklaven der einzelnen Clans und der versammelten Clans stimmen über Fragen und Gesetze ab, die die Gemeinschaft betreffen. Im Gegensatz zur Gesetzgebung in der Inneren Sphäre kann jedoch jede dieser Entscheidungen angefochten und durch einen Widerspruchstest in ihr Gegenteil verkehrt werden. Dieser Test gestattet der Verliererseite den Versuch, ihre Position auf dem Schlachtfeld durchzusetzen.

Die bei einem Widerspruchstest eingesetzten Kräfte stehen im Verhältnis zur angefochtenen Entscheidung. Wurde diese also beispielsweise mit einem Stimmenverhältnis von

Drei zu Eins angenommen, kann die diese Entscheidung verteidigende Seite eine dreimal stärkere Einheit in den Kampf schicken als der Herausforderer. Durch das Bieten wird dieses Übergewicht jedoch häufig reduziert.

Zug: Ein Zug ist eine militärische Organisationseinheit der Inneren Sphäre, die üblicherweise aus etwa achtundzwanzig Mann besteht. Ein Zug kann in zwei Abteilungen aufgeteilt werden.

HEYNE BÜCHER

Michael McCollum

schreibt Hardcore SF-Romane, die jeden Militärstrategen unter den SF-Fans und Battletech-Spieler begeistern.

Antares erlischt
06/5382

Antares Passage
06/5924

06/5382

06/5924

Heyne-Taschenbücher